あとがき

片岡義男

晶文社

ブックデザイン　平野甲賀

あとがき　目次

本書は片岡義男の著書の「あとがき」を発行年代順にならべたものです。ただし、翻訳書と共著は除きました。

『ぼくはプレスリーが大好き』のように、復刊されたり文庫化されて複数のあとがきがあるものは、最初の刊行に続けて掲載しました。また、『愛してるなんてとても言えない』のように、最初の刊行時にあとがきがなかった作品は、のちに文庫化・復刊され、あとがきが書かれた発行時に合わせました。

底本の明らかな誤植などは訂正しています。

編集部

1970年代

ぼくはプレスリーが大好き

最初の出版は三一書房（一九七一）　角川文庫　一九七四

この本は、一九七〇年の夏のふた月ほどの期間をつかって、ぼくが書いた。そして、あくる年のはじめ、三一書房から刊行された。

ぜんたいを書きはじめたとき、このような内容の本になることなど、思ってもいなかった。トータルな構成とか書きすすめる順番、あるいは、なにをどこにどんなふうに書くかなど、まったくなんの見当もつかないまま、ある種のいらだたしさにせきたてられて、即興的に書いていった。

それは、快適な作業だった。なぜなら、ぼくという個人にとってのごく個人的なメモをそのときぼくはつけていたにすぎなかったのだから。

誰のためでもなく、なんのためにでもなく、本能としか言いようのない衝動だけを指標に、自分のために自分でひとりぼくはメモをとった。その結果が、この本だ。

メモをとりたくなったきっかけは、やはり、かつてのエルヴィス・プレスリーによる天啓にちがいない。あの天啓以来、あるときは一瞬のうちに、あるときはながい時間をかけてすこしずつ、ぼくが体で感じとってきたものの集積が、ある一定の限度をこえたとき、ぼくは、その集積に関してメモをとろうと考えた。そして、そのメモは、それまでぼくがブラック・ミュージックを知らなかったという不幸に支えられている。

なぜ、メモなどとる気になったのか。その理由は簡単だ。ぼくが具体的にせっぱつまったからだ。自分の存在のぜんたい的な問いなおしから当然みちびき出される結論みたいなものにいたる自分の足場のほとんどを、頭のなかからひっぱり出して、はっきりさせたいとぼくは思った。そして、その結論とは、意識の全的なとりかえないしは白紙化ということだった。メモをとりおえることによって、結論はかためられていき、ぼくはさらにそのむこうへいけるようになるのだった。ただし、メモをとりつつあるときには、ものごとはこのように明確に意識されてはいず、とにかく書くのだといういらだたしさだけがあった。

個人的なメモでさえ、ぼく自身にとっては、書きおわったとたんにご用ずみだが、とにかくなにごとにせよ書くためには、ぼくは、自分が経過していく時代のすべてを、自分のための材料なり足場なり指標なりとして、必要とした。

この「あとがき」で書いておかなくてはならないもっとも重要なことは、これだ。自分が経過していく時代のなかに存在するありとあらゆるものが、このひどく個人的なメモを成り立たせてくれている。

その事実の、ごく直接的でしかも部分的な具体例として、ぼくは、本や雑誌や新聞、それにレコードなどの名前を、以下に列挙しなければならない。

レコードは、その一枚ずつの名をあげる気なら、すくなくとも五〇〇〇枚には達する。雑誌は一九六〇年代のなかばあたりから刊行されはじめた、アメリカのアンダーグラウンド・マガジンや、いくつかのロック雑誌、音楽雑誌が大量にある。初期の『クローダディ』や『フュージョン』がぼくをどれだけ力づけてくれたかは、言葉で書くことができない。

アンダーグラウンド新聞もまた、時代的共感の源だった。一九六〇年代のはじめからなかばにかけての空白期に、ヒッピー・ムーヴメントのなかから届く『ロサンゼルス・フリー・プレス』『ニューヨーク・フリー・プレス』『バークレー・バーブ』『サンフランシスコ・オラクル』『イースト・ヴィレッジ・アザー』など、数多くの新聞につめこまれていたことのほとんどすべてが、ぼくのなかに入り、そのうちの一部分は、ぼくのなかをとおることによってバイアスをかけられて、メモのなかに出てきた。

本は、これもたくさんある。まともな勉強をしていず、したがってものを知らないぼくは、大量の本を読まなければならないことを知り、できるかぎり読んだ。そして、読んだもののすべてが、ぼくの個人的なメモに影を落としている。読んだ本は、どれもみな、データや知識の倉庫ではなく、おたがいにあくまでも異質ではありつづけるけれども、共感のたしかめあいの場であった。面白くない本は、その面白くなさの追求が、有益だった。

読んだ本を、できるだけたくさん、順不同で以下に列挙する。日本語訳のあるものはその題名を、ないものは直訳的な題名を、書いておこう。

デュレンバーガー「カリフォルニア」。ウイリアムズ「アウトロー・ブルース」。グレゴリー「エルヴィス・プレスリー物語」。ナイ「アメリカの知性」。ハイルブローナー「アメリカの資本主義」。長谷川「アメリカ農業物語」。マッコンキイ「独占資本の内幕」。トクヴィル「アメリカの民主主義」。宮崎「寡占」。東畑「アメリカ資本主義見聞記」。マクギル「南部と南部人」。ビアード「アメリカ精神の歴史」。アレン「アメリカ社会の変貌」。カボー「喪われた大草原」。スピラー「現代のアメリカ文化像」。稲村「アメリカ風物誌」。ファーブ「北アメリカ」。ブーアステイン「幻影の時代」。ゴーラー「アメリカ人の性格」。井上「日本帝国主義の形成」。ジョーンズ「ブルースの魂」。カイヨワ「遊びと人間」。エヴァスン「写真による西部劇史」。ブルレ「音楽創造の美学」。家永「太平洋戦争」。スタインベック「チャーリイとの旅」。ジレット「街の音」。マーカス「ロックンロール・ウイル・スタンド」。カーン「ザ・ドアーズ」。武山「アメリカ資本主義と中間階級」。ショー「ロック・レヴォリューション」。ウイルキー「陽はすべての人のために沈む」。オリヴァー「ブルースとの会話」。陸井「現代のアメリカ」。田中「アメリカ現代史」。オリヴァー「スクリーニング・ザ・ブルース」。ブラッドフォード「ブルースと共に生まれて」。諏訪「ビート・ジェネレーション」。カニュ「アメリカ史」。本田「アメリカ黒人の歴史」。ホプキンズ「ロック物語」。岡倉「アメリカ帝国主義」。グロスマン「ラグタイム・ブルース・ギタリスト」。ガーウッド「インストルメンタル・ブルース・ギターのマスターたち」。エヴァスン「西部劇」。チャーターズ「ブルースマン」。ハリントン「偶発革命の世紀」。ベルツ「ロックへの視点」。ケニストン「アンコミッテッド」。ウッド「ロックンロールAからZまで」。バート「アメリカの殺人バラッド」。ホフマン「ウッドストック・ネーション」。プレザンツ「音楽の革命」。ケネディ「移民国家」。ウイルマー「ジャズ・ピープル」。ガスリー「栄光にむかって」。シルヴァマン「フォーク・ブルース」。シルヴァマン「フォーク・ブルース・ギターの技術」。ダンクワース「ジャズ」。ウイリアムズ「悲しい歌を」。ブルックス「ザ・グレート・リープ」。マッカチェオン「リズム・アンド・ブルース」。ヴァラエティ「ミュージック・カヴァルケード」。ランドン「カントリー音楽の百科辞典」。シュラー「初期のジャズ」。ゴールドスタイン「ゴールドスタインのグレーテスト・ヒット」。ショー「眠りなき街」。大橋「フロンティアの意味」。サザーランド「閉ざされた社会」。セルデス「一〇〇〇人のアメリカ人」。グッドマン「コミュニタス」。ボーヴォワール「アメリカその日その日」。ディラン「ブロンド・オン・ブロンド」。キャラワン「自由とは常なるたたかい」。シェルトン「カントリー・ミュージック・ストーリイ」。コープランド「ピープルズ・パーク」。ジン「反権力の世代」。ハンド「エルヴィス・プレスリー百科事典」。ニューフィールド「予言する少数者」。中屋「アメリカ現代史」。清水「アメリカ帝国」。アダムズ「二〇世紀のアメリカ」。岡倉「キューバからヴェトナムまで」。ボッグズ「アメリカン・レヴォリューション」。ミューズ「アメリカの黒人革命」。フォーラン「アメリカの黒人」。ミッチェル「ブロー・マイ・ブルース・アウエイ」。ヤブロンスキー「ヒッピー・トリップ」。ガーランド「サウンド・オヴ・ソウル」。メルツアー「ロックの美学」。スピア「ブラック・シカゴ」。フェザー「ブック・オヴ・ジャズ」。グルーエン「ニュー・ボヘミアンズ」。ビア「アメリカのユーモアの盛衰」。レン「勝者にも傷がある」。ブルース「いやらしいことを喋って人を感銘させる法」。グスタイティス「ターニング・オン」。コーンブルース「新しいアンダグランドからのノート」。ブローティガン「ジ・アボーション」。ローゼンバウム「アメリカに育つ」。エリスン「グラス・ティート」。ホフマン「あなたがたの両親にきらわれているのが我々だ」。トムスン「ポジティヴリー・メイン・ストリート」。ランドウ「ニュー・ラディカルズ」。エリス「アメリカの性的な悲劇」。ホワイト「組織のなかの人間」。ニーバー「アメリカ史の皮肉」。リースマン「現代文明論」。レイトン「アスピリン・エイジ」。ヘイリー「ビル・ヘイリー物語」。ガルブレイス「自由の季節」。カースン「生と死の妙薬」。ミュルダール「豊かさへの挑戦」。グレアム「サイレント・スプリングの行くえ」。スウィージー「独占資本」。オーコンナー「石油帝国」。ホッファー「大衆運動」。レスター「革命ノート」。ウイーナー「人間機関論」。コルコ「アメリカにおける富と権力」。きりがないから、途中でやめる。とにかく、ぼくが言いたいのは、ぼくひとりのなかにさえ、時代のすべてが入りこんでいるということなのだ。そして、その入りこんだものなしでは、ぼくはなにもできはしない。

結局、ぼくが選択したものは、ブルースだった。決定的な選択によって、ブルースが自分のなかにもあることを知った。ロックンロールは、あるときあるところである人にとって一種の臨時的な価値をしか持たず、誰の内部にもありうるブルースは、より普遍にちかい。ふたつをくらべるとき、ひとつは馬鹿ばかしく、もうひとつは馬鹿ばかしくない。

角川文庫に収録されるにあたって、字数にして一五〇〇字ぶんほど、加えたり削ったり修正したりしたことを、書き加えておきたい。

音楽風景　シンコー・ミュージック　一九九一

『ぼくはプレスリーが大好き』の改題

この本の原稿を書きはじめたとき、僕は二十八か二十九歳という年齢だった。すべてを書き終わるまでに一年ほどかかったのではないだろうか。本になったときには僕は三十歳になっていた。年齢などどうでもいいのだが、当人にとっては、年齢は時代の背景だ。書きはじめる数年まえから、僕は日本から頻繁にアメリカへいっていた。別になんの用もなく、自分の個人的な興味を追いかけるためだ。当時のアメリカでは、僕の興味をとらえるさまざまな出来事がいっぺんに起こっていた。太平洋を越える飛行機のなかで原稿を書き続けたことを僕はいまでも覚えている。下書きやアウトラインだけなら、飛行機のなかでも作業は出来た。ハワイまで戻ってくると文脈が変化してしまい、原稿は書けなかった。そのかわりに、図書館へかよっては資料となる本をさがして読んだ。

この本は三一書房という出版社から最初に刊行され、何年かあとになって角川文庫に収録された。現在は事実上の絶版であることがシンコー・ミュージックの目にとまり、編集部の小野良造さんの熱意によって再び刊行されることになった。『ぼくはプレスリーが大好き』という原題を、『音楽風景』とあらため、「ロックというアメリカの出来事」と、副題をつけることにした。どんなタイトルがいいか、かなり考えたあと、ミュージカル・ランドスケープという言葉が僕の頭のなかに浮かんできた。それをそのまま、出来るだけ余計な色のつかない日本語に置き換え、『音楽風景』とした。具体的な内容は副題が明らかにしている。

僕がアメリカのポピュラー音楽を受けとめて最初に心を動かされたのは、もの心ついた頃、つまり五、六歳の頃ではないだろうか。白人中産階級むけの、ジャズの香りを淡く残した甘いダンス音楽だったにちがいないと、当時の生活環境から類推出来る。高校生の頃にはデルタ・リズム・ボーイズやゴールデン・ゲート・カルテットに夢中だった。同時にモダン・ジャズも知った。そしてそのすぐあとに、エルヴィス・プレスリーが登場した。

彼の歌声、特に賛美歌は、まだ十代の少年だった彼の身の上と天賦の才能がなし得た、ホワイトとブラックとの完璧なアマルガムだった。だからこそあれほどまでに感動的だったのだ。僕がもの心ついた頃からこの本の原稿を書きはじめた頃までの全期間の、時間的に見てちょうど中間あたりに、エルヴィス・プレスリーが位置している。この本にあるような文章を書いてみたいと、僕が思いはじめた内部的なきっかけは、そのへんにあったのだと、いまにして僕は思う。

自分はなにに心を動かし、それに関してどんなことをどのように考えたか。この本のテーマは、個人的に言うとそのひと言につきる。ロックンロールやロックをほぼリアル・タイムで体験した世代のひとりによる、音楽をとおしておこなった価値の取捨選択についての覚書きだ。第三者的には、ロックンロールをまんなかあたりにすえた、アメリカのポピュラー音楽とその背景の通史だろうか。きわめて主観的な内容と書きかただが、どうでもいいような吹けば飛ぶような主観を自己表現ととりちがえるようなことを僕は最初からおこなっていない。だから結果として選択されたものの価値は普遍にごく近い。かたよりもあるし、触れていない領域も広く残っているが、それらについてはいま別のかたちで、僕は書き進めているところだ。

エルヴィスから始まった　ちくま文庫　一九九四

『ぼくはプレスリーが大好き』の改題

エルヴィスは前の年にいわゆるカムバックを遂げていた。それはTVでアメリカ全体に放映された。十二月三日、NBCで、夜の八時、地域によっては、九時。シンガーという会社が提供していたTVスペシャルのシリーズのうちの、ひとつだった。日本でも放映された。僕はそれを東京で見た。

TVに出演するのは十年ぶりに近いという、彼のこのカムバックは、さまざまな話題となった。かつてのロックンロールにイギリスからのビートルズが加わり、それに対抗してアメリカの草の根から次のロック音楽とそれを取り巻く思考や生活のスタイルというものが、当時のアメリカにはすでに生まれていた。

忘れられた、と言っていい状態にあったエルヴィスは、たとえばいわゆる対抗文化のメディアのひとつである、アンダグラウンド新聞や雑誌などの、まともな批評や論評の対象にもなっていった。それまでエルヴィスは本当に忘れられていた。アメリカでレコード店に入ると、大量にならんでいるレコードの名前別のファイリングのなかに、エルヴィス・プレスリーというファイルはないことが多かった。ゴスペルのところを見ると、そのなかには彼のゴスペルのアルバムがあった。

一九六九年の十月のある日の午後、僕はリトル・トーキョーの食堂で、『ロサンジェルス・フリー・プレス』という新聞を読んでいた。アンダグラウンド新聞とかヒッピー・ペーパーズなどと呼ばれ、当時のアメリカの各地で盛んに発行されていた、活字とグラフィックスによる媒体だ。かなりページ数のあるその新聞の、十月十日号をそのときの僕は手に持っていた。『ミシシッピー州テュペロ。エルヴィスが最初に歌った場所』というタイトルの記事を、僕は読んでいた。

斜め前のテーブルにすわった、年老いた白人の女性が、砂糖をたくさん入れたコーヒーを、スプーンですくっては飲んでいた。スプーンを持った彼女の手は常に大きく震えていた。コーヒーをすくおうとするたびに、彼女の持ったスプーンはマグの縁に何度もかちかちと当たっていた。すんなりとマグに入らないほどに、彼女の手は震えていたからだ。すくったコーヒーは、だから、彼女のしわの塊のような唇に届くときには、あらかたテーブルにこぼれ落ちていた。

カムバックしたエルヴィスは再び注目を集めた。そのときの彼の発揮し得る音楽的なあるいは社会的な意味について論じる記事から、彼が歌い始めた一九五〇年代なかばのアメリカについて論評する記事まで、数多くの関連記事を僕はヒッピー・ペーパーズで読んだ。

十月十日に僕が読んだその記事は、なかなか面白いものだった。書いた人の名はジェリー・ホプキンズとなっていた。彼はのちに『エルヴィス』というタイトルで伝記を書いた。そのための資料集めや取材の過程で彼が手に入れたものは、ジェリー・ホプキンズ・コレクションとして、確かハワイ大学に保管されているはずだ。

彼が書いたその記事には、彼自身の撮影による写真が三点、添えてあった。エルヴィスが生まれた家と、それに隣接しているエルヴィス・プレスリー・センターの写真。おなじくテュペロにあるエルヴィス・プレスリー公園の看板。そしてメンフィスのグレースランドの写真。

メンフィスへは飛行機でいった。テュペロまで下る78号線は、最初にいったときは往復ともヒッチハイクだった。そうかい、じゃあ乗せていってあげるよ、というアメリカが、まだあの頃は残っていた。ステート・ハイウエイ78の、メンフィスからテュペロまでの間は、エルヴィス・プレスリーにデディケートされている。

彼が生まれた家を僕は見た。きれいに手直しされ、内部もおそらく現実とはまったくちがった様子で、整えてあった。公園の片隅のような場所にとりあえず置いた、という様子でその小さな木造の家は建っていた。いまではその周囲はもっと小奇麗に整えてある。ファースト・アセンブリー・オヴ・ゴッド教会を僕は見た。引っ越しを何度か繰り返したプレスリー一家が、そのつど住んだ場所を、町の人が教えてくれた。

ミシシッピー・アラバマ・フェアグラウンズはゲートが開いていた。僕はなかに入ってみた。おそらく五〇年代からのものだろうと僕が思った観客席があった。僕はそこにすわってみた。

そしてステージの方向に視線を向けた瞬間には、タイム・スリップを経験しないわけにはいかなかった。一九五六年九月二十六日への、タイム・スリップだ。

当時すでにワン・パフォーマンスで二万ドルというスターになっていたエルヴィスは、地元のフェアへの出演を請われて一万ドルで快諾し、ステージに立った。この一万ドルを彼はテュペロに寄付し、それはエルヴィス・プレスリー公園の資金となった。このときの彼の歌いぶりは、レコードで聞くことが出来る。フィルムも断片的に残っている。次の年にも彼は同じフェアに出演した。

十年以上前、一九四五年五月三日にも、エルヴィスはこのフェアグラウンズのステージで歌を歌った。子供たちのタレント・コンテストに参加した彼は『オールド・シェップ』を歌い、二位になって五ドルの賞金を手にした。一位になって二十五ドルの賞金をもらった、シャーリー・ジョーンズ・ギャレンティーンという女性の所在をつきとめ、当日の様子を聞いたならそれはそれだけで物語になる、とタイム・スリップを抜け出ながら、僕は思った。

メンフィスから何度か通ったテュペロで、少なくともそのときの僕にとってもっとも圧倒的に物語だったのは、ウエスト・メイン・ストリートに昔とほとんど変わることなく、そしておそらくはいまもそのままあるはずの、テュペロ・ハードウエア・カンパニーだった。角にあるこの店で、十一歳のエルヴィスは、最初のギターを母親から買ってもらった。彼は自転車を欲しがったとか、自転車ではなくそれは銃だったなどと、さまざまな説がある。どの説も物語のなかではみな正しい、と僕は思う。だからその最初のギターの値段は七ドル七十五セントだったという説も、完璧に正しい。

この店のなかでも、僕はタイム・スリップのなかに見事に落ちた。店の内部は時代を超越している。タイム・スリップはただでさえ起きやすい。母親といっしょに店へ来たエルヴィスは、ギターはいらないと言ってだだをこねたという。僕がタイム・スリップすると、だだをこねているエルヴィスがカウンターの前にいた。叱っている母親が彼の隣に立っていた。ギターを持ってドアを出ていく彼が見えた。僕も外へ出てドアを見ていると、ドアを開いて少年エルヴィスが出て来た。角に立って店を見ていると、ギターを持った少年が母親とともに店から出て来て、歩き去っていった。

スターになってからのエルヴィスは、何度もテュペロを訪ねたという。このエピソードをひとつひとつ拾い集めて記述していくなら、その集積はそのまま物語になる、などと僕はメンフィスでひとり過ごした何日かの間、思っていた。

テュペロとおなじく、メンフィスにも物語はたくさんあった。テュペロからメンフィスに引っ越して来た一家が、最初に住んだ建物が残っていた。煉瓦造りの、もとはたいへんな邸宅だったのだが、内部を簡単に仕切ったアパートメントのようになって久しい頃、一家はここに移り住んだ。その次に住んだ場所も、建物は残っていた。出来たばかりのときにこの建物をいまの日本の人が見たなら、結構なマンションではないか、と思うだろう。185という番号のある入口に入ってすぐ右側の部屋が、プレスリー一家が住んだ部屋だ。

ヒュームズ・ハイスクールもそのままあった。一九五三年の四月、学校の行事に参加した高校生のエルヴィスは、学校内のホールのステージで歌を歌った。ゴスペル、賛美歌、スピリチュアルなどと一般には呼ばれている種類の歌だ。拍手によって一位をきめると、エルヴィスが一位だった。一位の人にはアンコールに応えるという特権があたえられた。このアンコールで、『思い出のワルツ』と日本では呼ばれた歌を、エルヴィスは歌った。テリーサ・ブリューワーの影響ありありでもよければ、僕もこの歌を歌うことが出来る。中学生の頃に覚えた。

エルヴィスがゴスペルに親しみ、その若い身にしみ込ませたエリス・オーディトリアムもそのまま建っていた。黒人のゴスペル集会に高校生のエルヴィスはいつも来ていた。彼の好みのひとつであった、いわゆる派手な服装の出発点は、ここで見た黒人説教師たちの服装にある。

彼が高校生だった頃にその全身で受けとめていた音楽は、どちらかと言えばプアな白人に広く支持されていた音楽と、明らかにプアな黒人たちの音楽との、両方だった。そのふたとおりの音楽は、おたがいに厳しく区分けされていて、白人にしろ黒人にしろ、ふたつをまたぐことは社会的に許されてはいなかった。エルヴィスは身をもってそのふたつをまたいだ。

ポプラー・テューンズというミュージック・ショップにも、僕は何度も通った。エリス・オーディトリアムとおなじく、ここもエルヴィスの住んでいたところの近くにあった。高校生のエルヴィスがレコードを買った店だ。壁にエルヴィスの珍しい写真がたくさん貼ってあった。写真、特にスナップ写真は、どれもみなストーリーそのものだ。撮られた瞬間がストーリーであると同時に、その瞬間の前後に向けて、さらにストーリーはつらなり広がっていく。

ここで僕もレコードや楽譜を買った。いまも僕はそれらを持っている。ヒル・アンド・レンジ・ソングズから発行された、『エルヴィス・プレスリー・アルバム・オヴ・ジュークボックス・フェイヴァリッツ』の第一巻が素晴らしい。値段のタッグが残っている。一ドル九十五セントだ。

それから、メンフィス・レコーディング・スタジオと、サン・レコード。一九五三年の夏、エルヴィスはこのレコーディング・サーヴィスにあらわれ、四ドルを支払い、直径十インチのアセテート盤に二曲、スタジオで歌って録音してもらい、それを持って帰った。次の年の一月、エルヴィスは再びあらわれ、おなじアセテート盤に二曲を録音し、持って帰った。最初のときに応対したマリオン・カイスカーという女性の気持ちのなかにエルヴィスという青年とその歌が残ったことが、エルヴィス・プレスリーという才能が発見されるに至る、直接のきっかけとなった。

サン・レコードで彼が最初にプロとして録音したレコードが、地元のＤＪ、デューイー・フィリップスによって番組のなかでかかったとき、おそらく不安と興奮で居場所の定まらない気持ちとなったのだろう、エルヴィスは映画館に逃げ込んだと、伝説は伝えている。その映画館のことを、地元の人が僕に教えてくれた。

一九五三年、そして一九五四年、リード・ギター奏者のスコティ・ムーアとベース奏者のビル・ブラック、そしてエルヴィス・プレスリーの三人は、ブルームーン・ボーイズと称して、南部一帯でワン・ナイト・スタンドの仕事をたくさんこなしていた。一九五四年九月、エアウェイズ・ショッピング・センターの開店の余興に、ブルームーン・ボーイズはトラックの荷台をステージにして、出演した。そのショッピング・センターで昼食をとっていたとき、隣の席にすわった男性が、その話をしてくれた。センターの中心は、営業開始当時は、カッツという名のドラッグ・ストアだったという。その建物も残っていた。

オーヴァトン・パーク・シェルも、タイム・スリップを体験する場所として、充分に幻惑的だった。一九五四年の七月、この野外音楽堂に出演したエルヴィスは、出たばかりのレコードの二曲、『ザッツ・オールライト・ママ』と『ブルー・ムーン・オヴ・ケンタッキー』を歌った。そのときのヘッドライナーは、スリム・ホイットマン、ビリー・ウオーカー、そしてルーヴィン・ブラザーズなどだったと人から聞かされ、僕はポプラー・テューンズへいき彼らのレコードを買った。

八月にもう一度、エルヴィスはここに出演した。このときは『オールド・シェップ』と『心のうずくとき』の二曲を彼は歌った。これは午後の部であり、二曲とも静かなバラッドだったから、受けはあまり良くなかった。夜の部で彼は『グッド・ロッキン・トゥナイト』と『ザッツ・オールライト、ママ』を歌った。観客の反応は熱狂的であり、ヘッドライナーのウェッブ・ピアースは、前座でこれだけ盛り上がったあとに出ていくのは嫌だと言い、ステージには出ないままであったと、確かな伝説は語り伝えている。

エルヴィス・プレスリー・ブールヴァードに面して、グレースランドから数ブロックのところに、ザ・グリディロンという名の、食堂とレストランの中間のような店がある。ここにエルヴィスはよく食べに来たという。この店のカウンターの席で昼食を食べていたとき、僕の右隣のストゥールにすわったのは、話好きの人の善さそうな、南部の男だった。中年を越えてその先にある期間へと入っていきつつある年齢だった。僕の右隣にすわるやいなや、彼は僕と十年来のつきあいのような雰囲気になってしまった。

遠来の僕がエルヴィス・プレスリーに興味を持っていることを知った彼は、自分のエルヴィス物語を語ってくれた。一九五六年の夏、汽車でニューヨークからテネシーへ帰って来たエルヴィスは、メンフィスの駅までいくよりもここで降りたほうが近いからと、汽車の速度を最徐行にまで落としてもらい、ひとりでなにも荷物を持たず、汽車から線路に降りたのだと、その男は語った。線路から道路へ出て、エルヴィスはオーデュボン公園のなかの道をまっすぐに下り、パーク・アヴェニューという道路に出た。このアヴェニューは、そのあたり一帯では、東西に直線でのびている。このパーク・アヴェニューを越えると、大学の南キャンパスだ。そのすぐ東側に、当時のエルヴィスが家族とともに住んでいた家のあった、オーデュボン・ドライヴという道がある。

オーデュボン・ドライヴを車で走っていたその男性は、歩道をひとりで歩いていくひとりの青年を前方に見た。

「うしろ姿からして、普通の人とはまったくちがうんだよ。ありゃいったい誰だ、と思いながら走っていって、追い越しながら良く見て、追い越してから車を右に寄せて振り返ってなおも見たら、案の定、その青年は普通の人じゃなかったよ、エルヴィス・プレスリーその人さ。乗せていってあげようか、と俺が言ったら、歩きたい気分なので歩いていきます、もうすぐそこですから、どうもありがとう、とエルヴィスは答えたよ。ニューヨークから帰って来たエルヴィスは、汽車を途中で止め、汽車を降り、歩いて家まで帰ったんだよ。お袋さんは驚いたね、きっと。車を発進させた俺は、歩いているエルヴィスをミラーのなかに見続けたよ。ちがってたね。人としての全体の雰囲気がさ。まるでちがうんだよ。まさにエルヴィスだったよ」

彼にそのような物語があるのなら、僕もエルヴィスの物語を書こう、と僕は思った。エルヴィスの物語は、少年期から最初のレコードをへて、地元のスターになっていくあたりまでが、もっとも面白く魅力に満ちている。エルヴィスから始まった物語を、僕はそこから書き始めた。

10セントの意識革命

晶文社　一九七三

一九七〇年の八月から一九七三年のやはり八月までにわたってぼくが書いたさまざまな文章のなかから、この文章は取り消しにしたいと願う度合いができるだけすくないものばかりを選び、あるひとつのならべかたをしてもらった結果、このような本ができた。

それぞれの文章を書いたときのなかば無意識にちかい心がまえとしては、そのときの自分にできるだけ忠実でありつつ、できうるかぎり気まぐれに題材をえらんで書いていくということだった。にもかかわらず、こうして一冊になってみると、あきらかにぜんたいはひとつのまとまりを見せている。そして、それがどのようなまとまりなのかと自分でよく考えてみると、なんのことはない、ぼく自身およびぼくのものの考え方の歴史ないしは自伝に接近したまとまりなのだった。

気まぐれに材を選ぶという作業は、ぼく自身の内部で常にそれが円滑におこなわれていればそれで充分なのだが、言葉になおして説明を加えておこう。ぼくが書くそのような文章はなんら目的を持たず、なにごとかを構築するものでもなく、説き伏せたりあるいは披瀝したりするものでもさらになく、かなりあいまいなかたちでしかし明確に、一定の雰囲気のようなものを描き出せさえすればそれ以上にはなにも望まないということなのだ。ぼく自身、ひとつの過程そのものであり、したがってその過程のなかから書き出されてくる文章も過程であり、おこなっているさまざまなこともまた、過程でしかない。

ぼくがなんらかの文章を書くとしたら、それは、過程のなかをとおっていくそのときどきの通過証明書みたいなものであり、だからこそ、書いたとたんに大半は忘れてしまう。この本の校正刷りは、読みはじめるまではひどく気が重かったのだが、いったん読みはじめると、書かれている内容は自分のほうがとっくに忘れてしまっているものばかりなので、他人の本を読んでいるのとおなじように面白く読めた。

面白かったということは、この本の文章をぼくが自分のものとしていまだにありがたがっているということではぜったいになく、まさにその反対であることを証明している。この本は、一九七三年までのぼくという他人が書いた本だ。

この『10セントの意識革命』におさめられたそれぞれの文章が書かれた時期と、掲載された場所とを明らかにしておかなくてはいけない。「アメリカの一九五〇年代」は、一九七〇年の八月から七一年の三月にわたって書かれ、「ハヤカワ・ミステリ・マガジン」に、のった。ただし、第一章は、この本のために、七三年の八月に書いた。『『マッド』自身はいかにして円環を描いたか」は、七一年の十一月から七三年の五月ごろまでにわたって書き、おなじく「ハヤカワ・ミステリ・マガジン」に掲載された。「ブロードウェイ・西37番通り交叉点」「ターザンの芸術生活」「ポケット・ビリヤードはボウリングなんかよりずっと面白い」「とおりすぎるはずだった小さな町」「トム・ミックス——アメリカのチャンピオン・カウボーイ」は主として七三年の春に書き、掲載誌はおなじく「ミステリ・マガジン」。「個人的な文脈で書くカントリー」が七二年の夏で、「ニュー・ミュージック・マガジン」。映画『断絶』と『エルヴィス・オン・ツアー』についての文章は「映画批評」。映画『激突』についてのものは、「キネマ旬報」。ロックンロールの宇宙志向と赤さびだらけの自動車についての文章は「音楽専科」、そして、ジャニス・ジョプリンが「別冊ＦＭｆａｎ」で、「丘の上の愚者は頭のなかの目でなにを見たのだったか」は、「ワンダーランド」の創刊号にのっていた。

友よ、また逢おう

角川書店　一九七四

　北アメリカの南西部、ニューメキシコとかアリゾナあたりの天然の光景にぼくは感動し、圧倒されている。光景だけをじっとながめていたり、あるいは、その光景のなかをゆっくりと動いていくだけで、すでに体験は充分すぎるほどにドラマチックだ。

　これほどの光景のさなかで、たとえばビリー・ザ・キッドのような青年が、一頭の馬に乗り、一挺の拳銃を持ち、たったひとりで、いったいなにをやっていたのだろう。一〇〇年まえのありさまを生きた言葉で伝えてくれる人たちはもういない。断片的にのこっている記録から推測すると、一〇〇年まえの現実世界は、どうやら凄惨をきわめていたようだ。記録をたよりにいくら過去にさかのぼっても、しかし、当時の様子をビリーという青年を中心に再現することは、できない。ぼくがそのようなことを不得手としているだけではなく、この小説の冒頭に引用したウオルター・ノーブル・バーンズによって多分に美化された描写をほどこされている一介の青年が、いったいなにを考えて微笑し、怒り、笑い、毎日をすごしたのか、想像もつかないからだ。

　二十一歳までに二十一人の人を殺して二十一歳で死んだ無法者、という虚構をこえるためには、一〇〇年まえとかわらずにのこっている光景のなかで、一介の青年を、過去のこととしてではなく、いまのこととして、動かしてみるよりほかに手段はない。

そして、いまのこととしてぼくにできるのは、圧倒的な光景のなかで、やってくる日々を一日ずつ順番に、あいだをとばしたりせず、具体的に生きることによって塗りつぶしていく作業だけだ。そのような青年のたったひとり出てくる小説を、まずぼくは書いてみたかった。

できばえに関する評価はさまざまありうると思う。苦笑をもって許されることにより雑誌『野性時代』（一九七四年六月号）に掲載され、多少の加筆をしてここにあるこのかたちとなったのだとぼくは考える。書くにあたって、主として時間上のことがらに関して、一生頭のあがらない人々をいっきょにぼくは七人も八人もつくってしまった。これはよいことではない。すぐれて面白い小説を書きつづけることが、おわびになるのだと考えるから、破りすてることのできない初心としてここに書きつけておきたい。

ここに登場するビリーは、いわゆる史実には忠実ではない。だが、彼が動く背景となっている時代に関しては、飛躍はない。

ロンサム・カウボーイ

晶文社　一九七五

「追い風はホワイト・ブルース、向い風がアメリカン・ソウル。紫の平原が、二車線のハイウエイが、幻の蒼空に逆さうつし。アメリカの西部の主人公カウボーイが、どこまでも持ち歩くロンサムとはなにか。硬すぎる叙情ゆたかに描ききる男の詩。」

月刊誌『ワンダーランド』（いまの『宝島』の前身）第一巻第一号が刊行されるのにさきがけてつくられた宣伝資料に、連載『ロンサム・カウボーイ』の予告がこんな文章でのっていた。連載は『ワンダーランド』をまっとうし、『宝島』の第一号から第十二号まで予定どおりつづいた。ここにこうして一冊にまとまっているのはその連載のすべてであり、順番は連載どおりであり、文章は、ほんのすこし、ところどころ、なめらかにかえてある。全十四話が出来あがるまでに、いかに多くのグッド・ピープルが力をかしてくれたかは、もはや書く必要のない、わかりきったことだ。

なんということもない、ごくあたりまえのアメリカの人々が、ごく普通の町なみや風景のなかにいて、日常の生活を送っている。そこへぼく自身を置く。普通の人々が平凡な風景のなかでくりかえしていてる生活を感じとるためだ。そして、そのぼく自身を含めて、その光景ぜんたいを、もうひとりのぼくが、別のパースペクティヴをもって描いていく。こういった、パースペクティヴの移動ないしは転換は、仮説をこえて、感覚のよろこびになりうる。というようなことを『ロンサム・カウボーイ』全十四話のなかでぼくはやってみようとしたのだと、いまやっと気づいたから、まさにあとがきとして、書いておく。

スローなブギにしてくれ　角川書店　一九七六

エンタテインメント、という言葉がある。娯楽、娯楽作品、といった意味で日本語となりつつあるが、辞書をひくと、歓待、もてなし、と出ている。ぼくは人をもてなしたい。もてなすことがぼくの楽しみなのだ。小説による、もてなし。それをぼくは、やってみようとしている。うまくいったら、書くほうも読むほうも、歓待される。人と人とのつながりが、そこにできると思う。この五つの短編にこめた願いは、それだけだ。

スローなブギにしてくれ　角川文庫　二〇〇一
角川書店（一九七六）の文庫版

三十代のなかば少し前から、僕は小説を書き始めた。どんな小説をまず書いたのか、具体的な一例を示すなら、この短編集に収録してある、「モンスター・ライド」のような小説だ。舞台はアメリカないしはハワイであり、描かれている内容といえば、東京でフリー・ランスのライターとして多忙である作家自身の日常との、乖離感のはなはだしいもの、という特徴を持っていた。そのようなどのストーリーの場合にも、核となる英語の言葉がいくつかあり、それを中心にストーリーを発想したり、ディテールを組み立てたりしていた。まずはそういうことしか出来なかったからだ。

「野性時代」という雑誌が創刊され、そこに小説を書くことを僕は編集部から強く勧められた。創刊号から僕は書いたが、書いた小説はそれまでどおりの作法によるものだった。これが一年くらい続いただろうか。書いたどの小説も、そのほとんどを僕は失敗した。ある日のこと、新宿の喫茶店で、僕はその雑誌の編集者から提案を受けた。誰にとっても読む端から難なく理解出来て面白い話を書くようにしてはどうか、という提案だ。

これは優しい忠告だったと、いまにしてようやく、僕は理解へと到達する。提案を受けて談笑の時間を終わり、僕は小田急線で下北沢まで帰った。駅を出て南口の商店街を僕は歩いていった。そこから六、七分のところにあった、当時の自宅へと向かったのだ。この商店街のなかばを過ぎたあたり、駅から下って来て右側に、書店があった。この書店の前を僕はとおりかかった。

平日の午後三時ごろだっただろうか。当時のすべての駅前書店で見ることが出来たのは、学校帰りの中学生の女のこたちが、コミック雑誌を立ち読みしている光景だった。下北沢南口のこの書店では、入口の外、道路に面した両側に、コミック雑誌を並べて積んでおく平台があった。その平台の前に制服の女のこたちがずらっとならんで道路に背を向け、熱心にコミック雑誌を立ち読みしている光景を、歩いていく僕は見た。

読む端から面白くわかっていくもの、それはまさにコミックスではないか。わかりやすい小説を書けという忠告に従うなら、コミックスを言葉で書くのがいちばんいいのではないか、と僕は思った。その思いを頭のなかでつつきまわしながら自宅へ帰り、ストーリーを作り、ついでにその日の夜、書いてしまった。それが「スローなブギにしてくれ」だ。

読めばわかるとおり、すべてが急速に一点へと集中していく感のある、明らかに誇張された、ややファナティックな傾きを持った短編小説だ。人の忠告を聞くだけの耳はあるようだな、という褒められかたを編集部から受けたのを記憶しているから、ここに書いておこう。記憶している、とたったいま僕は書いたが、本当に事実の記憶だろうか。あれから二十年という時間のなかで、僕の頭のなかに少しずつ出来ていったフィクションが、いまここで文字を得て文章になったのではないか、という面白さも僕は捨てきれない。記憶よりはフィクションのほうがいいかもしれない。

この「スローなブギにしてくれ」を書いた僕が、そのことをとおしてようやくにして学んだのは、ひと組の男女がなんらかの関係を作ってそれをストーリーのなかで推移させると、ふたりの世界、というものがそこに発生してしまう、ということだった。ふたりの世界を自分も持つことを、「スローなブギにしてくれ」の主人公の青年ですら、最後の台詞で引き受けているではないか。

このようなふたりの世界というものが、たちまちにして砕け散り、二度ともとには戻らないものであったとしても、ふたりの世界というものは、夫婦として連れ添って三十年というような夫婦物語を、暗黙の了解のように前提にしてしまう。

この前提を僕は部分的には回避した。文章で描くコミックスの主人公を少年あるいは少女にし、彼らの誰にとっても一回こっきりのストーリーを担わせれば、ふたりの世界にはならない。回避しきれない部分を引き受けるための工夫は、ストーリーのなかにあらわれるひとりの男とひとりの女を、いっときの主従関係にすることだった。自前で発想し、その発想にもとづいて自前のアクションを起こす人を女性にし、男性はその女性の発想やアクションに対して反応するだけ、という主従関係だ。

文章で書くコミックスの試みは、この短編集のなかにある「さしむかいラブソング」あたりで終わっている。これは「スローなブギにしてくれ」の、意図的な同工異曲だ。そして女性が発想とアクションを引き受け、男性がそれに反応するという骨格のストーリー群の始まりは、「マーマレードの朝」あたりにある。

「スローなブギにしてくれ」を表題作とした短編集は、単行本でも文庫になってからも、おなじ六篇の短編で構成されていたが、今回は作者自身による以上のような解説と整合させるため、おしまいのふたつの短編を、「マーマレードの朝」と「さしむかいラブソング」に、差し替えた。三十代なかばから後半へ、という頃の僕がどんな小説を書いていたか、まず最初の部分が、今回のこの短編集でよくわかることとなった。

ヘルプ・ミー！ 英語をどうしよう

KKベストセラーズ 一九七六

英語の勉強、ということをきちんとつきつめていくと、たいへんなことにつきあたるのだった。

なぜ、英語を勉強するのか。これまでの勉強方法は、どうまちがっていたのか。どんなふうに勉強すればいいのか。いろんな問題が、山のようにある。そのなかでも、いまいちばん大事なのは、なぜ、ぼくたちが英語を勉強するのか、ということであるようだ。

なぜ、英語を勉強するのだろう。

最終章のラスト・ページで、ぼくなりの結論にたどりつくことができた。はじめから読んでいただければ、みんなよくわかっていただけると思う。

英語の勉強は、学校にかよっているあいだだけおこなう「お勉強科目」の勉強ではなく言葉、コミュニケーション、各国の文化などが全地球的にからみあう厖大な問題なので、そのすべてについて書くことは、とてもむずかしい。

アチラとコチラをただ節操もなく比較しながら、主としてコチラ側の弱点をのべたてていくという、一般論的な文明批評は、もうほんとうに退屈だ。退屈であるからには、そのようなものは、現実での有効性をほとんど持っていないといえる。

書かれた文明批評を通読していればそれでいいという時代は、過ぎ去ってしまったようだ。ぼくたちひとりひとりが、日本の外で、あるいは日本のなかで、現実に自分の身のうえに、批評を体験していかなければならない。

そのとき、どうしたって出てこざるをえないのは、コミュニケーション、つまり言葉とその文化の問題だ。

自国語のなかに閉じこもっているのもたいへんだし、その外へ出ていくのもまた、たいへんなことだ。

たんなる退屈な文明批評としてではなくこのような問題について書くのは、ものすごくやっかいだ。

そのとてつもなくやっかいなことに関して、多くの専門家が、それぞれの専門分野でとりくんでいることと思う。ぼくはまるっきりの素人であり、読んでいただく大多数の人たちも、おなじく素人だろうと思う。

その意味では、ぼくは、これを書く側にありつつ同時に読む側にもいるわけで、両側から問題を見ながら書いてきた。ちょっとした稀有の体験だったといえる。

なぜ、ぼくたちは英語を勉強するのか。そのためには、どんなことを考え、どんなふうに勉強すればいいのか、といったことに関して、具体的なとっかかりとなりうることがらの意識化をおこなう必要がある。目的がはっきりとわかっていれば、勉強はそれだけしやすくなるはずだ。

いわゆる日本人英語の珍訳・迷解釈みたいなところからスタートして最終章の結論まで持っていくという、無謀とも思えるスタイルでの意識化に手をかしてくれたのは、ベストセラーズ編集部であり、社主・岩瀬順三氏であった。この手助けがなければ、こんなたいへんなこと、ぼくはやらなかっただろうと、いまはっきりいえる。

町からはじめて、旅へ

晶文社　一九七六

ずいぶん呑気な文章ばかりだ。

かつてのぼくが書いたものを、いまのぼくという冷静な第三者の目で読みなおしてみて、はっきりそう思う。

あらかじめテーマをきめたうえで求めに応じて書いたものが半分。そして、なにを書いてもいいと言われて書いたものが半分。だいたい、そんな感じだ。

いろんなことについて、呑気に書いてある。呑気のあまり、言葉をつくそうとして逆に、なにを言いたいのかわからなくなっているところがすこしあったりして、おかしい。

この呑気さは、どこからくるものだろうか。ぼくの気質をべつにすると、結局、言葉で書かれたものはみな多かれすくなかれ呑気なのだ、ということに思い至った。

いろんなことに関して、きまぐれに書き散らしているようだが、じつは、興味の対象はかなりしぼりこまれている。

旅、サーフィン、アメリカ語と日本語、といったような、言葉を超越したことがら、あるいは、いくら言葉を操り重ねあわせてみても追いつくことのできない、きわめて肉体性の強いことがらに、ぼくの興味は大きくかたむいている事実が、いまわかった。

言葉では書けないことを、言葉と格闘しながらなんとか言葉で書いてみようというような気持は、ぼくには、まるでない。言葉で充分に書きうる抽象的なことがらにも、興味はほとんどない。ということは、非現実的なたぐいの言葉をさほど信用していないということに、はっきりとつながってくる。

ここからさきは言葉では書けないのだという、ぎりぎりのところまで興味の対象を追いつめきったわけではなく、追いかたもまたすこぶる呑気なものだ。言葉でなんかとうてい書くことのできない、強い肉体性をはらんだ巨大な部分が、どの対象においても、すでに鮮明に見えていて、そのなかに入りこんでいるからにほかならない。そのなかでの、対象との触れあいは、すぐれて切実であるから、書くときくらいは呑気にいきたい。

町からはじめて、旅へ　角川文庫　一九八一

晶文社（一九七六）の文庫版

スクリーン・ドアをあけて玄関のポーチのうえに出る。気持ちの良い、さらっとした風が、身をなでる。ポーチの木の階段を、庭へ降りる。芝生のうえを裸足で歩く。芝生は、しっとりぬれている。淡いとおり雨の雲が、さあっとまいていった雨の名残だ。

家の板壁から庭の外周にそって、ポインセチアの花が、まっ赤に咲いている。うけとめている、明るくて透明な陽ざしのせいで、花はよりいっそう赤い。朝の風に、その花がゆれる。

空をあおいでみる。まっ青に晴れていて、純白の薄い雲が、ところどころに散っている。十二月だが、こんな快晴の日には、ハワイのオアフ島北側の海岸では、陽ざしは充分に熱い。

早朝の海岸へ、自動車で出ていく。海岸に出る裏道へハイウエイから曲がりこんでいくと、十字路ですれちがう車の若いドライバーが、「ジェリーにローリーにジェフだよ」と、地もとの青年の英語で、教えてくれる。「三人そろって、ものすごいよ」と、彼は海岸のほうを手で示す。

彼が示す海岸は、オアフ島のノース・ショアの海岸だ。ジェリー・ロペスにローリー・ラッセルという、地もとのトップ・サーファーに、フロリダから来ているやはり一流中の一流の、ジェフ・クロフォードの三人のサーファーがそろって沖に出ているという場所は、バンザイ・

パイプラインだ。

波うちぎわから七十五ヤードほど沖に、バンザイ・パイプラインと人の呼ぶ、ものすごい波が、立ちあがる。垂直に空へむかって立ちあがった波の壁が、トンネル状の大きな空洞を自らの内部に抱きこみつつ、左から右へすさまじく走り、走りつつその後尾から轟々と崩れ、まっ白い巨大な爆発のようになって果てるという、素晴らしい波だ。

オフ・ショアの風に吹かれながら、波うちぎわに立って、このパイプラインをながめる。チューブ状の波が右へ限度いっぱいに走りきって自爆するときの、聞いているだけで肝の冷えるような音が、地響きのようになって両脚から体に伝わってくる。

この波は、アリューシャン沖の冬の嵐からはじまっている。冬の嵐でたたきまくられた北太平洋に波が生まれる。この波がえんえんとハワイ諸島まで、うねり波となって、伝わってくる。深い海底を持つ海をうねっているあいだはなんの問題もなかったのだが、オアフ島の北海岸に近づいて、あるときいきなり、珊瑚礁の浅瀬に乗りあげる。浅い海底によって行き場を失った波エネルギーの円運動は、空中にのびあがるほかない。パイプラインができるとき、まず最初に立ちあがる、内側に大きくえぐれこんだ波の壁の途方もなさに、太平洋のエネルギーの、ほんの小さな一端を見ることができる。

パイプラインが、また沖に立ちあがる。波の壁のむこうから、サーファーがひとり、テイクオフしてくる。横に長くのびあがりきった波の壁の頂上から、オフ・ショアの風にあおられ、白い飛沫の幕が舞い立つ。それをむこうから突き破り、サーファーはテイクオフしようとする。

ローリーでもジェリーでもない。ジェフでもない。彼らだったら、こんなにスピードのないテイクオフは、絶対にしない。そのサーファーは、オフ・ショアの風を全身にくらい、その抵抗で波の壁に一瞬釘づけになったのち、波のパワーで下から突きあげられ、空中にはね飛んだ。彼とそのサーフボードが、波にまきこまれ、見えなくなる。やがて、サーフボードが、波の内部から空中に飛び出してくる。サーフボードはまんなかからまっぷたつになって、空中に舞う。サーファーのほうは、いましばらく、暗い水のなかで徹底的にもまれるのだ。

十二月のハワイは、波乗りのシーズンの、ちょうどまんなかだ。シーズンのキック・オフは、十一月なかばにノース・ショアでおこなわれる、かつてはスミノフ・クラシックと呼ばれたハワイ・プロ・クラシックだ。

そして、十二月になると、カジュアル・ウエアのメーカーがスポンサーにつくパイプライン・マスターズが、バンザイ・パイプラインの波を使って、おこなわれる。ウーマンズ・カップやワールド・カップがそれにつづき、クリスマスのホリデー・シーズンには、すでに十五年つづいているデューク・カハナモク・クラシックが、ひとしきり地もとの話題となる。七七年にこのカハナモク・クラシックで一位になったハワイのサーファー、エディ・アイカウは、古代ポリネシアの双胴のカヌー帆船でハワイからタヒチにむかう航海の途上しけにあって船はひっくりかえり、船につみこんでいたサーフボードとともに、行方不明になったきりだ。

オーストラリア、日本、南アフリカ、そしてアメリカとまわってきて、プロ・サーフィンの数々のコンテストは十二月のハワイでほぼ終わる。クイリマのリゾート・ホテルで表彰や宴会がおこなわれるころには今年もノース・ショアの混雑はピークに達するだろう。

思いがけないところに、さりげなく、しかしきわめて洒落たかたちでクリスマスの飾りをみつけるとき、ハワイで人々がはじめてクリスマスを祝った一八六二年以来の、太平洋の小さな島の愛すべき伝統や風土のようなものを、だれもが懐かしく抱きしめなおす。

彼のオートバイ、彼女の島

角川書店　一九七七

彼のオートバイは、カワサキの650W3だ。いまはもう生産されていない。非常にオートバイらしい雰囲気や息づかいを持った名車だとぼくが思っているW1の最終生産モデルだった。この作品が雑誌『野性時代』（一九七七年一月号）に掲載されたとき、彼のオートバイはW1にしてほしかった、という手紙を読者から何通かいただいた。書きはじめるとき、ぼくもたいへん迷ったのだ。W1のSAにしようか、それともW3にしておこうか。自分で乗ることを考えると、W1になってしまうけれど、W3だってすてたものではない、とてもいいのだ。主人公と一体になったもうひとりの主役として、W1はこれから何度もぼくの小説に登場するはずだ。この作品の基本的な性質のようなもの、そして主人公であるコオという青年との調和を思うと、W1よりもW3のほうがより近いような気がする。だから、W3になったのだ。こんなかたちでW3を登場させることができたのを、ぼくはとてもうれしく思っている。

このW3で原稿輸送のアルバイトをやっているコオだが、コオという名前をつけるのにもすこし時間が必要だった。内部に鬱屈しないような解放的な音のひびきを持った、カタカナで書けば二文字の、単純で明快で、くっきりとした、それでいてある種の屈折とか多感さのようなものを表現できる名前。結局、コオがいちばんいい、とぼくは思った。そして、コオに決めてからふと気がつくと、コオはKAWASAKIの最初の三文字のKAWでもあるのだ。カワサキのオートバイのことを、アメリカのオートバイ好きたちは、「サーキ」あるいは「コオ」と、呼んでいる。「サーキ」はカワサキの後半の二文字をとったもの、そして「コオ」はKAWをたとえばJAWとおなじ感じで英語読みにしたものだ。カワサキに乗っている主人公の名前が、コオ。悪くない。いや、それどころか、なかなかいい。まじめに一生懸命にこんなことを考えた果てに、小説の主人公の名前はきまっていくのだ。顔や鼻の穴を排気ガスや煤煙でまっ黒にしながら、W3で走っているコオ。このコオが、ひとりの同年齢の女性と会うところから、物語はスタートする。

どんな女性にすべきか。彼に対してよりもまずW3に対してひと目惚れしてしまうような女性であることが望ましい。だったら、はじめてふたりが会う場所は東京都内などではなく、そう、夏の信州の高原がいい！　W3で真夏の信州にひとり旅に出たコオが、そのオートバイにまたがって遠く千曲川や浅間山を青空の下に見ながらニギリメシをほおばっているという、ぼくとしては理想的に突き抜けた状況で、彼と彼女をひきあわすことができた。

彼のオートバイに匹敵するものを、彼女もなにか持っているといい。オートバイ。夏の信州。彼と彼女。何日ものあいだハートの中で無理をすることなく考えつづけて最終的にうかんできたのは、瀬戸内海の小さな島がいいにちがいない、ということだった。このころになると、「夏とは単なる季節ではない、それは心の状態なんだ」という、テーマのようなものが生まれてきていた。タイトルもきまっていた。

ちょうどこのころ、白石島という、瀬戸内海の小さな島を現実にぼくは知った。瀬戸内海とその中の小さな数多くの島に関しては、ずっと以前、ぼくはいろんな体験を持った。その体験をたよりに、彼女の島たりうるような島をひとつみつけなくてはならないと思っていたぼくの目の前に、この作品でコオが自分の一人称で描写しているのとまったくおなじに、真夏の空と強く明かるい陽ざしの下に、白石島という島が登場したのだ。

「夏とは単なる季節ではない。それは心の状態なんだ」とは、平たく言えば、とても退屈なんかしてるヒマはない、ということでもある。なぜ、退屈なんかしてるヒマはないのだろうか。なぜなら、夏の日々は、あっというまにふっ飛んでどこかへいってしまうから。

ついでに書いておこう。瀬戸内海のどのあたりでもいいから、ほんのすこし船でいくだけで、いまの日本がどれだけひどい状態にあるかを、全身の痛みのようなかたちで感じとることができる。

おなじテーマで、ぼくはまたひとつ、長い小説を書こうとしている。サーフィンが中心になったものだ。夏の中で息づく理想的な波を求めて、ふたりの若いサーファーが南半球を旅する物語だ。コオやミーヨと、どのくらいおもむきがちがってくるか、楽しみだ。

サーフシティ・ロマンス　晶文社　一九七八

波乗りについてぼくに書ける範囲のなかですこしずつ書いてきて、こんなにたくさんになってしまった。雑誌に連載したものもあり、毎月のことだから多少の無理をしたりしている。ハレイワのひなびた店でごはんを食べながらサーファーが語ってくれたことを強引に連載の一回分にしたり、英語の雑誌や本に頼ったり。おなじことをくりかえしたりしている。

しかし、たとえばノース・ショアだけについても書いてないことがまだ多すぎる。これからのことにしよう。波乗りについて書くと、友だちが増える。佐藤秀明氏の素晴らしい写真にぼくの文章が添うことができたのはとてもうれしい。

そして、ぼくが波乗りをみつけるずっと以前から波に乗っていた湘南のグッド・ピープルが、日本のなかでのサーフ・バミングに、ぼくを誘ってくれている。ランド・クルーザーにキャンプ用品やサーフボードをつみこみ、日本にもたくさんあるという幻の10フィーターをさがしに旅をしませんかというのだ。

うわっつらの真似ごとではない波乗りが、日本のなかでどんなふうに可能なのかを、友人たちは模索しようとしている。なんという素敵なことだろう。

スターダスト・ハイウエイ　角川文庫　一九七八

一枚の写真にかりたてられて旅をしてしまうことが多いのはなぜか、と考えてみる。考えていてやがてわかってくるのは、やはり自分は自分好みの空間をいつも求めているのだ、ということだ。

ぼくを旅に誘い出す写真は、主として、風景およびその風景にとてもよく調和して人間の生活が営まれている現場を撮った写真だ。

直接的なかたちで人間が写しとられていなくても、それはかまわない。快晴の朝の青空の下に古びた街なみがあり、そのひとけのない街なみをあるがままに写しただけの写真でもいいのだし、山あいの小さな畑に陽がさしているありさまを撮っただけの写真でもかまわない。

一見なんということもない平凡な写真でも、光線のぐあい、レンズの特性、カメラ位置、それに構図のとりかたなどがうまくかさなりあうと、レンズとフィルムが共同して四角く切りとった風景空間には、その写真では見ることはできないが実際にはその小さな四角の外側に存在する空間の広がりが、かならず感じられる。

この、写真のフレームをこえて感じられる空間に強くひかれるからこそ、その空間を現実に体験したくなり、旅をするのだ。

風景写真とは言わずに空間写真とぼくは言いたいのだが、よくできた風景写真はきまって構図のとりかたがよく、構図のとりかたがいいとはどういうことなのかと考えてみると、カメラを持った人が自分のまわりに広がっている空間の性格みたいなものを、いかに要領よく適確に、そしてほどよく、ひとつの小さな四角い平面の内部に凝縮させたか、ということなのだ。

「きみは、こういうのが好きだから」と書きそえてアメリカの友人が送ってくれた一枚の写真には、西部開拓時代の終り近くに鉱山町として栄え、いまはさびれたまま歴史の余韻のなかにうたた寝をしているような街なみが、まだ人が起きだすまえの、早朝の光りのなかで、とらえてあった。

その友人は非常にすぐれたフォトグラファーであるから、小さな四角のなかにその街なみのぜんたい的な雰囲気を凝縮させてつめこむ手ぎわと感覚はみごとであり、ぼくはあっけなく誘い出されてしまった。この街の様子は、本書のなかに文章によって再現してあるはずだ。

広島県の豊松村へいったときも、きっかけは一枚の写真だった。おだやかな山のスロープに小さな畑があり、初夏の朝陽がきれいに射していた。畑のあぜ道に生えている夏草のにおいをかぎたくなり、出かけた。五年ほどまえだ。

どこかへ出かけていき、出かけたさきについて一定量の文章を書かなくてはいけないという仕事のためだったが、出ていくための重要なきっかけは、平凡といえばとても平凡な一枚の写真だった。その村をただ見ただけでは手におえない部分は参考書の助けをかりたことをついでに書いておきたい。

『ナショナル・ジオグラフィック』というアメリカの雑誌には、ぼくをそそのかす写真が多い。地球ぜんたい、さらには宇宙や過去までも取材対象にした、科学歴史風俗地誌などの啓蒙的紹介雑誌だ。やっかいな問題にはいっさい触れずに、いわゆる良識の中道をいくという感じの雑誌だから、おっとりしていて突っこみは甘く、アメリカ国内ではジョークの種になることもしばしばだ。

たしかに記事は甘いが、風景をとらえた写真には、素直なものが多い。そして、その素直さは、ぼくを誘い出すという具体的な力すら持つ。

カリフォルニアの山のなかの、小さな田舎町のメイン・ストリートとその両側の家なみをとらえた写真にひかれてその現場へいったとき、その現場での一刻は、およそ次のようだった。雑誌にエッセイとして書いた全文を引用する。

*

人口五〇〇名の町に、夏の陽がいっぱいに当たっていた。

透明な、さわやかな陽の光りだった。湿りけのない、さらさらとした澄みきった感触が、肌ざわりとして全身に感じられるような陽光だ。

町のなかをやさしく吹き流れている風も、さわやかさの具現のようだった。自動車の窓から入りこんできて、腕や首すじ、額や頬、そしてまつ毛をかきわけて眼球にその風が触れるとき、ほのかな甘さが心からの挨拶のように体の内部に伝わってきた。この風も、そして陽ざしも、緑にかこまれた山のものだ。この小さな町のまわりには、標高五〇〇〇フィートから七五〇〇フィートをこえる高さの山が、いくつもつらなっているのだ。

舗装されたメイン・ストリートを、ぼくは歩くようなスピードで自動車を進めていた。メイン・ストリートは、小さな町を、ほぼまっすぐに、抜けていた。この町の中心となっている、もう一本の通りとの交差点は、たったいまとおりすぎたばかりだ。交差点に信号はなかった。

明かるい陽のなかで、あらゆるものが、くっきりと美しくきわだった輪郭を持っていた。なにもかもが、おだやかに、そして毅然として、自分の領域を守っていた。

アスファルト舗装のメイン・ストリートに、陽が降り注いだ。両側に、ささやかな町なみがつづいていた。木造の一階建て、あるいは二階建ての家がならび、たいていは、道路に面して商店となっている。軒が長く張り出し、歩道と道路のさかいに立つ支柱で支えられている。その支柱は白く塗られている。商店の板壁も、白い。クリーム色や淡いベージュに変色し、ひび割れてささくれ立っているところもある。

夏の太陽がちょうど頭の真上にあり、歩道は陽影になっていた。乳製品とアイスクリームを売っている店の前に、ひとりだけ人の姿が見えた。折りたたみの椅子を持ち出して道路にむかってすわっている。ブルージーンズに白いぶかぶかのTシャツ。金髪の、まだ若い男だ。

歩道の上に、白い手すりのついたバルコニーを張り出させているのは、ホテルだ。一階の板壁から歩道にむかって、「ワイン、ビール」「カクテル」「部屋」と、看板が突き出ていた。その建物の前の電柱が、斜めにかしいでいた。

メイン・ストリートのつき当たりで、道は二本に分かれていた。分岐するところの両側に、そしてふたまたがつくりだしている三角形の中に、大きな樹が何本もあった。太い幹が高くのび、緑の葉がいっぱいだ。うっそうとした森の入口のように見える。葉が風にゆれ、きらきらと陽光をはねかえしつづけた。分岐点の三角形の地帯には、太くのびている枝の下に、古風な面構えのカラシ色のスクール・バスが三台、とまっていた。そのバスにも、陽が当たっていた。

ふたまたの右側から、いきなり、牛の群れがあらわれた。白い頭に茶色の胴体、そして白い足さき。あるいは、全身が黒で白のまだら。道いっぱいに広がって、メイン・ストリートに入ってきた。鳴き声と足音が聞こえてきた。メイン・ストリートの両側の建物から、ひとりまたふたりと、人が出てきて牛の群れを見た。

牛の群れのまんなかに、馬に乗ったカウボーイがいた。テンガロン・ハットに、赤と青の格子じまのシャツ。首に黄色いバンダナ。皮の手袋も黄色だ。牛の群れのわきをかためているカウボーイがもうひとり。そして、しんがりを、さらにふたりのカウボーイが、おさえていた。

牛は一二〇頭はいただろう。メイン・ストリートをこちらにむかって歩いてくる。ぼくは、車をとめた。牛の群れがさらに近づいてから、セレクターをリヴァースに入れ、ゆっくり後退した。ガス・ステーションに、尻から入ってとまった。

車の前を、牛がとおっていった。陽の中に、重いひづめの音がし、牛のにおいがただよい、間のびした低い鳴き声が、かさなった。

牛の群れを、歩道に出てきている町の人たちとおなじように、ぼくはながめた。夏になり、牧草のたくさんある放牧地へ、カウボーイたちは牛を移動させているのだ。

メイン・ストリートいっぱいに広がって、牛たちはとおりすぎていった。しんがりにいたカウボーイのひとりが、ぼくの自動車のそばへ馬を進めてきた。とまって、上体を馬上で低くたおし、車をのぞきこむようにして、カウボーイはぼくに言った。

「さがってくれて、どうもありがとう」

カウボーイとして年季の入っていそうな顔で微笑した彼は、体をおこした。手綱を引き、ぼくの自動車の前をまわり、牛のあとを追っていった。

自動車から出たぼくは、見えなくなるまで牛とカウボーイを見送った。

再び自動車でメイン・ストリートに出ると、町の人たちはすでに建物のなかに入ってしまっていた。静かなメイン・ストリートに、夏の陽が満ちていた。風が甘く、空気は澄み、鮮明な陽光をうけとめて緑の葉がまぶしく輝いた。

*

このほかにも、この文庫本には、『ナショナル・ジオグラフィック』の風景ないしは情景写真の持つ影響力が、多く影を落としている。

写真で見た風景が、それとそっくりな現実の風景とかさなりあうまでのみじかい時間は、とても奇妙なものだ。

記憶のなかの写真は生きた現実として目のまえに立ちはだかり、空間は奥へのび空へのび、左右に広がっていく。あらゆる部分が、三次元の広がりを獲得する。土の香りや風、陽ざしなどが、空間をさらに押し広げる。

確実な予感として一枚の写真のなかに感じとっていた自分好みの空間が、現実のものとして自分のまわりに広がっている。

ああ、これだ、まさしくこれだ、と素直に感動してしまう瞬間に自分の全身が見たり感じとるものを、ぼくというひとりの書き手の内部での不必要な屈折をできるだけ排しつつ文章で再現しようというこころみのもとに書かれたものが、この文庫本の内容の多くをしめている。

レッドウッドの話も、麦刈り隊の話も、みんなそうだ。こういうものを実際に見てしまったら、感動しないわけにはいかないのだ。汽車に手を振った少女の物語も、実話だ。いい話であると同時に、このような物語を可能にする、湿りのない広い空間が、ぼくを魅了する。

自分好みの空間を最終的にかたちづくるのは、やはりそこに住んでいる人間たちだ。かなりの量とパワーを持った風が吹く広い空間に、湿りのない気持を抱いて、彼らはそこに生きている。

気持に湿りのないことが、結局、もっとも重要であるように、ぼくには感じられる。たとえば、次のように。これも、雑誌に書いたそのままを、引用しておきたい。

よく使いこまれたベッドだった。

＊

長い年月にわたって、おそらくはおなじ持主が、ごく素朴に使ってきたベッドだということは、ひと目みただけでわかった。

分厚い木材を用いた、簡素な造りだった。使用されている板の厚みは、そのベッドを造ったときの、使い手の決意のこもった厚さだと言えた。

つまり、自分はこのベッドを、ずっといつまでも、おそらく一生、使いつづけるのだという、平凡にして屈強な決意だ。

その決意の静かにこもった厚い板をがっしりと組み合わせ、ベッドにしてあった。長い年月のあいだには、どこかにゆるみがきたりすることはあるだろう。しかし、そのような不都合は使っている人がいつだってなおせてしまうような不都合でしかなかった。

長方形のフレームをまず造り、そのフレームの内側の四隅に支柱が立っている。そして、ベッドの頭と足のほう両側に、飾り板がとりつけてある。飾り板にも支柱にも、必要にして最少限のと言えばいいのだろうか、飾りがほどこしてある。

飾ろうと思って無理に考え出した飾りではなく、このベッドをこしらえていく作業のなかで、ほんのわずかな手間を余計にかけるだけでたやすくつくりだせてしまう飾りなのだ。飾りというよりも、それはむしろ、自分の手で自分のベッドを造るという自分たちの生活に対する誇り、そしてそのような生活が必ずや持つであろう威厳のようなものの、ごく簡素な表現だった。支柱は、その先端を真四角に切り落としたりせず、ゆるやかな波形に切って、その曲線を飾りとしていた。飾り板は、やはり素朴な曲線で飾ってある。このような形を言葉でどう表現すればいいだろう。二枚の飾り板を切り抜くとき、ほんのすこしの手間と工夫で、いつまでも見飽きない飾りを、このベッドの造り手は、造り出したのだ。その、飽きのこなさは、自分のベッドを造ったときにその主が未来にむかって予見していた自分たちの人生の長さそのものだ。

ふたり用のベッドだった。大人ふたりには、すこしせまいかとも思われた。ふたりが寝るスペースとしてぎりぎりいっぱい質素にその大きさを決定したらこうなった、と言うべきかもしれない。

おだやかに起伏しているマットレスは、濃いブルーのマットレス・カバーのような毛布でおおわれていた。

ヘッドボードに寄せて、机がふたつ、ならべてあった。白地にうっすらとグリーンの花模様が残っている、コットンのピロー・ケース。そのなかに、頭をのせたらとても心地よさそうなクッションが、どちらかといえばくたくたに使いこんだ感じでやさしくおさまっていた。

マットレス・カバーもピロー・ケースも清潔だった。人がひと晩かふた晩、使ったような雰囲気があった。

ベッドの上を、風が吹いた。フレームに乗せたマットレスとフレームのすきまから、茎の長い草が何本ものぞいていた。

牧場の古い納屋のわきにある林に寄せて、そのベッドは草の上に置いてあった。林の樹の葉が風にゆれていた。風は、その場に立っている人の体のなかにも入りこんだ。

西にかたむいた陽が、納屋の屋根ごしに、射していた。納屋のむこうにも深い林があり、そこにも、斜めに陽が当たっていた。葉が風にゆれた。緑色の葉がきれいな淡い黄金色に光った。ベッドのヘッドボードのわきに立つと、草地のぜんたいが見渡せた。ほどよい広さの草地だ。生えるにまかせてある草には、それでも、丈をそろえて刈りこんだ形跡が見てとれた。

草地は、その周囲を、林でかこまれていた。かなり深い林だ。夏の盛りなので、葉がいっぱいだ。樹はどれも丈が高い。人の背丈の三倍から四倍はあるだろう。

ベッドのよく使いこまれた感じと、林にかこまれたその草地とが、とてもよく調和していた。ふたりとも七十五歳になる夫婦が、夏のあいだ、外に置いたこのベッドで寝るのだった。ふたりは、この牧場の初代の主だ。

夜、月が高くのぼるころ、林のずっと遠くから、月光の中を夜の風に乗り、林の樹々のてっぺんをかすめ、コヨーテの鳴き声が、老人夫婦の耳に届く。コヨーテにまつわる昔語りのきっかけになってくれる。

草のあいだでは、コオロギが鳴く。

林の樹々の葉が風に鳴る。夜のなかで樹々が深い影となるとき、その影の中に、夜のさまざまな主役たちが登場する。黒衣の魔女。小さな鬼。黒い馬にまたがって闇を駆ける首のない男。幽霊屋敷の女主人。森の妖精。影のなかにじっとたたずんで仲間を待ち、闇の奥からいきなり登場して月光を浴び、そのとたんにどこかへ消える。ベッドのある草地をかこむ林は、夜のまわり燈籠だ。

夏の月が夜空にのぼり、またたく星とまたたかない星とが、大昔に語りはじめられてまだ完結していない物語を、静かにしかし饒舌に、喜々として語りつづける。

風もまた、大河のような物語だ。吹いてきては去り、去ったはずがいつのまにかもどってきて、影になった林の中で枝をさわがせる。

夜になると、納屋のむこうから林の奥深い小径をとおり、老いた夫婦はこの草地のベッドにやってくる。蚊はいない。コヨーテからは、一頭の賢い番犬が夜どおし守ってくれている。ならんでベッドに腰をおろし、夜の林に姿を見せる魔女やゴブリンたちを、ふたりは飽かずながめる。夜の主役たちをじゃましないよう、ふたりはそっとむこうの林を指さしては、小さな声で語りあう。

枕をクッションにし、ヘッドボードに背をもたせかけ、ふたりをとりまいている夜の光景とはなんの関係もない遠い昔の出来事のなかを、ふたりして歩みなおしてみる。

月は、ついさっきまで、ふたりの影をベッドの右側につくってくれていた。だが、いつのまにか、ふたりの影はベッドの左側にまわっている。草地のベッドで昔語りをするふたりのはるかな上空で、月は、ただひとり、いつものように自分の道をたどるのだ。

ふたりは、いつのまにかベッドに横たわり、いつのまにか眠りに落ちていく。ふたりの夢路に風がおともをする。コヨーテの鳴き声が、その風に乗る。草が風にゆれる。

眠ってしまったふたりに気づかないまま、林の闇を舞台に、ウイッチやヘッドレス・ホースマンが、活躍をつづける。

風に鳴る樹々の葉が、彼らの台詞の総体だ。

朝までの時間の、なんと平和で長いことか。七十五歳のふたりは、その時間に愛撫され、樹々の葉にララバイを唄ってもらいつつ、自在に眠る。朝になれば、孫が起こしにくる。たいていは、ふたりのほうがさきに起きている。

だが、孫をよろこばせるために、ときたまふたりはたぬき寝入りをし、孫にゆり起こされ、笑いながら目をあける。

アップル・サイダーと彼女

角川文庫　一九七九

今日は朝の八時から午後の四時すぎまで、空の雲をながめてすごした。朝の八時はどこかへ出かけていく時間としてはすでにおそすぎるから、自宅の庭にあおむけに寝て、空を見ていることにした。庭のなかの、ある一定の位置にあおむけに横たわると、空をながめるぼくの視界の周辺が、うまく緑の樹々によって縁どられる。

素晴らしい晴天の一日だった。空はまさに青く、透明な空気のなかに明るい陽が満ち、小さなちぎれ雲は、ほんとうに白く輝きつづけた。芳しいそよ風が吹いた。

午後からすこしずつ雲の量が多くなり、四時すぎ、空は雲にほぼおおわれた。八時間以上にわたって、ぼくは、ぼうぜんとなったまま、空や雲や陽ざしに身をまかせてすごした。きわめて充実した半日だった。

そしていま、午後がおだやかにゆっくりと夕方に変わっていこうとしているこの時間、ぼくはこの「あとがき」を書いている。ハワイの友人が送ってくれたコナ・コーヒーを、手酌ふうでカップに一杯、いれてきた。デスクの目の前にそのコーヒー・カップはあり、左手に持って顔に近づけると、いい香りが熱く漂う。

よく晴れた日の空というものを八時間ながめ、ちょっとした無心の境地をさまよいつづけたあとは、全身の感覚みたいなものが、大きく広がってしまっている。熱くて香りのいいコーヒーは、その全身の感覚を多少ともひきしめなおすような働きを持つ。

空をながめて半日すごすなんて、子供のときにやっていたのとおなじことをいまになってもやってるじゃないか、とその感覚がぼくに言う。たしかにそのとおりだ。子供のときには野外で遊びほうけるのがぼくの仕事のようになっていた。記憶はすべて美化されるというが、子供のころはいまよりもはるかに晴天の日が多かったような気がする。そして子供のときには、晴天だけではなく、雨や風嵐もまた、ぼくの親しい友人だった。

子供のころ、感受性の奥深くにきざみこまれた感覚や体験を仮りに原体験と呼ぶなら、ぼくはぼく自身の原体験から逃がれ得てはいないようだ。原体験につかまったままの自分を、いまの自分として、楽しんでいる。

日本で育ちながら、自分の場所として日本を意識的にあらためて選びなおすという、すこし普通ではない体験がぼくにはあるのだが、そのときぼくに働きかけた強力な力は、日本の四季という季節感だった。この季節感の奥に、非常に重要ななにものかが、きわめて官能的に身をひそめているような気が、しきりにする。

この意識は、いまになっても空をただながめるだけで半日すごせることと緊密にからみあっているのだし、ここにこうして一冊の本として集めなおしたみじかい文章たちとも、からみあう。

日本の季節感と、その対極にあるたとえばアメリカとによって、おたがいに異ったふたつの方向へぼくはなかば引き裂かれていて、その裂け目が、ぼくがなにごとかを創作するときの原動力みたいになっているのだと言っていいだろう。そういったきみのありかたは、パイシーズ(魚座)であるきみにとって、まことにふさわしい、とアメリカ人の親友がいつだったか言っていたのをふと思い出す。

彼のこの言葉を、ある程度まで仮りに肯定するとして、たとえば一冊のこの文集はまぎれもなくぼくであり、ぼくがぼくであることの結果や証明のごちゃまぜであり、そのため、ぜんたいとしてじつに不思議な印象をたたえている。自分自身で読みかえしてみてすら、そのことを強く感じる。

波乗りの島

角川書店　一九七九

小説を書くときにどうしてもぼくがこだわるのは、湿りのごくすくない、しかも広い空間のなかに、人の気持が解き放たれるか、あるいはそのような可能性の大きい世界に、舞台を設定したい、ということだ。

当然、地理的・気象的な条件として、広大な空間がまず必要になってくる。圧倒的な量の、分厚いパワーを持った風の吹く、広い空間は、救いであるような気がする。陽ざしとか雨とか、空や海の広がりを相手にするとき、人は、気持をせまく湿らせたままでいると、役立たずになってしまう。乾かざるを得ないという状態がながくつづけば、ごく自然に乾いていることが当然になってきて、ぼくとしてはそのような世界がいちばんいい。

太平洋のまんなかの小さな島々は、非常に広い世界だとぼくは感じる。小説の舞台としては絶好であり、その乾いた広い空間に波乗りはふさわしい。

波乗りは、薬物や特殊な思いこみなどに頼らずに得られるハイエスト・ハイ（ハイのなかでも最高のハイ）の、ごくまれなサンプルのひとつであるから、小説のなかにうつしとる世界としては、体験したり考えたり、あるいは最終的に書いたりするときに気分が良く、助かる。

広い空間や海の波に添うものとして、ストーリーがあまりにも荒唐無けいであるとよくないので、ストーリーはだいたいにおいて現実のさまざまな実話から構成した。そのほうが自然でいいと感じているからだ。

広い空間や波乗りをどこまでとらえることができたかに関しては、読んでもらえるチャンスとその読み手の判断にかかっている。不充分な部分や、もっと追いこめる可能性はやがてはっきりとぼくにも見えてくるはずだから、そのときはまた書く。

この『波乗りの島』は、ぼくが数年まえに書いた短篇小説の、延長線上にある。あの世界とおなじ舞台や主人公を使って連作を書くという、ぼくひとりではまず思いつくことのないきっかけをあたえてくれた青年に感謝する。一九七八年八月から十二月までの六か月ほどの期間にわたって、『野性時代』に連載のようなかたちで掲載していく作業に必要な知的スタミナを、彼は惜しげもなく提供してくれた。

波乗りの島　ブロンズ新社　一九九三

角川書店（一九七九）の復刊

波乗りの島の物語は、それを読みはじめるまでは、『波乗りの島』というこの一冊の小説のなかにしかない。何枚ものページのなかに、その物語は活字によってただ印刷してあるだけだ。そしてその物語を読みはじめると、言葉を連ねて描きだしてある波乗りの島の物語は、日をとおして頭の内部へと移植されていく。読みおわったときには、言葉による物語はイメージとして頭のなかに移植されている。そして本のページには、活字がそのままのこっている。

波乗りの島は、どこにもない。それを読んだ人の頭のなかに、イメージとして存在しているだけだ。『波乗りの島』のなかの物語は、どれもハワイを舞台にしている。現実にあった出来事、たとえばホクレア号の航海やそれに乗り組んだエディ・アイカウの悲劇、そして本名では登場していないが、ライ・クーダーやギャビー・パヒヌイ、サニー・チリンワースたちによるレコードの録音など、現実のかけらが、フィクションのために用立ててある。しかし、出来上がった物語は、すべてフィクションだ。そしてそれは、最初は僕の頭のなかにいつの間にか生まれてきたものだ。

書き手の頭から言葉を介して読み手の頭へと移植されていく、イメージとしての波乗りの島の物語が、僕の頭のなかに生まれるいちばんはじめのきっかけとなったものは、おそらく写真だろう。まだごく幼い頃に見た、たとえばキャプテン・クック直後のハワイ事物を描いた絵、そしてデューク・カハナモクが波に乗っている写真、さらにはそれより少しあとに見たはずの、ウールワースでたくさん売っていた絵葉書のなかの、冬のワイメアの大波とそれに乗るサーファーたちの写真などだ。

キャプテン・クックの頃からデュークの時代をへて、一九六〇年代なかばのロングボードの時代から七〇年代、八〇年代、そして九〇年代のなかばにさしかかろうとしている現在にいたるまで、映像としての波乗り、現物の波乗りなど相当な量の情報が僕の頭のなかに蓄積されている。それがなにかのきっかけを得て、ほかのもの、たとえばハワイでの日常のある特定の部分などと化学反応を起こし、やがてここにあるひとつひとつのストーリーとなり、僕の頭を出て紙の上に文字で書かれた。

いちばん最初にあるストーリー、「白い波の荒野へ」は、雑誌『野性時代』の創刊号に書いた。ほかのストーリーも、すべておなじ雑誌に書いたものだ。それらは単行本にまとまり、やがて文庫になり、多少の時間をへたいま、そのままの内容でもういちど、ここにあるこの本となった。物語というものは、最終的には、すべてそれを読む人のものとなる。

波乗りの島　双葉文庫　一九九八

角川書店（一九七九）、ブロンズ新社（一九九三）の改訂文庫版

『白い波の荒野へ』という短篇小説を、僕は雑誌『野生時代』の創刊号に書いた。一九七四年のことだったと思う。まもなく文芸雑誌を創刊するからそこに小説を書くように、と僕は角川春樹さんから依頼された。翻訳の仕事をとおして、その頃の僕はすでに角川さんと知り合っていた。文芸雑誌とはどのようなものなのか、僕にはよくわからなかったが、短篇ひとつならなにか書けるだろう、と僕は思った。

当時の僕はたいへんに多忙だった。雑誌『ワンダーランド』とそのあとの『宝島』をめぐる

作業、そして僕自身の雑誌ライターとしてあるいは翻訳者としての仕事が山のようにあった。角川さんはその何十倍も多忙だったはずだ。彼の文芸雑誌は準備期間を終え、創刊号のための作業に入った。僕が仕事で出向いている場所に角川さんは自らあらわれ、文芸雑誌の創刊号のための短篇をかならず書くように、と僕に念を押した。本気の依頼であることが、このとき僕にはようやくわかった。僕は締切りを告げられた。

なにか書けるだろうとは、なにが書けるかの問題だ。書けることはほとんどない、という発見ないしは確認を、僕はしなくてはならなかった。この頃の僕は、『ワンダーランド』そしてその続きの『宝島』で、『ロンサム・カウボーイ』というタイトルのもとに、文章を連載していた。

二十歳の頃から自分が書いてきた、どの文章とも異なるような文章だった。そういうものを書きたくなったから、僕は書いたのだ。評論でもなければノン・フィクションでもなく、感想文でも紀行文でもなく、要するに連載の毎回はそれぞれ独立した物語だった。だからそれは僕にとっては小説の始まりだった、と僕は考えることにしている。僕にとって小説のデビュー作は、『ロンサム・カウボーイ』だ。

『野生時代』の創刊号に書いた短篇は、この『ロンサム・カウボーイ』の延長線上に位置するものだ。そこでならやっとそれだけを書くことが出来た、という言いかたはたいへんに正確だと、二十数年後の当人が思う。『野生時代』という文芸雑誌の創刊号に書く小説として、『ロンサム・カウボーイ』の延長線上の、ハワイの波乗りの話しか、僕は書くことが出来なかった。

書いた原稿を編集部に読んでもらい、支持を得たのち、僕はぜんたいを書きなおした。当人としては言葉づかいを引き締めなおしたつもりだった、というようなことをいま僕は思い出している。タイトルをつけたときのことを、ついでに書いておこう。さてタイトルをどうすればいいものか、考えてもアイディアは浮かばないまま、時間だけが経過していきそうな気配になった。

なんとか早くにタイトルをきめたいと思った僕の目にふととまったのは、当時の角川文庫の新刊だった。帯のコピーに「白い荒野へ」という言葉があった。あてどない旅の途上にある青年の必携品としての文庫本、というイメージで角川文庫は宣伝されていた。このコピーのなかに「波の」という言葉を加えて、短篇のタイトルは『白い波の荒野へ』となった。

『アロハ・オエ』『アイランド・スタイル』『シュガー・トレイン』『ベイル・アウト』の四篇は、『野生時代』の創刊から三、四年あと、同誌に書いた。『白い波の荒野へ』の主人公とその周辺を使って、連作のようにいくつかさらに書いてはどうか、という提案を編集部から受けたからだ。言葉によるそのような試みが自分に可能かどうか、五分五分のところで僕は引き受け、この四篇を書くことが出来た。

『白い波の荒野へ』は、『いい旅を、と誰もが言った』というタイトルの単行本に、まず収録された。あらたに書いた四篇が揃ってから、『白い波の荒野へ』を加え、書いた時間順に配列し、『波乗りの島』というタイトルで文庫になった。一九八〇年のことだ。それから十年以上をへて、おそらく一九九〇年代に入ってから、おなじ内容のまま単行本になった。だからここにあるこの文庫本は、四度めのかたちだ。

いい機会だから校正刷りは丁寧に読み、納得のいくところまで訂正や修正を加えてはどうか、と、編集作業の全域を担当したフリーランスの編集者、吉田保さんが僕に提案した。まっとうな提案だから、僕は受けなければいけない。僕は校正刷りを細かく読んだ。訂正や修正を加えた。その結果として校正刷りは、業界の言葉で言うところの、「まっ赤なゲラ」となった。

ゲラとは校正刷りのことだ。校正用にガラガラと音を立てて仮に刷るから、ガラ刷りと呼ばれた。それがいつのまにかゲラと訛って、いまもそのまま通用している。まっ赤とは、赤いボールペンで訂正や修正を書き込んだことによる、校正刷りの紙面ぜんたいの印象のことを言う。

二十数年後におこなう推敲、などと僕は冗談を言いながら作業にとりかかったのだが、校正の作業はけっして冗談などではなかった。『波乗りの島』をつらぬく主題に、僕は初めて出会ったからだ。書いたときには主題の自覚などまったくなしに、書いていて心地良いことのみを反射的に書いていく、というスタイルで書いた。それから二十数年をへて、書いた当人が読みなおしてみると、『波乗りの島』を構成する五篇を、ひとつの主題がつらぬいている事実を、発見することとなった。

その主題はごく簡単に書くと次のようなことだ。なににしろ存在するものは消えていく。消えていくにあたっては、どこかになんらかのかたちで、それは痕跡を残す。たとえば一度だけの大波は、それを撮影した映画フィルムのなかに、痕跡として残る。その痕跡を受け渡された次の人たちが、痕跡のなかからなんらかのクリエイティヴな力を引き出して、それを自分たちのものとしていく。

人が島に生きることの象徴であるような古い民家や、懐かしいジェネラル・ストアが、開発の前に消えていく。古き佳きハワイを残す小さな町が、火山の噴火で溶岩に埋めつくされる。波乗りのために美しく使うことの出来る波が、発電所の工事で永久に消えてしまう。歴史を継承する双胴のカヌーが、そして優秀なサーファーが、嵐の海に消えていく。それらの痕跡は、人の記憶のなかに、映画フィルムのなかに、あるいは歌にかたちを変えて、とどまり続ける。

五篇のうち四篇に、主役と言っていい重要さで、映画フィルムが登場している。おそらく五篇とも、少なくとも作者においては、きわめて視覚的に思い描かれた物語なのだ。『ロンサム・カウボーイ』は映画フィルムのなかの映像を言葉で書き写したものだ、と僕は理解している。『ロンサム・カウボーイ』の延長線上に『波乗りの島』があるというのは、まずなによりも先に、このような意味においてだ。

頭のなかで映画フィルムを撮影しているか、あるいは撮影ずみのものが映写されているかしないと、小説を書くことが出来なかった僕。初めて目のあたりにした『波乗りの島』の主題を経由して、いまの僕はそのような僕と再会した。そしていまの僕は、そのような僕と、基本的にはまったく変わっていない。当然のことだろう。

二十数年前の作者の、主として幼い言葉づかいを訂正し修正するだけなら、校正刷りは「まっ赤」にはならなかったはずだ。『野生時代』に掲載されたときには、おそらく僕が書いたままに印刷されたはずだ。それが単行本になったとき、「うちの方針」で漢字の多くが平仮名になったのではないか。そして文庫になるに際しては、読者が若い人たちに想定してあったことも手伝い、出来るだけ読みやすくという方針に沿って、漢字はさらに平仮名となった。文庫にする作業を急いだ記憶がある。文庫の校正者と僕が同時にそれぞれ校正をおこない、両者は重ね合わされた。

そしてもう一度、単行本になるとき、僕は改行でかならず独立させるかぎ括弧に入った会話の台詞が、かたっぱしから地の文に追い込んであった。そのようにしていいかと訊かれて、僕は軽率にもどうぞと答えたに違いない。

だからこの文章の校正を最初に見たとき、そこにある文章はとうてい自分の文章とは思えなかった。文章の内部には立ち入らず、とにかく外側を自分のものへと修復するだけで、校正刷りは「まっ赤」となった。二十数年ぶりに推敲すると、その推敲にはこのような作業も含まれる。

若い読者のために出来るだけ読みやすくしたいから漢字を平仮名にする、という方針は定見でもなんでもない。漢字から片仮名へとなると、なおさらだ。煙草。罐。瓶。鼠。梟。蟹。蚊帳。螺旋。罐詰。見ればひと目でわかる、その意味でたいそう理解しやすいこのような漢字が、タバコ、カン、ビン、ネズミ、フクロウ、カニ、カヤ、ラセン、カン詰め、となってしまう。平仮名にとどめずさらにそれを越えて片仮名にした理由は、僕には見当もつかない。こういった漢字を片仮名で書くことの正当な根拠というものが、どこかにあるのだろうか。

覆う。長く。始まる。浮かぶ。こういった書きかたも、そこになにごとがあるのか、ひと目でわかる。これを平仮名にして、おおう、ながく、はじまる、うかぶ、とすることに、効果も根拠もない。アイディアをアイデアと書き、カーヴをカーブとすることにも、根拠はないはずだ。

片仮名による書きかたを、英語なら英語の原語の音になるべく近づけようとするのは、意味のないことだ。ある程度のところまででいい。しかし、ある程度をどこにするかは、書き手である僕の判断だ。そしてその判断は、とにかく読む端からすんなりとわかり、次々に気持良く読み進むことが出来、そのことの蓄積的な結果として、文章ぜんたいに前へ前へと進む力が発生して来る、ということを目標としている。

漢字についても、まったくおなじだ。広い概念にしろ端的な具体物にしろ、真の理解はまた別のこととして、とにかく文字をぱっと見てひと目でわかるという特性が、日本の漢字にはある。それを使うべきところでは使うのが、僕の書きかたのルールだ。自分が書いたものではないように見える校正刷りを修正し訂正していく作業のなかで、僕はこんなことも確認することが出来た。

『波乗りの島』をこの四度目のかたちへと引き出したのは、吉田保さんだ。こうして本になるまでの編集作業のいっさいを、彼が担当した。彼との作業を重ねるたびに僕が確認するのは、彼の示す判断の正しさ、そしてその正しさを支えて持続させるための、純粋な熱意だ。彼の作った双葉文庫版『波乗りの島』が、これまでのどれよりも良い版として、ここにある。

1980年代

いい旅を、と誰もが言った

角川書店　一九八〇

自分は宇宙という途方もなく巨大な空間と常に接しているのだ、と感じつづけてきたことのなかから、この本におさめられた四つの物語は生まれてきた――と、書いた当人であるぼくは、強く感じている。

なんとも形容しがたいほどに広い宇宙のほんの片隅に、地球が浮かんでいる。その地球のうえに、ぼくがいる。空を見あげれば、あたりを見渡せば、宇宙が見える。すさまじい空間が、体感できる。自分というひとつの出発点のようなものを中心にして、ぼくが持っている空間意識は、こんなふうに宇宙的に広がる好奇心となって、ぼく自身に対して機能している。

宇宙、とは言わずに、自然、と言ってもいい。自然、という言葉は、いまでは非常に小さなスケイルで用いられることが多いようだが、ここでは、宇宙空間という真に存在するものの総体、といった意味で使いたい。そして、ぼく、と言わずに、人間、と言ってもいい。宇宙に対してぼくが抱く好奇心、つまり人間と自然との結びつきの、きわめて根源的なありかたに対して、遠いはるかなる彼方からぼくが発している問いあわせのような気持が、こんな四つの物語となった。

自分の感覚が指向する好みの空間は、けっして概念や観念などではない。たいへん具体的なものなのだ。四つの物語はいずれも広い風景のなかで展開され、その風景は広さと原始的なたずまいの故に宇宙空間を体感しやすくなっているけれど、自分が持っている空間感覚のもとをたどっていくと、それは、ごく幼い頃によく見た、陽ざしをうけとめて緑にきらめく一本の樹であったり、青空に浮かんでいる積乱雲の白い輝きであったりするのだろう。

自分の目のまえにある風景のあらゆる隅々にまで、自分が溶解して注ぎこまれていくような心地よさや心のやすらぎを覚えるようなことがもしあるとすれば、目のまえにあるその風景は、どこかごく深いところで、自分に対してなにごとかを語りかけているにちがいない。こんな確信が、ぼくにはある。そして、この確信に支えられて、宇宙的に広がる好奇心というような空間感覚を、ぼくはぼく自身の楽しみのために、機能させている。そして、こんな楽しみを分かちあってくれる人がいたおかげで、四つの物語は四つとも、雑誌『野性時代』に発表することができた。

『白い波の荒野へ』は、その『野性時代』の創刊号に載った。六年まえの、ちょうどいま頃、書いたのではなかったか。この物語の背景は、オアフ島北海岸に素晴らしい波が早朝から午後いっぱい立ちつづけた日でも、各スポットで沖に出ているサーファーはほんの数人しかいなかったという、過ぎ去って久しいロングボードの日々だ。いま読みなおすと、かわいらしい出来ばえとひきかえに、書き足らない部分も目立つ。しかし、手は加えず、そのままにしておいた。

人工のしかけに頼らずに、たとえば波のような自然のものに支えられて自分が宇宙空間にむかってかかかえあげられるということは、たとえその波が一五メートルの高さにしろ、じつはたいへんな体験なのだ、という体感がこの物語の土台になっている。一五メートルの波はもう完璧に想像を絶している。北海岸の冬の波なら、アリューシャンの嵐によっておこされた波が太平洋をうねってきたものだが、ロングボードとともにその波の頂上にかかえあげられ、しかるのち、波というエネルギーのスロープを滑り降りるとき、たいていの人は宇宙を全身に感じる。『彼はいま羊飼い』は、友人のカメラマンが写真および文章にとらえたアメリカの羊飼いたちの世界に、多くを負っている。彼が語ってくれたことの、かたちを変えた再話だと、ぼくは思っている。

『ロードライダー』にも、友人の影が濃い。ほんとうは、大陸の西の端と東の端とから同時に走ってくるふたりを詳細に書き分け、もっと分量のある長い物語になるはずのものを、ひとまずこんなかたちで書きたくなって書いた。長い物語としていずれ書くが、そのときは月がさらに重要な役を果たす。

『アリゾナ・ハイウェイ』では、夏の雨嵐が荒野に走らせる、ほんのいっときの、しかしすさまじい奔流が、こういう物語のきっかけになっている。

一冊の本としてまとめるにあたって、『彼はいま羊飼い』『ロードライダー』『アリゾナ・ハイウェイ』では、登場人物のひとりを、それぞれ、日本人に変更したことを付記したい。

いい旅を、と誰もが言った

双葉文庫　一九九八

角川書店（一九八〇）の改訂文庫版

自分にとって小説のデビュー作は『ロンサム・カウボーイ』だと僕はきめている。小説と呼ぶほかない種類の文章を、最終的には一冊の本になる分量にわたって、一年以上の期間のなかで書くのは、当時の僕にとって初めての体験だった。書いていくときのかたち、そしてその内容のどちらも、小説として最初の試みにふさわしい、と書いた当人は思っている。

映画のフィルムに映しとられた光景を、頭のなかで映写しながら文章で表現しなおしていく、というような作業によって、『ロンサム・カウボーイ』は支えられた。その『ロンサム・カウボーイ』の延長線上のすぐこちら側で書いたのが、『波乗りの島』だった。いくつかの物語がなんとなく集まってひとつのぜんたいを作っている様子は、『ロンサム・カウボーイ』とよく似ている。そのようにしないことには、当時の僕には書けなかったのだろう。

『ロンサム・カウボーイ』が文章による映画フィルムの書きなおしだとすると、『波乗りの島』のなかの物語は、映画フィルムを主役のように持っている。そして『波乗りの島』とほぼおなじ時期に書いた『いい旅を、と誰もが言った』は、書いている当人である僕が、レンズとフィルムになっているような作品だ。四つの物語で一冊の本が成立しているというかたちは、それ以前のふたつの作品と、またしてもおなじだ。

人とその出来事つまり物語は、光景のなかにこそある。だとすればその光景をまず映画フィルムに撮ってしまい、頭のなかで映写しつつ編集し、頭のなかのスクリーンに映写されるものを言葉で書いていけばいい。書いているときすでにこのように意識していたかどうかいまとなっては不明だが、このように説明すると、『ロンサム・カウボーイ』はもっとも適切に説明することが出来る、と僕は考えている。

『波乗りの島』は映画フィルムが主役だと言ってもいい。フィルムだけがそこにあるのではなく、物語のなかの当事者たちにとってきわめて大切なものが、その映画フィルムには映しとられている。物語のなかにある。フィルムに連続する齣のなかに、すべては閉じ込められている。物語の主題はフィルムのなかにある。フィルムに映っているものはすべて、光と影のかたちで解放される。スクリーンに映写されると、フィルムに残された痕跡から、彼らは自分たちのものとしてなにごとかを受け取り、それをもとにしてなにごとかを創造していく。

『いい旅を、と誰もが言った』を構成している物語は、どれもみなきわめて広い光景のなかで成立している。光景の広さそのものが主役だと言っていい。四つの広い光景のうち、三つまではアメリカだ。そしてもうひとつは、太平洋とそのなかの小さな島だ。もっとも広いのはそれらの光景を覆う空だ。広い空がその下にある光景にもたらすなんらかの物語、それが、『いい旅を、と誰もが言った』という小説だ。

『ロンサム・カウボーイ』から『波乗りの島』をへて『いい旅を、と誰もが言った』にいたるまで、描かれている物語はどれもみな、書いた当人によってきわめて視覚的に思い描かれているようだ。光景を見るなら、と言うよりも視覚するなら、そこにはなんらかの物語がかならずある、というような感じかただろう。光景を見るとは、物語を見ることなのだ。そして、『いい旅を、と誰もが言った』の場合には、その光景はだだっ広い。このだだっ広さは、ほとんど主題そのものだ。

広い光景を見るときのもっとも効果的な見かたは、見る当人がレンズとなりフィルムとなることだ。人が写真機や撮影機になることは現実にはあり得ないが、頭のなかの作業としては、充分すぎるほどにそれは可能だ。そして光景が広ければ広いほど、見ごたえがある。言葉で書いていく当人、つまり僕は、撮影機のようにして、広い光景のなかにいる。ドラマは作者が作るものではなく見るものなのだから、巨大な空とその下に広がる荒野という光景のなかで撮影機がとらえるのは、主として気象上の出来事だ。

自動車で走るという視点から見るかぎりにおいては、荒野の光景は朝から夜まで走り続けても、なにひとつ変化しないように思える。しかし自動車を停めて荒野のなかの一点へと視点がもぐり込むと、それまでは思ってもみなかった羊飼いという存在が、目の前に立ちあらわれる。『彼はいま羊飼い』を作り出す視点は、このような構造になっている。

『アリゾナ・ハイウェイ』では、荒野の雨嵐が主役だ。何人かの人たちが、それぞれの状況のなかで、その雨嵐と触れ合う。遠くに雨雲をちらっと見るだけの人もいれば、雨嵐のまっただなかに巻き込まれる人もいる。視点は撮影機であり、ぜんたいの出来ばえは映画だ。ジョー・アレグザンダーという名をあたえられているロディオ・カウボーイは、三十年ほど前のポール・ニューマンではないか。冒頭にあらわれる小さな町はいまはゴースト・タウンだが、三十年前にはまだ生きていた。上出来とみずから言う料理をかたわらに、要所ごとにまるで絵に描いたようにあらわれる女性たちなども、もはや消えた世界だろう。

『ロードライダー』は、夜のハイウェイを走るオートバイの速度と、夜空に昇って来る巨大な月の上昇速度とが同調すると、オートバイは月とひとつになり、さらには夜の荒野の空間ぜんたいともなる、という感覚および視点の物語だ。書き手は撮影機にならざるを得ない。

『雨の伝説』では、広い光景は太平洋とそのなかの小さな島だ。主役は皆既日食だ。旅をしている日本人の青年は、太平洋上を走って来る月の影を写真に撮る。このような体験をする前と後とでは、つまりなんらかの変化をくぐり抜ける前と後とでは、当人に自覚があるかどうかは別として、その当人はけっしておなじではあり得ない。そのようなことが、『雨の伝説』だけではなくほかの三篇でも、もうひとつの主題となっている。

『いい旅を、と誰もが言った』の四つの物語を、僕は雑誌に書いた。それらは単行本にまとめられ、そのあと文庫本にもなった。そして、いまここにあるこの文庫とするにあたって、書いた当人である僕は、ほぼ二十年ぶりに自分の文章を読み返す、という体験をすることとなった。書かれている物語のなかに入ってしまうと、そこにはなかなか興味深い世界があった、と第三者としての感想を書いておこう。

ただし第三者にとどまり続けるわけにはいかなかった。文章の不備を修正する作業を僕はおこなった。かつて単行本にまとめられたとき、そしてそれが文庫本となったとき、僕の使った漢字が大量に平仮名へと変更された。それをもとに戻して自分のかたちにし、さらに書いた当時の僕の文章が持っていた、主として幼さに起因するいくつもの不備を、僕は訂正した。

視覚的に直線で意識されているものはすべて、「まっすぐ」と僕は書いてそれで充分だと思っていたようだ。ある一定の距離をへたさらに前方は、ただ単に「その向こう」なのだ。このような不備はせっかくの機会だから修正したほうがいい。そのほかにも、気になる部分はすべて直した。ただし、描かれている世界そのものに立ち入る性質の修正はしていない。その必要はなかった。文章のいちばん外側を、僕はきれいに整えた。結果として、もっともいいかたちとしての、『いい旅を、と誰もが言った』が、出来上がった。

そのような試みに向けての、そもそもの発案から編集作業のぜんたいを支えて進行させ、この本というかたちを成立させたのは、吉田保さんというフリーランスの編集者だ。彼がものごとを判断するときの基準の正しさと、その正しさを持続させるための曇りのない熱意が、「いい旅」のあとを作者がもういちどたどることを、楽しく可能にしてくれた。

コーヒーもう一杯

角川文庫　一九八〇

いまぼくは空を見ている。十月七日の午前十時だ。晴れ、と言っていいだろうか。空には雲があるが、曇り、という印象ではない。雲には切れ目が多くあり、明るい陽がさしている。風がすこしある。その風は、ぼくのまわりに、樹の葉のおたがいに触れあう音をたくさんつくりだしてくれている。Tシャツ一枚で風に吹かれ空を見ていると、陽ざしは肌にまだ熱い。

空の雲は、二重になっている。高いところにある雲は動きがおそく、低いところにある薄くひきのばしたような雲は、風に乗って早くに動いていく。北から南にむけて、流れている。あおむけになっているぼくの足もとのほうから頭上へ、その薄い雲はロール・アップしていく。そのずっとむこうに、青い空が、動かずにある。高いところの雲がすこしずつ移動していく。やがて、太陽が、その雲にかくされる。太陽は、すけて見える。目をしかめ、ほんの短時間なら直視できる明るさの、白く輝く丸い球だ。

朝刊には、六日、十八時の天気予報が、次のように出ていた。

「弱い気圧の谷が通り、曇り、ところどころ雨だが、北海道は晴れのところが多い見込み。季節の変わりに応じていろいろな花が咲き、そして散っていく。ことしはアサガオが例年になく遅くまで咲き、各地でサクラなどの狂い咲きの話を聞く。花の開花は光の当たり方と気温で決まり、種類によって日が長くなると咲くものと短くなると咲くものがある。ことしは夏の天候が異常だったので、花もだまされるのだろう」

風に吹かれ、雲をながめ、陽ざしに照らされながら、ぼくは、これから準備にとりかかる長篇小説のことを考えている。

この長篇小説の基本的なアイディアは、一週間まえの夕方、国電・御茶ノ水駅の階段をあがりながら、手に入れたのだ。

秋のある一日、日本ぜんたい、北海道から沖縄まで、早朝ないしはまえの夜から次の日の夜まで、天候の状態を詳しく書く。条件によっては、波乗りのための素晴らしい波ができる場所を、日本のいろんなところに、ぼくはかなり知っている。この秋の一日、全国のサーフ・スポットに、いい波が入る。さまざまなサーファーがその波に乗る。彼らサーファーたちそれぞれの小さなドラマを横糸に、そしてその日の日本ぜんたいの天候を縦糸に、長篇小説がきっとできるにちがいない、というアイディアだ。

この小説を、ぼくは、書こうと思う。いろんな場所の波、そしてその場所で体験した天候のことを思いうかべながら風の音を聞いていると、雲の切れ目からまた陽がさしてくる。目を閉じているとまぶたが黄色に輝いて明るくなり、全身が陽ざしになめられてさあっと熱くなっていく。

三日間くらいにわたって地球ぜんたいの天候を描写した長篇小説は可能だろうか、と考えたのは、もう何年もまえのことだ。天候だけではなく、世界各地の人間たちも、登場する。天候となんらかのかたちでつながっている彼らのドラマと、地球ぜんたいの天候という途方もなく巨大なものの対比は面白いと思う。ハリケーンなんか登場するといい。「ナショナル・ジオグラフィック」の最新号で見た、デイヴィッドという名のハリケーンの写真はスリリングだった。この雑誌にのる写真、特にひとつの状況を上空から俯瞰したような写真は、ぼくがイマジネーションのなかに持っているカメラがつくりだす写真と似ていて、ぼくは影響をうけている。本書に出てくるアメリカの河の話とか林檎の物語などは、その一部だ。

日本の秋の一日をさっくりと切りとってきて、ぜんたい的に天候を描きつつ、いくつかのサーフ・スポットで波に乗るサーファーたちのいろんなドラマを描き分ける。そのドラマを、天候というものが、くしざしにする。こんな長篇小説は、充分に魅力的ではないだろうか。ほかの人がうまく書いたら、ぼくは口惜しいと思うにちがいない。だから、ぼくは、自分でさきに書くのだ。そのためには、じつにいろんな場所で波に叩かれ風に吹かれ、陽に照らされ雨に濡れなくてはいけない。

限りなき夏 1

角川文庫　一九八一

ずいぶんまえにカリフォルニアで観た、アメリカ製の波乗り映画のなかで、若い素人のナレーターが言っていたひとことが、いまでも忘れられない。夏、という季節について、彼は、「夏はただ単なる季節ではない。それは心の状態だ」と、日本語に置きかえうるようなひとことを、言ったのだ。

この文句をそのままぜんたいのテーマのようにして表紙に刷りこんだ、四五〇枚くらいの小説がぼくにはある。たしかこの小説のあとがきのなかで、夏を追いかけまわすことによって、気候的にもそして自分たちの心の状態としても、エンドレス・サマーをつくりだそうとこころみる若いサーファーたちの物語を長篇小説でやがて書くだろう、というような予告をぼくはしたと思う。

やがて、はついに、いまようやくになってしまったが、心の状態としてのエンドレス・サマーを『限りなき夏』というタイトルにこめて、ぼくはすこし長めの小説を書きはじめた。非常に楽しい作業になりそうだという手ごたえは、たしかにある。

何人かの主人公たちが、ひとりひとりそれぞれにいかに夏を追いかけ、エンドレス・サマーの幻をどんなふうに見ていくかがテーマといえばテーマなわけで、どの主人公も波乗りに深くかかわっているから、舞台は日本、ハワイ、カリフォルニアと広がっていく。

今日が去って明日が来て、というふうな普通の時間軸に沿って書くよりも、現在の主人公たちにそれぞれ十年間というカット・バックの時空間をあたえたほうが魅力的になるとぼくは感じるから、テーマそのもののようなかたちで、カット・バックが何度も入りこんでくる。

じんわりとものの悲しい、そしてかなりつらい物語なのだが、その悲しさやつらさを、たとえばハワイに吹く貿易風のように感じられるような出来ばえにしようと思っている。四〇〇字詰の原稿用紙で五〇〇枚くらいに仕上げるつもりだった。しかし、現在の予定では、早くも一二〇〇枚にのびている。

吹いていく風のバラッド　角川文庫　一九八一

雑誌『野性時代』に、四〇〇字詰の原稿用紙で五枚から一〇枚のエッセイを、三年くらいまえから連載している。はじめのうちずっとエッセイだったのだが、最近になって、物語の断片のような、あるひとつの情景を描写した文章にかわってきた。そして、こうなってすぐに、「このようなみじかいストーリーないしはシーンばかりたくさん集めた文庫本をつくったら楽しいでしょうね」と、提案をうけた。その提案のおかげで、ここにこの本がこうしてかたちをなしている。五枚、という制限を厳格に守った話を八〇話、計四〇〇枚、との予定だったのだが、制限をいますこしゆるやかにして、三枚から二〇枚くらいで完結している情景を、全部で二十八話、つなげた。もしこれが楽しく読めるなら、その楽しさは提案者が無から生み出してくれたものだ。

俺のハートがNOと言う

角川文庫　一九八一

彼女との待ち合わせの場所があるビルにむかって、ぼくは歩いていた。夏の終りも近い頃の、金曜日の午後おそくだった。

そのビルまで、信号のある横断歩道をあとふたつ渡ればいい、というとき、雨が降りはじめた。ビルがぎっしりと建っている都会のまんなかにいるぼくは、遠くかすかに、雷鳴の音を聞いた。

雨滴は、大粒だった。ぱらぱらっと、まえぶれのようにコンクリートやアスファルトのうえに散ったかと思うと、急にはげしく降りはじめた。

信号のある横断歩道ふたつは、ふたつとも、待たずに渡ることができた。ビルの車寄せのわきにあるウォークウェイから正面入口まで、ぼくは、すこし足早に歩いた。シャツの袖を二度だけ折りかえしてまくってある二の腕が、雨滴で濡れた。

ロビーから、ぼくはエレベーターで十九階へあがった。二十三階建てのこのビルの、十九階は、カクテル・ラウンジになっている。

ラウンジの入口のまえにある静かなロビーで、彼女は待っていた。ぼくたちは、カクテル・ラウンジに入った。

大きな窓に面した席に、落着いた。窓の外、すぐむこうに、公園の森が見渡せた。森に降る雨を見て、

「降りはじめたの？」

と、彼女は、ぼくにきいた。

「遠くに雷鳴が聞こえた」

「天気予報のとおりだわ」

このカクテル・ラウンジは、コーヒーや軽食だけの客も許容してくれる。ぼくはコーヒーを、そして彼女は、透明な強いカクテルを一杯だけ、飲んだ。

今日の、この待ち合わせの目的は、他愛ないものだった。彼女が手に入れた、これで通算十二台目だという自動車を見せてくれると彼女が言うから、ぼくは見せてもらいに来たのだ。公園の森に降る雨を十九階から見渡しつつ、世間話しで一時間ちかく、やりすごした。そして、自動車で雨のなかをすこし走ってみよう、ということになり、ぼくたちは席を立った。

立ったとき、公園の森ぜんたいが、稲妻にほの白く照らされた。

「光ったわ」

と、彼女が言った。

都会のまんなかなら、こんなのでも稲妻のうちなのだろう。

手に入れた十二台目の自動車がとめてあるという地下の駐車場へ、ぼくたちはエレヴェーターで降りた。

三層になった、ちょっとした迷路のような地下駐車場の、どのあたりとも言いがたい一角に、彼女の自動車は、とまっていた。

平べったくて大きいその自動車は、深い輝きのある、きわめて鮮かな青い色をしていた。淡いピンクの幌のかかった、2ドアだった。幌を降ろせば、オープン・カーになるのだ。

自重は、四五〇〇ポンドくらいだろう。エンジンは、排気量四〇〇キュービック・インチの、オーヴァヘッド・ヴァルヴのV8だという。ボディぜんたいをかたちづくっているラインや面に、いじりすぎとか考えすぎからくるつまらない部分が、極端にすくなかった。平べったさと、図体の大きさとが、そのことによって、ずいぶんと誇張されていた。しかし、大きいことはたしかに大きい。全長が二三〇インチもある。

ボディの側面、ちょうどまんなか、前輪のフェンダーのすぐうしろからテール・ライトの手前にかけて、クローム・メッキも鮮かに、シャープな雰囲気の、細い飾り縁が一本、まっすぐにとおっていた。

彼女からキーをうけとってドアを開き、ぼくは運転席に入った。助手席のドアを内側から彼女のために開いた。

内装の、ボディ外面との色彩的な対比は、思わずにこにこしてしまうほどに、華やかでうれしく、うっすらと幻想的ですらあった。内装のあらゆる部分が、淡いピンクから非常に濃いピンクまで、ありとあらゆる階調のピンクを、ふんだんに、しかし要領よく使って、まとめてあった。

運転席にすわると、自分自身が、そして自分の世界のすべてが、たちまちピンクになっていくような錯覚があった。見た目にも触れた感じも革巻きにそっくりなのだが、じつは革ではないというステアリング・ハンドルだけが、まっ白だった。

ステアリング・ハンドルに両手をかけたとたんに、ぼくは、その自動車が好きになってしまった。たいして取柄のないアメリカ製の大きなオートモービールだが、身のまわりにつきまとって離れない日常の時間をこのくらい異化してくれるなら、ひと目惚れのように好きになってしまう。

彼女も、ぼくとほぼおなじようなかたちで、この自動車が好きになったのだった。

地下駐車場から、都心の地上へ出た。

夏の終りの、雷をともなった集中豪雨の見本のような雨が、相当に激しく降っていた。路面を、雨水が、厚い層になって流れていた。

空が、濃い灰色だった。さらに空は暗くなりつつあり、無数のビルによってかたちづくられているスカイラインのうえに、のしかかるように降りてきていた。その空の、もっとも暗い部分を、稲妻が走った。

信号待ちを避けるためという、ただそれだけの理由から、たまたまとおりかかった高速道路のオン・ランプのスロープを、ぼくたちは、あがった。

高速道路に独特の、地上でもないそして空中でもないという不思議な高さの起伏やカーヴを走りながら、ぼくたちは、雷をともなった集中豪雨の都会を、さまざまな色調のピンクで内装を統一した自動車ごしに、体験した。

「ひどくなりそうね」

と、彼女が言った。

高いビルに両側をおさえられて蛇行していく高速道路が、稲妻の淡いブルーの光りに、つづけざまに何度も、照らし出された。

激しい雨の底をかいくぐるようにして、ぼくたちの乗った自動車は走った。ボディの外側は雨に叩きまくられ、正面のガラスを流れる雨水をワイパーが一生懸命にぬぐってくれている。ブレードが通過した直後だけ、前方のカーブや起伏が、はっきりと見える。そして、すぐに、雨水の層で前方の像はゆがめられ、はっきりとは見えなくなる。ヘッドライトの光りが、ごく手前のあたりまでしか、届かない。

高速道路をそんなふうにして走りながら、さらにいちだんと激しくなっていく雷と豪雨を、ぼくたちは、楽しんだ。

楽しんでいるあいだに、ふと、小さなアイディアが、ぼくの想像力の片隅を走り抜けた。このまま走りつづけ、都会をあとにして小旅行に出てしまい、週末の時間はふたりしてその小旅行にあてたらどんなだろうか、というアイディアだ。

彼女に、提案してみた。

彼女は、大賛成だった。ぜひともそうしましょう、と彼女は言った。月曜日の朝まで時間は自由に使える状態だから、月曜の早朝にこの都会へもどってこられるなら、それまでの時間をどこでどう使ってもいい、と彼女は言った。

首都高速を走り、そのまま東名高速に入った。そして、この頃から、稲妻と雷鳴、そしてすさまじいどしゃ降りの雨は、最高潮に達していった。

空はまっ暗になり、青い稲妻が思いがけないさまざまな方向から、その暗さをさしつらぬいた。路面からは豪雨の飛沫が空中にむけて立ちのぼり、ヘッドライトの光りを水の壁のように反射させた。暗い外の景色が、稲妻のたびに白くうかびあがった。炸裂する雷鳴は、ただひたすら純粋に雷鳴であるところが、このうえなく爽快だった。

ほんとうにささやかなかたちではあるけれど、夏の終りの週末に、ふたりだけで、どこかへむかって都会を抜け出しつつあるのだという実感は、雷と雨嵐のおかげで、最高にたかまった。厚木をすぎると、雷鳴が遠のいた。そして、大井松田のインタチェンジにさしかかる頃、雨は普通の雨だった。都会は、ほぼ完全に、後方に置き去りだった。

金曜日の残りと土曜日、日曜日を、ぼくにとっても彼女にとってもはじめてである場所で、ぼくたちはすごした。時間は、じつに快適に流れた。土曜日も日曜日も、快晴だった。場所は海のすぐ近くで陽ざしは明るく強く、遠い昔の真夏に逆もどりしたような楽しさに満ちていた。

月曜日の早朝に、ぼくたちは、東名高速を走って、都会にもどってきた。都会の朝は、薄曇りだった。

会社へいくまえに服を着替えたい、と彼女は言った。だから、都会に入ってまず彼女のマンションへいった。

シャワーを浴びて服を着替え、化粧も髪もつくりなおし、まるで別人のようになって、彼女は、その日さいしょのコーヒーを、キチンでつくってくれた。さしむかいで、ぼくたちは、モーニング・コーヒーを飲んだ。

三十歳をすぎて独身の彼女は、自分で選びとった大好きな仕事を、きわめて優秀なエキスパートとして、こなしている。朝のコーヒーは、そういう彼女にとてもよく似合っていた。

彼女の会社のすぐ近くまでいき、ぼくは歩道によせて車をとめた。週末を大いに楽しませてくれた、愛すべきアメリカ車だ。

時間にまだ余裕があるから朝食を食べていく、と彼女は言った。朝食をとる場所として、彼女は、そこから歩いて五分くらいのところにあるホテルの、コーヒー・ショップの名をあげた。

「ひとりのほうが、さまになるだろうな」

と、ぼくは言った。

「私ひとりのほうが？」

「そう」

「だったら、ひとりで食べるわ」

こういうときに彼女が見せる、なんの意味もなくてただクールなだけの微笑が、なにものにもかえがたく素晴らしい。

ドアを開いて外に出ようとしたぼくを、彼女が呼びとめた。

「金曜の午後から、いまこの時間までの私たちって、小説になるかしら」

と、彼女は、きいた。

すこしだけ考えたあと、

「ならない」

と、ぼくはこたえた。

「なぜ？」

好奇心が、微笑する彼女の唇を、非常に美しいものにする。

「ぼくたちが、ながいつきあいではなかったら、小説になるかもしれない。雷鳴と激しい雨の都会で、そのときはじめて知り合った男女が、ふとした成りゆきで週末を都会の外でいっしょにすごし、月曜の朝、都会にもどってきて、二度と会うことはまずないだろうという感じで別れるのなら、小説にできると思う」

ぼくの説明に、彼女は、納得した。

「現実の私たちを、そのとおりに書いたら、どうなるのかしら」

「みじかいエッセイなら、いいかもしれない」

「どんなところに使うの？」

再び、ほんのすこしだけ、ぼくは考えた。

「短篇集の、あとがきがわりとか」

ぼくの返事に、彼女は、楽しそうに笑った。

ぼくは、外に出た。助手席の彼女は、きれいな軽い身のこなしで、運転席に移った。ぼくは、外からドアを閉じた。

ガラスを降ろした窓から左手を出してぼくと握手をし、

「こんどは、まえがきになるような週末をすごしましょう」

と、言った。

握手をおえ、ぼくは歩道にあがった。

彼女は、車を発進させた。

左側の車線をそのまま走っていき、交差点を大きく左折し、すぐに見えなくなった。

and I Love Her

角川文庫　一九八二

彼女は、不思議だ。そして、素敵だ。

くされ縁と言っていいほどの長いつきあいだが、それでもまだ、いまだに不思議だ。

だから、この小説も、きっと不思議にちがいない。

彼女は、いま、二十代の終りに近づきつつある。心身ともに、と言えるかどうかは別にして、すくなくとも体は、非常に健康な、独身の日本女性だ。

身長は165センチくらいだと思う。もともとよくバランスのとれた美しい姿なのだが、体育の短大での二年間を体操を専門にしてすごしたから、ほどよくきたえてあり、いちだんと美しくなっている。

きたえることは、いまでもつづけている。いまでは流行のようになっているボディ・ビルディングを何年もまえからやっていて、ひところは筋肉隆々になることに熱中していた。プロテイン飲料とか各種のビタミンや栄養剤をアメリカで大量に買ってきては摂取し、一時期はその効果もあって、すごい体をしていた。120キロくらいなら、軽々とあげていた。いまは、筋肉隆々は、やっていない。

顔立ちは、非常に美しい。絶世の美女、というわけにはいかないだろうが、たとえば閉じているドアの前に無防備に立っているとき、そのドアを開いて彼女が出てきたら、その美しさにびっくりしたりちょっとたじろいだりする人が多いにちがいない。さびしげにひきしまった表情をしているとき、もっとも美しくなるという系統の顔だ。

短大を出て働いているころ、ある日とつぜん意を決して、彼女はアメリカへ留学した。四年間すさまじい猛勉強をし、体操とはまったく関係ない分野での非常に優秀なエキスパートになっていくための土台を、自分で自分の内部につくった。

このときの猛勉強、そして現地で就職してからもつづいているきびしい勉強によって、現在の彼女は、ある種の要職といっていい位置に、ついている。そして彼女にとっていまでも興味深くありつづけている仕事をおこなっている。この数年、日本とアメリカの生活が、一年のうち半々くらいの割合で、つづいている。給料は、彼女と同年齢の女性が日本で普通に働いて得る額の九倍くらいだ。

とつぜんアメリカへ留学したことの理由のひとつに、結婚願望というやっかい者を自分のなかから追い払うためがあったと、彼女がふともらしたことをぼくは記憶している。アメリカへいくまえに、彼女は、二度、結婚しかかったことがある。二度とも、挙式寸前に、彼女のほうから、くつがえした。

この不思議な彼女に対する興味を持ちつづけてきたぼくは、彼女を小説にすることはできないだろうかと、いつごろからか、思うようになった。

彼女の意見を求めてみると、それはひょっとしたら面白いかもしれない、というこたえがかえってきた。

取材とも言えないような取材をしていくと、やがて、材料はたまってきた。その材料をもとに小説のプランを彼女に示したら、彼女は、材料の取捨選択を自分にやらせてほしい、と言った。

彼女は、生々しい部分を、まずぜんぶすて去った。仕事に関することも、みんなすてた。最後にぼくの手もとに残ったのは、なにをしているわけでもないごく日常的な時間のなかでの、きわめてあいまいな小さな自由時間をすごしているときの、じつになんでもない彼女の姿の断片だけだった。

断片を28個にまでしぼっていき、早春からはじまって次の年の早春に終るという一年間のモザイクにして書いたら、いまここにあるこのような小説になった。

こういうかたちで書くための決意をぼくに最終的にくれたのは、東京の都心に彼女が持っていた住居の間取りだった。いまは引き払って他人の手に渡り、あっさり断られたためについにぼくも内部を見ることは許されなかった彼女の部屋の間取りは、28個の断片のそれぞれに、とてもふさわしいとぼくは感じた。

彼女が描いてくれた図面によると、基本的には3DKだが、普通の3DKのすくなくとも五倍はある広いものだった。

人はぜったいに招き入れないことにしているという、この広い間取りのなかで、彼女は、ぼくが描いたとおりの時間を、ある日あるとき、確実にすごしたのだ。

はじめは、28章すべてこの間取りのなかでの彼女にしようと思い、彼女もそのことには賛成してくれていたのだが、部屋の外での自由時間もすてがたく、部屋の外での彼女もいくつか加わることになった。

東京を引き払って、彼女はニューヨークへいってしまった。飛行機で日本を発つ日の午後、ぼくは彼女に逢った。雑誌『野性時代』(一九八一年十月号)にのったこの“and I Love Her”を彼女は読んでくれていて、彼女が語ったとおりにぼくがすべての章を書いたことをよろこんでいた。

空港へむかう自動車のなかで、ぼくたちはいろんなことを語り合った。タイトルの“and I Love Her”は、貴重な友人のひとりである山田和夫氏がぼくにくれたものであること、そしてタイトルとしてこれ以外にはちょっと考えられないことなどについても、語り合った。

結局、この小説はきみの伝記なのだ、とぼくがなかば冗談で言ったら、彼女は自動車の天井に顎をむけてカラカラと笑い、

「そういうのを、ものは言いようというのね」

と、明るい声で言った。

ターザンが教えてくれた

角川文庫　一九八二

彼女には、夜中に電話をかけてよこすくせがあった。いまでも、そうだ。

しかし、彼女から電話がかかってくると、なぜだかうれしかった。かかってくるタイミングがいつもとてもよかったし、電話のむこうから伝わってくる彼女の声は、軽くさわやかだった。そして、ほんのりと、はかなげなのだ。

夜ふけにふと部屋の窓を開けたら、思いのほかいい風が頬を撫でた、という感じで、ぼくは彼女からの夜中の電話をうけていた。

ある年の夏のはじめ、夜の十二時をすこしだけ過ぎた時間に、彼女は電話をかけてきた。

海が見たくなったから、つれていってほしい、と彼女はぼくに言った。もちろん、真夜中のこれからだ。

これから夜の海を見にいくのも、けっして悪いことではないな、とぼくは思った。彼女も時間をもてあましていたのだろうが、ぼくも当時は存分にひまだった。

海へむかうルートを、何とおりか、ぼくは彼女に提示した。そのなかから、彼女の好きなルートを選んでもらった。

そして、そのルート沿いにあるドライヴ・インで待ち合わせることにきめた。

ちょうどいいことに、ぼくは、友人の自動車を一台、あずかっていた。当時ですでに十年以上たっていた、オールズモービルのカトラスだ。スターターを回転させるたびになぜだか気の毒になるような自動車だった。

その自動車で、ぼくは出かけていった。国道沿いの、待ち合わせのドライヴ・インまで、三〇分かかった。

彼女は、すでに来ていた。店の奥のほうの、駐車場を見渡すことのできる窓ぎわの席に、ひとりで美しくすわっていた。

夜ふけのコーヒーを、ぼくたちは飲んだ。ごく平凡な出来ばえのコーヒーだったが、美人の彼女とさしむかいだと、たいへん上出来なコーヒーのような錯覚にたやすくおちいることができた。三時間ちかく、ぼくたちはそのドライヴ・インにいた。いったいなにを語り合ったのか、その断片すら記憶にないが、いろんな話をして三時間すごしたのだ。ぼくがコーヒーを三杯おかわりしたことだけは、はっきりと覚えている。

駐車場のむこうに往復六車線でまっすぐ東にのびていく国道の、その東の空が、ほんのりと明かるくなっていった。夏の夜が明けてきたのだ。

さあ、それではいよいよ海を見にいこう、ということになり、ぼくたちはドライヴ・インを出た。

駐車場の片隅にとめたオールズモービル・カトラスまで歩いていき、運転席のドアを開いたとき、ぼくは、ひとつのグッド・アイディアを、ごく軽いひらめきのように、手に入れた。

「朝の海を、きみひとりで見てこい。どんな海だったか、あとで語ってくれ」

ぼくのこのアイディアに、彼女は賛成だった。自動車のむこう側にいる彼女にむけて、ぼくは、キーを屋根のうえに滑らせた。滑ってくるキーを、彼女は、白い指さきでつかまえた。

何日かあと、再び夜中に電話をかけてきた彼女は、自分がひとりで見た朝の海について語ってくれた。そして明くる日、自動車をかえしてもらうために会ったとき、さらに詳しく、彼女は語ってくれた。

それからひと月ほどして、彼女は自分の自動車を手に入れた。静岡県の実家が手広く商売をしていて、自動車は4トン・トラックからベンツまで、たくさんある。そのうちの一台、1トン積みのじつにけなげな働き者のピックアップ・トラックを、彼女はもらいうけてきたのだ。

そのピックアップ・トラックにひとりで乗って、彼女は海めぐりをするようになった。週末になるとひとりでふらっと出かけて、あちこちで海を見ては、月曜の朝早く、仕事にもどってくる。

自分が見た海について、彼女は、いろいろと語ってくれた。とんでもない場所の、海のちかくにある公衆電話から夜中に電話をかけてくることも、ときたまあった。

そのうちに、彼女は、海めぐりにぼくをひっぱりだすようになった。自分が見つけた海へ、ぼくを案内してくれるのだ。週末のたびに、彼女のピックアップ・トラックにオールズモービル・カトラスでくっついて、いろんなところの海を見にいった。

日本は海岸線が複雑だから、自分の気に入った海をあえて見つけようと思えば、無限にちかく見つかってしまう。

いっしょに海をながめつつ彼女の話を聞いていたぼくは、あるとき、もうひとつグッド・アイディアを思いついた。日本の海岸線の全線を舞台にして、小説とも紀行文ともつかない不思議な物語を書いたらきっとそれは面白いにちがいない、というアイディアだ。

そのアイディアを彼女に語ったら、彼女は賛成してくれた。タイトルは『海岸線』とするといい、と彼女は言った。

いまでも、彼女は、海めぐりをやっている。かつての古びたピックアップ・トラックは、ダブル・キャブになったまっ赤な4WDにとってかわり、結婚しない女として身につきはじめた絶妙な影が彼女の美しさをさらに美しいものにしている。

海めぐりは、彼女ひとりでやっている。ひとりで充分に充実しているのだそうだ。ときたま、彼女に会う。報告してくれる海がオーストラリアやアイルランドの海だったり、あるいは真冬の佐渡ヶ島の海だったりして、非常に楽しい。

『海岸線』というタイトルの小説を早く書け、と会うたびに催促してくれる。女主人公のモデルとして、自分が登場できるものと、彼女は思いこんでいるようだ。

Ten Years After　角川文庫　一九八二

サイモンとガーファンクルのLP『ブックエンズ』が出たのは一九六八年だったと思う。出てまもなく、このLPを、サンフランシスコの友人の家の居間で、ぼくは聴いた。居間ぜんたいがほかの部屋のフロアにくらべると低くなっていて、カーペットを敷きつめた階段を何段か降りると、そこが居間なのだった。

何人かの人たちがあつまってとりとめなく話をしているときのBGMのようにして、サイモンとガーファンクルのLPが、スピーカーから聴こえていた。人と話をしながら聴くともなしに聴いていて、歌のなかのひとことが、ぼくの気持のなかに残った。

そのひとことは、

「昔の友だち
古い友だち
まるでブックエンドのように

「公園のベンチにすわって」

というのだった。

昔からの古い友だちどうしである老いたふたりが、公園のベンチの両端に、いまはもう語りあうこともつきてしまったかのように、日がな一日、じっとすわっている光景が、ぼくのイマジネーションのなかにうかんだ。

この光景を心のなかに見ながら、ベンチの両端にすわった老いた友人ふたりをブックエンドにみたてるのはとても面白いなと思い、このとき以来、その歌はぼくの記憶のなかに残った。あとで自分も『ブックエンズ』のLPを手に入れて知ったのだが、A面の六曲目に入っている『オールド・フレンズ』がこの歌であり、七曲目に入っている『ブックエンドのテーマ』とつながったような、あるいは対になったような、そういう感じとなっている。つながっているといえば、A面の五曲目、正確にはソング5ではなくバンド5なのだが、ここに入っている老人たちの声も、六曲目と七曲目のふたつの歌に対して、重要な役をはたしている。

アート・ガーファンクルが養老院のようなところへ出かけていき、何か月もかけて老人たちの声を録音したテープから構成したバンド5、そして六曲目の『オールド・フレンズ』、七曲目の『ブックエンドのテーマ』の三つによって、ひとつの世界が語られ、かたちづくられているように思う。

以上のようなことが気持の底のほうでヒントになって生まれてきたのが、ここにあるみじかい小説『Ten Years After』だ。

まるでブックエンドのようなオールド・フレンズにいたる道はいまはじまったばかりであり、ぼくは続篇をいくつか書くつもりでいる。三人の主人公たちが作中で言っているとおり、真夏に二台のオートバイそして一台の自動車で一週間くらいの旅を三人に体験させ、それが続篇の第一番目になるはずだ。

湾岸道路

角川書店　一九八二

「元気でいろよ」のひと言を残して、彼はあの年の夏の彼方へ消えてしまった。あとにひとり残された彼女としては、生まれつきの才能を努力で鋭くみがきあげ、自分もどこかへいってしまうほかに、充実した生き方はなかった。だから彼女は、そうした。ふたりともいなくなり、陽が射して風が吹き、これ以上のハッピー・エンドはどこにもない。

彼女が風に吹かれた場合

角川書店　一九八二

かねてより気になっていたひと言があった。and he drove away という英語のひと言だ。そして彼は自動車に乗って走り去った、という意味の平凡なワン・センテンスだが、たとえばこれを小説の最後の一行に使うなら、たいへんなドラマを背負いこんだひと言になるはずだとぼくは思い、それ故に気になっていた。このひと言が最後の一行として生きてくるような小説をつくろうと思いたつところからはじまったのが、ここにあるこの物語だ。

美人物語

角川文庫　一九八二

真夏らしいかんかん照りの、素晴らしく暑い一日になるはずだということは、朝、宿の布団のうえで目を覚ました瞬間に、はっきりとわかった。

朝食をすませ、オートバイで宿を出ると、強くて明るい陽ざしは、きらきらと透明に輝いて照りつけ、その陽ざしのなかで海沿いの田舎町は、朝からしんとして静かだった。朝早くからすでに時間がとまったようになってしまう、日本の真夏の一日だ。

　こういう夏の日がぼくは大好きだから、とてもうれしい気持でぼくはオートバイを走らせた。予定なんてまるでない、まったく風まかせの、ひとりだけでおこなう夏のロング・ツーリングだ。

　ゆっくり一日かけてどのあたりまで走っていくと楽しいかは、前日に地図を見ながら考えておいた。海沿いのルートと、すこしだけ内陸に入ったおだやかな山道のルートと、両方を考えておいた。どちらのルートを走っても、いつも海がすぐ近くにあるしかけになっていた。

　真夏のかんかん照りを、ぼくは、一日かけて存分に楽しんだ。前の年の夏、そしてその前の年の夏も外国ですごし、大好きな日本の夏を二度もとりにがしてしまったあとだけに、青い空や夏草の香りに満ちた道路、肌を強く焼く陽ざしなど、すべてのものが、ことのほかうれしかった。

　海に沿ったルートに出るたびに、どこかにオートバイをとめて海に飛びこみたいという誘惑にかられた。しかし、ぼくは我慢した。夕方まで待とう、と思った。一日分の陽ざしを充分に浴び、夕方、海から風が吹く時間になったら海へ飛びこもう、と考えた。

　太陽が西へ大きく傾き、すこし弱くなった陽ざしがオレンジ色になって深い角度をとって射してくる時間に、ぼくは小さな漁港のある田舎町についた。

　ささやかな港のまんなかにコンクリートの桟橋があり、まっすぐ海にむかってのびていた。その桟橋のなかほどにオートバイをとめ、服を脱ぎ、競泳用のスイミング・パンツ一枚になったぼくは、桟橋の突端まで歩いていき、満ち潮の海に飛びこんだ。

水面にうかびあがり、髪の水をふりきったぼくの顔を、海風がほんとうにやさしく、撫でた。ひとしきり泳いで桟橋にあがり、水道の水を浴びた。海からの風は、さきほどにくらべるとすこしだけ強くなっていた。

彼とぼくと彼女たち

晶文社　一九八三

この本、『彼とぼくと彼女たち』は、晶文社でつくってもらったぼくの本の、五冊目だ。数多くの雑誌に書き、無事に活字となったみじかい文章が四〇篇、集めてある。じつにいろんなことが書いてあるが、たいていの場合、文中に登場する主人公は、タイトルのとおり、彼であり、ぼくであり、そして彼女たちだ。彼がもっともすくなく、その次に多いのがぼくで、いちばんたくさん出てくるのが、彼女たちではないだろうか。六冊目の本の準備がほぼととのい、もうじき書こうとしているところだ。カヌーに乗って全国いたるところの河川をくだる遊びを自分の生き方としている男性の話だ。したがって主人公は、めいっぱい、彼、であるはずだ。タイトルは、『カヌーで来た男』という。彼女はいっさい登場しない、男の世界の物語となるのだということをここに書き、あとがきを次回作の予告にかえてしまおう。

彼とぼくと彼女たち

晶文社(一九八三)の文庫版　新潮文庫　一九八六

ぼくは、いつもストーリーを書いている。小説を書くことが、仕事のようになっている。自分では遊んでいるつもりなのだが、職業は無職、ではとおらないときには、作家とか小説家とか、便宜上、そんなふうに言うことにしている。

依頼されなくてもストーリーなら自発的に書くと思うが、とにかくたいていの場合、依頼からはじまり、締切および催促によって、ひとつひとつ、ストーリーをつくる仕事は、完結していく。

この、ストーリーを書くことに付随するかたちで、エッセイを書く仕事というものが、ほぼ一定のテンポで、続いているようだ。ストーリーの書き手のところには、エッセイの依頼もくる、という一種の習慣のようなものが存在する。エッセイもまた、依頼されるところからはじまり、締切と催促によって終る。しかし、ストーリーを書くときよりもはるかに、気持の上で負担は大きい。

どうやら仕事の一部分であるようだから、ぼくにでも書けそうな話題のときには、なるべく書くようにしている。書くからにはそれぞれ楽しんで書くのだが、気持としては大学や大学院で演習の講座に出席しているのとよく似た気持で、ぼくはエッセイを書いている。課題をあたえられ、その課題をめぐって、指定の文字数のなかで、商業的に成立しうる文章を書く演習だ。クリエイティヴ・ライティングの一種だろうけれど、ストーリーとはまるでちがった、別のエリアでの出来事だ。

この本のなかに収録してあるエッセイは、すべて、依頼と締切という演習講座のなかで書いたものだ。いま読みかえすと、それぞれの講座を思い出す。日付順にならべて、たとえば一年分をそのまま一冊にすれば、日記のようにもなるだろう。はじめに晶文社からおなじタイトルで刊行されたものを、部分的に内容をいれかえ、この文庫となることとなった。

エッセイを書くことがぼくにとってどんなふうに演習講座的であるかをいますこし詳しく説明するために、ごく最近に書いた短い文章をひとつ、再録してみよう。このエッセイは、ある広告代理店から依頼されたものだ。アメリカの、セヴン・クラウンという名前のウイスキーを、肯定的なかたちで文中に登場させて、楽しくまとめてほしい、という依頼だった。演習なら点数や講評を知りたいところだが、これはいったい何点くらいだろうか。

＊

オレゴン州のポートランドという町で、友人と落ち合った。コロラドで大学を出た白人男性のアメリカ人で、当時はいろんな雑誌に記事を発表しているフリーランスのライターをやっていた。ぼくもおなじような仕事を日本でしていたから、ぼくたちには共通の話題が多くあり、なおかつ、うまがあう、という言いかたのぴったりくる友人どうしだった。

これからきみはどこへむかうのかと彼がきくから、ぼくはアメリカ合衆国を横断して東の端までいってみるつもりだと、こたえた。ぼくもつきあう、と彼は言い、一台の自動車で、ぼくたちはほんとに気軽に、出発した。目的地はメイン州のポートランドにきめた。メインにもポートランドという名の町があるのだ。ポートランドからポートランドまで。冗談としても悪くない。

アイダホ州のポカテロというところまで来て、ぼくはひとつのアイディアを思いついた。メイン州までのきまぐれな旅の日々のなかで食べたり使ったりあるいは接したりするさまざまなものを、アメリカじゅうでよく知られている、きわめて日常的に有名なものだけにしてみよう、というアイディアだ。そんなことがどの程度まで可能なのか、試してみたくなったのだ。このアイディアに賛成しつつも、ぼくのいつもの生活はほぼそれに近いよと、友人は言っていた。

食事はマクドナルドにケンタッキー・フライド・チキン、おやつにはナビスコのクラッカーやペパリッジ・ファームのクッキー、そしてライフ・セイヴァーズのようなキャンディー。ふたりともリーヴァイスをはき、ぼくはコダックのカメラで写真を撮り、彼はホールマークのカードでアメリカ各地の友人たちに便りを書き送っていた。頭痛がしてきたら飲もうよと、町角のドラグストアでバイエルのアスピリンを買ったりした。

大陸を西から東まで、なんの目的もなしにただ横断していくという気ままな日々は、よく知られた有名な商品、つまりどこで買ってもどこでながめてもまったくおなじである品物たちだけで、充分に支えることが出来た。

メイン州のポートランドに、やがてぼくたちは着いた。よく知られた有名なものだけで支えた生活の仕上げは絶対にこれだと彼が言い、わざわざ雨のなかを買いにいき、シーグラムのセヴン・クラウンを一本、手にいれて来た。父親がいつもこれだったと彼は懐かしそうに言い、宿のアイス・マシーンの氷でロックスにして、乾杯した。ラベルの7の数字を、ぼくはよく覚えている。そのときぼくも彼も、27歳だったから。

ドライ・マティーニが口をきく

角川文庫　一九八三

よく晴れた春の日、午後四時三〇分。日が長くなってきている。もう、誰の目にも、春だ。明るい。

ホテルの一階、サラダ・バーのあるカフェテリアの一角も、明るい。大きな窓から、白いテーブルのうえに、外からの光が入ってくる。外の幅広い歩道は、桜並木だ。桜が咲いている。桜並木のむこうに、高層のビルがいくつも見える。テーブルから窓ガラスごしに見る光景は、都会の春の情景だ。

テーブルのむこう側に、彼女が美しくすわっている。白い肌、くっきりした唇、やさしい髪。その髪のなかに、ゴールドのイアリングが、一部分、見えている。心なごむおだやかな喉もとに、細いゴールドのネックレス。きれいな指。

育ちのいい、顔立ちも姿も美しい、二十代後半のひとりの女性。この文庫本のあとがきにかえて、ぼくが彼女をインタヴューし、みじかい文章にまとめる。そのインタヴューの素材として、友人、青木誠一郎氏と山田和夫氏が用意してくれた、出色の生身の女性が、彼女だ。

ぼくの大好きな角川文庫で二十七冊めにあたるこの『ドライ・マティーニが口をきく』には、六つのストーリーがおさめてある。どのストーリーも、若い女性が主人公だ。彼女たちは、現実に存在する何人かの女性の影をごく部分的に宿してはいるものの、すべてぼくがつくった女性たちだ。ストーリーのなかで生きているのであって、現実にはいない。

それでは、あとがきには、ひとりの生身の女性を登場させたら、きっと面白くなるにちがいないと考えた敬愛する友人たちふたりは、彼女をサラダ・バーに招き、ぼくにひきあわせてインタヴューさせ、現実の彼女をどれだけ文章のうえにうつしとれるか、お手なみ拝見、という興味深い舞台をつくってくれたのだ。

テーブルのうえには、花束がひとつ、置いてある。彼女が、この午後の時間のために持ってきてくれた花束だ。可憐なピンクの花をつけたブバリアが、七本。花束は、いつも奇数だ。偶数だと、ふたつに分かれ分かれとなってしまうから。

——春ですね。

「どぎまぎしてしまいますわ」（笑い）

――春は、苦手ですか。

「得意ではないですね」

――なぜですか。

「あまりにも明るくて、はっきりしてて」

――これからさらに春が深まって、夏がきて、そして夏の終りまで、明るくはっきりした季節ですよ。

「困ってしまいます。恥ずかしいくらい、どぎまぎして」

――冬の服が春の服になり、服じたい薄くなると同時に、一枚ずつ服がすくなくなっていって、とてもいい季節だと思うのですけど。

「冬が来て、服をかさねるようになる季節が、いちばん得意なのです。セーターを着るようになると、もう楽しくてうれしくて、スキップしたくなります」

――冬の女、ですか。

「そうですね。私は冬の女だ、と自分でも思っています」

――春や夏は、どうやってすごすのですか。

「できるだけ、やりすごしたいですね。なにごともなく」

――なにごともなく？

「はい」

――どういうことですか。

「たとえば、自分にとって重要な意味を持つような出会いが、夏の盛りなどにあってほしくない、というようなことです」

――これまでは、どうでしたか。

「冬の女、をまっとうできているみたいですよ」（笑い）

――春や夏の、はっきりした、明るい光は、嫌いですか。

「嫌い、ではないのですけど、私個人は、秋から冬の光が好きだわ」

――もっと春が深まって、快晴の日の朝、自分の部屋の窓から部屋いっぱいに明るい光がさしこんでいる、という状況があるとすると、これは苦手ですか。

「その窓に、薄いカーテンを一枚ひくと、素敵でしょうね」（笑い）

――なるほど、わかります。おぼろな明りのなかに。

「そうなの。あいまいに、ほの暗く、ほんのりと明るく。ぼうっとにじんで、淡くかすんで、どこでもなく、どちらでもなく、漂っていたいの」

――生活の全領域におよぶのですか、そのおぼろな明りが。

「私ひとりの時間では、そうですね。仕事の時間のなかでは、すべて白か黒か、はっきりさせて結着をつけていくのが仕事ですから、ひとりの時間では、その反対に、あいまいに、漂っていたいですね」

――光については、わかりました。温度は、どうですか。やはり、冬の寒さのほうが、自分の世界ですか。

「夏の暑さのなかでは、自分が弛緩してしまって、きちんとほんとうの自分になっていないような状態なのね。冬の寒さのなかでは、自分自身が自分の中心にむかってきっちりと収斂していて、ほんとうの自分、とてもいい状態の自分になることができるの」

――自分が冬の女だと気づいたきっかけは、なにかあるのですか。

「東京で大学生だった最初の年に、季節は冬になっているのに、いつまでたっても雪が降らなくて、とても不安だったことを覚えてます。自分のぜんたいが見えてきた、という意味では、大学を出て仕事をはじめたことが、とても大きいですね」

――なぜ、仕事に入ったのですか。

「こうしたらこうなるだろうという予測のつかない世界に入ってみたかったからです。大学を出るまではずうっと学校にいるわけですけど、学校の勉強は要領ですから、いい結果を出そうと思ってそのための努力をすれば、目標としていた結果が出てしまうでしょう」

――仕事をすることによって自分をつくってきた、と言ってもいいですね。

「そうですね。自分をつくるということは、自分が見えてくるということですから。それまでの自分が一部分の自分だとすると、もっとぜんたい的にふくらんだ自分ですね」

――仕事は、これからも、つづけますか。

「つづけます」

――恵まれたかたちで仕事をしてくることができたのでしょうね。

「仕事の場に女性がいませんでしたから、それで得をしたことはたしかだと思います」

――どんな得ですか？

「女性の仕事のありよう、というようなものに、とらわれずにすんだ、ということがいちばん大きいかしら。自分との、真正面からの対面でやってこれた、ということですね」

――生まれ育ったのは、どこですか。

「信濃大町です」

――冬の女であるということと、大町とは、深く関係しているかもしれませんね。

「そうね。しかし、寒くはあっても、極寒地ではありませんし、雪も根雪にはなりませんし」

――服をかさねていくことの楽しさ、という余裕を残した寒さであるわけですね。

「そうですね、そうだと思います。雪、というものから連想ゲームをしていくと、寒さとか冷たさにはつながらないんですよ。ほのぼのとしたもの、という連想がありますね。色の連想ですと、雪は白の次にはオレンジ色なのね」

――女性であることについては、どう思いますか。

「最高です。女は、最高、という気持です。もう一度、あるいは、二度でも三度でも、女をやりたいですわ」

――相当に恵まれて育ったでしょう。

「だと思います」

――現在の自分の、こういったとてもいい状態と、育った環境との結びつきについて考えることはありますか。

「環境はたしかに大切ですし、子供にとっては大きな意味を持つのですが、結局は、自分は自分で育つのだし、私の場合もそうだったと思うの」

——ある水準以上の環境に恵まれると、自分は自分で育ったのだ、と思えるような育ち方をすることが可能なのでしょう。

「それは、たしかに、そうね。私も、一歩まちがえば、馬鹿娘になったはずだなと、思いますもの」（笑い）

——一歩まちがわなかった、ということは、どういうことですか。

「ほんとうの自分を、できるだけ広く、ぜんたい的に見るようになれた、ということでしょうね」

——ほんとうの自分を、すでにすべて発見してしまいましたか。

「自分にもまだ見えてない自分が、たとえば誰かに開発されることによって見えてくる、という期待は持ってます。そういう期待は、いつだって持っていたいし」

——第二次自己発見。

「そうね」

——Gスポットは意外なところにもっとあるかもしれませんよ。（笑い）

「結婚かもしれないわね」（笑い）

——結婚について、どんなふうに考えてますか。

「若いころは、結婚なんて、いつでもできる、と思ってたの。でも、いまは、むずかしいですね」

——むずかしいですか。

「すこしずつ、むずかしくなります。その時期をやりすごすと、むずかしいですよ」

——なぜですか。

「これまで、そしていまも、自分で自分をたいへんに面白がらせることができてるのね。だから、それ以上に面白くする可能性がないと、むずかしいですね」

——自給自足してますね。

「そうね」

——台詞が、ひとつひとつ、きまってますね。(笑い)

「そうかしら」

——一般的な言葉を適当にえらんで、あたりさわりなくつなぎあわせた台詞ではなく、自分の内部を確実にくぐり抜けてきた言葉ですね。手間とおかねが、かかってます。(笑い)はじめのほうでうかがった、窓から部屋いっぱいにさしこんでくる明るい光に、薄いカーテンを一枚かけたらもっと素敵だ、というのも、手間のかけ方の一例ですよ。自分のあり方に、手間がかけてあるわけです。

「そう言われてみれば、たしかに、そうだわ」

——手間をかけるだけの値打ち、というものを自分に認めていないと、できないことですね。

「そうね」

——自己愛、ですよ。自分で自分に高い値打ちをつけるわけですから。

「自己愛は、たしかに、強いと思います。いちばん好きなのは、自分ですもの」

——自己愛の強い女性は、たいへん興味深い対象になり得ますよ。

「以前から、そう思っていました」（笑い）

インタヴューのはじまるまえに、彼女は紅茶を飲んでいた。終りちかくになって、エスプレッソを飲んだ。紅茶とエスプレッソだけでこんな話ができてとても素敵でした、と彼女は言っていた。

可愛いく書いてくださいね、とも彼女は言った。

美しく書くことならほぼ保証できます、とぼくはこたえた。なぜ可愛いらしく書いてほしいのですかとぼくがきくと、彼女は、まずなによりも必要なのは、可愛いらしさとか愛らしさなのだから、とこたえた。一般的な可愛いらしさではなく、そういったものからはむしろ離れるかもしれないが、その人に固有の愛嬌は、ぜったいに必要だと思うの、と彼女は力説した。

インタヴューが終って夕暮れとなり、お酒を一杯だけ飲むために、ぼくたちはホテルの三階に場所をかえた。

静かに落着いて、ほの暗く、しかも、奥まった、という印象のあるバーに、ぼくたちは入った。インタヴューのおさらいをしてみた。

自分で自分に好きなだけ手間をかけることができれば、その人はやがて美しく自立するのだという結論にぼくたち男性三名はすくなからぬ感銘を受け、自立した当人である可愛いく美しい人を目のまえにおいて、ぼくたちはその結論に乾杯した。

5Bの鉛筆で書いた

PHP研究所　一九八三

この本に収録してあるいくつものみじかい文章のほとんどを、ぼくは5Bの鉛筆で書いた。ステドラーの5Bをやはりステドラーの鉛筆削りで削りながら、原稿用紙のます目いっぱいに字画を盛大にひきまわして書くのだ。原稿用紙は二〇〇字詰のものを二一枚用意し、下からかぞえて五ます目に端から端まで線を引き、一五字詰にして書いていく。一五字の字詰というリズムで書いたものがこの本のようにこうしてもっと長い字詰になると、たとえば校正刷りを読んでいてリズムがすこしちがっていたりして、面白い。

雑誌『ポパイ』に創刊号から連載させてもらっている二ページの記事に書いてきたもののうち、主としてはじめのころのものが、この本には収録してある。自分で書いておきながらもうすっかり忘れてしまっているものに校正刷りで再会できたりして、楽しかった。

いまでもつづいている『ポパイ』の連載記事は、この本に収録してあるものを書いていた頃にくらべると、材料のとりかたやアプローチのしかた、そして書きかたなどが、すこしではあるけれどもはっきりとちがってきている。おなじ気持で書いているつもりなのだが、やはりすこしずつ変化しているらしい。連載記事を書くことがぼくにとって大いに楽しい作業であることは、現在でも変わっていない。そしてその楽しさは、『ポパイ』がぼくに力をかしてつくり出してくれているものだと言っていい。書いているぼくにとっての楽しさと、記事になったものを読むときの楽しさとが、バランスよく釣りあえばそれにこしたことはないと、ぼくは思う。

5Bの鉛筆で書いた　角川文庫　一九八五

PHP研究所（一九八三）の文庫版

雑誌『ポパイ』に第1号から連載している2ページの記事のためにぼくが書いた文章のうち、はじめのころのものが、この文庫のなかに収録してある。この頃のぼくは、ステドラーの5Bの鉛筆を使って、原稿用紙のます目いっぱいに字画をひきまわした字で、原稿を書いていた。このことから、タイトルは、『5Bの鉛筆で書いた』とつけた。連載している『ポパイ』の紙面では、『アメリカノロジー』というタイトルだ。このタイトルは『ポパイ』がつけてくれたものだが、いまだにすこしきまり悪い。

この文庫になるにあたって、校正刷りで読みなおしてみると、じつにいろんなことが書いてある。書いた当人がすっかり忘れているものがいくつもあり、こんなことも書いたのかと、びっくりしたりする。

連載を書き進めるにあたって、方針のようなものを、ひとつだけつくった。出来るだけこまかな、小さなことについて書いていこう、という方針だ。こまかなことひとつを毎回の材料に選べば、具体的なその小さなことだけについて書けばいいのだから、大きなことを一般化して書くことによって誤解を招いたりすることをかなりうまく避けられるのではないだろうか、と思ったからだ。

アメリカについては、数多くの人たちによって、さまざまなことが書かれている。アメリカとは、アメリカ人とは、あるいは、これがアメリカ的な、というふうにいつのまにかきわめておおざっぱに一般化されたうえでいろんなことが書かれる場合がもし多いとするなら、ぼくは一般化することだけは避けたいと思った。なぜなら、アメリカはとてつもなく広いし、地形や気候は複雑であり、人の構成も複雑多岐をきわめ、しかも国の成り立ちときたら、たとえば日本とくらべると、とっぴょうしもない。なにからなにまでまるっきり異なっているこのような国のことについて書くとき、なにげなく一般化して書いてしまうことから生まれる誤解は、そのなにげなさにくらべてたいへんに大きい。

アメリカは、日本にとって、もっともわかりにくい国だと、ぼくは思う。アメリカについて書かれる多くのことがらのなかに、まるで申しあわせたように共通してどこにも書かれないことがらもまた多くあり、その書かれないことこそアメリカにとっては非常に重要であるのを見るとき、日本はアメリカの真反対にあるのだという感慨のようなものを新たにする。

『ポパイ』での連載は、いまでもつづいている。材料のとりかたや、ぼくの書きかたは、はじめのころに比べると、かなりちがってきている。しかし、小さな話題をいつも選んでいることでは変わりはない。

なぜ書くかというと、面白いから書くのであり、面白さはとうていつきるものではないから、これからもスタイルをすこしずつ変えながら、このような文庫本で、書いていこうと思っている。

ブックストアで待ちあわせ

新潮社　一九八三

雑誌『ポパイ』の創刊号から現在にいたるまで、ほぼ毎号、2ページの連載記事をぼくは書いている。この「あとがき」を書いている1983年の夏の終りで、その連載記事は第125回となっている。1回が400字詰めの原稿用紙で8枚くらいだから、合計で1000枚ちかく書いたことになる。かなりの量にいつのまにかなってしまったこの連載記事を本にしないかという提案をぼくはひんぱんに受けたけれども、どんなふうに1冊にまとまりうるのか見当がつかなくて、提案はいつも提案のままに終っていた。そこへ、新潮社出版部の美しく賢い森田裕美子エディターが登場し、アメリカの本について書いたものだけを抜き出して1冊にまとめたら面白いと思いますと、グッド・アイディアつきで提案してくれた。アメリカで出版された本について書いたものだけでも1冊分をこえる分量があることを森田さんは示してくれ、これを1冊にすればちょっと変わった読書案内のような楽しい本になるはずです、と言った。アメリカの静かな町の、ストックの状態のとてもいいブックストアでゆっくり時間をかけて本を見たり選んだりするときの楽しさがすこしでも伝わるならという思いをぼくは抱いた。そして、グッド・アイディアに対してはいつだってぼくは賛成だから、1冊にまとめる作業を森田さんといっしょにはじめ、ここにこうして、『ブックストアで待ちあわせ』というタイトルのもとに、できあがった。この本のなかで紹介してある何冊もの本の多くが、非常に美しい出来ばえだ。そのような本を手にとって開いたときの、目に飛びこんでくる美しい楽しさをすこしでもいいから伝えたいと思い、カラー・プレートのページをささやかに加えてみた。これも森田さんのアイディアだ。森田さんのグッド・アイディアそして配慮に満ちた仕事ぶりには感謝しなくてはいけないし、この2ページはきみが書けばいい、と創刊のときにすすめてくれていまでもぼくにまかせてくれている『ポパイ』にも、そしてダスト・ジャケットの絵を描いてくださった鈴木英人氏にも、感謝している。

メイン・テーマ 1

角川書店　一九八三

ひとりの青年が、きわめて自由な旅に出る小説を書いてみたいと、かねてより思っていた。旅に出たその瞬間から、彼はさまざまな人に出会う。出会うたびにフラッシュ・バックして、その人のストーリーを物語っていくスタイルにするといいと思い、好みの人物をそんなふうにして、何人か書くことができたので、ぼくはうれしい。

メイン・テーマ 1

角川文庫　一九八五

角川書店（一九八三）の文庫版

映画『メイン・テーマ』がパイオニアからレーザー・ディスクとして発売されるにあたって、そのジャケットのなかに同封されるライナーに短い文章を求められ、ぼくは書いた。その文章は、角川文庫『すでに遥か彼方』のなかに収録してあるが、全文をふたたびこのあとがきのなかに引用しておきたい。

＊

一九八三年の夏の終りに、ぼくは軽井沢で角川春樹氏と久しぶりに会った。ラジオ番組のための楽しい談話の時間を、三時間ちかく持った。そのときから見て来年、つまり一九八四年の夏、森田芳光監督、薬師丸ひろ子主演で映画を一本公開したいと思っているからその映画の原作小説をカドカワノベルズの一冊として書いてほしい、という依頼をこのときぼくは角川氏から受けた。

その日の夕方、東京へ帰る電車のなかで、ぼくはおよその考えをまとめた。明くる年には二十歳になる薬師丸ひろ子さんは、二十歳の女性という自分自身を演じるほかないだろうと、ぼくには思えた。だからぼくは、小説のなかでの彼女の役には、女子短大を出て幼稚園に就職したばかりの保母さん、という役を考えた。彼女にはぴったりだとぼくは思った。映画『メイン・テーマ』のなかでも、ぴたりとはまっている。

幼稚園に就職しっぱなしでは動きを出すことができず、動きがないとぼくは書きにくいから、就職して一週間でクビになり、遠く離れた次の就職さきへ面接を受けにいく、という設定を考えた。

監督してくれるのは森田芳光さんだし、脚本もおそらく彼になるだろうから、小説のストーリーをなぞって映画をつくってしまうようなことはまずないのだが、念のため、なぞりたくてもなぞれないような構造を原作に持たせることにした。主人公である薬師丸ひろ子さんの相手役にやはり二十歳の青年を配し、この青年が日本全国を旅していくなかでさまざまな人に出会い、興味深い人が登場するたびに一種のフラッシュ・バックがおこなわれ、その人の物語がしばらくのあいだ展開する、という形式をとることにした。

とりあえず『メイン・テーマ1』が出来あがり、一九八三年の十一月に本になった。この最初の一冊だけにもとづいて森田芳光さんはシナリオをつくり、ぼくはすぐに『メイン・テーマ2』を書きはじめた。一九八四年の七月に映画『メイン・テーマ』が公開されるすこし前に、『メイン・テーマ2』も本にすることができた。ロードショー公開中に、さらに『メイン・テーマ3』が本になった。いまのぼくの予定では、小説『メイン・テーマ』のぜんたいが完結するためには、全十二冊くらいまでスペースが必要だ。そのくらいあれば、いちおう完結するだろう。

森田芳光さんにはじめてぼくが会ったのは、いまから八年くらい前ではないかと思う。当時の彼は8ミリ映画を自分でつくっていた。その、8ミリによる新作『ライヴイン・茅ケ崎』をぜひ観てほしい、と森田さんから、雑誌『ぴあ』をとおして連絡があり、当時は水道橋にあった『ぴあ』の、畳敷きの部屋で、ぼくは『ライヴイン・茅ケ崎』を観た。

この8ミリの映画に、ぼくはたいへんな感銘を覚えた。この感じを忘れないまま成長していけば、この青年は新しいタイプの映画監督としてかならず成功をおさめるだろう、とぼくは確信した。その確信ゆえに、ぼくは、森田さんを角川さんにひきあわせておいた。『メイン・テーマ』というタイトルは、短篇小説のためのタイトルとしてすでに考えておいたものだった。大きな広がりをイメージのうえで持ち得るタイトルをごくみじかいストーリーのタイトルとして使うときっと面白い、とぼくは思っていたのだが、長篇のタイトルとしてもけっして悪くないし、同時上映のもう一本の作品のタイトル『愛情物語』とよく釣り合うので、タイトルは『メイン・テーマ』だと、あまり迷わずに決めた。

『メイン・テーマ』のメイン・テーマは、簡単に言ってしまうと、登場するいろんな人物たちひとりひとりの、時間の使い方のちがい、ということだ。たとえば一日の長さというものは、特別に変わった考え方をしないかぎり、誰にとってもおなじだ。時計できざめば二十四時間である一日は、誰にとっても等しい時間的長さを持っている。しかし、この誰にとってもおなじ長さの一日をどんなふうに使うかは人によって千差万別であり、どう使うかによってその一日が持ちうる内容もまた、まるっきりちがってくる。一日は一年であり、一年は十年であり、十年はやがて一生なのだ。

小説のなかでは高橋圭子そして平野健二となっている若いふたりの主人公が自由な旅のなかでいろんな人と出会うそのさまざまな出会いは、人それぞれの時間の使い方のちがいをおたがいに見せあうことだ。時間の使い方のつみかさねが、結局はその人の一生を決定していくという、当然と言えば当然の、しかし娯楽小説のテーマとしては相当にやっかいなテーマを、全十二冊というスペースのなかでぼくは書いてみようとしているのだということに、いまになってようやく気がつきはじめている。

＊

たとえば一日二十四時間という、誰にとってもおなじ長さの時間の、いつもの自分とはちょっと変わった使いかたのもっともわかりやすいひとつの例が、『メイン・テーマ1』の冒頭で主人公の平野健二がやってみせるように、かなり長い期間にわたって、その期間のあいだどこでなにをしていてもそれは自分ひとりの自由であるというような旅に出てしまうことなのだ。

この平野健二の旅と、途中で合流することになるはずの、高橋圭子の旅とが、おたがいにさりげなくよりあわされるかたちで一本の芯となり、その芯を中心として、あるいはきっかけとして、彼らが旅の途中で出会うさまざまな人たちのドラマ、つまりその人たちなりの自由な時間の使いかたが、何重にもよりあわされてくる、という構造をぼくは考え、そのとおりに書いている。

若いふたりが旅の途中で知りあう人たちのドラマへ話がきりかわっていくときのそのかわりかたは、一種のフラッシュ・バックのようなスタイルをとっているが、正確にはフラッシュ・バックではない。誰にとっても等しく流れている時間のなかでの、その時間の使いかたのさまざまをすべて同時に重ねあわせて描くことは出来ないから、順番にひとつずつ描いていくしかなく、したがって、一見したところフラッシュ・バックのようになっているわけだ。

『メイン・テーマ1』につづいて、すでにカドカワノベルズによって刊行されている『メイン・テーマ2』と『メイン・テーマ3』とが、まもなく角川文庫に収録される。そして、そのつづきである『メイン・テーマ4』からあとは、文庫として刊行されていく予定だ。すでに書いたとおり、『メイン・テーマ12』まで、ストーリーはつづいていく。ラスト・シーンは、もうぼくの頭のなかに出来あがっている。そのラスト・シーンを書くのは楽しみだし、ラスト・シーンにいたるまでのさまざまな人たちを描くのもまた、たいへんな楽しみだ。登場する人物たち全員のことを、「みんな、チャーミングだ」と、角川春樹氏が評してくれたことを、映画『メイン・テーマ』の記念に、ここでつけ加えておきたい。

メイン・テーマ2

角川書店　一九八四

二〇歳の青年が自由な旅に出る。

彼はその旅の途上でさまざまな人たちに出会う。

自分がたまたまめぐりあったときの彼らしかその青年は知りえないのだが、小説では彼が会う人々の物語をも時間を自由に操作して同時に書いていくことが可能だ。ひとりの青年の物語と重ねあわせて、彼が出会う人々の物語をも書きたいという欲ばったこころみは、この「PART2」をへて第二楽章に入っていこうとしている。

メイン・テーマ２　角川文庫　一九八六

角川書店（一九八四）の文庫版

『メイン・テーマ』は1から3まで、カドカワノベルズとして刊行された。その三冊は文庫に収録されることになり、したがって『メイン・テーマ4』から以後は、角川文庫として出ていくことになった。文庫になるにあたって、表紙ジャケットをどんなふうにすればいいか、いろいろ考えた。考えているうちに期限は目のまえに来てしまい、さあ、どうしようと、というとき、幸いなことに、ぼくの手もとには、ぼく自身が撮影した三好礼子さんのカラー・ポジが大量にあった。ぼくが書く別の本のために撮影したものだが、そのために選んだ残りのなかにも、モデルになってくれた彼女の良さゆえに捨てがたいショットがいくつもあった。『メイン・テーマ』は1から12まで続く予定だ。12冊すべて三好礼子さんの写真で統一すればいいのだと思いついたときは、楽しかった。さらに何度か彼女を撮影するチャンスをつくる口実がそれによって出来てくるとか、12冊の表紙がみんな彼女であるとかの楽しさをこえて、もっとも楽しいのは、『メイン・テーマ』のなかに重要な登場人物のひとりとして彼女が現れているからだ。登場人物のひとりを、彼女のイメージそのままに写真で提示出来るというようなことはめったにないことだから、楽しい。この人物は、表紙のこの女性なのだよと、指さして示すことが出来る。登場人物であれなにであれ、いつも言葉によって造形しなくてはいけないという状況のなかで、このようなことが可能になるのは、やはり大いに楽しい。

『幸せは白いTシャツ』という小説が、角川文庫のなかにある。ぼくが一九八四年に書いたものだ。この小説の主人公、北原仁美は、現実の三好礼子さんによってぼくがいたく啓発された結果として生まれて来た女性だ。啓発の最初のきっかけは、まだティーンエージャーだった現実の彼女がオートバイで日本を一周する紀行文を、雑誌『ミスター・バイク』に連載していて、それをぼくが愛読していたことにある。『幸せは白いTシャツ』の文庫には、写真家の大谷勲氏が撮影した、三好礼子さんの写真が何点か、収録してある。礼子さんはじつに多くのカメラによって撮影された被写体だが、彼女を撮影した数多い写真のなかでの最高の傑作は、大谷氏によるこの一連の写真だと、ぼくは確信している。このストーリーの主役である女性は、この写真の彼女なのだよと、すでに『幸せは白いTシャツ』において、指さすことが出来るのだ。ひとつの物語のなかだけに閉じこめておくには惜しい北原仁美は、『メイン・テーマ』のなかにも、登場する。『メイン・テーマ』を書きながら、『幸せは白いTシャツ』のつづきを書いていくことも出来るという楽しさは北原仁美がいるから可能になるのであり、北原仁美は現実に存在する三好礼子さんがぼくにくれたのだ。じつはほかにももっとたくさんのストーリーへと、礼子さんはぼくをインスパイアしてくれている。

メイン・テーマ 3

角川書店　一九八四

映画『メイン・テーマ』の原作としてはじまったこの小説に、ストーリーをスクリーンのうえてなぞることのできない構造を持たせたことによって、ぼくは、現在の予定では、PART12までつづく長い物語を手に入れることとなった。

書く側の楽しさが、読んでくれる人たちの楽しさでもあるように願いつつ、PART4のことをいまは考えている。

メイン・テーマ 3

角川文庫　一九八七

角川書店（一九八四）の文庫版

『メイン・テーマ1』『メイン・テーマ2』『メイン・テーマ3』は、1983年の十一月から1984年の九月にかけて、カドカワノベルズから刊行された。そして、『メイン・テーマ1』と『メイン・テーマ2』が、それぞれ1985年と1986年に、角川文庫に収録された。文庫の『メイン・テーマ1』は、カドカワノベルズのなかにあるのとおなじ分量の1章から26章までだが、文庫『メイン・テーマ2』では、27章から48章までが、収録してある。だから、文庫の『メイン・テーマ3』は、49章からはじまっている。カドカワノベルズの『メイン・テーマ3』は57章で終わっていて、文庫の『メイン・テーマ3』は、66章まである。文庫になるにあたって、あらたに書き加えたのだ。二年ぶりに、ぼくは、『メイン・テーマ』のなかに戻った。そしてそれは、たいへんに楽しいことだった。

『メイン・テーマ』は、1から12まで続くことになっている。全12巻、というのも面白いだろうと思って、12まで続くことにぼくはきめたのだ。このくらいの分量があると、書く当人のぼくにさえ、いまの段階では見当もつかないほどにたくさんの人たちを、物語のなかに登場させることが出来る。

その多くの人たちの誰もが、ぼくの好みの人物になるにきまっているから、『メイン・テーマ』は、ぼく好みの登場人物たちの見本帳となるだろう。ひとりの青年の自由な旅の物語は、その青年が旅の途中で出会うさまざまな人たちの物語でもある。あらたなる出会いと、思いがけない再会、そしてさらに思いがけない結びつきや組み合わせの物語でもあり得る。書き手であるぼくにその力量さえあれば、じつにいろんなことを試みることの可能な、魅力的なフィクションの場なのだということを、ここまで書いてきてようやくぼくは認識しはじめている。

自分ですこしでもおこなってみればすぐにわかることだが、自由な旅のもっとも面白い部分は、未知の人たちとのあらたな出会いであり、ほんとに思ってもみなかったうれしい再会であり、さらには、あそこで知り合ったあの人が、遠く離れた場所で知り合ったこの人と、じつは友人どうしであるというような結びつきの発見だ。

人はそれぞれに物語を持っている。そして、人と人とが旅のなかで出会うと、それぞれの物語は複雑に掛け合わされて新たな物語をつくり出す。思いがけない結びつきは、さらに物語を面白くしていく。

というふうになればいいがと思いつつ、『メイン・テーマ4』からさきを、ぼくは書くわけだ。二年ぶりに戻ってくるなどという、あいだのあきすぎる仕事ぶりは、これからはないようにしよう。なにしろ12まであるのだから。

誰もがいま淋しい　角川文庫　一九八四

一九八四年の五月から夏の終りにかけて、ぼくは、「野性時代」「月刊カドカワ」「小説王」の三つの月刊雑誌に、いくつかのみじかい小説を書いた。そのうちの六篇を、書いた順番にならべると、次のとおりだ。

『雨の交差点ブルース』

『ビートルズが来た雨の日』

『彼をもっとよく知りたい』

『灰皿からスタートする愛』

『追伸・愛してます』

『愛なんかこめない』

この文庫本、『誰もがいま淋しい』は、以上の六つのショート・ストーリーによって出来あがっている。書いた期間が、五月から夏の終りへと、ひとつにつながっていると同時に、それぞれのストーリーが展開されている背景である季節や気候も、ぼくが書いているときに自分の周囲に確実にあった季節および気候とおなじなのだ。

だから、いつもなら六篇のショート・ストーリーがそれぞれ独立してならぶ短篇集となるべき本書は、六つのストーリーをひとつの流れにつなげて、六つがひとつに集まってぜんたいをかたちづくるというスタイルで構成されている。

ある一定の期間の、季節の推移や気候の変化を縦糸に、そしてその期間の日本のいろんなところでおこっているささやかなドラマを横糸に、ひとつの長い小説を書いてみたいとぼくはかねてより思っていながらまだとりかかからずにいることの確認として、ぼくはこんどのこの短篇集をこのようなかたちにしたのだと思う。

タイトルの『誰もがいま淋しい』は、ぜんたいに対してふさわしいと思ったので、このようにつけた。タイトルといえば、本書におさめた六つのストーリーのそれぞれのタイトルは消えてしまうことになるから、おなじタイトルを使ってまったくちがったストーリーを、ぼくはいずれ書くだろう。『ビートルズが来た雨の日』というタイトルは、もう何年もまえ、ある雑誌にのせてもらうことのできたショート・ストーリーのタイトルを、再び使ったものだ。なかみは、すこし似ているように思えるが、じつはまったくちがっている。残る五つのタイトルが、再びぼくの手のなかにいまもどって来ている。

すでに遥か彼方

角川文庫　一九八五

たいていのエッセイは電話ではじまる。エッセイを書いてくださいという依頼の電話だ。この文庫本のなかに収録してあるエッセイも、そのほとんどが、電話ではじまった。

みじかくて四〇〇字、ながいもので四〇〇〇字ほどの字数を持つ、物語ではない内容の文章を、業界ではエッセイと総称している。依頼主からぼくが注文されるテーマは、多種多様だ。しかし、ぜんたいを俯瞰してみると、テーマの傾向は一定の傾きを持っている。まったくおなじテーマによるエッセイの注文がつづくこともときどきある。春と秋に多い。

時間や気持ちの都合のつくかぎり、そしてこのぼくにでも書きうる内容であるかぎり、書くことにしている。一週間にひとつは、エッセイを書いているだろう。忙しくてしめきりを忘れていたときなどは、小説原稿のしめきりよりもはるかに気持ちの負担が重いこともしばしばある。しかし、とにかく、書いてしまう。書くことがゲームのようになっているからだろう。

一週間にひとつのエッセイを書いていると、一年間では五〇篇のエッセイを書くことになる。五〇篇もあれば、書いた日の日付をそえて、書いた順番にならべてたとえば本書のような文庫本にすると、できあがった本は一見したところ日記のようになるのではないだろうかというアイディアの提供をうけてできたのが、本書『すでに遥か彼方』だ。

いちばんはじめに出てくるビートルズの話は、パイオニアのレーザー・ディスクのライナー・ノートに書いたものだ。映画『メイン・テーマ』についてのエッセイも、おなじくパイオニアのレーザー・ディスクのライナーのためのものだ。どのような媒体にどんなテーマで書いたものか、ひとつひとつ思いだすことも、ゲームとしてかなり面白い。

ぼくは日記というものを書かないし、これからも書かないだろう。一見して日記のように見えるこの本をあらためてひろい読みしてみると、書いたのはどれもみなごく最近であるのに、すでに遥か彼方の出来事として、まるで他人の文章のように読めてしまう。ひとつひとつのゲームをぼくがどんなふうに楽しんだかを、ぼくは第三者のような気持ちで、遠い向うに思いだしているのだ。

彼女から学んだこと

角川文庫　一九八五

ようするに外面を書きたいのでしょう、と彼女は言った。外面、という言葉のかわりに、アウトサイド、という言葉も、彼女は使っていた。ぼくは外面あるいはアウトサイドとは言わずに、外観、あるいは、アピアランス、と言っておいた。彼女は笑っていた。ささいなところに出てくる、ぼくと自分とのちがいが、面白かったのだろう。

そんなに書きたいのであれば、メモをとって集めておいてあげる、と彼女は言った。一年かかって、かなりの数のメモを、彼女はぼくに送ってくれた。メモは、ときに英語であり、ときにフランス語であり、そしてときには日本語だった。彼女の外観にかかわる、彼女自身によるコレクションだ。

そのメモのなかからぼくが選んで書いたスケッチのような文章が、1から46までをしめている。47、48、49、50の四つは、ひとつにつながったストーリーであり、これはぼくのメモのなかにあったものだ。

さまになった外観は、ひとつのシーンをつくるだけではなく、内面への愛のきっかけとなりうるのだということをはじめに教えてくれたのは、彼女なのだ。

ミス・リグビーの幸福

早川書房　一九八五

アーロン・マッケルウェイという名前の私立探偵が登場するみじかいストーリーを、ぼくはこれまでに十一編、『ミステリ・マガジン』に書いた。その全部が、書いた順番に、この本と、続刊の『ムーヴィン・オン』のなかに収録してある。

いちばんはじめに『ハンバーガーの土曜日』を書いたのが、一九七六年の八月号だ。書くすこしまえに、私立探偵の登場するストーリーを書いてみようと急に思いはじめ、思ってすぐに書いてしまった。以後、数か月ずつあいだをあけながら、一九八四年の十月号までに十一編のストーリーを書いたことになる。

私立探偵が登場するストーリーを書いてみたくなった理由は、たいへん単純だ。私立探偵の物語が読み手にとって面白いものであるのとおなじように、私立探偵は、書き手にとっても、魅力的な存在であるからだ。

名前をアーロン・マッケルウェイとまずきめておき、アイリッシュ・カソリックでなればならないと自分ひとりで思いながら、彼の年齢を二十一歳にきめた。カリフォルニアで二十一歳の青年が私立探偵を営むことは、できない。だから、主たる舞台としてあてにしていたカリフォルニアも、そしてアーロン自身も、彼の二十一歳という年齢設定によって、たちまち架空のものになっていった。

このことは、ぼくにとっては、好都合だった。なぜなら、たしかに私立探偵としてそれぞれの事件の内部に入ってはくるけれども、ほとんどなんの役も果たさないような私立探偵というものを、ぼくは書いてみたいと思っていたのだから。

これまでに何人もの興味深い私立探偵たちが描き出されてきた。どの探偵もみな、強い個性を持っている。個性だけではなく、彼がもし初老ならば、そのような年齢に彼がいたるまでの人生の経験や、その経験をとおしてかたちづくって来た世界観などをも彼は強く持っていて、事件の解決とともにそれらのことも作品のなかに書かれることがきわめて多かった。というよりも、ほとんどの私立探偵が、そのような描かれかたをしてきた。

私立探偵は、依頼人から依頼を受けることによって、それまではまったく知らなかった、したがってなんの関係もなかった人間関係のなかに、突然、登場する。そして、そこから最後まで、その事件にかかわることがらのすべてを見てしまう。すべてを見る目となると同時に、事件を解決に導いていく役をも、私立探偵は自分のものとする。

このような強い性質を持たされた主人公である私立探偵を、無色透明、無味無臭のような存在として、ぼくは描いてみたかった。事件のなかの人間関係には大きな興味を持ち、そのなかの誰に対しても共感や同情を充分にそして対等に持ちはするが、その共感や同情はきわめて中立的であり、比喩で言うならば、どこからどんな風が吹いて来ても、その風は彼のなかをすんなりと吹き抜けてしまうような、そんなありかたの私立探偵を、ぼくは書こうとした。

彼は初老や中年であってはならず、自分の体験から抽出した世界観などを人に語ってはいけない。誰に対しても対等に共感しなくてはいけない。自分の考えにもとづいてある特定の方向に事件をひっぱっていってもいけない。タフ・ガイであってはならず、妙な癖があってもいけない。いけないづくしで考えていくと、やはり彼は二十一歳でしかありえない。

まるで空気のような、強いて言えばすこし頼りないような、それでいて内部は強靱であり、若くておだやかな性格であるという以外の感想を人が彼に対して持ちえないような、そんな私立探偵がもし描ければ、ぼくにとっては理想的であった。

私立探偵が扱う事件に、ひとつの傾向や特徴、あるいは定石がもしあるなら、その定石にのっとった、いかにも私立探偵ものらしいストーリーをせめてひとつは書きたい、とぼくは思っていたのだが、すくなくともここまででは、それは果たせていない。

言い訳をひとつ言うなら、いかにも私立探偵ものらしいストーリーが出来なかったことには、あらかじめ理由がきちんとあるのだ。ぼくがつくったアーロン・マッケルウェイという私立探偵は、どの事件においても、事件が大きな山を越えて、ほぼ完結したところへ、ふと、風のように現れるという運命の探偵であるからだ。当事者全員に対して、共感は充分にするけれど、事件の解決にむけて自分が手をくだすのは、必要最小限の範囲内においてである、と設定された探偵は、事件が事実上すでに終わったところでしか登場しえない。あらかじめ終わっている事件を記述するための中継点として、マッケルウェイは機能する。不思議な探偵をつくったものだと、自分でも思うが、じつはぼくはこのような変な設定がことのほか好きなのだ。

主人公とおなじく、どのストーリーもすこし変わっている。それぞれのストーリーの出来ばえについては、言い訳はしないでおこう。舞台はアメリカだが、架空のアメリカだ。描いてあるとおりの現実が、部分的には存在するが、二十一歳の私立探偵が架空であるのとおなじ意味において、ローカルは架空だ。現実に存在する場所やものごとに頼ることはまったく出来ないということは、最初のストーリーを書きはじめてすぐにわかった。

いかにも私立探偵ものらしいストーリーを書いてみたいという気持ちは、いまでもつづいている。アーロン・マッケルウェイをへて、振り出しにもどった。もどることが出来たのは、ぼくのあらゆるわがままに対して、素晴らしく寛容であった、『ミステリ・マガジン』編集長、菅野圀彦氏のおかげだ。

ふたとおりの終点　角川文庫　一九八五

この文庫本で読むことの出来る八編の短いストーリーは、ひとつをのぞいてすべて、一九八四年の夏に、いろんなところのプールのなかないしはプールサイドで考えたり思いついたりしたものだ。きみはプールサイドではろくなことを考えないのだね、と言われてしまうとみもふたもないが、それぞれのストーリーとプールとの関係について、簡単にメモしておこう。

湖のすぐわきにある五〇メートル・プールで泳いでいたとき、こちらの端から五〇メートルを泳ごうとする人にとってはあちらの端が終点であり、むこうの端から五〇メートルを泳ごうとする人にとってはこちらの端が終点なのだなと、ふと思ったら、「ふたとおりの終点」というタイトルを思いついた。泳いだあと、プールサイドで高原の強い陽ざしを浴びながら、ふたとおりの終点について考えていたら、結局、この文庫本におさめてあるようなストーリーが出来ていった。

どのプールにいるときも、陽ざしは強く明るかった。裸の全身に長い時間にわたって受けとめても苦痛ではない程度の、強く明るい太陽の光は、ぼくにとっていろんな意味でいい結果をもたらしてくれるようだ。「別れて以後の妻」は、夏のまっ盛りのプールで生まれた。「オートバイに乗る人」は、夏の終わりのプールで考えた。「４００＋４００」は、プールをとり囲む杉木立の蟬しぐれを聴きつつ、杉木立から林や森を思い、森をバックにした風景をさまざまに思い出していたら五月の鯉のぼりに思いいたり、そこからひとまずこんなストーリーをつくってみた。

そして、「ハートのなかのさまざまな場所」は、places in the heart というフレーズを頭のなかの指さきでもてあそんでいたら、ハートのなかのさまざまな場所、という日本語にやがてなり、そこからはじまった。「一日の仕事が終わる」は、なんの用もないのに京都へいってみたぼくが、そこで懐かしい女性とばったり偶然に会ったことからスタートしている。彼女との再会を祝って夕食をいっしょにしているとき、彼女が、「こんなのはストーリーになるのかしら」

ときくから、男と女をいれかえればストーリーにならなくもないだろう、とぼくがこたえたことから、ささやかにはじまった。その場で余興のようにぼくはストーリーをつくり、彼女は面白がり、書いてくださいと言うから書いたら、彼女から電話がかかってきた。「読みました。ふふふ」と、彼女は言っていた。

一九八四年にはプールおよびプールサイドでもっとたくさんのストーリーをぼくは考えたのだが、まだ書いていないものが多い。そのなかのひとつに、「ホックニーのプール」というのがある。ホックニーの画集に『ペーパー・プール』と題したものがあり、この画集に出てくるような、ホックニーが好んで描くプールをひとつの重要なとっかかりとしたストーリーを、「ホックニーのプール」というタイトルで書きたいと思っていて、ぼくはまだ書いていない。ことしの秋には、ぜひ書こう。

紙のプールで泳ぐ

新潮社　一九八五

雑誌『ポパイ』に連載している2ページの記事を30回分まとめて一冊の本にしたのが、本書だ。1984年の夏から1985年の夏にかけて、ほぼ1年分の連載が、この本のなかに入っている。連載記事をそのつど書くときには、『ポパイ』編集部の斎藤育男氏の余裕ある巧みなリードにぼくは支えられているし、こうして一冊の本になるときには、新潮社の森田裕美子さんの澄んだ熱意といいアイディアが、ぼくの支えとなる。

連載は、毎回、一冊の本をとりあげ、その本を読んだぼくがどんなことを感じたかについて、手みじかに書く、というスタイルをとっている。スペースは2ページだから、ぼくが使うことの出来る文字数は3000字前後だ。一冊の本を3000字で個人的な文脈のなかで説明するのだ。ぜんたいにわたってまんべんなく、うまく説明出来るときもあるし、説明のおよぶ範囲がほんの一部分にとどまってしまうときもある。しかし、作業としては、たいへんに面白い。

ぼくが感じている面白さをとおして、それぞれの本が持っている多様な面白さが伝わるなら、この本はその役目を充分に果たすことが出来る。連載の2ページのスペースがなかったなら、とりあげてあるどの本についても、たとえ読んだとしても3000字の感想文を一冊ごとにぼくは書いたりはしないはずだ。それぞれの本をみつける楽しさ、読む楽しさ、面白い部分についてみじかい文章を書く楽しさなどをぼくにあたえてくれた、それぞれの本の著者やエディターたちにも、ぼくは感謝しなくてはいけない。

彼のオートバイ、彼女の島 2

角川文庫　一九八六

まえがきで書いたとおり、自分の小説をもとにしてそこから想像のなかで一本の映画をつくるというアイディアを、ぼくは大いに楽しんだ。ぼくの頭のなかにあるスクリーンに、その映画が上映されていく。ぼくとしては、そのスクリーンのなかの出来事を描写していけばそれでいい。ストーリーのすべては、そのスクリーンのなかで進行していく。したがって、描写しているときには、常に、画面というものが枠として存在していた。

スクリーンに映し出されることだけを描写していけばそれでよかったのだが、撮影カメラの側も、多少は意識してしまうことになった。カメラと対象との距離とか、対象をとらえる角度とか、あるいは、どこまでが画面に入っているのか、背景はどの程度まではっきりと見えるのか、というようなことも、スクリーンをいったん通過した間接性のなかで、すこしだけ書きそえた。完成品が映写されているのを描写していく、という設定ではなく、撮影されつつある進行形の状態をその撮影カメラで見た目で描いていったなら、まったく別の世界が出来てきたことだろう。

映写されている映画をその進行にしたがって描写していくのだから、たとえばすべてのことを現在形で書く、というような文体上の制約を課してみた。画面が現在進行形だから、それを言葉で写しとるときには、現在形であったほうがよいようにぼくは思った。文体上のこのような制約は、状況によっては、内容にもおよんだ。画面の上に見えていることがらはいくら描写してもいいのだが、見えていないこと、たとえばその間の事情などの説明は、もし説明したければ、人物の台詞で行うほかない、というようなことだ。

出来あがった文章ぜんたいは、一種の説明文のようなものではないかと、ぼくは思う。なにげなく読むとシナリオのようであるが、シナリオではない。完成した映画がスクリーン上で進展していくのを、説明的に写しとったものだ。そして、ちょっと見たところ小説のようでもあるが、書いているときの意識はまるで小説ではないから、結果としてすくなくともぼくにとっては、小説でもない。

現実には存在しない映画が、活字によってフルに存在してしまうのは、たいへん面白い。しかも、かつて自分で書いた小説が、その映画の原作になっているのだから。ついに映画化された、とぼくは冗談を言ってみたくなる。

原作は、ひとつの夏からその次の夏までの、一年間にまたがったストーリーだ。

今年の夏のなかで自分がたいへんに感動したあの真夏の素晴らしい日と寸分たがわぬ真夏の日が、来年の夏に再びめぐってくる。昨年とまったくおなじ夏の日というものは、日本では普通に体験出来る。気象条件的には昨年とまるでおなじなのに、時間は一年が確実に経過している。経過した時間そのものもとりかえしはつかないが、その一年を体験した自分はさらにもっと深く、とりかえしがつかない。

この夏から次の夏への一年間が、自分たちにいかに作用したのかと、主人公たちがみずからに問うなら、彼らは、じつに微妙に、ほんのすこし、しかし確実に、それは自分たちに対して作用していると、こたえる。ふたつの夏と、それにはさまれた一年間が、自分を写す鏡となっている。さしてドラマティックなことがあったわけではないけれど、一年は確実に経過した、とりかえしはつかない。自分は、その一年分だけは、確実に変化したのだから。

このようなことを自覚するとき、その人のなかには、歴史感覚がつくり出される。ことはその一年だけではすまない。子供の頃から現在までの自分が、これはすでに体験ずみの過去だから、自分なりの遠近法となって、見える。これからのことは、過去のように遠近法はまだ出来ていないけれど、前方に広がっている。その広がりのいちばん手前のところに、刻一刻と、自分がある。このような認識が出来ると、その人は、生命というもののぜんたいをこわいほどに自覚するにいたる。要約すると以上のようなことが、原作ではテーマになっている。

こういうことが書いてある小説から想像上の映画を一本ひっぱり出すにあたって、ぼくが考えたことは、主人公たちの設定や組み合わせのなかから、なにかひとつ、ほんのちょっとした小さなことでいいから使用に耐えるものをみつけ、ピンセットでつまみ出すようにとり出し、それを映画の核にする、ということだった。主人公のひとり、橋本巧が音楽を勉強している学生であり、ある意味で彼は非常に優秀であって、たとえばヘッド・アレンジを鋭い感覚でたやすくこなすことが出来る、という一点を、ぼくはつまみ出した。このことを中心に、原作からあまり離れない世界のなかに、原作とはちがったストーリーを進行させればそれでいい。

出来あがったこの想像上の映画のストーリーを外側から見ると、移動していくあいだの話だ。道中ものと呼んでもいいし、ロード・ムーヴィーと言ってもいい。〝彼のオートバイ〟の彼は、学校は休学みたいにしておいて、オートバイで日本のいろんなところを走っている。美代子や恵子との対比の上で考えていくと、彼が走るのは、どこかに故郷をみつけようとする試みのように思える。故郷となりうる場所をどこかにワン・ポイントみつけるのではなく、まったくその逆に、彼はぜんたいを故郷にしてしまいたいのだ。だから彼としては走るほかなく、自分の台詞のなかで彼はそのように言っている。いいトライアンフを手に入れた、あとは走るしかない、と言う彼にリアリティがないと言う人がいるなら、その人はその言葉によって自らを三流として証明している。

恵子や村田は、どこが故郷になってもいい人たちであり、美代子には、叔父がいる瀬戸内海の小さな島が、第二の故郷として、存在する。彼女にとって直接に現実の故郷ではない場所として、その島が存在する。そしてそれは、叔父にとってもおなじだ。

橋本のヘッド・アレンジ能力を中心にして、原作にはないストーリーをつくっていくそのつくりかたは、どのようなつくりかたかというと、たとえば、ここに一曲、たいへんにいい曲がある、よし、それではその曲を最大限に生かすような映画を一本つくろうではないか、という発想によるつくりかただと言っていい。単純な発想だが、単純であるがゆえに、現実には相当にやっかいだろう。なぜやっかいかというと、歌が主役になるからだ。ひとつのいい歌に対する、何人かの人たちの気持ちの統合点のようなものが、主役となってくるからだ。

スクリーンからただ聞こえてくるだけのものとしてではなく、登場人物たちをつなぎあわせると同時にストーリーを進行させる役をも負って、歌が存在する。歌は、四曲ある。まずひとつは、はじめのうちワン・フレーズだけ何度かくりかえし出てきて、のちほど四人がかりでフルに完成していく曲。それから、美代子がかつてボーイフレンドにプレゼントした曲。恵子がかつて大ヒットさせた歌。そして、映画の最後に、クレディットがロール・アップしていくあいだに完奏される曲。以上、四曲のたいへんにいい歌を、まずつくらなくては、現実にはこの映画は進行しない。

ぼくがこうして書いた想像上の映画のとおりに実際に映画をつくってみたなら、その映画は、明らかに小品だろう。小品の佳作、と呼ばれたなら、それは最高の褒め言葉になるだろう。

しかし、現実につくり得るかどうかについて第三者的に考えていくと、いくつか問題がおこってくるはずだと、ぼくは思う。そしてその問題の主たるひとつは、ぼくの書きかたとかかわってくる。ぼくがどんなふうに書いているか、自分で書くのもへんだがことのついでに触れておくと、余計なもの、つまらないもの、いやなもの、興味のないものなど、夾雑物がすべて落としてあり、しかもそのような世界が技法的には写実で書いてあるから、一見したところ映像的であったりする。しかし、書きかたというものはたとえばそう書かないと個人的な生理として気持ち悪いからそう書くだけのことでしかなく、書いてある内容は、純粋にアイディアなのであり、いやなものはいやだから書かないのではなく、アイディアだけを書きたいからそれだけが書いてある。ストーリーはそのアイディアにとっての、提示台のようなものと言えばいいだろうか。ディテールは具体的でありつつ、最終的にはきわめて抽象的な世界を、ぼくは描いている。
アイディアだけで成立しているというか、とにかく現実からはきわめて遠いところにアイデ
ィアだけがあるのだから、そこにあるものが写る、あるいは、そこにあるものしか写らないと
いう現実の映画にするとなると、ちがう、こうではない、またちがう、そうではないと、結局
はないないづくしとなっていかざるを得ないような気がする。ひとたび現実とかかわりあおう
とすると、アイディアのほうが現実を拒否してしまうようだ。

映画のはじまりのところで、一本の大きな樹が登場する。ぼくの頭のなかではこの樹はハル
ニレであり、このとおりの樹は現実に存在し、ぼくは見ている。書かれてあるとおりに撮影出
来るとすると、それは相手が樹や空であるから、そして季節や気象の条件も現実にありうるこ
とだから、どうやら撮影は可能なのだが、彼や彼女たちこそはアイディアそのものであってそ
れ以上でもそれ以下でもないから、現実のスクリーンに登場して来たら、そのとたんに、あ、
ちがう、ということになってしまうのだと、ぼくは思う。

微笑の育てかた

角川文庫　一九八六

『花一輪』は、登場する人物が、一輪の花である当の女性ひとりであっても、書きうるとぼくは思う。彼女が酔ってひとりで部屋に帰ってきて、裸になりベッドに横たわり、眠ってしまう。その様子をそのまま描写し、彼女はまるで一輪の花のようであった、と書くならば、それはそれで一編の文章にはなるだろう。しかし、それは説明文ないしは単なる描写であって、ストーリーにはならない。彼女がひとりで帰ってくるのではなく、たとえばひとりの男性に連れられて部屋に帰ってきて、裸で眠る彼女を彼が見て、まるで花一輪だと彼が思えば、それはストーリーだと、自分でつくった自分のための基準に照らしあわせて、ぼくは思う。

ストーリー、特にこの場合のような短いストーリーとは、書き手であるぼくにとっていったいなにであるのかというと、登場人物がなにごとかを体験し、そのことによって体験前とはいかにささやかであっても彼あるいは彼女は、とりかえしのつかない決定的な変化をくぐり抜けている様子を書いたものだ。登場人物にとっては自分がなんらかの変化をこうむる体験であり、読む読者にとってはカタルシスでありうるようなひとつの出来事が書けたなら、それはストーリーになっているはずだと、ぼくは思う。

彼女ひとりではストーリーにならず、そこにひとりの彼が加わるとストーリーになるのは、なぜだろうか。まるで一輪の花だな、という感銘を体験する彼は、体験する以前の彼とは、すくなくともその体験をしたという一点においては、体験前とは決定的にちがっているからだ。彼が変化すると、彼女との関係のありかた、あるいは関係の内容が、そのぶんだけいずれ変化してくる。ストーリーは、関係およびその関係の変化が、生み出してくれる。

彼女ひとりに対して、男性もまたひとりの場合はすでにどこかで書いたような気がする。だから、彼女ひとりに対して、男性はふたりいる。どちらの男性も、彼女を親しく知ったうえで、一輪の花である彼女をながめている。一輪の花だ、と意見は一致しても、その裏にある思いは、それぞれちがっているだろう。大きくちがっている場合は、ひとりの同一の女性が、まるで異なったふたりの女性となってしまう。そして、そのようなことを彼女も自覚しているなら、彼女は彼女自身のなかで、異なったふたつに分かれる。おもてむきは三人でありながら、じつはもっと数の多い関係へと、いつのまにかふくらんでいる。『花一輪』は、書いてからかなり時間が経過している。そのせいだろう、書いた当人が読みなおすと、明らかに冗長だ。もっと短く書くべきだ。

酔った女性を、男性ではなく女性が部屋まで連れて帰るとどうなるか、その一例が、『あおむけに大の字』にある。なにかひとつ物品を登場させ、その物品がストーリーと密接に関係するようであってほしい、という依頼のもとに書いたごく短いストーリーだ。おたがいのポラロイド写真を交換しあうだけだから、なんらかの変化をふたりはくぐり抜けた、とはまだ言えないが、やがて実現するであろう変化の、ほんのちょっとした前兆のようなことととして、そのつもりで、ぼくは書いた。

女性ふたりだから成立しているストーリーだ、とぼくは思う。これが男性と女性だったら、面白くもなんともないだろう。おなじことは、『いい気分だ』についても言える。

この短いストーリーには、やせる小説、という制約があった。やせる、という意志を行為に移している女性の様子を、ストーリーの中心的な軸にしてほしい、という課題の制約だ。

自分があらかじめ考えたとおりにプールで泳ぐという、メンタルな部分も含めたトータルに肉体的なことの上に、おなじくトータルに肉体的でありつつ、まるで異なった局面の出来事を重ねて、『いい気分だ』は、出来あがっている。登場する女性の相手が男性であったら、ストーリーにならない、したがって書く気にならないはずだ。

『傷心のつくりかた』『コーヒーが冷えていく』『微笑の育てかた』の三編では、ひとりの男性に対して女性がふたりいる、という関係が採択してある。男性が体験する変化は、女性がひとりの場合よりもふたりの場合のほうが、ずっと大きいからだ。彼は彼女Aと彼女Bとを同時に失うし、さらには、彼がふたりを失うと同時に、そのことを直接のきっかけとして、彼女たちABふたりは仲よしになってしまうということを、彼は体験しなくてはならない。設定の凝りかたの順番で並べなおすと、『傷心のつくりかた』『コーヒーが冷えていく』『微笑の育てかた』となる。

もっとも凝っているのは、『なんという甘いこと』ではないだろうか。女性がひとりしか登場しないが、その彼女は、凝ったことをやろうとしている。もとはひとつの関係であるが、いまは明らかにふたとおりの関係として楽しめるような関係を、三年がかりでつくろうとする彼女の、いちばんはじめの第一歩だけが、書いてある。

最愛のダーク・ブルー

集英社コバルト文庫　一九八六

この文庫のなかには、短編小説が五つ、収録してある。もっとも新しいのは一九八六年のものであり、もっとも昔のは、一九八二年のものだ。五年間に五つしか、『コバルト』ではぼくは小説を書いていない。ひょっとしたらこれでも多すぎるかもしれないが、自分としてはずいぶんとさぼった、という思いがはっきりとある。『コバルト』は、ティーンエージャーを主人公にしてストーリーを書くためのいいチャンスなのだが。もっとも古い一九八二年の『去年の夏に私たちがしたこと』は、『コバルト』に掲載されたときのタイトルは、『積乱雲の直径』といった。このおなじタイトルでもう一度書きなおそうと思っているので、書きなおさないままのほうを、ちがうタイトルにすることにした。

五つあるうち、ティーンエージャーが主人公となっているのは、三つだけだ。『無理をする楽しさ』は大人の話であり、『私のなかの三つの夏』は、完全に年増のストーリーだ。年増と言って悪ければ、たとえば身のまわりの人間関係のなかでどんなことが起こっても、動じたりせずに自分なりのクールな対応をすることの出来る人たちのストーリーだ。

書いて活字になってしまえば、書いた当人であるぼくもまた、ひとりの読者にもどる。その読者の目で読みなおすと、『最愛のダーク・ブルー』が、ぼくはいちばん好きだ。これは、かなり変な話だ。ティーンエージャーのストーリーは、すくなくともこのくらいは変でないと、なにを書いても意味はあまりないと思う。

ぼくは、じつは、日本語があまり得意ではない。自分の小説のための日本語というものを、二年ほどかけてどうやら習得したあとに、その日本語ではじめて書いたストーリーは、なぜだかティーンエージャーのストーリーだった。十七歳くらいまでの人生のなかで、そしてそれ以後においても、絶対に一度だけのことを書くチャンスとして、ティーンエージャーの話は、ぼくは好きだ。好きならもっと書けばいいようなものだが、なかなかそうもいかない。まず、とにかく、『積乱雲の直径』を、早く書きなおすことだ。大人へと変わっていく寸前のティーンエージャーの夏について書こうと思っている。

桔梗が咲いた　角川文庫　一九八六

真夏の北国へオートバイでやって来たひとりの無口な少年、というひとつのイメージを発端にして、なにかストーリーをつくることは出来ないだろうかと、かなり以前からぼくは考えていた。はじめに考えてから、すくなくとも十年は経過していると思う。

北国といえば、北海道だろう。真夏のよく晴れたきれいな日の午後、まだ早い時間、風景のなかに一台のオートバイが現れる。少年が乗っている。オートバイは、ふと、停まる。サイドスタンドを出して、少年はオートバイから降りる。降りるにあたって、たいした理由はない。降りた少年は、なんの意味も理由もなく、ふと、ふりかえる。風が吹く。少年の服や髪が、その風にあおられる。風とおなじ方向から、明るくて透明な陽ざしが射してくる。少年がオートバイをとめた風景をたとえば望遠レンズで見ているとして、そのレンズによって距離感が変形されたかたちで、すぐむこうに海が横たわっている。濃いブルーの、重い印象のある海だ。少年とオートバイとを吹き抜けていった風は、その海の上に出ていく。

簡単に説明してしまうなら以上のようなシーンが重要な要素になるストーリーを書いてみたら、書く当人であるぼくは楽しめるのではないかと、十年以上まえにぼくは思った。

どのようなオートバイがふさわしいか、ぼくは考えた。新車として工場を出てすくなくとも二十年は経過しているエレクトラ・グライドがもっともいいだろうと結論し、そのようなエレクトラ・グライドをわざわざ手に入れてみた。余計なものをすべて取り払い、古びた部分はすべてそのままにしておき、改造とか修復などいっさい加えず、機関だけは正常に作動するようにしてみたら、イメージに近いオートバイが出来あがった。たったいま書いたようなシーンが北海道のどこに実際にあるか、場所も捜してみた。ここならいいだろう、と思える場所がみつかったが、結局、そのストーリーは書かないままに時間だけ過ぎてしまった。

書かないままとなっている小さなストーリーの発端であるひとつのイメージを、それだけはそのまま使って、『桔梗が咲いた』というタイトルのストーリーを、ぼくはここに書いた。

オートバイに乗って真夏の北国にふと現れる無口な少年、というイメージは、そこからさらにすこしだけ、このストーリーのなかでふくらませ、延長してある。読んでいただければ、どんなふうにどこまでふくらんでいるか、すぐにわかる。このような書きかたもあるのだなあと、書きおえたいまはまるで他人事のように、ぼくは思っている。いろんな書きかた、いろんなストーリーがあり得るが、ぼくはこういうのが好きだと、あとがきとして書いておこう。

私は彼の私

角川文庫　一九八六

ひとつのストーリーを手に入れるにいたるきっかけは、その気になりさえすれば、日常のいたるところにあるようだ。便宜上、ストーリーという言葉をここでぼくは使うが、ほかの言葉でもいい。メロドラマでもいいだろうし、すこしだけおおげさにいくなら、物語でもいい。そして、ひと思いに下世話に、筋でもいい。小説の筋という、あの筋だ。

一年のなかのさまざまな季節のうち、どの季節でもほぼ快適に過ごすことの出来る個人的な場所が、ぼくにはいくつかある。そのうちのひとつ、真夏の晴天の日に裸でねそべっていると、たいへんに気持ちのいいバルコニーで、夏の陽ざしを全身に浴びてなにもしないでいると、たとえば青い空と白い雲が見えたりする。

その青い空を、ひっきりなしにジャンボ・ジェットが飛んでいく。どのくらいの高度なのか正確には知らないが、それほど高いとも思えないところを、どのジャンボも西へむかっていく。ぼくがながめている位置を頼りに素人の見当をつけるなら、それらの巨大なジェット旅客機は、横田の空域を横切って西へむかうのだ。

もっとも頻繁なときだと、五分おきくらいに爆音が遠くに聞こえ、空を捜すとジャンボが鈍い銀色のシルエットとなって、空の青さを背景に、飛んでいる。午前中から午後の遅い時間にいたるまで、十五分に一機は、ジャンボが飛んでいく。

どこの誰が、いったいどのような用件で十五分おきにジャンボで飛ぶのだろうか、などと考えていると、バルコニーに裸で横たわってなにもしていないぼくという、ひとつの極小の状態を認識するにいたる。この極小の状態に対比しうるのは、とりあえず極大の状態であり、それはなにかというと、ジャンボ・ジェットとのつながりのうえで言うなら、たとえば北アメリカ大陸のような、サイズとしても極大で、内容の複雑さにおいても極大であるような場所からジャンボで飛び立ち、太平洋という極大の海を越えて日本へ到着するといった状況だ。このとてつもなく巨大な状況が、やろうと思えば一日のうちに可能なのだなあと、空を見ながら思っていると、新たなストーリーにいたるきっかけは、もうすぐそこだ。

ひとりの主人公を想定しよう。男性でも女性でも、どちらでもいい。女性にしようか。彼女は仕事をしていて、その仕事の一部として、たとえば北アメリカ大陸から直行便で太平洋を越え日本へ帰ってくるというような極大の状況が、日常的にある身だとする。状況の極大さに気づいていない彼女は、成田空港に午後のまだ早い時間に到着し、そこから東京にくる。東京で二、三時間、仕事をし、新幹線に乗る。ひょっとしたら、国内線の飛行機に彼女を乗せ、太平洋を越えてきたことと対比させると面白いかもしれない。

とにかく三時間ほどかけて、彼女は東京からどこか別の町へ移動する。この頃にはすでに夜になっているから、その町で彼女は、あらかじめ時間と場所を決めておいたとおり、ひとりの男性と会う。彼女にとって愛しい男性であり、その日の終わりには、彼女は、たとえばホテルの一室で彼と過ごし、彼とベッドをならべて、あるいは、彼の腕のなかで、最終的には眠りにつく。

極大から極小へという構造上の状況が彼女の一日のなかに押しこめてあるのだが、彼女自身はそんなことにはまるで気づいていず、極小もきわまったほんとに小さな部分にこそ、いまの彼女にとってもっとも大切なドラマがある、というようなしかけにしておけば、あらまし以上のようなストーリーは、書き手にそれだけの力量さえあれば、面白くなるのではないだろうか。

ひとつのストーリーにいたるきっかけは、ほんの一例をあげるならこんなふうであったりするのだと、古くからの大事な友人にぼくが世間話のひとつとして語ると、その友人は、きみはますます抽象的になっていくと言って笑う。

タイプライターの追憶

角川文庫　一九八七

ここに全二〇〇ページの文庫本が一冊あるとして、前半の一〇〇ページは写真だけ、そして後半の一〇〇ページには文章だけが入っているという、そのような構成の文庫本をつくってみたいと、かねてよりぼくは思っていた。

思っているだけではなにごとも変化しないので、一九八六年の秋深いある日の午後おそく、ぼくは敬愛する写真家、佐藤秀明氏の事務所、イマジンへでむいた。そして、そこに数えきれないほどにあるファイルのなかから、佐藤氏および彼といっしょに事務所を運営している加藤信男氏、それから角川書店編集部の山田和夫氏といっしょに、ぼくはカラー・ポジティヴを選んでいった。

三二〇点ほど、選び出した。佐藤氏が世界じゅういたるところで撮影してきたもののなかから、ぼくひとりだけの、あるようなないような、いわく言いがたい基準みたいなものに沿ってカラー・ポジティヴを選んでいくのは、それだけでも楽しい作業だった。

ぼくが選んだ三二〇点にさらに数十点を加えて、佐藤氏は後日、ぼくのところへポジを持ってきてくれた。いいのがあったからもっと加えておいた、と言ってにっこり笑顔になるときの佐藤氏は、余人をもって替えがたい、素晴らしい存在だ。人柄と才能とは、笑顔のなかに同時にあらわれる。

文庫本の一ページのサイズのなかに、三五ミリの写真をトリミングなしでしかもすべて横位置でおさめるとなると、この本のなかでおこなわれているようなレイアウトに、結局はたどりつく。一ページに二点ずつ、写真が入っていくのだ。一〇〇ページだと、二〇〇点になる。三百数十点のなかから二〇〇点をぼくは選び、さらに、ここに出来あがっているとおり、九三ページ一八六点へと、選びぬいていった。

写真のページを開くと、見開いたその二ページのなかに写真が四点、きれいにおさまっている。おなじフォーマットでそれが九三ページにわたって続いていく。この部分の出来ばえに関して、ぼくは満足している。そしてその満足は、佐藤氏の写真の良さにほぼ全面的に負っている。

さっきも書いたとおり、イマジンのオフィスでファイルのなかからこの本に使うための写真をぼくが選んだときの、その選択の基準は、これといってない。なんらかの意味でぼくの興味をひいたものを、自由に選んだだけだ。しかし、統一感はきちんとある。

なぜかと言えば、いかなる撮影現場においても、一定の高い水準をクリアしたうえで自分らしさをすんなりと発揮するという才能にめぐまれた佐藤氏が、自分で撮影した写真ばかりなのだから、そこにはかならず読解可能な統一のとれたひとつの世界が浮かびあがってくるはずだからだ。

前半は、こうして出来た。後半が、問題となった。文章はぼくが書くのだが、前半におさめてある写真をどのようなかたちでその文章のなかにとりこむか、あるいは、文章と対等に関係づけるかという、その一点にかかるグッド・アイディアをみつけないことには、後半の作業はすこしも進行しないことを、ぼくは知った。

彼女というひとりの存在のなかに、自由なアイディアが無限に渦まいている、したがってきわめて魅力的でなおかつ美しい、まるでミューズのような女性に、ぼくは知恵を求めた。ミューズは、ぼくに微笑んでくれた。「あなたがいま作ろうとしているその本とおなじ本を、フィクションのなかで作ろうとしているひとりのフリーランスの女性エディターを創造して、本がすこしずつ出来ていくプロセスを彼女の三人称で書いていけば、それでいいのよ」と、ミューズは言った。

グッド・アイディアだ。わずかこれだけの工夫で、一〇〇ページにおよぶ写真を、文章のなかへ対等の関係でとりこむことが出来るではないか。

フリーランスの女性エディターである「彼女」が、フィクションのなかで作ろうとしている一冊の本は、いまこうしてここにあるこの本でもある。一冊の本のなかで、現実とフィクションとが、まるで一足の靴下の裏と表のような関係となっている。

フィクションのなかですこしずつ出来ていこうとしているその本は、ここにあるこの本だが、「彼女」には現実のモデルは存在しない。存在しないといえば、「彼女」がフィクションのなかで自分のものとしているような仕事の状況も、すくなくとも日本の現実のなかではあり得ない夢みたいな状況だ。

「彼女」が架空であるのとおなじように、フィクションのなかに登場する「写真家」と「作家」もまた、佐藤氏やぼく自身をモデルにしたものではない。ふたりともまったく架空の人物であり、「作家」が書くふたつのストーリーのなかの出来事も、すべてフィクションだ。「彼女」が一冊の本を作ろうとしているそのプロセスが、最後には彼女自身をもその内部へまきこんだストーリーへと変化していかなくてはならず、そのためにぼくがこらした工夫をミューズのような彼女が読んだとき、彼女が涼しく美しく笑ってくれるようであれば、ぼくは佐藤氏と晴れて乾杯だ。

嘘はほんのり赤い

角川文庫　一九八七

――あとがきインタヴュー、という言葉を考案しましたので、さっそく実行したいのですが。

「実行しましょう」

――収録されているひとつひとつのストーリーに関して、このようなストーリーが出来てくるきっかけのようなことを、聞きたいです。

「まず、『夜のまま終わる映画』と『泣くには明るすぎる』のふたつは、かつてFM局の深夜番組でＤＪみたいなことをおこなっていた、その期間のなかから出来たものです」

――十数年、続いた番組でしたね。このふたつのストーリーが、あそこから出てくる最初のストーリーですか。

「そうです。いろんな材料はたくさんあるのですけれど、まずこのふたつです。FM局の深夜番組のDJ、という役は面白い役ですね。しかも、女性のほうが、ぼくとしては面白くなるような気がします。だから女性を主人公にして、すこし長いストーリーを、もうじき書きます」

――『泣くには明るすぎる』のなかに出てくる番組は、『きまぐれ飛行船』とほとんどおなじですね。

「特に変えておく必要はないので、あの番組のとおりです」

――こういうことが、実際にあったのですか。

「ないですよ。出てくる人物たちも、すべてフィクションです」

――なんだか、ありそうな話ですね。もう一度だけ番組を再現することにむけて、みんなの気持ちがひとつになるということとか。

「かつてアメリカにM・A・S・H・という連続TVドラマがあって、これが十何年か続いたのです。終わるときの、最終回の舞台裏とか、終わってからのパーティーの模様とか、いろんな話を現場にいたひとりから聞いたのですが、面白かったですね。何人かの人たちが、おたがいに協力しあって、何年もにわたってひとつの架空の世界を作ってきた、ということ自体、それだけですでにストーリー的なのだと、ぼくは思います」

――『正直で可憐な妻』については、どうですか。あるひとりの男性を仲介にして、女性Aと女性Bとが知り合って仲よしとなり、当の男性はすこしだけ身を引いてしまう、という構造のストーリーが、すでにいくつかありますね。

「実際にぼくの身辺にあった出来事がヒントになっています。ある素敵な女性がいて、その彼女が、私と同じ程度にあなたが好いている女性がいるなら紹介してほしい、私はきっとその女性を好きになれるはずだから、と提案されたことがあるのです。一種の三段論法でしょうか。坊主憎けりゃ袈裟まで憎い、ということの裏がえしとも言えますね。ぼくは紹介しましたよ。彼女たちは、ほんとに素敵な人たちなのですが、仲よしになってしまって、その結果として、ぼくはすでに部外者です。スペクテイター、と言ってもいいです」

——それから、オートバイの出てくるストーリーが、四編あります。『かたわらで泣いた』は、そのつくりが最中のようというか、両側が皮になっていて、そのなかに具がはさまっている、という構造ですね。

「こういう女性作家がいたら、じつにいいでしょうね」

——やはりストーリーの中心は、かたわらで自分は泣いていると称している男性のキャラクターでしょうか。

「そうです、きっと。タイトルに表現されていることが、やはり中心なのだと思います」

——ここで600CCのシングルがちらっと出てきて、その次のふたつのストーリー、『私と寝て』と『嘘はやめよう』に、おなじシングルが登場しますね。機種は、すぐにわかりますけれど。

「あのオートバイは、『私と寝て』のなかの女性のような人に、もっとも似合うような気がするのですが、どうでしょう」

――『私と寝て』の彼女と、『嘘はやめよう』の男性は、おなじオートバイです。このふたりが知り合ってしまう、という場面を、それぞれのストーリーの余白のなかに想像してしまったのですが。

「そうすると、今度は、彼は彼女にこてんぱんな目にあわされることになったほうがいいですね」

――しばらくは立ちなおれないほどに。

「そうです」

――読みたいですね。

「ぼくも、読みたいです」

――その次の、『嘘はほんのり赤い』にも、機種はちがいますけれど、おなじくシングル・シリンダーが登場してます。これも、機種はすぐにわかりますが、彼女にぴったりですね。彼女がヨーロッパ女性との混血で、金髪だというようなことは、オートバイからの連想ですか。

「それもあります。くすんだ金髪がいいのではないかと、あのオートバイをきっかけに思ったことは確かです」

――混血の女性は、はじめてですね。

「視覚的に面白い、というだけにとどまるといやなので、うかつには登場させることが出来ないのですけれど、きわめて面白い存在です」

――『雨の降る駐車場にて』の女性は、翻訳家ですね。

「翻訳家でなくてもいいかもしれないのですが、フリーランサーということですね。いつもは自宅で仕事をしている女性のフリーランサー、という存在もまた、ストーリー的なのです」

――『かたわらで泣いた』に出てくる女性作家と、似ているかなとも思うのですが、やはりちがいますね。

「微妙に異なるはずです」

――彼女たちふたり、そしてたとえば『正直で可憐な妻』の女性と、『嘘はほんのり赤い』の女性の、つごう四人に、男性たちをそれぞれのストーリーからやはり四人を選んでとり出してきて、その八人の物語として考えると、面白いですよ。

「コーヒーの豆を微妙にブレンドするみたいに、そのコーヒーを飲んだ感じが、読みおえたときの感じと重なるといいですね」

――それぞれ単独のストーリーとして楽しめるのですが、いくつか想像のなかでブレンドしてかけあわせるという面白さを、ふと、感じました。

個人的な雑誌 1

角川文庫　一九八七

角川文庫のなかに、ぼくのエッセイ集が何冊かある。最近のものでは、『すでに遥か彼方』とか『5Bの鉛筆で書いた』『ターザンが教えてくれた』などがそれだ。ここにあるこの本も、内容からすればエッセイ集になるものだろう。

これまでどおり、活字だけによる本を作ってもよかったのだが、なにか新しい工夫をしてみたい、という思いがあり、その思いを具体的にしていく途上で、『個人的な雑誌』というタイトルによる、雑誌のようなエッセイ集を作ったら面白いのではないかと、ぼくは思うにいたった。ぼくは、角川文庫のなかに、ぼくひとりだけの雑誌を持ってしまうのだ。これがその第一号だ。今回はぼくひとりで作ったけれど、これからは多くの素晴らしい人たちに参加してもらう予定でいる。さまざまな興味深い試みのショーケースのようにしてみたい、という気持ちがいまのぼくには強くある。

前半に入っている長いインタヴューは、タイトルにあるとおり、語ることによるエッセイの試みだ。ごく気楽にはじめた話は、面白かった小説について個人的に語るだけのつもりだったのだが、ひとつのテーマらしきものでくることが出来たようで、予期しなかった楽しさをすくなくともぼくは感じている。語ったものをいったん文字にして、それを修正し補ってこのかたちとなった。

後半のオートバイについての短い文章集とのあいだに、短編小説がふたつは欲しいと思ったのだが、次の機会にさらに工夫をこらしてみよう。写真の扱いかたにも、工夫は無限に近くあるだろう。写真をもっと多く使うこともあるだろうし、そのようなときはひとりの写真家の作品集のようにぜんたいをまとめることも可能だ。絵についてもおなじ試みは出来るし、文章でもそうだ。ぼくが何人かの優秀な仲間たちといっしょに編集する、まさに個人的な雑誌が、ここに出来ようとしている。

雑誌というからには、あまり長くあいだを置くことなく、次の号を作りたい。仲間たちはすでにその準備をはじめている。ぼくも、はじめよう。

ドアの遠近法

祥伝社ノン・ポシェット文庫　一九八七

ぼくが書いたここにあるこの小説については、もし読んでいただけるなら、読めばすべてわかることだから、この小説について書くのはよそう。ほかの小説について書きたい。

ローリー・コルウィンの『いつもいい気分』（原題は『ハッピー・オール・ザ・タイム』1971年。邦訳なし）を読んでいたら、主人公の男性のひとりが、恋人のために花屋で花を買う場面があった。なんということもない、ほんのちょっとした場面なのだが、彼と花屋の老主人との会話が、面白かった。

背中の曲がった、老いたギリシャ人の主人は、無表情に彼を見つめ、

「人が死んだのかね、人が生まれたのかね、それとも、女がいるのかね」

ときくのだ。

「女ですよ」

と彼は答える。

「なるほど。どのくらい、かねをかけたいのかね」

と、その花屋にきかれて、彼は、

「どっさり」

と、答える。

ほんとにどっさり、彼は花を買う。すると、花屋の主人は、

「普通、こんなに花を買う人は、奥さんと喧嘩して仲なおりする人なんだよ。奥さんと喧嘩したのかね」

と、きく。

「奥さんではなくて、ガールフレンドがいるんですよ」

と、彼が言う。

「花が役に立つこともあるけれど、役に立たないこともあるんだよ」

と、花屋が言う。

というような一連のやりとりは、けっして奇抜でもユニークでもないけれど、余裕があって面白い。ギリシャ系の年老いた花屋が、いかにも言いそうなことだ。場所は、マンハッタンだ。

たしかシドニーだったと思うけれど、金曜日の午後早くに仕事を終わって、自動車で自宅へむかうと、途中にあるいくつかの信号ごとに、花を売る少年がいた。赤信号で止まる自動車の人に、花を売るのだ。

この花売りの少年から、ある日、ぼくがどっさり花を買ったとして、花売りの少年が、

「こんなに花をたくさん買う人は、普通は奥さんと昨日、喧嘩した人ですよ」

などと言ったら、たいへん面白いだろう。シドニーを舞台にした小説のディテールのひとつとして、充分に使用にたえる。

ローリー・コルウィンの小説のなかの一節という現実と、シドニーの花売りの少年という現実は、およそ結びつかないけれど、ここにこうしてすでに結びつき、誰をも傷つけることのない、そしてなにとも利害関係を結ぶことのない、美しい小さな嘘がひとつ、誕生する。

花が嘘を誘うのだろうか。美しい女性も、嘘を誘うからぼくは好きだ。うまい嘘で最後まできれいにだましとおしてくれるような女性を、ぼくは素敵だと思う。この『ドアの遠近法』のなかの理津子さんも、嘘がうまそうだ。

星の数ほど

角川文庫　一九八七

女性と男性がひとりずつ、主人公として登場し、ふたりは物語の終りちかくになるまで知り合わず、それまでふたりのストーリーはそれぞれ独立して進行する、というスタイルの、すこしだけ長めの小説を書いてみたいとぼくは思った。彼女について書いていく部分と、彼について書いていく部分とが、合流することのないままにおたがいに独立したストーリーとして進んでいき、最後のほうになってふたりははじめて出会い、そこで物語はひとつになる、という小説だ。

そのような小説のこころみのひとつとして、この文庫によるこの小説がここにある。女性のほうには、朝倉裕子という名前があり、彼女についてのストーリーをぼくは三人称で書いた。男性のほうは西条正彦という人だが、いちばん最後のストーリーである『ビートルズを撮った』のなかではじめて、彼の名前がわかる。それまでは、彼は、「ぼく」という一人称で登場し続ける。

裕子さんと「ぼく」とのストーリーを、独立した短編としても読めるものとして、裕子さんについては三篇、「ぼく」については二篇、それぞれ書き、時間順に交互にならべた。最後のストーリーになるまで、ふたりはそれぞれの短編のなかにいて、出会うことはない。裕子さんについても、そして「ぼく」についても、四篇ずつ書くともっとよかったのではないかと、いまのぼくは思っている。そして、最後のストーリーのあとに、さらにもうひとつ、ふたりのストーリーがあると、なおいいようにも思う。

ぼくが採択したこのような書きかたでふたりの物語を書くと、ふたりが最初に出会って親しくなっていくストーリーを中心にして、ふたりそれぞれの過去へむけて、そしてふたりいっしょの現在にむけて、ふたつの異った方向へ、ストーリーはいくらでものびていくことができるようだ。

ふたりの男女が会って知り合い、どんな関係にせよとにかく関係を作り、それを展開させていくことは、いつになってもやはり物語の中心なのだということが、このような書きかたをする作業のなかで、はっきりとわかってくる。出会うとは、たとえばぼくがこの小説で試みた、こういうことなのだ。

ふたりが出会うストーリーにいたるまでは、彼と彼女の過去が、おたがいになんの関係もなく、短いストーリーとしていくつも存在しうる。出会った相手は、自分とはまるでちがった経過をへて自分のまえにいるのであり、それまでなんのつながりもなかったふたりは、ほんのちょっとしたきっかけや成りゆきによって、あるとき、あるところで、決定的にひき会わされる。そして、会って親しくなることをふくめて、それからのふたりは、彼らのどちらもがまるで想像もしていなかったような方向へ、出会いによって導かれていく。

彼らと愉快に過ごす

小学館　一九八七

『ぼくの好きな道具たち』というタイトルで、ぼくはかつて小学館の雑誌『BE-PAL』に連載記事を書いた。ごくおだやかにアウトドアを楽しむための、さまざまな道具や衣服、その他のものを、毎回一点、あるいは二、三点ずつぼくが自分の身のまわりから選んで紹介していく、という記事だった。二年間、続いたと思う。ここにあるこの本は、そのときの連載から出発している。書いた記事と写真をそのまま収録して一冊の本にすることができるのではないかと、ぼくもそして担当のエディターたちも思ったのだが、作業をはじめてみると、まず品物をぜんたいにわたって選びなおす必要があることがわかった。新たに選んだ品物が多くなり、したがって文章も、すべて書きあらためることになった。連載の面影は、しかし、すこしは残っている。

品物を選ぶときの基準は、ぼくの身のまわりにいつも存在していて、必要なときにはそれをおおいに使用し、役に立てたり楽しんだりしているもの、ということだった。使う機会はめったになくても、すくなくともぼくが手に入れて持っているもの、あるいは、自分で買ったものではなく、たとえば人からプレゼントしてもらったものでもいい。しかし、あまりに日常生活的な道具はとりあげる意味がないし、金額のかさむもの、そして大きさや、重量のあるもの、たとえば自動車や建物などは、ここではとりあげないことにした。

これは美しい、素晴らしい、楽しい、などとぼくが思い、いまでも手もとにあるか、すくなくともある時期は手もとにあって楽しんでいた品物108点が、順不同のカタログのように、この本のなかにならんでいる。高級品の図鑑ではありっこないし、いわゆる「グッド・デザイン」や「すぐれもの」のガイドでもない。ぼくの身辺雑記にもしたくないとぼくは思ったし、ものにこだわってみせる本やうん蓄の本にもしたくなかった。なんらかのきっかけや理由を経由してぼくの手もとに集まってきて、どのひとつに関しても感銘できる点、美しい点などをぼくがみつけて楽しんだ品物のうちの、108点についての本だ。

108点もの品物を自分の周辺から選ぶのは不思議な作業だった。数か月まえまではそのすべてがぼくのところにあったのだが、その後、半数以上を人に進呈してしまった。品物を写真に撮りながら、ぼくは多くの楽しい発見をした。その発見が写真に実っているといいのだが。写真家の大沢秀行さん、友人の佐藤恵一さん、『BE-PAL』の今井田光代さんに、感謝する。

片岡義男〈本読み〉術・私生活の充実

晶文社　一九八七

この本ができるまでに、一年六か月ほどの時間がかかっている。〈日常術〉シリーズのなかの一冊として、はじめのうちずっと、「時間術」というテーマをぼくは考えていた。刻一刻とぼくに衝突したりぼくをかすめたりしながら、どこからか来てすぐにどこかへいってしまう時間の経過のなかで、ぼくはどんなふうに時間とつきあい、なにをしているのか、そしてどんなふうに変化しているのか、というようなことについて、個人的なことがらを充分にふまえつつ、個人的な世界からすこしはむこうへ出ていけるようなかたちで、ぼくなりの時間術を書いてみたい、とぼくは考えていた。

今年の夏のはじめまでは、個人的な時間術、そしてそこからの無理ではない範囲での広がりを、一冊の本にするつもりでいた。夏をまえにして、テーマは読書術に変化した。ぼくが日常的に体験している、すくなくともぼく自身にとっては肯定的な何とおりかの時間のなかから、肯定的な時間をひとつ選び出し、テーマをそれだけに絞ろうというグッド・アイディアを、晶文社の秋吉信夫さん、津野海太郎さんがぼくにくれたからだ。面白い本を夢中になって読んでいる時間は、どう考えても肯定的な時間なのだと言えるなら、時間術は読書時間術へと変更したほうが面白くなるのではないだろうか、とぼくたちの意見は一致した。

夏のはじめから夏の頂点をへて、夏の終わりにいたる時間のなかで、ぼくはこの本を書いた。章ごとの中心になるようないくつかの質問を秋吉さんから受けとったのち、ぼくは自分で自分に質問し、自分でそれに答えるというスタイルで、自分の読書について書いた。

面白い本を何冊も読む、という肯定的な時間を体験したのち、そのことについて書くという、もうひとつの楽しい体験を、ぼくは持った。よく出来た本を読むのは楽しいことだが、ぼくの読書の範囲はこの本のなかにあらわれているよりははるかにあいまいで広いし、同時に、この本のなかに書かれているほどに頻繁には、ぼくは本を読んでいない。面白い本のほかにも、楽しいことや肯定的なことは、たくさんある。それらのことに使う時間とともに、本を読むための時間も、ときどきはある、ということだ。

この本のなかで、ぼくは英語の本しか読んでいない。時間術は読書術へと、肯定的に範囲をせばめ、さらにそこから、英語読書術へ、そしてそのなかのほんの一部分へと、範囲を特定した。そうすることがこの本にとっては有利に作用するはずだと、ぼくたちは判断したからだ。

頬よせてホノルル

新潮社　一九八七

今年の春おそくから秋にかけて書下ろしたこの小説『頬よせてホノルル』は、連作長編です。五つのストーリーに分かれていて、どのストーリーでも主人公は「ぼく」であり、一人称です。そして舞台はハワイですので、分かれてはいてもどこかでぜんたいがひとつにつながっています。

五つのストーリーを書きおえ、校正刷りを読んだあとで、じつはぼくはひとつの面白い発見をしました。一人称の「ぼく」によって、これまでぼくはあまり多くの小説を書いていませんけれど、ハワイを舞台にして書くと、主人公はいつもきまって「ぼく」であることに、はじめて気づいたのです。

ぼくがいちばんはじめに書いた小説、『白い波の荒野へ』は、ハワイを舞台にしていて、主人公は一人称の「ぼく」でした。このストーリーは、おなじ「ぼく」を主人公にして連作長編となり、『波乗りの島』（角川文庫）となっています。最近になって書いた『時差のないふたつの島』（新潮文庫）の主人公も、「ぼく」。そして、ここにあるこの小説『頬よせてホノルル』の主人公も「ぼく」です。

ハワイを舞台にして書くとき、ぼくはほとんどなにも考えず、自動的に、主人公には一人称の「ぼく」を採択しているようです。なぜだろうか、と自分にきいてみると、答えは簡単に出ます。三人称の「彼」によって書くさまざまなストーリーのなかの「彼」よりもはるかに、ハワイにいる「ぼく」は、現実のぼく自身に近いからです。

ハワイを舞台にして書くと自動的に一人称であり、そのときの「ぼく」は自分自身にたいへんに近くなるのはなぜかと考えていくと、やはりハワイという場所およびその場所でのぼくの体験が、そうさせているのだと思います。

ハワイがぼくにとってことさらに特別な場所である、ということはないと思うのですが、祖父はマウイ島のラハイナで砂糖きび畑に水を供給するための、複雑な給水システムを管理する仕事を続けた人ですし、父親はラハイナで生まれホノルルで育ち、カリフォルニアで仕上げをした日系二世です。ぼくにはどこにも故郷はないのですけれど、ひょっとしたらハワイは故郷かもしれない、と思うことはよくあります。近いような遠いような、不思議なかたちでハワイとぼくとはつながっていて、そのへんがまず面白いところですし、ぼくというひとりの人がもっともいいかたちで表現され得る場所はハワイなのだ、というふうに言うことも出来ると思います。ハワイとぼくとはいい関係にあり、日系の人たちの社会に関してなら、かなり詳しくその雰囲気や成り立ちかたを知らないわけではない、という状態にありますから、毎日の身のまわりにある場所でもないかわりに、とんでもない遠くでもないという、微妙な中間地点にある。ハワイは、やはりぼくがすんなりとぼく自身になれる場所なのだろうと、ぼくは思っています。

ハワイがぼくにとっていちばんいい場所であるのかもしれない、ということ、つまり、ハワイにいるときのぼくの幸福感のようなものが、『頬よせてホノルル』のなかのどのストーリーに対しても、いいかたちで作用していてほしい、とぼくは思います。ぼくのなかのいちばんいいものがすんなりと出ているなら、そのことは、ハワイを、あるいはそこに生きる日系の人たちを、ぼくのこの小説が持っている範囲内で限度いっぱいに肯定していることにもつながります。自分がポジティヴなかたちで出てくるなら、描く対象もまた、ポジティヴな側にあるものとして描きたいのです。

この小説のなかにぼく自身がもっともいいかたちで出ているということは、そこに描かれるハワイがきわめてぼく自身のもの、きわめて個人的なものになっている、ということでもあるのです。典型的なハワイ、というものがあるかどうか、ぼくは知りませんけれど、描かれているハワイは典型でも固定観念でもなく、ぼく個人のハワイです。

個人的な雑誌 2

角川文庫　一九八八

今日は十二月二十五日だ。風がなく気温の高い、おだやかな快晴の日だ。午後三時二十分、ぼくはなぜだか東京の銀座の、とあるコーヒー・ショップにいる。そしてこれを書いている。

一昨日、二十三日の午後には、東京湾の埋立て地のなかで友人たちと写真を撮っていた。その友人たちと、日比谷で夕食をとった。結婚したばかりの男性がひとりいて、次の日、つまりクリスマス・イブの夕食を妻とふたりで外で楽しむつもりでいるけれど、まだどこにも予約をとっていない、と彼は言った。

そんなのんきことでは、奥さんとのクリスマスの夕食の場は街道ぞいのドライヴ・インになってしまうよと心配したぼくたちは、思いつく順番にいろんな店へ次々に電話をかけてみた。どこも予約でいっぱいだった。次第にあわてはじめた彼を応援して、ぼくたちはさらに電話をかけ、思いがけずいい店に二人用の席を予約することができた。

昨日、二十四日の夜、ぼくは六人の人たちといっしょに夕食をとった。男性が三人、女性が四人だった。シャンペインもワインも、素敵な女性が白いきれいな手で、端正に注いでくれた。

ぼくは個人的には、たとえばクリスマス・プレゼントという言葉を使わないが、十二月二十四日に限って、ぼくの文庫は書店で無料になる、というようなアイディアを、いまひとりでぼんやり楽しんでいる。一冊を選んでキャシーアのところへ持っていったら、著者からのクリスマス・プレゼントですので今日だけは無料です、とその人は言われるのだ。ほんとにこんなことがあったら、すこしは楽しいだろうか。新刊を一年間ずっと買わずにいて、十二月二十四日に全点をただでもらう、という手も成立することだろう。

今日は口数がすくない

角川文庫　一九八八

春はまだ浅いが、よく晴れた気温の高い日だった。午後のあいだずっと部屋にいた彼女は、シャツ姿で過ごした。そのシャツの上に軽いセーターを着たとき、彼女は、一階にはすでに陽が射さなくなっていることに気づいた。冬の太陽は、深く西へまわりつつ、低く落ちはじめていた。

本を一冊持って、彼女は二階にあがった。西と南に面して窓のある、落ち着いた明るい部屋で、彼女はソファにすわった。クッションに上体をあずけ、脚をソファにあげ、彼女は本を読んだ。西の窓からまっすぐに入ってくるオレンジ色の太陽光が、その彼女のぜんたいをとらえていた。

彼女が短編をひとつ読みおえると、太陽はさらに深く沈んでいた。窓から入ってくる光は、ソファにすわっている彼女の、腰から上をとらえているだけだった。

本から窓の外へ、彼女は視線をむけた。まっすぐに射してくる西陽を、彼女は見た。そして、うしろの壁をふりかえった。西側の窓の、すぐ外のスロープにある大きな樹の枝が、彼女のうしろの壁に、シルエットになって写っていた。枝にとまっているいくつかの枯葉がおだやかな風に動くのも、おなじシルエットとして彼女は壁の上に見た。ふりかえっている彼女自身の横顔も、その壁の上に影絵となっていた。

というふうに、彼女というひとりの架空の人物を設定し、その彼女についてわずか五百六十字を使って描写しただけで、ストーリーを読む彼女自身、すでにストーリーの内部だ。

彼女、というひとりの人がはじめから最後まで読んでいく一冊の短編集、という書きかたによる一冊の短編集は可能だろうか、などとぼくは考えはじめている。その短編集には、七つのストーリーが収録してあるとして、その七つを、はじめから順番に読んでいく彼女のストーリーを描きつつ、彼女が読む七つの短編も同時に書いてしまうという、そんな構造の短編集だ。

彼女自身のストーリーの出来ばえによっては、面白くなりそうだ。ひとつのストーリーから次のストーリーへの、ただ単なるつなぎの役ではなく、それ以上の役を彼女が果たせるなら、きっと面白いと思う。七つのストーリーは、彼女のストーリーを加えて八つとなり、さらにぜんたいでひとつともなる。考えてみよう。

魚座の最後の日

角川文庫　一九八八

　この短い小説の季節的な背景は、夏の終わりだ。興味深い性格の、美しい女性がふたり、登場する。地理的な背景は、九州から北海道までだが、ストーリーのはじまりと終わりの部分は、海岸で展開している。重要な背景は、海辺だと言っていい。

　夏。素敵な女性。そして、海辺。こんなふうに三つそろうと、これはひょっとして三題噺かなと、自分でも思うけれど、三題ではなく、一題だ。そしてその一題、つまり主題は、一枚の白い半袖のシャツだ。

　小説の主題、と言うとややおおげさになるけれど、小説を書くための、きわめて個人的なひとつのきっかけには、じつにさまざまなものがあり得る。いつかどこかで、ほんのちらっと見ただけの光景から、傑作を書き得る人はいると思うし、誰かがどこかでなにげなく言ったひと言から、やがて名作を書いてしまう人もいるだろう。どこにどんなきっかけがひそんでいるか、予測はまるでつかない。いつ、どのようなことを、小説のための主題として使うことが可能なのかも、書く段階にいたらないかぎり、予測はやはりつかない。

　ぼくにも、ストーリーのためのきっかけは、いろんなかたちでさまざまにあるのだろうと思う。そのなかのひとつが、白い半袖のシャツだ。白い半袖のシャツが、自分の小説のきっかけになり得る。このことだけは、はっきりしている。ここにあるこの小説は、そこからはじまっている。

見たところおよそなんの変哲もない、白い半袖のシャツ。しかし、着る人が着るなら、そのシャツは、徹底したさりげなさのうちに、じつはこれ以上はあり得ないほどに、洒落たものとなっていく。

そのシャツが男物でも女物でもどちらでもいいが、着る人が着るとそんなふうになってくれる一枚の平凡な白い半袖のシャツを、そんなふうに着ることの出来る人は、もしその人が女性なら、外見も内容も、相当にすぐれているはずだ。若くしてすでに完成の域に達した、したがって安定と余裕のある、ひとりの女性主人公が、次第に鮮明になりつつ、白い半袖のシャツを中心にして、浮かんでくる。

白い半袖のシャツを見事に着こなすことの出来る、若くして完成の域に達した、安定と余裕のある、したがってその人の性格のぜんたいが、微妙な陰影で常に縁どられている、ひとりの素敵な女性。そのような女性が、夏の終わりの晴天の日の海岸に、ひとりでふと姿を見せるところから、ひとつの長く続く恋愛関係の物語がスタートする。白い半袖のシャツが、そんなストーリーを書けと、いまでもぼくをけしかける。

恋愛小説

角川文庫　一九八八

この短編集には、六編のストーリーが収録してある。はじめの予定では、七編になるはずだった。しかし、七編めのストーリーを、この本に間に合うように、僕は書くことが出来なかった。そのストーリーは、僕の頭のなかでは、すでにほとんど出来あがっている。多少の無理をすれば書けるし、書けばこの本に間に合ったはずだ。しかし、重要なふたつの部分に関して、僕はまだ決定出来ずにいる。そして、決定出来ずにいまでもなんとなく考え続けてるという状態を、僕は楽しんでいる。

そのストーリーには、男女ふたりと、二台のオートバイが登場する。夏の終わりに近い季節の日本を、ふたりはそれぞれ同時にオートバイで走る。たとえば彼は、九州から中国地方へ渡り、日本海に沿ってのぼってくる。彼女は、北海道から海峡を越え、太平洋沿いに降りてくる。そして、ふたりとも、ある地点で、海を離れて内陸にむかう。盆地を抜け、峠をいくつも越え、やがてどちらのオートバイも、ひとつの高原に到達する。

走りはじめてからその高原まで、彼も彼女も、それぞれに三日間、オートバイによる単独の走りを体験する。その走りを、僕は交互に描いていく。底には静かなものが一定して流れているような、そんな書きかたになるといい、と僕は思っている。

高原には湖があり、霧が出ている。その霧のなかに、ホテルがある。先にそのホテルに着いた彼ないしは彼女が、予約してある部屋に入り、あとから到着する相手を待つ。ふたりともその部屋のなかの人となって、ふたりはベッドのなかで裸で抱きあう。霧に包まれた、静かな夏の終わりの午後だ。

さて、そのようにふたりがベッドのなかで抱きあい、ひと言なにか言葉を交わして、そこでそのストーリーは終わりになるといいのではないかと、僕は思っている。どんなひと言を交わせばいいか、アイディアはさまざまにあっても、ひとつを選んでそれに決定することは、なかなか出来ない。だから、いまもまだ、このストーリーを僕は書かずにいる。それに、タイトルも決まっていない。

もうすこし時間がたてば、このふたつの重要な部分は、どちらも落ち着くべきところに落ち着き、僕はそのストーリーを書くだろう。

本についての、僕の本

新潮社　一九八八

かつて僕が『ポパイ』に連載していた二ページの記事の、三十六編が、この本のなかに収録してあります。この本より以前に、おなじ連載をもとにして、すでに三冊の本を僕は作りました。『ブックストアで待ちあわせ』(新潮文庫)、『5Bの鉛筆で書いた』(角川文庫)、そして『紙のプールで泳ぐ』(新潮社)の、三冊です。何年かにわたって連載したその記事の、ほとんどが、この四冊のなかにおさまっています。この本に収録されているのは、連載の最後の一年たらずの期間に書いたものです。この時期には、毎回一冊の本をみつけてきてそれを僕が読み、どんなふうにその本が僕の興味を引いたかについて書く、というスタイルでした。一種の書評です。『ポパイ』にこのような内容の記事を連載することの出来た時期が、かつてあったのです。

一冊の、すぐれて面白く、美しい本は、その本を生んだ文化の総体のなかから、鋭くきらめきつつ細く突出してきた一本の針の先端のようなものだと、僕はとらえています。その針が鋭く美しく細く、先端が充分にとがっているのを手のなかに感じるとき、その本が帰属する文化の奥行きの深さと裾野の広さ、そしてその時空間のなかにつまっている興味つきない内容を、察知することが出来ます。本の外観や雰囲気も書評の対象だと僕は思っていますので、何冊かの本を被写体にして、自分で写真を撮り、カラー・ページを何ページか作ってみました。

この本に収録された記事の材料となった、アメリカやイギリスの本のうち、三分の二ほどを、僕は東京で手に入れました。アメリカやイギリスからのびてくる細く鋭い針の先端は、東京にまで届いているのです。

生きかたを楽しむ

角川文庫　一九八九

フォルクスワーゲンのカラヴェルを見たとき、僕は本当に驚いた。心が浮き立つような、素晴らしく楽しい、驚きだった。ヨーロッパ製の自動車のどれもがいかによく出来ているかに関して、すでに充分に知っているつもりでいた僕は、カラヴェルを見てまったくあらたに感動しなおした。真に美しい出来ばえを持つ、真に上質な、なんとも言えず深い魅力をたたえたワン・ボックスだ。この自動車がいかに素晴らしいかについて、ここにあるこの小説のなかに出てくる登場人物のひとり、舞子さんという女性が、僕の気持ちを代弁してくれている。

カラヴェルを、僕は欲しいと思った。いまこの場で買ってしまおうか、とも思った。しかし、欲しいと思ったり買いたいと思ったりしているだけでは、カラヴェルの出来ばえの良さに対して、僕の側にまだ大きな不足が出来てしまうように、僕は思った。

だから僕は、カラヴェルを目のまえにして、ほかのことを思いはじめた。この素晴らしい自動車に、どのような人が乗るともっともよく似合うのだろうか、というようなことを僕は思ってみた。そしてこのような思いは、僕にとっては、小説を作りはじめるときのアプローチのひとつだ。

カラヴェルに負けることのない、素敵な登場人物をなかなか思いつかないまま、僕はすぐかたわらにあった別のことについて、思っていった。フォルクスワーゲンのいろんな自動車だけが出てくる小説を書いたなら、面白いのではないだろうかという思いだ。

ビートルの最終モデル。メキシコあるいはブラジル製の、ビートルの新車。カルマン・ギア。シロッコ。正面のウインド・シールドがふたつに分かれていて、そのどちらもが上にむけて開くしかけの、あのデリヴァリー・ヴァン。それから、一九六五年の夏に登場した、1600TLというファスト・バックのクーペ。

このような自動車のそれぞれに、ふさわしい登場人物をあたえていけば、ストーリーはいつのまにか出来てしまうのではないかと、僕は思った。

いちばんの中心は、カルマン・ギアだった。モデルをきめ、色をきめたりしていくと、それにふさわしい人物が浮かんできた。この小説のなかの、優子さんだ。優子さんを作ることにより、ほかの人物たちが次々にかたちを持ちはじめ、ほんとにいつのまにか、その人たちのストーリーが生まれていった。

というふうにして出来たのが、この小説だ。生きかたについてのエッセイ集のようなタイトルがつけてある。登場してくるどの人物たちも、自分のありかたを楽しんでいるから、このようなタイトルになった。楽しめているのは乗っている自動車のせいだ、などとは言わないけれど、本当に楽しんでいる人たちのありかたの片隅をおさえる、重要な要素であることには、まちがいないと僕は思う。

ミッチェル

東京書籍　一九八九

冷たい夏、と人は呼んだ、雨ばかり降っていた夏のある日、僕は、自分が持っているジョニ・ミッチェルのLPを聴きはじめた。彼女にはLPが十数枚ある。僕は、そのうちの十三枚を、持っていた。

持っているすべてのLPを聴き終わるまでに、三日かかった。その三日のあいだずっと、雨が降っていた。気温は低かった。ジョニ・ミッチェルの歌に、そのような夏はふさわしいように、僕には思えた。

『影と光』と題したヴィデオも、僕は見た。これは、素晴らしい。大人の女性が歌を作り、自分で歌うとはこういうことなのかと、静かな深い感銘を受けた。ついでに書くなら、このヴィデオに収録されているコンサートのステージで彼女が着ていた服の色は、『薔薇のために』というLPのスリーヴ裏に彼女自身が描いた薔薇と女性の絵のなかにある、薔薇とその葉の色とおなじだ。

彼女のLPは、どれもみな、日本の業界言葉で言うところの、ダブル・ジャケットだ。そして、彼女が自分で描いた絵が、使ってある。こうしないと、彼女は気がすまないのだろう。

彼女のLPを次々に聴きながら、興味をひかれる歌詞の断片を、僕は書きとめていった。三インチ×五インチの大きさのカードにひとつずつ書きとめていったら、最後にはかなりの数になった。

　そのカードを、僕の好みにしたがって配列しなおし、英語のまま書きとめたその断片を日本語で書きなおしていった。番号をつけてならべ、やがて出来あがったのが、この短編集のなかにある「ミッチェル」という作品だ。ずっと以前から、僕はこれをおこなってみたかった。やっと、実現した。

　日本語になったものを読みかえしてみると、LPから聴こえてくるジョニ・ミッチェルの歌とは、ずいぶんちがうものになっていることに僕は気づいた。僕が加えたフィクションはどこにもなく、どの断片も彼女の歌のとおりだ。しかし、日本語になると、世界はまるでちがってくる。別のものになってしまう。

　それはそれでいいとして、読みかえしていてもうひとつ僕が気づいたのは、男性の影がたいへんに薄い、ということだ。どの断片にも、男性はさほど強い影を落しているとは言いがたい。男性との関係はもちろん歌われているのだけれど、男性との関係よりも先に、自分が心の内部にかかえている問題を相手に、ひとりでかなりの格闘をしなければならないという切迫感のほうが、はるかに色濃くぜんたいを支配している。

　以上のようなことを僕に気づかせてくれた「ミッチェル」をきっかけにして、ほかの八編の短編を、それから六か月のあいだに、僕は書いた。

　どの短編にも、僕の作った女性が登場する。男性は、登場しない。すくなくとも、描写される場面のなかに、男性が直接に出てくることはない。男性をあまり必要としていない女性たちは、小説の材料としてたいへんに興味深い。男性との関係よりも、自分だけの論理でつらぬかれた、ひとつのなにごとかの問題とわたりあうことのほうを、彼女たちは優先させている。

自分だけにとってたいへんに重要な問題を、心のなかで真剣に相手にしつつ、そのことを原動力のようにして、なんでもいいからとにかく肯定的なかたちでわがままをとおすことが出来ているとき、彼女たちは自分にとってもっともいい状態を手に入れるのではないだろうか。男性の影など、薄くなって当然だと、僕は思っている。

ミッチェル

新潮文庫　一九九二

東京書籍（一九八九）の文庫版

この文庫のもとになった『ミッチェル』という本は、一九八九年の五月に、単行本として刊行された。そのときからさかのぼって半年ほどのあいだに書いたものなのだろうと、いま僕は思う。個人的な体感としてはすでに七、八年は経過しているような印象があるが、まだそれほどの時間は経過していない。文庫になるにあたって、『ちょうどその頃』と『眠っているあいだの無防備』という二編を書き加えた。

自分が書いて本になった作品は、自分の手もとにはないことが、僕の場合は多い。書いて本になったあと、一度も見ないままに時間が過ぎてゆく。文庫になる、というような機会に手に取って見なおしていくのは、かなり面白い体験だ。すこし以前の自分を、いまの自分が見る。かつての自分を、現在の自分が第三者的に観察する。タイトルを見ただけでは内容を思い出せないものもある。このタイトルでいったいなにを書こうとしたのだろうか、などと思いながら読んでみる。すると思い出す。気持ちはよくわかる、と思いながらなおも読んでいく。悪くないではないか、と思えるなら上出来としよう。

『ミッチェル』という短編は、遊びから生まれた。遊びの過程であり、生まれきってはいないかもしれない。ミッチェルとはジョニ・ミッチェルのことだ。彼女のLPを、僕はいちばん最初のから最近のにいたるまで、すべて持っている。僕はそれを時間順に聴いていきながら、写実的な部分を断片的にひとつずつカードにメモしていった。

聴き終わって手もとに残ったひと束のカードを、まるでカード遊びのようにいろんなふうにならべて、僕は遊んだ。そのならべかたの一例が、この短編だ。すべては日本語になおされているから、ジョニ・ミッチェルの世界とはまったく別のものになっているはずだ。彼女の面影はどこにもない、と僕は思う。日本語になるときに落ちていくものと、日本語によって加えられるものとが、期せずして等量だったということだろう。ぜんたいはそっくり別なものに入れ替わってしまった、という遊びだ。

遊びの続きとして、『あの少年の妹』がある。あの少年とは、サリンジャーの『ライ麦畑でつかまえて』のなかに登場する、ホールデン・コールフィールドだ。彼には妹がいる。あの妹はその後どうしたのでしょうか、と誰かが僕との会話のなかで言ったひと言をもとに、ほんのすこしだけ、僕は遊んでみた。妹はいまはもの静かで端正な中年の女性となり、なぜか東京に住んでいる。夕方、彼女が部屋へ帰ってくるまでがスケッチしてある。写真立てにおさまった写真の描写が、遊びの中心だ。

ついでに書いておくと、ホールデン・コールフィールドのその後は、自殺ではないかと僕は思っている。サリンジャーの短編に『バナナ・フィッシュに最適の日』という作品がある。これに登場するひとりの青年は、ホールデンにそっくりだ。そして彼は短編のなかで自殺をとげる。この短編を、じつは僕は翻訳している。どこかの出版社から刊行されたサリンジャーの短編全集のような本のなかに、それは収録してある。

『ちょうどその頃』も、遊びだ。ヘミングウェイの『清潔な明るい店』という短編の、状況設定のいちばん外側の大枠だけ借りてみた。このような遊びも、たまには楽しい。『清潔な明るい店』は、新潮文庫の『ヘミングウェイ短編集（二）』のなかにあるそうだ。

残りの八編についても、簡単に書いておこう。『サーフボードの運命』『「ママ、ママ」』『断片のなかを歩く』『この色は心の色』『紅茶の真夜中』の五編には、共通したものがあるようだ。主人公として出てくるひとりの女性が、自分を心理的にどこかへ追いこんだうえで、たとえば自分の心臓の鼓動のしかたの、自分だけにある癖を聴き、血の流れかたのなかにある自分だけの特徴を見て、自分が自分であることを確認している。

こんな状態の女性を、別のほんのちょっとしたドラマをとおして、いろんな角度から描いている。写実性あるいは肉体性は失わないままに、コンセプトを最優先するという僕の書きかたの基本に、書いたきり忘れている短編のなかで出会いなおす。妙なものだ。

『ハーフ・パパイア』『三人称単数』『眠っているあいだの無防備』の三編では、ひとりの女性が男性の部分と女性の部分とを、頭のなかで等量に持っているとどんなことが起こるかを、それぞれの文字数にふさわしく、部分的に提示してある。

世のなかは男と女だという。いちおうそのとおりだから、小説を書くときにもその前提は引き受ける。しかし、いつも彼と彼女だけであるのは、僕にとってはたいへんに退屈だ。その退屈さからの脱出経路として、男と女を頭のなかで等量に持つ女性、そして、男であるのとおなじように女にもなれる男性、というふたとおりの存在を、さきほど書いた僕らしい書きかたのなかに、僕は持っている。ひとりでふたりになれる。理屈の上では、退屈さは半分に減り、期待は倍に広がる。

というようなことを文庫のあとがきとして書いて、僕は『ミッチェル』から再び手を離す。

彼女と語るために僕が選んだ7つの小説

新潮社　一九八九

この本を作るために、僕は何冊ものアメリカの小説を読んだ。一年ほどのあいだに四十冊は読んだだろう。興味深く読むことの出来る面白い本が、たくさんあった。それほどでもない本も、ときたまあった。どちらも、僕は楽しく読んだ。その楽しさは、読んでいくときの楽しさであると同時に、いろんなことを考えるためのきっかけを手に入れ、そのきっかけから自分で考えごとをしていく楽しさでもあった。

僕がひとりで読書をした結果が、こうして一冊の本にまとまるにあたっては、「スイッチ」編集部の新井敏記さんと駒沢敏器さんのふたりが僕に対しておこなってくれた、強いあと押しと協力、そしてさまざまな提案が、大きく役立っている。彼らふたりに僕は感謝している。彼らの協力は、多くの場合、ラ・カーヴ・オ・ボアというレストランでの、快適この上ない夕食の時間におこなわれた。あのレストランでの、楽しくなごやかにくつろいだクリエイティヴな時間は、のべ数十時間にもわたって、この本の背景となってくれている。

彼らふたりの努力を無駄にしないため、正しいタイミングで登場し、仕上げをしてくれたのは、新潮社出版部の森田裕美子さんだ。彼女も、あのレストランの美しい客のひとりだった。

愛してるなんて　とても言えない　集英社　一九八九

最初の出版は集英社コバルト文庫（一九七九）

この本『愛してるなんて　とても言えない』が何年に刊行されたものか、いま僕は正確には答えられない。収録してある短編を書いたのがいつ頃であるかに関しても、正確なことは答えられない。忘れているからだ。原稿として書きあげてしまえば、その作品はそこでただちに過去となる。すくなくとも僕にとっては、そうだ。商業的なかたちで雑誌に掲載されたり本になったりしてしまうと、もはや大過去だ。あの頃、としかとりあえず言いようのない、過去のある時期に、僕はこの本のなかの短編を自分で書いた。

僕が小説を書きはじめたのは、雑誌『野性時代』の創刊号からだ。創刊されてからほぼ一年間にわたって、僕はアメリカやハワイを舞台にした、読みやすいけれどもわかりにくいストーリーばかり書いていた。僕がそのまま表現されたようなストーリーだ。僕自身はそれで充分だったのだが、編集部としては、もっと多くの人たちに読んでもらえるような作品を、僕から引き出したいものだ、と強く思いはじめていた。

創刊から一年が経過したある日のこと、僕は編集長および担当の編集者から、ひとつの提案を受けた。この一年間に書いた小説を、書き手の内部には残しつつ、もっとちがったかたちと内容の小説を書いてみると、新しい局面が開けてくるのではないだろうか、という提案だ。小説を書く僕にとって、越えなければならない最初のハードルだった。

その日、帰り道、僕は下北沢の駅を降りて商店街のなかを歩いていった。当時の僕は下北沢の近くに住んでいた。夕方のあの商店街は、人でいっぱいだった。

書店のまえを、僕はとおりかかった。店のまえには棚が出してあり、その棚には定期的に刊行される何種類ものコミック雑誌が、山のように積んであった。そしてその棚を囲んで、学校帰りの中学生たちがびっしりと立ち、コミックスを立ち読みしていた。ほとんどが女性だった。

その光景を、僕は、無残な光景だと思った。しかしいくら無残ではあっても、あのように熱心に読むからには、そこにはなにかがあるにちがいない、と僕はさらに歩きながら思った。アメリカのコミックスなら、僕は子供の頃によく読んだ。夢中になって、かたっぱしから読んだ時期があった。

これまでとは異った傾向の作品を書いてみろ、という『野性時代』編集部の注文に応えるひとつの方法として、コミックスを文章で書く、という方法があるのではないか、と僕はやがて思いついた。その思いつきのままに、その日の夜にストーリーを作り、次の日に書き、さらに次の日に『野性時代』の編集部に渡したのが、『スローなブギにしてくれ』という短編だった。

この短編は、幸いにして編集部では好評だった。読んでくれた人たちのあいだでも、評判は良かった。ひとつの短編が人の目にとまり、業界を中心にして多少は評判になる、というようなことが起こり得る余地をまだ残した時代だったのだ。

そしてこれ以後、僕は僕にとってのコミックス的な題材を文章で小説に書く、という作業をいっぽうで続けていくことになった。ティーンエージャーを主人公にして、かなりの数の短編や中編を書いた。いまでも書いている。

この本のなかに収録されている短編のうち、『コバルト・ブルー』と『まっ赤に燃えるゴリラ』以外は、集英社の雑誌『コバルト』の前身である『小説ジュニア』に書いた。『小説ジュニア』と『コバルト』にこれまで僕が書いたもののなかで、当人がもっとも気にいっているのは、『最愛のダークブルー』という短編だ。

いまの日本でティーンエージャーというと、ほぼ自動的に高校生になる。だから僕が書くティーンエージャーを主人公にした小説では、ほとんどの場合、主人公の彼や彼女は高校生だ。しかしその高校生は、大学の受験勉強をして大学に進学し、なんとなく四年間を過ごしたあとリクルート・スーツを着て企業に就職する、といった一般的な道すじからは、大きくはずれている。そのような高校生しか、僕は書かない。かつて僕自身が高校生だった頃、僕にはそのけが多分にあったし、もしいま高校生になったなら、ただちに僕は落ちこぼれとなるはずだ。そのような自分が主人公に反映してはいるけれど、僕が書く小説は要するに僕が作った物語であり、いまの高校生たちの現実とは、いっさいなんの関係もない。

ティーンエージャーたちを主人公にした僕の小説を、好いてくれる人の数はかなり多い。かなり多い、と僕が言うのは、自慢しているわけではなく、いまでもそのことに当人はすくなからず驚いているからだ。当人の期待をはるかに超えて、そのような人たちが多い。

自分が少年だった頃を懐かしく思い出すから。しばし童心に戻ることが出来るから。人生で一回こっきりのことが、きらきらと書いてあるから。ああ思った、こう思ったではなく、もっとも純な行動として表現してあるから。というような理由を、僕はいろんな人たちから聞いている。

受けとめかたは、読む人の数だけある。どれもみな、当たっているのだろう。僕という人がつくった物語を楽しむなら、大人たちが登場する物語のほうが、より楽しめるはずなのに、と僕は思う。しかし、大人たちが作る物語は、よほど特別な場合を別にして、何度もくりかえすことの出来る物語なのかもしれない。少年と少女の物語は、十七歳の夏が一度しかないように、ひょっとしたら本当に一回だけの物語なのだ。

僕が書くティーンエージャーたちの物語に登場する少年や少女たちは、年齢的に高校生に該当するというだけで、あとはなにも持っていない。まだなにもなっていないし、間もなくなにかになりそうな気配も、たいていの場合、皆無に近い。

多少とも見どころのある少年や少女が、なにもならないままに十年、二十年と無為に過ごしていくことは、現実にはあり得ないだろうけれど、物語のなかの彼らは、なににでもなれそうでいて、じつはいまのところなに者でもない。なにもなっていないし、なにになりそうでもない。

彼らのこのようなありかたに、僕は共感や愛着を覚え、心をひかれる。なぜなら、僕が高校生だった頃、僕はなににもなりたくなかったからだ。なにもなりたくない、ただ自分でありさえすればいい、という思いはいまもそのまま持続している。そして、なにもなりそうにないティーンエージャーたちを作り出しては、彼らの物語をときどき書いている。

最近になって書いたもののなかでは、『コバルト』の対抗誌である小学館の『パレット』に掲載された『あの雲を追跡する』や、角川文庫『五つの夏の物語』のなかに収録されている、『永遠に失われた』などを、当人は気にいっている。そしてコミックスを文章で書くのだとは、もはや思ってはいない。

1990年代

永遠の緑色

岩波書店　一九九〇

パーマネント・グリーン、という名の色がある。僕が持っている何種類もの緑色の絵具のなかをさがしたら、パーマネント・グリーンのディープというのがあった。ディープがあればライトも買ってあるはずなのだが、僕が持っているもののなかには、見当たらない。ライトは淡く、ディープは濃いのだろう。

僕が持っているパーマネント・グリーンのディープは、イギリスのウインザー・アンド・ニュートンという会社が発売している、アーティストのオイル・カラー、というシリーズのなかのものだ。さまざまな緑色だけを使った、一種の抽象画を描こうと思い、大量に買った絵具のうちのひとつだ。

チューブの蓋を取り、なかに入っている絵具を、パレットの上に指先で押し出してみる。見事に緑色だ。パーマネント・グリーンだ。ディープだ。このパーマネント・グリーンをわざと直訳して、永遠の緑色と、僕は呼んでいる。

緑色の絵具をパレットに出していくとき、僕は変なことをふと思う。いま自分の手のなかのチューブから出ていくこの色は、現実のなかで具体的に生きている、ありとあらゆる植物の葉の色が、絵具というかたちで抽象化されたものなのではないのか、という空想だ。無数の樹の葉や草の葉が、どこかでひとつに抽象化され、たとえばパーマネント・グリーンという色になり、いつのまにか小さなチューブのなかに入ったのではないのか。

緑色だけを使った抽象画を描くために、僕はしばしば、樹の葉や草の葉を眺め、観察する。樹や草についての本も、頻繁に見る。オーデュボン・ソサエティが刊行しているポケット・ガイドのシリーズに『北アメリカでよく見かける樹』というタイトルの小さな美しい本がある。その本を適当に開き、緑色の絵具のコレクションのなかから見つけ出した、グリーンのチューブを置き、自分で写真に撮ってみた。面白いと言い張るなら、それなりに面白い写真かもしれない。『永遠の緑色』というタイトルをつけた自分の本の表紙に、この写真を使うことになろうとは、思ってもみなかった。

彼らに元気が出る理由

角川文庫　一九九〇

最初の出版は角川書店（一九八七）

梅雨がはじまる寸前の季節、ある晴れた日の午後、彼女は僕を相手に海岸を散歩していた。海岸は広く、そのむこうの海は、さらに大きかった。心地良く風が吹き、空は青く、不足はどこにもなかった。

「だから私は——」

と、彼女は話を続けた。

「——自分に徹底すればするほど、元気になるのです」

「それは面白い。たいへんに興味深い」

「私自身という、このひとつの実体を、いまの自分に考え得る、およそありとあらゆる面から、観察していきます。思い込みや希望的な観測のような、安易な方法ではなく、とにかく徹底的に実証的に、私という自分を私は観察します。そのプロセスだけでも、私に元気をあたえてくれます」

「そのような観察を徹底的に続けていくと、やがてどのようなことが起こってくるだろうか」

「ここに落ち着かざるを得ないという、ひとつの観念に到達します。自分自身に関しての、自分自身による観念ですね。徹底して組織的な、そして実証的な観察のあげくに到達した観念ですから、それは私というひとつの具体的な存在に関する、体系的な観念なのです。つまらない社会一般や、クリエイティヴな意味のなにひとつない通例などとは、まるっきり遠いところにある自分を作り出すことが出来て、それこそ私にとっての元気のすべてです」

自分にとって元気とはなにだろうか、という話を、僕たちは海岸を歩きながらおこなっていた。自分にとっての元気というものについて、彼女は明快に理論を語ってくれたのだ。

「自分を徹底的に観察するとは、自分を自分で完全にとらえきる、ということだね」

「そうです。自分というものに関して、思い入れ半分、願望半分の理屈をこねまわすのではなく、とにかく徹底的に自分を観察するのです。そうしていると、やがて、自分に関する理論が出来てきます。それが自分です」

「理論が見えてくるまで、観察を続ける」

「そうね。観察し続けることによってとらえていく自分、というひとつの事実をきちんと説明することの出来る、すっきりした理論が出来てきます」

「いまでもきみは、自分で自分の観察を続けていると、僕は思う」

「当然です。しかも、徹底的に」

そう言って、彼女はさわやかに笑った。海から吹いてくる風が、その笑い声を海岸のむこうへ運んでいった。僕は空を仰いでみた。雲のない青い空が、まぶしく頭上いっぱいに広がっていた。

このときの空の青さを思い出しながら、後日、僕はなにげなくひとつのコラージュを作った。外国のファッション雑誌から、美しいブルーで印刷されている部分をいくつか適当に切り抜き、黒い紙の上に置いていき、なんとなくひとつのぜんたいとなるよう、調整してみた。ブルー・ヒュー、などという言葉もページのなかにあったから、それも切り抜いてコラージュのタイトルのように置き、ぜんたいを写真に撮った。表紙に使ってある写真が、そのコラージュの写真だ。

緑の瞳とズーム・レンズ　平凡社　一九九〇

平凡社の内田勝さんが雑誌『太陽』の編集部にいた頃、僕は彼と知り合った。ある日、仕事の提案を受けたのが、知り合うきっかけとなった。最初の提案は、気にいったバーで僕が酒を飲んでいるところを写真に撮り、美麗をきわめたカラー印刷で一ページいっぱいに掲載して文章を添える、という仕事だった。

これは僕が尻ごみして実現せず、二度めの提案は仕事として成立することになった。月に一度、どこでも気になる場所へでかけていき、そこで見たもの、感じたことなどについて書くという、一年間にわたる連載だ。内田さんを隊長とし、僕は見るからに暇人、そして写真家は佐藤秀明さんというトリオで、月に一度の取材旅行がはじまった。

連載は十二回を無事にまっとうした。そして、その連載とは別に、連載が終わってから一年後に、僕はいまここにあるこの本の原稿を、ひとりで書いた。連載は連載として完結し、それとは別にもうひとつ、僕は仕事をすることになったのだ。

日本のあちこちへ出かけていって僕が見たのは、ごく簡単に言うなら、すでに過ぎ去った時間と、いま自分たちに触れつつ経過している現在の時間、そして、いつかかならずやってくる将来の時間という、三種類のそれぞれ魅力に満ちた時間だった。

過去を点検し、現在について嘆いているうちに、未来がほんの一瞬、閃光のように、彼方の闇にひらめくのを僕は見た。時間の量は人間の限界として常につきまとうが、時間の質においてたいへんな変化が起こりつつある時代の、助走路のどこかにいまの自分たちはいるのだという直観をもとに、僕はこの小説を書いた。紀行文ではないし、評論でもなく、エッセイでもない。これはやはり小説だろう。連載を書いていたときにそのなかに登場した、緑色の瞳をした「彼女」という女性と、「僕」と称する一人称の男性が、ここでも登場人物となっている。

これまでの価値観から、時間は引き剝がされつつある。そして、まったく別な質を持った価値観に、貼りなおされつつある。大転換と言ってもいい。別世界の登場と言ってもいい。緑色の瞳の助けをかりて、ズーム・レンズごしに、僕はそのような世界を見た。そしてそのような世界の時間は、まだ大部分は未来のなかにあるけれど、一部分は早くも遠い過去にまで到達している。

yours ―ユアーズ―

角川文庫　一九九一

1

僕が買った数冊の本のリシートを、計算しつくして会得した女性のような手つきと雰囲気で、男性の店員が僕に渡してくれた。おそろしく無意味で退廃的な、しかしどこか魅力のある微笑を浮かべた若い彼は、

「あなたは詩に興味がありますか」

と僕にきいた。

興味はある、と僕は答えた。顎を上げて微笑にすこしだけ意味を加えた彼は、女性のようにふりむき、うしろにある棚からリーフレットを一枚、指先につまんだ。つとめて軽くしようとしている動作でむきなおった彼は、そのリーフレットを僕に差し出してくれた。僕はそれを受け取った。

「今日、夕方から、ここで詩の朗読会があります。よかったら、いらしてください。入場料はほんの小額をいただきます」

買った本とリーフレットを持ち、僕はそのブックストアを出た。店のまえの歩道の縁に立ち、

真夏のマウイの陽ざしを頭のてっぺんに受けとめながら、僕は思案した。

買った数冊の本は、片腕にずしりと重かった。いったん部屋まで戻ろうか、と僕は思った。あるいは、詩の朗読会に出席することにし、本は店に預けておこうか。

預けておくことにきめた僕は、歩道の縁でブックストアをふりかえった。ウインドーのガラスごしに、キャシーアの席にいるさきほどの彼が見えた。うしろに束ねて髪飾りをつけた長い髪を、彼は女性そのものの雰囲気で、無心に束ねなおしていた。しばらく待った僕は、彼が髪を束ねなおす作業が終わるのを確認して、再び店に入った。

詩の朗読会に出席するからそのときまでこの本を預かっておいてほしい、と僕は彼に言った。もの静かに優しく、彼は引き受けてくれた。メモ用紙を一枚、パッドから丁寧にちぎり、鉛筆を持って彼は僕を見た。Yoshという名を僕は告げた。Yoshioという日本の名は、省略してYoshとしたほうがとおりやすい。だから僕は、子供の頃からYoshなのだ。

夕方、僕はそのブックストアへいってみた。ラハイナのフロント・ストリートを、カアナパリの方向にむけてほんのすこしいったところにあった、『イーザ・オア』というブックストアだ。一九六八年の夏には、そこにそのような書店があった。

店は奥にむけて深く、そのいちばん奥に詩人の席が簡素に、しかし巧みに設けてあった。その席になんとなくむきあうかたちで、椅子が二十脚ほど配置してあった。椅子はすべて客で埋まっていた。まわりを囲んで立っている人が何人もいた。僕も壁にもたれて立った。

インドのお香が濃厚に漂うなかを、どこかの民族衣装をまとってはいるけれど、誰がどう見てもアメリカの人にしか見えない女性が、飲物を持ってきてくれた。使い捨ての透明なプラスティックのコップに入った、赤い飲物だった。引き替えに、彼女が言う入場料を僕は彼女に渡した。

飲物はたいへんおいしかった。僕は三杯おかわりをした。上出来のシャンペインを、マウイのトマトをしぼって作ったトマト・ジュースで割ったものだということに、僕は二杯めで気づいた。

やがて詩人が登場した。頭が完全に禿げたぶんを、顔の下半分にじつに見事な髭をたくわえてバランスを取った、四十代前半の男性だった。聴衆を相手にしばらく世間話をしたあと、持っていたステノグラファーのノートを開き、彼は自作の詩を朗読しはじめた。

一作ごとにタイプのまったくちがう詩を、彼は次々に披露してみせた。有名な詩人の作品をもじったもので聞いている人たちを笑わせ、叙情的な詩で客の瞳を大きく開かせた。絶望という名の帝国にある廃墟の暗黒を、魂つまり言葉だけは守りつつ、手さぐりで永遠にさまよい続けるといった調子の詩では、聞いている誰もが神妙な顔をしていた。その詩人は、聞いている人を言葉だけでどこかへ運んでいってしまう、達者な芸人だった。

僕の記憶にもっとも強く残っているのは、観光地ハワイのいたるところで無料で手にはいる、さまざまな案内パンフレットや新聞から言葉を拾ってつづった、一篇の長い詩だった。見慣れた陳腐きわまりない言葉の数々が、彼の手によって配列されなおし、組み立て替えられると、そこには早くも詩が生まれていた。信じられないほどの馬鹿らしさが何重にも交錯する現実というものを、その詩はさっくりと切り取り、聴衆の目のまえに広げて見せてくれた。描き出される世界の滑稽さに、聴衆は爆笑の連続を体験した。

「自分ではいっさいなにも作ることなく、ただそのへんに散らばっている言葉を集めて来るだけで、いまのような詩が誰にでも作れるのです」その詩を語り終わって、彼はそう言った。

朗読会が終わって、僕は預けておいた本を受け取り、店の外に出た。カアナパリにむけてひとりで歩きはじめた。歩きながら、朗読会のパンフレットを読んだ。僕も聴衆のひとりであったその会には、『かつては言葉があったところに』というタイトルがついていたことを、僕はそのとき知った。

2

自分で考えた配列の言葉ではなく、どこからか拾ってきた言葉を一定の量だけためておき、それをならべかえ組み立てなおすだけでも一篇の詩を作り得るのだということを、ラハイナの書店での朗読会で僕は学んだ。

ロサンジェルスのフリーウエイを自動車で走りながら詩を作る、という試みを僕は何年かあとにおこなってみた。友人に自動車を運転してもらい、僕は後部席にいて言葉を拾っては、ノートブックに書きとめていった。

フリーウエイにある標識の地名、そして案内表示の簡単な言葉を、僕は目にとまるはじからノートブックに書いていった。おなじフリーウエイを走るたとえばトラックのボディに書いてある言葉、乗用車のバンパー・スティッカーの言葉、車のラジオから聞こえてくるラジオ放送のなかのさまざまな言葉の断片、ふと見えた建物の看板の文句、友人の台詞など、かたっぱしから僕はノートブックに書きとめた。

どこをどのように走ったかもう僕は忘れているが、友人にまかせて走った三時間のなかで、ノートブックの半分はおおまかに埋まってしまった。後日、僕は心静かにそのノートブックを開き、拾い集めた言葉をならべかえ、組みなおし、ひとつの長い詩を作った。不条理な荒涼さに満ちた、寂しくてどこか暴力的な、それでいて充分に詩的な詩が一篇、そこに生まれた。

この詩をそのとき書いたままに僕は保管しておいたはずなのだが、どこを捜しても見つからなかった。紙に印刷されたあらゆる資料をひとまとめに入れておく段ボールの箱に、ほかのものといっしょに投げこんだところまでは記憶しているのだが、捜してみるとどこにもなかった。

昨年の冬のある日、ふと思いついた僕は、駅の売店にならんでいる女性雑誌のすべてを買い求め、腕に抱えて部屋へ持って帰った。一冊ずつページをくっていき、言葉を拾い、それをすべて僕はノートブックに書きとめた。ひっそりとだが内に秘めた力のある、どう制御することも出来ずにほとばしる、しかし次の一瞬にはばらばらに砕けて消え去るような、はかなくて予測のつかない、優しく深い官能の奥行きに満ちた言葉の数々を、ひょっとしたら拾えるかもしれない、と僕は楽観的に思った。

とんでもない。結果は惨憺たるものだった。何冊もの女性雑誌のページから拾い集めた言葉は、もはや完全に心を捨てた人たちの言葉だった。あれが欲しい、これが欲しい、この服がいい、この持ち物がいい、こうすればもっといい、こうしてこうなりたいという、物と技術だけの世界がそこにあった。

ならべなおす気も起きないような言葉の数々は、じつは僕がわざわざならべかえす必要のないものだった。あちこちのページから拾ったそのままが、人々のありかたの表現そのものになりきっていたからだ。心のないところに詩人は必要ない。と言うよりも、居場所はない。すさまじく悲惨な状況のなかに、いま多くの人が生きている。

ここになら心の働きは充分すぎるほどにあるはずだ、と見当をつけた別のところで、僕は言葉を捜してみた。ヨーロッパにおける詩の古典の、日本語訳を何冊か文庫で買ってきた僕は、読むのと眺めるのとちょうど中間のような態度で、言葉を拾ってみた。

最初の一冊のなかほどを開いたとたん、「彼は歩いている」という言葉を僕は見つけた。彼というひとりの人の、そのときの状態を簡単に言いあらわしただけに過ぎない文章だが、このひとことから出発して作り得る世界はおそらく無限だろう。言葉を古典から拾い集めながら作った詩が、この僕の本のなかに二、三篇はあると僕は記憶している。

山頭火の句集が文庫本でたまたま手もとにあった。収録してある句をすべて読み、気にいったものを書きとめた。四つか五つのその句を、普通の散文で言い換えながらひとつにつなげていったら、やがて詩のようなものが出来た。それもこの本のなかにある。

3

十二月のはじめ、僕はエルメスのブティークへ手帳のリフィールを買いにいった。横八センチ、縦が十二・五センチという大きさの手帳に使う、三か月ずつ四分冊になった、日付の印刷してあるリフィールだ。

何年かまえに、この手帳を姉が僕にくれた。手ざわりのいい、たいへん落ち着いた濃いグリーンの、美しい手帳だ。僕は手帳にほとんどなにも書かない。ときどき持って歩くけれど、書きこむことはない。ごくたまに、思いついたことを書きこんでみる。三か月で一ページをやっと使う、という程度にしか僕は手帳を使わない。

しかし、手帳は使わなくても、時間は経過していく。一年がたつと、次の年のリフィールを手に入れなければならない。日付の印刷されていない無地のリフィールにしようかとも思うのだが、日付があったほうが手帳らしい雰囲気がより濃厚に漂う。だから僕は、毎年、日付の入ったリフィールを買いにいく。

リフィールというカタカナ言葉は、すでにたいていのところで通用する。手帳を出して店員に見せながら、「この手帳に使う紙をください」と僕が言うと、「リフィールでございますね」と店員は言う。

一九九一年のリフィールを買った僕は、なかみを観察してみた。例年のとおり、リフィールは四冊に分かれていた。華奢なような、それでいて実用的であるような、微妙に中間的な持ち味を出しているリフィールだ。使うとなるとたいへんに使いやすいのではないか、と僕は思っている。

別冊になった小さなアドレス・電話帳が、毎年おなじデザインと質感で続いている。これも僕は使わない。だからおなじものが何冊もたまっている。裏表六か月ずつ横につらなった簡単なスケジュール表、そして注文書の葉書といっしょに、エルメスのステーショナリー全点を紹介する小さなパンフレットが、箱のなかに加えてあった。

その小冊子の表紙の次のページに、手帳とはなにかという思想のようなことが、フランス語と英語の両方で、印刷してあった。ほぼおなじような内容を、フランス語による文章のほうは実用的に、英語のほうはすこしだけ高ぶった調子を最初から最後まで維持してかなり詩的に記述していた。

英語のほうの文章によると、手帳とは歯医者へいく日時を書いておくものであり、小説のアイディアを書きとめておくためのものなのだという。歯医者にはこれまで僕は二度しかいったことがないが、小説はいつも書いている。「書きとめましょう。観察した結果の、書きとめておくに値すること、それが人生というものなのです」という文章にいきあうにおよんで、エルメスの手帳を僕にくれた姉の、遠くまで見通す視線の鋭い優しさを、僕は再確認することになった。

人生は歯医者と小説だ。いまのところ用はなくても、歯医者へいってみよう。その予定を手帳に書こう。小説のアイディアも、リフィールのページに書きとめておこう。一日にひとつずつ、きらめくなにごとかを書きとめるなら、一年で三百六十五の書きこみだ。日記ふうの小説が一冊、出来るではないか。

このような個人的に親密なクロニクルの手助けをするためにこそ、エルメスのさまざまなステーショナリーは存在するのです、と小冊子の前書きは述べていた。あなたの好みや必要に応じて、いろんなふうに取り合わせて高度に個性化されたステーショナリーとなるよう、ミックス・アンド・マッチのための数多くの要素が、それらのステーショナリーには盛り込まれているのだという。

「すべては、書きとめるに値することを書きとめておくことのために。あなたのものとして」語法にやや不備があるものの、英語の前書きはこんなふうに結ばれていた。原文の最後のセンテンスは、yours というひと言になっていた。ここにあるこの詩集のようなもののタイトルは、このひと言から生まれた。

シヴォレーで新聞配達

研究社出版　一九九一

いまのアメリカのごく一般的な雑誌に掲載されている広告のなかから、毎月一点、僕の興味をひくものを選び出し、その広告について短い感想文のような文章をつけていく、という連載を、研究社の雑誌『時事英語研究』でおこなった。その連載は一九八七年の四月号から一九九一年の五月号まで続いた。その全編がこの本に収録してある。そして、長いまえがきのような文章は、この本のために新たに書いたものだ。

広告を一点ずつ観察した部分は、最近のアメリカを点で眺める結果となっているようだ。そして、まえがきの部分は、一九四〇年代から現在までのアメリカを、一本の線として観察することになった。はじめからそのように意図したわけではなく、結果としてそうなった。そしてそれは、僕にとって興味深く楽しい作業だった。

一般的な雑誌に掲載される広告のなかでは、それぞれの時代のなかで国内のもっとも主流的な文脈のなかに生きる人たちにむけて、ぜひとも広く知らせたいと企業が思った製品が、最大限の効果を生み出すような手法で広告されている。どの広告も、そのときどきでの、アメリカそのものだと言っていい。

数多くの広告を丁寧に観察していくと、そこには美的なセンスがアメリカらしさとして変わらずに流れていることに気づく。そしてその美的なセンスのさらに奥には、アメリカをアメリカたらしめているものの考えかたが、これもなんら変わることなく持続されていることがわかる。

この本のための作業を終えたいま、新たに浮かんでくるいくつものアイディアを僕け楽しんでいる。そのうちのひとつは、第二次大戦中から現在までの時間の幅のなかで、女性が登場する広告を生活の全域にわたって集め、時間に沿ってならべ、観察していったなら、アメリカの現代史を市民の生活の視点からたどりなおすことの可能な、面白い本となるにちがいない、というようなアイディアだ。

思い出の線と色彩

祥伝社ノン・ポシェット文庫　一九九二

自分で書いた何冊もの本が、一冊も自分の手もとにはない。ついさっき、と呼ぶほかないいったいまのこの時間が、早くも経過してしまって二度と再び戻っては来ないのとおなじように、いったん書いてしまったなら、少なくとも僕にとっては、それは過去だからだ。過去は手もとにあるわけない。校正刷りが出て来たりすると、突然に過去が舞い戻ったようで、僕はびっくりする。本になってしまうと、それは大過去の完全完了だ。

いくら過去になろうとも、かつて自分が書いたという事実、そしてそのかぎりにおいての責任はいつまでも僕のものだが、それ以外に関しては僕は忘れてしまう。たとえば僕が書いて何種類かの文庫になっている本が、全部で百冊近くあるだろう。長編を書く人たちにくらべると、平均して半分の量で一冊の文庫が出来ている、というような事情は考えに入れておかなくてはいけないにしても、文庫だけで百冊もあるとは、いったいどういうことだろうか。

いまさら考えてどうなるわけでもないだろう。とにかく、その百冊におよぶ文庫は、手もとにはない。そのかわりに、全部の文庫の目次のコピーを、僕はたまたま持っている。なにかのために必要で取ったコピーを、捨てずにおいたからだ。もっとも遠いものからもっとも近いものまで、それは時間順にして綴じてある。

今日も日中の気温が三十度を越すという夏の日の午前中、風のよくとおる広い部屋に置いた文机にむかってすわった僕は、この目次コピーを手に持ち、短編のタイトルをひとつひとつじっと観察しては、その内容を思い出すという作業を、静かにおこなっていた。

子供がする基礎的な勉強の感触が、その行為にはどことなく常にあった。短編のタイトルをいくつ見ても、その内容をどれも思い出せないという状態が続くと、子供の勉強に似た雰囲気はその密度をさらに増した。タイトルを見ても内容を思い出せないことには、ちゃんとした理由があるはずだ。たとえば、締め切りが来るままに、ふと思いついたことをそのまま、気分だけで書いたストーリーは、時間がたつと思い出せない。

しかし、よく覚えているものも、たくさんある。そのよく覚えているものを手がかりに、時間的に見てその前後に書きながら内容を思い出せない短編を、側面から攻めてみたりするのは、お勉強だった。これを書いたのはあの頃であり、あの頃はいつもこういうことをしていたから、きっとそのなかで考えたストーリーにちがいないが、あのときのあの高原のプールの話かな、などと推理するのだ。

かつて自分で書いた数多くの短編の内容を思い出しては、ごく簡単に仕分けしつつ書きとめていく作業を続けていた僕は、あるときふと、部屋のむこうの窓から外へと、視線をのばした。

日本の暑い夏の日の、まだ午前中の明るく強い陽ざしのなかに僕の視線がからめ取られたその瞬間、幼い子供の頃に何度か体験した、臨海学校での午前中の勉強の時間を、僕は思い出した。臨海と林間とのふたとおりがあり、どちらに参加するかは子供たちの自由だった。僕はいつも臨海にする子供だった。現在の日本にはひとつも残っていないと僕が確信するような、人工化されてもいず汚れてもいない、素朴なままのもの静かな海辺の小さな町で、臨海学校は開設されていた。海のすぐ近くまで届いているおだやかな山裾をちょっと上がったところにある、森に囲まれたお寺に宿泊したことを、僕は覚えている。

畳敷きの広間に寄せ集めのテーブルをならべ、子供たち全員が午前中はそこで勉強をした。夏休みの宿題をこなしていくのだ。昨日は西瓜割りをしました、などと絵日記に描いたりした。あのとき、あのお寺の臨海学校で、広間の畳にとんびすわりして算数の問題を解いていた自分と、書いたっきり忘れているいくつもの短編の目次を見つめて頭をひねっている自分とは、まったくおなじだった。相当な、と言っていいはずの時空間をいっきょに飛び越え解消し、両者は久しぶりに同一人となった。

自分で書いた短編のタイトルのリストを、なぜ僕が夏休みの勉強のように点検しなければならなかったのか。祥伝社の編集部が、僕にひとつのアイディアを提供してくれたからだ。十年、十五年、二十年、といった時間が経過したことが、主題と深く関係している短編をいくつか選び出し、『思い出の線と色彩』というタイトルで一冊の文庫にしたい、というクリエイティヴで面白いアイディアだ。僕はこのアイディアに全面的に賛成した。

編集部で選んだものと、書いた当人が選び出したものとをつき合わせ、採るものは採り、落とすものは落とし、その結果として残った七編がここにある。これまでに書いたもののすべてを、取捨選択の対象にすることは事情があって出来なかった。そして、選び出されたものはもっとたくさんあったのだが、とりあえずこの七編に落ち着いた。

ごく穏健なものの考えかたを採用するなら、七編のうち「1963年、土曜日、午後」と、「別れて以後の妻」のふたつが、ぜんたいを支える柱のようなものだろう。そしてそれに支えられ得る範囲内で、残る五編が無理のない多様性でまとめてある。多様性とは、たとえば、時間はまださほど経過していないにしても、ある程度まで経過したあとのつらさを強く予感させる状況、というようなことだ。

一九九二年夏の、夏休みの宿題をひとつ、楽しくこなしたと、僕は自分では思う。

日本訪問記

マガジンハウス　一九九二

姉について僕が最初に聞かされたのは、父親からだ。僕はそのとき九歳だった。「カリフォルニアから姉が来て、しばらく日本に滞在する」と、父親は言った。単に姉とだけ言ったところに、彼らしさが本当に彼らしくあらわれていることに、僕はとっくに気づいている。自分の姉だと僕には思わせておき、いよいよというときになって、きみの姉だよ、とこともなげに言って僕を驚かせようとしたのだ。驚かすことによって、姉の存在を一瞬のうちに、僕に認めさせることに彼は成功した。

彼には兄弟や姉妹が多かった。そのまえに、ハワイで生まれて少年時代までそこで過ごしたあと、彼はカリフォルニアへ渡った。そのまえに、両親たちは、自分はハワイに残ると言った彼と弟を残したまま、ほかの何人かの子供を連れて、日本へ帰った。そのあとで生まれた子供たち、つまり僕の父親にとってのかなり年のちがう弟や妹たちには、ずいぶんあとになってから、おたがいに遠い親戚のような気持ちで初めて会う、というようなこともあった。そのような現場のひとつに、僕は一度だけ立ち会った記憶がある。カリフォルニアから来る姉とは、そのような兄弟姉妹のひとりなのだろうと、僕は思った。

ふた月ほどあとになってから、「明日、軍用機で、姉が到着するよ。ちゃんとした英語を話すから、コミュニケートするにあたって問題はない。仲良くしなさい。彼女は十三歳だ」と、父親は言った。「別のお母さんが生んだのだよ」と、それがごく普通のことであるかのように、彼は言っていた。

次の日の正午、昼食のため学校のなかをカフェテリアにむけて歩いていた僕は、その存在を知らされたばかりの姉に、初めて会った。廊下のむこうから、見なれない女の子がひとりで歩いて来た。見なれない女の子だ、と僕は思っただけだったのだが、彼女は僕が自分の弟だとすぐにわかったと言っていた。胸がふくらみはじめたばかりの、信じられないほどにすっきりとした細身の、美少女だった。

高くまっすぐにとおった薄い鼻筋を中心に、そばかすがたくさん散っていた。茶色に変色した髪もそばかすも、カリフォルニアの陽ざしがしたことだと、彼女は言った。そばかすはいまでは消えている。口づけをするときに目を開いていると、そばかすの名残がごく淡く、見えなくもない。

カリフォルニアで生まれてそこに育った異母姉は、日本のことを学ぶために日本へ来たのだった。学校へはいかず、何人かの先生について、日本語、華道、お茶、書、踊り、合気道など、広い範囲で彼女は学んだ。頭が良く、鋭すぎるほどの感受性は底なしに近く豊かで、集中力が僕などとは桁ちがいだった彼女は、学んだことすべてを、なんの苦もなく、たいそう涼しげに、いつのまにか、完璧に身につけてしまった。踊りのお師匠さんは、自分の跡を継ぐ一番弟子に、彼女を熱望した。

美貌の万能姉と僕との、現在にいたっても続いている仲良し関係、と言うよりも、なにごとにつけても彼女がリードして僕が従うという一種の主従関係のなかで、僕は成長途中での影響をはかり知れないほどに受けた。その影響の中心となったものは、すべてのことが完璧に出来るのが姉なら、僕はごくおおまかでいいのだという、妙な安心感だ。その安心感は僕の後天的な性格を作り、僕の運命はその性格どおりとなった。

彼女から受けた影響とこの写真集との関係について触れるなら、おおよそ次のようなことになるだろう。目のまえや身のまわりにある光景や状況のぜんたいを、六感のすべてをとおして感じ取る能力は自分のものだが、日常の光景のなかに無数にあるディテールのなかから、なにかを選び取ってそれをじっと見るということに関しては、姉ゆずりだ。

日本に対して来訪者であった彼女は、それまでつちかってきた感受性の若く鋭い発動のなかで、なんらかの理由によって気持ちを強く動かされた対象を、僕にもおなじように見ることを、機会あるごとに強く勧め、なかば強制した。

夏の空に立ち上がる入道雲や梅雨の雨の降りかたなど、歳時記ふうに言うなら気象や天文などを基本的な土台に、人文つまり人のしわざの数々へとのびていく彼女の感受性は、日常のいたるところにある、多くの場合なんとなくわびしく明らかにもの悲しいディテールを発見しては、それに来訪者的に驚嘆し、僕にもおなじものをおなじ気持ちで見せようとした。

僕がさほど興味を示さないでいると、彼女は僕のうしろにまわって僕の顔を両手で左右からはさみ、力をこめてぐいとばかりに、自分が見せたいものへ僕の顔をむけるのだった。そして僕の肩ごしにうしろから右腕をまっすぐに伸ばし、見せたいものを人さし指で示した。

何年にもわたって、日本のいたるところで、何度もこれをくりかえされているうちに、日常のなかからなんらかのディテールを見つけ出す彼女の視線は、僕に移植されて僕のものになった。姉の視線にくらべると僕の視線は運命的に薄味だと僕は思うが、この写真集のなかの写真はすべてそのような視線が撮らせた。ファインダーのなかの精密に縮小された世界へ僕の視線が入りこむとき、九歳、十歳、十一歳といった年齢の頃の僕が、現在の自分のなかにほぼそのままあることに気づき、僕は何度となく驚いた。幼い頃もいまも、僕はおなじようにものを見ているのだ。そしてその見かたは、姉に調教されて生まれたものだ。

あなたが生きていく世界や時代はこれですよと、姉は僕に教えてくれていた。このような世界のなかであなたの性格は作られ、その性格のとおりに生きることになるのよと、いま思えば異星人と言っていいほどにおませだった姉は、その影響下にある僕に、教えていた。

最愛の人たち

新潮文庫　一九九二

もう何年もまえ、その当時は仕事を中心にして相当に親しい関係にあったあるひとりの女性から、その仕事の場で、あるときふと、なんの予告もなしに、一枚のスナップ写真を僕は見せられた。彼女が仕事に必要としていた分厚い手帳にはさんであったそのスナップ写真を、彼女は美しい指のきれいに整えられた指先につまむように持ち、僕のまえに差し出してみせた。

「これは私です。五歳のとき」

と、彼女は言った。

僕はそのスナップ写真を受け取った。そのとき彼女は三十歳になったかならないかの年齢だった。その彼女が五歳のときというと、二十五年前だ。スナップ写真の保存状態はとても良く、傷んではいなかったし、古びた印象もなかった。そのまったく逆に、僕にとってはものすごく新鮮だった。

しかし、二十五年という時間が経過したものであることは、そのスナップ写真のいろんな部分が語っていた。画面は正方形に近い形をしていた。ネガは三十五ミリではなかったのだ。せいぜい一・五倍くらいに拡大してプリントされたものではなったただろうか。したがってスナップ写真自体のサイズが小さく、それが撮影された素朴な時代を懐かしく感じさせると同時に、指先に持ってじっとのぞきこむのに最適なサイズでもあった。もちろんモノクロで、表面の光沢がせつなく、縁取りの白い枠の細さが、せつなさを増幅していた。

「私が生まれて育った家の、母屋の外の壁です、うしろにあるのは。五歳の誕生日に撮ってもらったの」

彼女の誕生日は二月だった。二十五年前の写真のなかでは、二十五年前の二月何日かの、まだ冬の感触がはっきりと残っている、晴れた日の明るい陽ざしが、五歳の少女とその背後にある白壁いっぱいに当たっていた。

写真のなかの五歳の女のこは、たいへんな美少女だった。厳密には女だが、まだ女としての機能も自覚も始まっていない幼い人の、すっきりした細いまっすぐな脚に短い子供のスカートをはき、誰かの手編みにちがいないカーディガンを可愛く着て、首から始まって上体のぜんたいを大きく片方に傾け、ほんとに純粋に、にっこりと彼女は笑っていた。

僕はそのスナップ写真のなかに引きずりこまれてしまった。深い感銘とともにしばらくそれを観察した僕は、僕に肩を寄せ、僕の頰に息づかいを感じさせるほどに接近して、僕の手のなかにある自分のスナップ写真を見ている彼女に、ひとまず次のように言った。

「この写真は素晴らしい。貴重品だ。大切に持っているべきだ。こんど田舎へ帰ったら、ネガを捜し出し、もうすこし大きく一枚プリントして、ネガとともに大事に大切に、保管しておくべきだ」

そしてなおも僕はその写真を見続けた。見ていると、二十五年前の、僕はまったく関係なく、したがってなにひとつ知ることのなかった場所と時において、一瞬のうちに固定された過去という時空間の内部を、踏み迷い始めた。その日の陽ざしのほのかな温かさや空気の香り、微風の感触、どこからか聞こえて来る物音、母屋のすぐ裏にあったと彼女が言う広い竹藪が風を受けとめるときの音などを、まるで本物のように想像のなかに感じつつ、僕は五歳の美少女の頬の柔らかさやカーディガンの毛糸の素朴さなど、およそ感じ取り得るすべてのものを、感じていた。

撮影されてから二十五年後の彼女については多少は知っているものの、撮影されたときにはまったくなにひとつ知ることなく、てんで別の場所に僕はいたのだから、その写真と僕とは、本来はなんの関係もない。しかし、関係のなさは、一枚のスナップ写真が持ち得る魔力のようなものに対する僕の反応のしかたの、抽象度の純粋さを高めてくれていた。

たった一枚の、ほんとうになにげない、素人の撮影した小さなスナップ写真は、それが撮影されてから二十五年も経過すると、なんとも言いようのない不思議な力を持ち始める。撮影されて以来、その写真のなかを流れてどこへもいかず、その写真のなかに蓄積されるいっぽうであった時間が、そのような不思議な力を生み出すのだろう。

スナップ写真のなかの五歳の美少女の唇を指さして、僕は隣りにいる二十五年後の彼女に言った。

「ほら、彼女の唇のすぐ内側の粘膜に、僕は彼女の心臓の鼓動を感じる。全身を駆けめぐっている血液の温かさや、血管の内部を流れていくときの音を、僕は感じる」

感じ続けた人の落ち着く先は、狂気という可能性もあり得る。何年かあとになって、ひょっとしたら自分やほかの人を決定的に狂わせかねないスナップ写真を、それにしてはいまの人たちはあまりにも無造作に、しかもあまりにも大量に、撮影しているではないか。それに、いまのプリントの、あのサイズのなんと大きいことか。心の働きがよほど鈍化している事実の、なによりの証拠ではないだろうか。

リチャード・ブローティガンの小説のどれだったかに、自分で書いた自分史を丁寧に大切に、いつまでも保管してくれる図書館という、想像上の産物が描かれていた。自分という人が生きて来た事実の、遠からずおそらく唯一の証拠になるはずの、写真アルバムを永久保管してくれる図書館というものを、僕はふと想像する。

見ず知らずの人たちの古い記念写真やアルバムを、買い集めては観察するという趣味がある。スワップ・ミートやガレージ・セールに投げ出される未整理の古い写真の束、そしておなじく古いさまざまな写真がびっしりと貼りこんである昔の重厚なアルバムを買って来て、いまは写真のなかにしか残っていない、自分にとってはまったく未知の時間のなかに入りこみ、さまざまにストーリーを作って楽しむという趣味だ。

僕にそのような趣味はない。しかし、その面白さは、充分に想像がつく。写真が一般に広く普及して以来、現在にいたるまで、おびただしい数のスナップ写真や記念写真、そしてファミリー・フォトが、生み出されて来た。趣味の材料にはこと欠かない。

僕自身に関してついでに書いておくなら、僕は二十五歳くらいの頃、それまでたまっていた写真のすべてを、捨ててしまった。過去が自分のうしろに何枚もの写真によって蓄積されていくことに気づいて、その過去をいっきに捨てたのだ。以後、自分には過去はないという気楽な状態を、僕は楽しんでいる。

過去はないかわりに、一枚のスナップ写真のなかに入りこみ、現実にあったのとはちがうストーリーを作ってみる。すべてのもとになる、そもそもの一枚の写真から、物語として作っていく。二十年をへてなお、親密な恋人関係を続けているひと組の男女が、二十年前に最初に出会う寸前に、彼女のほうだけを撮影したスナップ写真は、物語のスタート地点としてはかなり魅力的なのではないかなどと考えることから、ここにあるこの小説は始まっている。

第一部だけは、書く前にあらかじめストーリーを作った。そしてそれを書いたあと、そこから先はすべてが即興のなかで展開していった。こうなるとは予測していなかったのだから、書いた当人としては充分に楽しめたのだと、いま僕は思っている。

海を呼びもどす　光文社文庫　一九九三

最初の出版は光文社（一九八九）

三年前の五月に、僕はこの小説を書き始めた。梅雨の雨、そして盛夏をへて、秋なかばに達する頃、書き終えた。小説のなかに流れる時間は、主人公たちが大学生として過ごす四年間だ。三年前のひと夏のなかで、その四年間を、凝縮されたかたちで体験しなおしたような錯覚を楽しんだことを、僕はいまでも覚えている。楽しませてくれたのは、光文社の文芸部長、石鍋健治氏だ。三年後のいま、彼への感謝をかねて、あとがきを書いてみよう。

ほかの多くの小説とおなじように、僕が書く小説にも、主人公たちが登場する。彼らはある状況のなかにいて、その状況のなかでなんらかの変化をくぐり抜けていこうとしている。変化には彼らの意志や感情が密接に関係しているから、彼らはストーリーが始まったときから終わるときまで、終始一貫している。終始一貫していればいるほど、彼らが体験する変化は、くっきりと際だってくる。

この『海を呼びもどす』のなかでも、主人公たち、特に野崎敬子という女性は、四年かけてくぐり抜ける変化のために、ある程度以上の緊張感を、常に端正に維持している。彼女は常に一定だ。変化はまったく他律的にやって来るのではなく、目的を持った自分の意志で招き寄せる変化なのだから、そのような緊張感が生む一定ぶりは、欠かすことが出来ない。そしてその緊張感によって、小説の主人公としての彼女の、終始一貫したありかたは、何倍にも増幅されていくことになる。

彼女の意志や緊張感の正体は知らないまま、寄り添うようなかたちでそれを支持して過ごす中西祐介という男性とのあいだに、敬子の緊張感と調和した緊張のある関係が、生まれていく。彼女の意志は、やがて目的を達成する。自分が維持してきた緊張感の正体を、彼女は彼に打ち明ける。彼女が維持してきた緊張感は、彼女が父親から命令されて引き受けた目的達成のための、手段のひとつとしての緊張感だった。彼女の目的は達成され、それまでの緊張は消えてもいっこうにさしつかえない状況となる。

ふたりの男女のあいだに維持される緊張感が三とおり、この小説のなかに出てくる。ひとつは中心軸として大きく登場し、あとのふたつは脇役のようなかたちであらわれる。どの緊張関係のなかでも、それが続いている間は、関係のありかた、たとえば言葉づかいのなかに、緊張感はそのまま反映されていく。

しかし、緊張関係が消えると、言葉づかいからも緊張はあらかた消えていく。主人公たちの終始一貫したありかたすら、消えてもかまわないような状況が、そこに生まれる。過ぎ去ったばかりの時間をそこからふりかえると、自分たちが緊張を維持していた時間がせつなく懐かしい。

小説の主人公というものについて、理屈を理屈のままに書くなら、たとえばこの短いあとがきでも、充分に間に合う。しかしそれでは小説は生まれないから、理屈は理屈のままひとりの素敵な女性主人公の胸のなかで機能させてもらうことにして、僕はここにあるこのような小説を、三年前に書いた。

絵本についての、僕の本

研究社出版　一九九三

絵本という非日常のドアを開いて、僕はそのなかに入る。そこで僕はしばらくのあいだ快適に遊ぶ。そして外へ出ていく。「またいらっしゃい」と、ドアのなかの世界は僕に言う。そしてドアは閉じる。

絵本は僕に対していつまでも美しく有効だ。そしてそれは僕ひとりだけの、個人的な出来事だ。それで充分だ。しかし、絵本というものの素晴らしさを、ほかの人にも伝えたい、という気持ちはいつもある。その気持ちの具体化の一例が、ここにあるこの本だ。研究社という出版社、そしてそこの出版部の吉田尚志さんの熱意で、見体化は可能となった。

英語による主としてアメリカの絵本を、僕はこの本のなかで相手にした。生い立ちまでたどると、それらの絵本は、思いのほか多くの国にまたがっているようだ。東京の片隅で絵本を見ているとき、僕を中心として半径十メートルほどの世界は、いつのどことも知れない架空の場所になっている。その架空の場所のなかから、僕は日本の現状についてふと思わないわけにはいかない。子供たちやその教育にかぎらず、いまの日本ぜんたいに関して、ひとつの感想を持たざるを得ない。どのような感想なのか、あとがきの一部分としてごく手短に書いておきたい。

いまの日本は子供をなめている、と僕は思う。子供なんてこんなものさと、人々はたかをくくっている。子供は幼稚な生き物だと、彼らは思っている。これまで有効だったクラシックな尺度でははかりきれない不思議な種類の子供が増えていることは確かだが、大人が怠惰にも思いこんでいるほどには、子供は幼くはない。子供は鋭い。彼らにとって成長していくことは生きのびることであり、自覚はされない必死さで、子供は周囲を観察し感じ取っている。大人になって成長をやめた人たちにくらべると、子供のほうがはるかに鋭い。

子供をなめるとは、人をなめることだ。いまの日本は、人の価値などどうでもいいと思っているようだ。子供の教育の現状について少しでも知るなら、そう思わないわけにはいかない。人は出来るだけ高い効率の生産力のなかに組みこまれるべきであり、それさえ達成出来るならほかのことはどうでもいい、という価値観が日本を支配している。日本は建前と本音の社会だと言われているが、外国の絵本をとおして感じることの出来る建前つまり理念は、じつは日本にはきわめて希薄であり、おそろしく次元の低い本音だけが、いつもそこにある。

五十年近くにわたって子供をなめてきたぶんだけ、のちほど途方もなく増幅されたかたちで、社会ぜんたいがそのつけを払うことになる。つけを払うとは、これからあとに来る何世代もの人々によって、社会が復讐されることだ。子供をまともには相手にしてこなかったというマイナスは、さらなる巨大なマイナスとなって、社会ぜんたいの質を低下させていく。教育は要するに高い数値でしかなかった。ほかのどこでも通用しない、日本の内側でだけ意味を持つ数値だ。その数値を達成した者は、高い生産力のなかに組みこまれ、達成しなかった者はうち捨てられてそれっきりだ。どちらの人たちも、それぞれに、社会の質を下げ続けるだろう。

旧ソ連は解体した。鉄のカーテンは消えた。ベルリンの壁など、もはや跡かたもない、遠い昔の物語だ。一度もまともには運営されなかった社会主義は、冷戦によって囲いこまれ、その内部で自己崩壊した。らしさをきわめることによって、そのらしさにおいて、旧ソ連はひとまず消えた。歴史は激動している、と人々は言う。そのとおりだ。資本主義は勝ったどころのさわぎでない。とにかく突進していくほかないというメカニズムしか持たない資本主義は、走ろうにも走りきれないという、初めて体験する局面にぶつかっている。その資本主義の先頭ランナーのアメリカで起きていることは、旧ソ連の解体に匹敵していると僕は思う。ごくわかりやすいかたちで目の前に出てくる段階にはまだ達していないから、アメリカの現状がソ連の崩壊と釣り合うほどのスケールであることに、世界は気づかないだけだ。

フロント・ランナーのアメリカを、日本はある分野では確実に越えている。あらゆるものが相対化された果てに、すべてのものが価値ではないという状態に入っているところなど、明らかに日本は世界のどこよりも先を進んでいる。日本の経済力だけが突出し、世界ぜんたいのさまたげにまでなっている、といまは常に言われている。世界じゅうで競争力のある、つまり世界のどこでも作っていないものを、とてつもない技術力で作り出して製品化し、それをおなじくとてつもない販売力で売ったことの結果として、いまの突出は可能になった。

その突出ぶりを仮にプラスととらえるなら、そのプラスに見合うぶんだけ、じつは国内で犠牲体制がしかれてきた。犠牲の総量は、世界のさまたげとまで言われるほどの経済力と、ちょうどバランスを取っているはずだ。五十年かけて蓄積されたマイナスは、それほどに大きい。日本もアメリカもロシアも、そしてヨーロッパも、それぞれに固有のらしさによってかかえこんだ巨大なマイナスは、おたがいにほぼ均衡している。

絵本とは、ファンタジーの能力だ。夢を見る力だ。夢は理想と言ってもいい。そして夢を見る力とは、リアリズムとの健康的に均衡した緊張関係だ。夢は単なる夢ではなく、現実化を志向し続ける理想だ。したがって夢の共有は、たとえば前進的な提案力へと、姿を変えて機能する。日本の顔が見えない、と外国は言う。発言しないからだ。提案しないからだ。夢を見ることが出来ないからだ。理想を持っていないからだ。これからの日本に課された課題は大きいと言われているが、課題とはじつは、幼年期や少年期の徹底した生きなおしだ。

本書のなかの写真について、ひと言つけ加えておきたい。僕がこの本のなかで相手にしている絵本のそれぞれが、どのような姿形をしているのかを、もっとも端的に伝える方法として、それらの絵本の表紙を僕は写真に撮った。そして、それらの絵本を手に取ってなにげなくページを開いてみたとき、そこにある素晴らしい世界を紹介するために、絵本のそれぞれを見開いたかたちで、僕は写真に撮った。絵本のなかの絵が不許複製であることを、僕は誰よりも良く知っているつもりだ。写真の撮りかたは無断複製とならないよう注意を払って工夫したが、もしその工夫に不足があるなら、それはすべて撮影者である僕の責任だ。

カヌーで来た男　新潮文庫　一九九四

最初の出版は晶文社（一九八五）

この文庫のもとになった本である、『カヌーで来た男』は、一九八五年に晶文社から刊行された。そのおそらく前年から準備を始め、写真家の佐藤秀明さんをまじえて、何か所かで僕は野田さんの話を聞いた。楽しい体験だった、という思いは、いまも僕の記憶のなかにある。

野田さんから聞いた話を原稿に書いたのは僕だ。野田さんの発想や口調など、そのときの僕が写し取ることの出来なかった部分を、この文庫を作るにあたって、野田さんは細かく改めることが出来た。僕も自分の言葉使いを修正した。それぞれの章の始まりにあったリードのような短い文章は、余計なことでしかないという僕の判断によって、この文庫では削ることにした。そのために必要となったすべての修正をおこない、章ごとにタイトルをつけた。

佐藤さんは写真を全面的に入れ替えた。野田さんによって語られている世界と、具体的な結びつきを持った写真が、野田さんの語りに添うことになった。かつての本では巻末に撮影ノートを佐藤さんは書いたのだが、今回は写真ごとにキャプションをつけることを試みた。それによって写真と語りは、よりいっそう密着感を高めることとなった。ぜんたいにわたってすっきりとした内容と姿で、この本が文庫でも健在であることを、僕はうれしく思っている。

僕が書いたあの島

太田出版　一九九五

これを書いているいまからひと月ほど前、処女作あるいはデビュー作について短い文章を書くことを、僕は出版流通業界の雑誌から求められた。僕が小説を書き始めて、ちょうど二十年だ。処女作について語ることを求められる時期にあたるのだろうか。求めに応じて僕が書いた文章の全体を、ここに再録してみよう。僕は次のようなことを書いた。タイトルは『脱出経路としてのデビュー作』だった。

＊

デビュー作というものが、それ単独で、ある日突然に、生まれることはあり得ない。それまでの日々と緊密につながった延長として、デビュー作は生まれて来る。それまでの日々の延長とは、僕の場合は、それまでの日々からの脱出であったことが、いま振り返るとはっきりわかる。

商業的な活字メディアに、僕は大学生の頃から文章を書き始めた。国の経済全体がつい昨日まで右肩上がりの連続という時代のなかで、フリーランスのライターにとって文章を書く仕事はいくらでもあった。だから僕は、ほとんどあらゆる活字メディアにあらゆるタイプの文章を書いて、二十代の終わりにさしかかった。

それまでの日々から抜け出てその先へいくために、それまでの蓄積をフルに使いながら、僕は一冊の本を書いた。いまは『エルヴィスから始まった』と改題されている、『僕はプレスリーが大好き』という評論だ。この本をきっかけに、それまでの仕事からいっさい遠ざかった僕は、しばらくのあいだ評論のような文章と翻訳の仕事で多忙となった。

そしてそのような日々から脱出するための必要が、今度はほんの二、三年でやって来た。記述から叙述へ、つまり物語や小説に向けての、脱出の必要だ。なぜそのような必要が起こって来るのか、その理由は僕という個人がかかえている気質に起因するとしか、少なくともいまは僕自身にも言いようがない。それまでとは違うところへいく必要、というものが起こって来る気質を、僕は持っているらしい。

叙述に向けての脱出経路となったのは、『ロンサム・カウボーイ』という作品だった。これは『ワンダーランド』とそれに続いた『宝島』という雑誌に連載され、連載が終わってから晶文社から本になった。一冊の本として手に取ることが出来る、僕にとっての作家としてのデビュー作、それは『ロンサム・カウボーイ』だ。

まつわる思い出は、思い出すことが出来るかぎりにおいて、いくつもある。機能的にも、そして僕にとっての意味においても、そのなかでもっとも大きいのは、『ワンダーランド』の創刊に関してよく話をしていた、津野海太郎さんだ。まだ僕の頭のなかにしか存在していない『ロンサム・カウボーイ』について、ぜひこういうものを書きたいのだと、僕が最初に語った相手が彼だった。

それに対して彼は、関心や興味を強く示してくれた。書き手にとっては、この文脈での津野さんのような人がいないことには、なにがどうなるわけでもない。『ロンサム・カウボーイ』をなんらかのかたちで話題にするとき、作品の内容やそれを書いた当人である自分についてよりも、当時の津野さんの果たした役割について、僕ははるかに多くのことを思う。

ついでにもうひとつ、書いておこう。アメリカが持っている特徴的な光景を僕の好みにしたがっていくつか採択し、それに関してユーモア的に描いた物語を、僕は目標とした。その目標を僕はそのときの僕に出来る範囲内で、達成したと思っている。全体としては笑える叙述を僕はめざしたのだが、出来上がったものは、これこそ本当に恰好いいアメリカだ、と誤解されることになった。

アメリカに現実に存在するか、あるいはいかににも存在しそうなこと、つまりあまりにもアメリカ的であるがゆえに笑いを誘う、という種類の叙述を僕は意図した。しかしそのような笑いは誘うことなく、そのかわりに、僕というひとりの人を経由して日本語で読んでなんとなく感触を思い描くという、一種のイメージ行為の対象としての、本当の恰好いいアメリカに、それはなってしまった。当時の日本のあの時代のなかで、若い読者たちは、そのような誤解をしようとして待ちかまえていたようだ。

＊

具体的で細かなことは、思い出すならいくらでもつけ加えることが出来る。まだどこにも存在していない『ロンサム・カウボーイ』について、僕が最初に津野さんに語ったのは、彼がその頃に住んでいた渋谷の桜丘にあった建物の、エレヴェーターのなかでだった。一冊の本になるとき表紙を考えたのも彼だし、そのための写真を砧公園で撮影したときにも、彼はいっしょだった。というようなことは、いくらでもつけ加えることが出来る。しかし基本的な筋道は、再録したこの短い文章のなかに、すべて書いてある。

大学生のときから文章を雑誌に書き始めた僕は、『エルヴィスから始まった』を書くまでの八年から九年のあいだ、いまで言うフリーランスのライターをしていた。当時は雑文という言葉がまだ生きていた。二十代のほとんどを、僕は雑文業として過ごした。かたっぱしから仕事を引き受け、なかば遊びのように原稿を書いて原稿料をもらいつつ修行していた時期だった、というような言いかたが成立するかもしれない。

二十八、九歳となった僕は、それまでしてきたような仕事いっさいに、いきなり飽きた。僕のなかに常にある脱出願望を、僕はそのとき初めて自覚した。飽きたのではなく、それまでの世界から脱出したくなったのだ。もっと違ったかたちで、さらに自分らしさを発揮することの可能な領域への、脱出だ。

『エルヴィスから始まった』を書くことに熱中し、その原稿がやがて本になるという時期のなかで、僕は三十歳となった。それからしばらく、評論のような文章と翻訳を中心にして、僕は仕事をした。かなり多くの翻訳をした記憶がある。ひとつの領域のなかで思い出してみるなら、ビートルズのレノン＝マッカートニー共作による歌の詞を全部翻訳する、というようなことをした。ボブ・ディランの『タランチュラ』も日本語にした。チャーリー・パーカーの伝記、そしてエルヴィス・プレスリーの伝記を翻訳したし、グレイトフル・デッドのジェリー・ガルシアの長いインタビューも翻訳した。ロッド・マキューエンの詩集を訳した。こうして並べてみると、僕の能力よりもその時代というものを、より強く感じる。このような本が盛んに出版された時代だった。

この時期の僕自身のオリジナルとしては、『10セントの意識革命』という評論集がある。『ミステリ・マガジン』に連載したものを、津野さんが本にしてくれた。六本木のクレードルという店でタイトルを考えたとき、津野さんがいっしょだった。

これとほぼ並行するかたちで、『ワンダーランド』、そしてそれに続いた『宝島』という雑誌が始まり、すでに書いたとおり、そこで僕は『ロンサム・カウボーイ』を、文章というかたちにしていくこととなった。記述から叙述への脱出の、それは最初の試みだった。当時はなんの自覚もなかったが、脱出はなかなか容易ではなかった。何重かのかなりやっかいな段取りを、脱出経路として僕は自分で自分に踏ませなくてはいけないことになった。その段取りについて、ここで書いておこうと僕は思う。

『ワンダーランド』や『宝島』と並行して、『野生時代』という雑誌が創刊された。ここにも僕はそのときの時代というものを、強く感じる。この雑誌に僕は創刊から小説を書くことになった。書くことが出来たのは、創刊者の角川春樹さんの熱心な勧めによるものだ。ハワイを舞台にした波乗りが主題の短編『白い波の荒野へ』を、僕は書いた。

この頃、文庫を大量に売ろうとする試みを、角川文庫はすでに開始していた。短編をひとつ書いてタイトルをつけあぐねていた僕は、たまたま手もとにあった角川文庫の帯の、「白い荒野へ」というイメージ的なコピーに目をとめた。「波の」というひと言をそのなかに押し込んで、僕はそのコピーを自分の短編のタイトルに流用した。

この短編のためにハワイを舞台として選んだ理由は、ごく単純なものだったはずだ、といまの僕は思う。慣れない小説を書くにあたって、自分にとってもっとも居心地のいい場所を、フィクションの舞台になにげなく選んだ、ということだ。

この短編のあと、おなじ『野生時代』に、長編をふたつに中編をひとつ、短い期間のなかで僕は書いた。長編のひとつは、百年前のアメリカ南西部を舞台にした、ビリー・ザ・キッドの物語だった。もうひとつの長編は、ほぼおなじ現代の場所を舞台にした、私立探偵が主人公のハードボイルドふうな小説だった。そして中編は、ハワイの自然環境を背景にしたものだった。

いま並べた順番で最初のものだけが、本になった。そしてあとの二冊は本にはならず、雑誌に掲載されたままだ。書くものがほとんど本になっていく、という状況のなかにいた僕にとって、これはたいへんに珍しいことだ。なぜ本にならなかったか、その理由も単純だ。どちらも失敗しているからだ。

ビリー・ザ・キッドの物語には、最初から最後まで叙述が崩れないことによる緊張感が、心棒として存在している。そしてその緊張感は、読んでいくにあたっては、快感にもなり得る。

ハワイを舞台にした中編は『ドロップ・シティ』というタイトルだった。ハワイでオールズモビールのカトラスや、シヴォレーのカプリースといった六〇年代後半の自動車をわざわざ捜してはそれに乗り、あっちへいったりこっちへいったりするという程度のハワイとのかかわりを背景に、たとえば駐車場にその車を停めて外へ出て来たとき、頭上で椰子の葉が貿易風にからからと鳴る、というような場面の実感だけを頼りに、すべてが書いてある。そのすべてのなかに、ストーリーはない。「僕」という一人称の語り手は、観察者にしかすぎない。

ハードボイルドふうの物語は、これこそストーリーが重要なのだが、ここでもストーリーは作られていない。ワイルド・ビルと呼ばれている私立探偵が、主人公として登場している。彼の本名はウィリアム・デイヴィスンという。人に自分の名を伝えるとき、デイヴィッドスンと間違えられることがしばしばある。そのたびに彼は、「Sの前にDはいらない」と言って訂正する。この思いつきだけから出発した僕は、ストーリーを作らないままに、すべてを書いてしまった。いくつものストーリーの発端だけが連続している、というようなとらえかたも、無理にそうするなら出来るかもしれない。

『野生時代』の編集責任者から、僕は叱られることとなった。読んでいけばそのままどんどんわかるストーリーを書け、とある日のこと言い渡された僕は、新宿で打ち合わせを終え、下北沢まで帰って来た。駅を出て商店街を歩いていくと、書店があった。学校帰りの中学生たちが、書店の前にびっしりと立って、コミックス雑誌を立ち読みしていた。彼らのうしろ姿を見ながら歩いていった僕は、そうだ、コミックスを言葉で書いたなら、それはたいそうわかりやすいはずだ、と思った。

その思いの具現化として、僕は『スローなブギにしてくれ』という短編を書いた。言葉によるコミックスを、僕はかなり無理をして書いている。若いひと組の男女の物語だが、基本的にはいわゆる四畳半的なストーリーだ。それが黒磯から三島までという範囲のなかで、主としてオートバイによって、路上にほうり出してある。

この短編は好評だった。だからまったくおなじ手法で、僕は短編をいくつか続けて書いた。どれも言葉によるコミックスだ。それらの短編は、七〇年代なかばに本になった。その文庫版がいま僕の手もとにある。目次を眺めると、忘れて久しかったことを思い出す。日本を舞台に若い男女を主人公にした言葉によるコミックスとしての短編が、『スローなブギにしてくれ』の他に三編ある。そしてもう一編、『モンスター・ライド』という、アメリカを舞台にした短編がある。これは『ロンサム・カウボーイ』のあとも、それを片方では引きずりながら、もう一方では日本のストーリーをも、僕は模索していた。

七九年に刊行されたこの文庫に、三浦浩さんが解説を書いてくれている。それによると、七六年の四月には、僕は『野生時代』に『人生は野菜スープ』というような短編を書いていた。主人公たちの年齢が、それまでにくらべると、少しだけ上がっている。言葉によるコミックスからの、脱出の試みの始まりだ。

昔話としてではなく、いまの僕をいまも規定し続ける切実なこととして、いまこうして振り返ってあらためてまずひとつわかるのは、小説を書くにあたって、アメリカという一方の端まで、僕という振り子はいったん振れた、ということだ。そしてそのすぐあとには、日本を舞台にした若い主人公たちの、言葉によるコミックスというもう一方の端へ、その振り子は振れた。その振れ幅のなかで、僕は小説を書き進めることになった。書き進めるとは、最終的にと言っていい脱出先を見つけることだ。

なぜこのような幅で、僕という振り子は振れたのか。それは言葉づかいの問題だ、と僕はいま結論する。どのような世界を書くにしても、そのための言葉づかいを明らかにしないことには、少なくとも僕にはなにも書けない。言葉づかいとは、文字どおり言葉づかいであると同時に、ものの考えかたや世界のとらえかたなどでもある。小説へと脱出していくにあたって、自分が使うことの出来る言葉づかいの幅がどのくらいであるのか、それをまず僕は自分白身に対して明らかにしなくてはいけなかったようだ。僕はそういう人なのだ。そういう人とは言わずに、やっかいな人、と言ってもいいかと、当人は思う。創作しようとする行為、そしてその結果として創作された小説は、程度の差はさまざまであり得るとして、日常を離れた非日常の時空間のなかの出来事だ。そのような時空間のための、日常のものではない言葉づかいを、僕は捜し当てなければならなかった。小説のために自分にはどのような言葉づかいが出来るのかを、僕は調べなくてはいけなかった。

知らないわけではないという程度だとしても、とにかく振り子にとっての一方の端はアメリカ、そしてもう一方の端は、日本の若い主人公たちの、ありふれた言葉によるコミック人の世界。このふたつを左右の両端に持った幅の中間のどこかに、ハワイが位置していたはずだ。

僕にとってハワイはおそらくもっとも居心地の良い場所だろう。しかし現実のそこでは、そこに固有の言葉づかいが必要とされる。固有の言葉づかいをとおして受けざるを得ない世界の限定は、小説のなかでは可能な限り避けたいと僕は思ったようだ。避けるための工夫として、波乗りという日常と非日常との境い目、あるいはその両者の混在の場所を、僕は用意しなくてはならなかった。

『白い波の荒野へ』という短編は、それひとつだけのつもりだった。それに続いた『ドロップ・シティ』のためには、夢想されたコンミューンという別世界を、僕は作っている。そこで僕が試みたのは、なにが書けるかではなく、フィクションという架空のものとしてなにを作ることが出来るのか試してみる、ということだったようだ。「僕」という一人称の人が主人公になっているが、その「僕」はこの段階ではまだはっきりと造型されていない。

『白い波の荒野へ』とおなじ舞台とおなじ主人公で、連作のようにさらにいくつかストーリーを書いていくというアイディアを、当時の『野生時代』の編集者だった加藤則芳さんが僕に提供してくれた。その提案は魅力的だった。だから僕はさらに四つの短編を書き、『波乗りの島』というタイトルで、それらは一九八〇年に一冊の本になった。このときのハワイでも、僕は「僕」という一人称の主人公を使った。『ドロップ・シティ』にくらべると、「僕」は比較にならないほどに、はっきりしている。つまり、「僕」という人の周辺に、さほど無理のないかたちで、ストーリーが作ってある。

次のハワイは、『時差のないふたつの島』という、長編とは言いがたい分量の、しかし一冊の文庫となった小説だった。ここでも主人公は一人称の「僕」という人だ。そしてその「僕」は作家だ。ハワイについてかなり知っていなくもないその「僕」が、あてもなくハワイに滞在し、自分が書く小説へのきっかけを捜している、というストーリーだ。書いた当人である僕は、この小説をかなり気にいっている。

そしてさらに次のハワイは『頬よせてホノルル』という連作短編だ。この連作をつらぬく主人公も、「ぼく」という人だ。なんらかのかたちでハワイを背景に持った人生の断片が、もうちょっとで哀感になる静けさで、とらえてある。「ぼく」という人のまわりには、すんなりといろんなストーリーが作ってある。さらにもうひとつ、ハワイを舞台にして、いま僕は連作短編集を書いている。まだそれは出来ていないから、『頬よせてホノルル』がいまのところもっとも新しく、そして当人の判断ではもっとも良く出来た、ハワイを背景にした作品だということになる。

小説を書いていくために自分の立場をどこに置くのか、あるいはそれがどこにあるといいのか、僕ははっきりさせなくてはいけなかったようだ。小説のために自分が使う言葉はどのような言葉なのか、はっきりさせなくてはいけなかった、と言い換えてもいい。そのようなことが、すべていきなり明確になるわけはない。書いていく過程のなかで、少しずつ見えてくるはずだと、当時の僕は無自覚の期待をしたのではないか、といまの僕は思う。

日常のなかでいつも使っている日本語から離れた言葉を小説のために使え、と僕のなかに何人もいる僕のひとりが、僕に命じたに違いない。小説のために使う言葉は、日常の言葉とは別物であるといい、と僕は直感したのだろう。そうでなければ、使う言葉は日常のそれのままでいいのだから。

日常の用に供されている現実の僕の日本語が、ハワイを経由してさらにその先へのびていくと、そこに小説のための日本語がある、と僕はきっと思った。少なくともそのときは、そう思うほかに道はなかったはずだから。当時のそのような過程のなかにあったときの僕には、このような自覚はなかった。いま振り返ると、そういう説明がもっとも妥当だと、僕は思う。そしてアメリカはハワイのヴァリエーションのひとつだった。

自分の日本語を抽象化し、それを小説のための言葉とするといい、と僕は直感したらしい。その直感が正しかったかどうかはまったく別の問題だが、現実を脱したところでの言葉を見つけ、その言葉で小説を書くことを、僕は意識のずっと下のほうで模索した。

日常の言葉をいったんそこに置いて、そこからさらにその先へ模索の道をのばしていくための、途中のキャンプのような時空間が、ハワイだった。抽象的には僕にとってそのような意味を持つハワイについて、僕はエッセイをたくさん書いた。そのほとんどすべてが、この本『僕が書いたあの島』に収録してある。たいへんにすぐれた能力を持つフリーランスの編集者、吉田保さんが集めて配置しなおした結果だ。

これらのエッセイを書いた時期は、小説を書き始めたあとにスタートした。『ワンダーランド』に続いて『宝島』という雑誌が出来てしばらくしてからだ。一九七〇年代後半から一九八〇年代の後半までの、およそ十年間だ。この時期は、消費の対象、つまり観光地としての南の島が、流行の前面に大きく出ていた時期と重なっている。

この本のなかの文章のおよそ半分は、『宝島』に書いたものだと思う。『宝島』では題材を自由に選ぶことが出来た。だからハワイについて書いたのは僕の勝手だったとして、残りの半分は商業的な求めに応じて書いたものだ。それは南の島を消費する行動の、最末端での出来事だ。その最末端の出来事が僕ひとりだけでもこれだけの量の文章になったのだから、消費活動の全体にはすさまじいものがあったはずだ。その時期はそのような時代だった。

『頬よせてホノルル』が刊行されたあと、編集を担当してくれた新潮社の森田裕美子さんが、『波』に掲載する記事として、僕をインタヴューした。森田さんのインタヴューに僕が答えた内容を、あとから当人の僕が思い出しながら、いろんなふうに補って僕自身がまとめた文章が『波』の一九八七年十二月号に掲載された。自分が書いたフィクションについて、書いた当人がそれについて語ったかのごとくに書いたもうひとつのフィクション、という見かたも可能かと思うが、自分にとってハワイとはなになのか、このときの自分にわかっていた範囲で僕が言葉をつくそうとした結果を、これも全文を再録しておこう。

＊

今年の春から秋にかけて書き下ろした『頬よせてホノルル』は、連作長編です。五つのストーリーに分かれていますが、どれも主人公は、ハワイへ移民した祖父、ハワイ育ちの父を持ち、自らもハワイで少年時代を過ごした思い出を持つ作家の「ぼく」で、舞台はオアフ島、マウイ島、ハワイ島などのハワイの島です。この小説を書きおえ、校正刷りを読んだあとで、じつはぼくはひとつの面白い発見をしました。一人称の「ぼく」によって、これまでぼくはあまり多くの小説を書いていませんけれど、ハワイを舞台にして書くと、主人公はいつもきまって『ぼく』であることに、はじめて気づいたのです。

ぼくがいちばんはじめにハワイを舞台にして書いた小説、『白い波の荒野へ』は、ハワイを舞台にしていて、主人公は一人称の「ぼく」でした。このストーリーは、おなじ「ぼく」を主人公にして連作長編となり、『波乗りの島』となっています。最近になって書いた『時差のないふたつの島』の主人公も「ぼく」。そして、今度の小説『頬よせてホノルル』の主人公もやはり「ぼく」です。ハワイを舞台にして書くとき、ぼくはほとんどなにも考えず、自動的に、主人公は一人称の「ぼく」を採択しているようです。なぜだろうか、と自分にきいてみると、答えは簡単に出ます。三人称の「彼」によって書くさまざまなストーリーのなかの「彼」よりもはるかに、ハワイにいる「ぼく」は、現実のぼく自身に近いからです。『波乗りの島』のなかの「ぼく」は、安定した人間関係のなかで、波乗りに熱中しています。現実のぼくとはかなり距離のある「ぼく」なのですが、背景はすべてぼくが知ってるままの背景です。『時差のないふたつの島』のなかの「ぼく」は、ひとつのストーリーを書くためにハワイに来ていて、来たときはひとりですが、ハワイにいる日々が重なっていくにつれて、「ぼく」の知人や友人の数が増えていき、その広がった人間関係のなかで、「ぼく」が書こうとしているストーリーもおのずから生まれてくる、という物語になっています。『頬よせてホノルル』のなかの「ぼく」

は、この二人よりいっそう、ぼく自身に近い。この「ぼく」は、現実のぼくから至近距離にいる「ぼく」なのだと言っていいと思います。

きみの小説を読んでいると、きみの実像がなかなか出てこなくて、もどかしい思いをすることがよくある、というふうに言われるのですが、ハワイを舞台にすると自動的に一人称であり、そのときの「ぼく」は自分自身にたいへん近くなるのはなぜかと考えていくと、やはりハワイという場所およびその場所でのぼくの体験が、そうさせているのだと思います。ハワイがぼくにとってことさらに特別な場所である、ということはないと思うのですが、祖父はマウイ島のラハイナで砂糖きび畑に水を供給するための、複雑な給水システムを管理する仕事を続けた人ですし、父親はラハイナで生まれホノルルで育ち、カリフォルニアで仕上げをした日系二世です。ぼくはどこにも故郷はないのですけれど、ひょっとしたらハワイは故郷かもしれない、と思うことはよくあります。近いような遠いような、不思議なかたちでハワイとぼくはつながっていて、そのへんがまず面白いところですし、ぼくというひとりの人がもっともいいかたちで表現され得る場所はハワイなのだ、というふうに言うことも出来ると思います。ハワイとぼくとはいい関係にあり、日系の人たちの社会に関してなら、かなり詳しくその雰囲気や成り立ちを知らないわけではない、という状態にありますから、毎日の身のまわりにある場所でもないかわりに、とんでもない遠くでもないという、微妙な中間点にある。ハワイは、やはりぼくがすんなりとぼく自身になれる場所なのだと、ぼくは思っています。

『頰よせてホノルル』が、ぼく個人の体験とか思い出、あるいは身の上話をもとにして出来ている、とぼくは思いたくないのですが、描かれているほとんどのことが、実際にあったことなのです。ではこの小説は自伝的なものなのかときかれたなら、そうでもない、とぼくは答えるでしょう。自伝と言うなら、これまでに書いたすべての小説が、ぼくにとっては自伝なのです。ただし、現実のぼくがどんな人なのか、どんな体験をしているのか、これまでの小説にくらべると、はるかに推測しやすいかたちで表現されていることは確かです。

ハワイがぼくにとっていちばんいい場所であるのかもしれない、ということ、つまり、ハワイにいるときのぼくの幸福感のようなものが、『頬よせてホノルル』のなかのどのストーリーに対しても、いいかたちで作用しているのかな、とも思います。きっとそうでしょう。したがって、ぼくのなかのいちばんいいものがすんなりと出ているということでもあるし、ハワイを、あるいはそこに生きる日系人の人たちを、ぼくはこの小説が持っている範囲内で、限度いっぱいに肯定している、とも言えます。自分がポジティヴなかたちで出てくるなら、描く対象もまた、ポジティヴな側にあるものとして描きたいのです。この小説のなかにぼく自身がもっともいいかたちで出ているということは、そこに描かれるハワイがきわめてぼく自身のもの、きわめて個人的なものになっている、ということでもあるのです。典型的なハワイ、というものがあるのかどうか、ぼくは知りませんけれど、描かれているハワイは典型でも固定観念でもなく、ぼく個人のハワイです。

たとえば、作中の「ぼく」が、マウイのジェネラル・ストアで古いラジオを買う場面がありますが、この店の店主、日系二世のバイロン寺前をこんなふうに書くことが出来るのはきみだけだ、と言われて第三者的な気持ちになって読みかえしてみると、確かにそうですね。この人物にはモデルがあるのですが、モデルがあるからこんなふうに書ける、というわけでもなく、ハワイにしかない、たいへんに独特な、あの感じ、というものを少ない言葉でどこまで書くことが出来るかという、ぼくが自分に対してしかけるゲームのような作業の結果として、あんなふうにも書けるのだ、ということでしょう。ほんのちょっとした描写と、四つ五つの台詞があるだけですが、あの店主の人生観がくっきりと出てるのですね。

ぼくの場合、どのストーリーも、書きはじめるときにはほとんどなんの準備もなく、思い浮かんだひとつの場面ないしはシークエンスから、いきなり書きはじめていき、そこからどんなふうに展開していくのか、自分でも予測出来ないまま、書いていくうちにひとりでにストーリーが出来てくる、といった書きかたをしています。『頬よせてホノルル』のなかにあるストーリーも、どれもみな、書きはじめたときにはどんなふうに展開していくのか、ぼくにはわかっていなかったのです。メモもノートも、なにもないまま、書いていったのです。どのストーリーも、じつは昔からぼくの頭のなかにあったのだ、と考えると、すんなり理解出来るような気がします。きっと子供の頃から、こんなストーリーがぼくのなかにあったのでしょう。たとえば五つのストーリーのなかのひとつである、「アロハ・シャツは嘆いた」は、何年もまえから考えていたストーリーなのです。アロハ・シャツの歴史を、ぼくはハワイで図書館や博物館にかよったり、あるいはいろんな人に会ったりして、自分で調べたのです。知り得るほとんどのことを、そのときすでに知ってしまった、という土台があり、アロハ・シャツというものを最初に発想したのは一九三〇年代にホノルルで仕立て屋さんをしていた日系の市民夫妻であった、というフィクションを書こう、という考えはあったのですが、この小説のなかにあるこのようなストーリーになろうとは、書いてしまうまで、ぼく自身まるで予測していなかった。このような書きかたを採択することすら、書きはじめるまでは、書く当人にもわかっていなかったのです。

作中の「ぼく」が、自分では調査せず、ドロシー・ミラーという女性の学者から、手に入り得る資料のすべてをひとまとめにどさっともらう、という設定が、そもそもフィクションのはじまりなのですね。長いストーリーなら、「ぼく」がアロハ・シャツについてすこしずつ調べていくプロセスを書いても面白いのですが、短編で書くとなると、そのような部分はいっきょに省略しなくてはいけないのです。ですから、「ぼく」はすでにかなりのことを知っていて、さらにそこへ、手に入り得るすべての資料を人からもらってしまい、その資料をくれた人もまたアロハ・シャツの歴史に精通している、という設定にすれば、そのふたりのあいだで交わされる会話だけで、一編のストーリーを書くことが出来るなと、冒頭の部分を書きながら、ぼくは思うのです。「ぼく」とドロシー・ミラーは、ホノルルからオアフ島のウインド・ワード（風上）と呼ばれている東側にあるカネオへむかう自動車のなかで、いろんな話を交わします。あの道路のあのあたりは、このような会話にぴったりなのです。ふたりの会話の中心的なテーマは、「ぼく」が書こうとしている、アロハ・シャツに関するひとつのフィクションです。ぼくがかつて調べて頭のなかに持っている知識は、最終的には、一九二二年にハワイに渡ってきた仕立て屋、酒田半蔵とその妻、幸江さんのふたりに帰結します。このふたりを創作することが、「ぼく」のフィクションの中心であり、そして同時に、ぼく自身のフィクションの中心でもあるのです。彼らふたりをめぐって、二枚の古い写真が「ぼく」によって描写されますが、そのうちの一枚、ホノルル港から沖にある検免島と呼ばれていたサンド・アイランドにむかって直線でのびている木製の通路、そしてそこを歩いている日本からの移民たちの写真は、実際に存在するのです。酒田半蔵と幸江はもちろんその写真のなかにはいませんが、「ぼく」が創作したフィクションであるそのふたりをはめこむ現実は、部分的には存在するのです。もう一枚の写真は、まったくのフィクションですが、いかにもありそうなところが面白くて、その面白さはフィクションというものの面白さだと、ぼくは自覚してます。

アロハ・シャツというものを最初に作るふたりにとって、アロハ・シャツの原点は、日本からホノルルに到着して船から栈橋に降りたとき、迎えてくれた現地の人たちの挨拶の言葉である、アローハ、のひと言なのです。この言葉はまちがいなく人を肯定する言葉であり、その言葉によって港で現地の人たちから肯定された彼らは、のちのアロハ・シャツによって自分たちや自分たちの状況を肯定し、さらにフィクションのなかで「ぼく」は彼らを肯定しているのです。あるひとつの状況があり、そのなかに何人かの人がいて、彼らのあいだになんらかの関係が成立し、その関係のなかを時間が経過していきます。時間は変化をもたらすものですが、もたらされる変化は、ひとつの美しい肯定的なアイディアを核にしていてほしい、というぼくの基本的な態度が、そっくりそのまま、ぼくのフィクションの核でもあります。ひとつの肯定的なアイディアが、ストーリーのぜんたいを支えてくれているのです。『頬よせてホノルル』のなかに入っている五つのストーリーは、どれもみなクリスマスを背景にしています。ハワイにも冬は確かにあって、なかなか風情のある季節です。場所によっては、クリスマスが近いのに真夏のようであったり、あるいは、Tシャツ一枚では明らかに肌寒かったりします。ぼくとしては、冬の貿易風によって雨が激しく降っているホノルルなど、たいへん好きです。その地での生活の、きわめて日常的な部分が、そのような季節のなかでは色濃く、鮮明に出てくるようにぼくは思うからです。

いちばん最後の「ヒロ発11時58分」では、主人公の「ぼく」は、アメリカ本土への旅行の帰りにハワイ島のヒロに立ち寄り、実家を訪ね、両親や妹に会うのです。そして、主としてクリスマスのプレゼントの交換をします。本土から運んでくるクリスマス・トゥリーを買う話は、現実にあったことです。今年も、きっとあるでしょう。クリスマスというものが、肯定的に作用しているストーリーを、ぼくはここに書きましたが、最初のストーリー「ラハイナの赤い薔薇」に書いたように、たいへんに気の重いクリスマスというものもまた確かにあるのです。いつもは遠く離れて暮らしている家族全員がクリスマスに実家に帰ってくれば、全員が変わらずに無事であるということを喜びあったりしますすね。同時に、実際には、誰もがすさまじく変化しているにもかかわらず、なにかの儀式のように、みんな昔のままである、というような確認の作業があります。これはかならずしも愉快なことではありません。

しかし、一年の終わり近くにある儀式として、クリスマスは興味深いものではあります。幼い頃の体験から言うと、家の内部が掃除できれいになり、きれいになった家の匂いがしますし、料理の香り、そしてクリスマスの飾りつけの匂いがあるし、人が訪ねてくれば、夫婦単位で奥さんごとに香水がちがっていたり、誰かが葉巻を吸ってその匂いがたちこめたり、いろんな人の匂いが混在し、プレゼントの匂いとか、冬の匂いとか、面白いですね。人がたくさん集まってなごやかに時間が経過していくのは、楽しいことです。

ところでこんなふうにしてストーリーを書くぼくというものは、どこからはじまったのだろうかと、意識的に探ってみると、面白いですね。ひょっとしたら、ごく幼い頃からすでにスタートしていたかもしれないですし。スタート地点がどのあたりにあるのか、はっきりわかると、自分自身にとって参考になるはずです。

幼い頃から、誰でも本を読み、そのうちのいくつかは大いに感激したり深い感銘を受けたり、あるいは夢中になったりしますね。ぼくにもそれはごく普通のかたちであったのですが、読み手の立場から書き手へと、ほんのすこしでもいいから自分の位置が変化していく時期ないしは瞬間、あるいはきっかけのようなものが、きっとあるはずだと仮定して考えていくと、僕の場合は、シャーウッド・アンダスンという作家の代表作である、『ワインズバーグ・オハイオ』を読んで、びっくりしたことが、それにあたると言っていいのです。たまたま自宅にあったペーパー・バックで『ワインズバーグ・オハイオ』を読んで、びっくりしまして、小説にはこんなことも出来るのかと、まだほんの少年だったのですが、書き手の側へはじめてぼくの視線がそのときのびたのです。それまでは、どんなに面白い本を読んでも、その面白さに夢中になるだけだったのですが、『ワインズバーグ・オハイオ』のときは、こういうことも書き得るのだ、こういうことを書いた人がいるのだと、書き手の側へ興味がのびたのです。だから、書き手としてのぼくは、シャーウッド・アンダスンからはじまっているのです。これは、じつに不思議な物語ですよ。

自分自身としての「ぼく」という一人称を使って小説を書くことに、これまでのぼくはあまり熱心ではなく、三人称の「彼」でほとんど間にあっていたのですが、これからは「ぼく」で書くことが多くなるのかな、とも思います。実際の自分に近い存在としての」ぼく」ですね。「ぼく」だけで書き続けても、これまで気づいていなかっただけで、ほんとうはたくさんの材料があるはずなのです。これからは身の上話を書く、というふうに解釈されてしまうとたいへんに困るのですが、一人称も面白い、ということです。ただし、一人称は、書きかたとしてはものすごく楽なので、そのへんを自分としてはどうするか、楽な書きかたを、どんなふうにコントロールしてゆくか、それも同時に興味の対象です。

＊

『頬よせてホノルル』のなかでは、現実の僕の固有の言葉づかいと、作中の「ぼく」という人の言葉づかいは、ほぼ一致している。作中の「ぼく」はかならずしも現実の「ぼく」ではないが、言葉づかいは一致したほうがいい。これは良く出来た、と自分で思えるもの、あるいは気にいることの出来るものは、言葉づかいが一致しているものであることが多い。小説を書いていくということは、そのような方向へ向かい続け、そのさらに前方になにかを作り出すことなのではないか。

こうしてハワイを片方に置きながら、言葉によるコミックスのような小説から、僕は脱出していく作業を続けた。そのような小説を書き続けながらも、そこから脱出をはかる、という作業だ。言葉によるコミックスのような小説における言葉づかいは、フィクションのなかではたやすく成立するひとつのありふれたパターンのようなものだ。そのようなものからは、脱出しなければならない。

そのための作業の結果として、たとえば作中の人物たちの年齢が、少しずつ上がっていった。僕の現実の年齢がますます中年になっていくことと呼応した出来事だという安易な理解をした人が、文芸専門のいい年をした編集者のなかにすら何人もいたことに対する驚きを、ここに書きとめておこう。

僕に固有の言葉づかいは、よりいっそう僕らしいフィクションを作り出すために機能するのが、もっとも好ましい。都会の男女の洒落た関係の小説、とほとんど常に言われるような小説を十年近く書き続けたあと、僕が見つけたのは、現実感のない言葉づかいが作り出す近未来のような世界だ。小説は代案の提示だ、と僕は思っている。それはいまもそうだけれども、それはこうであってもなんらさしつかえないではないか、というよりも、こうであったほうがよっぽどいいではないか、というような代案だ。そのような代案の提示に、近未来はたいへんふさわしい背景だ。

現実感を欠いた言葉づかいによる、どこがそうとは言いがたいが、どこにもなさそうな世界だから近未来としか言いようのない、代案の提示のストーリー。僕に固有の言葉づかいが作り得る小説の世界は、このあたりにあるようだ。都会の大人の男女の、いわゆる触れ合いがあったのかなかったのかも判然としない、すべては夢のようなストーリーのなかで、僕の言葉づかいが魅力的な代案の提示として機能するなら、僕の言葉づかいにとってそれはおそらく到達点だとう。

十代なかばの少女たちを作中の人に使ってこれを試みたら、『少女時代』のような小説が出来た。老人を使っても出来るのではないか。現実をなぞることしか出来ない作家は確かにいるかもしれないが、そうではない人たちは、誰もがその人なりの方法で、近未来を作っているのだと僕は思う。

小説を書き始めるにあたって、一方の端はアメリカ、そしてもう一方の端は言葉による日本の若い人たちのコミックスという幅のなかで、僕は自分に使うことの可能な言葉づかいを、模索しなければならなかった。ハワイは、現実のなかでの言葉づかいと小説のための言葉づかいとが、僕にとっては居心地よく一致する世界だ。だからそこに小説が少しずつ成立させていくことと併行して、現実の日本のなかに自分の言葉づかいを持たないがゆえに、かなり手間と時間をかけて、僕は近未来を見つけなければならなかった。

小説を書くとき、僕はひとりだ。しかし、そのひとりの僕には、過去というものがある。過去とは体験だ。直接にしろどんなふうに間接にしろ、無数の体験が複雑にからみ合って、過去を作っている。過去とは、じつは、おたがいに少しずつ異なっている、何人もの自分だと言ってもいい。小説を書くときには、それらの何人もの自分が、対話をしている。その対話のなかから、日常の時空間とは別な時空間が生まれていく。

小説に書かれる世界は、その時空間のなかでの出来事だ。さまざまな感覚を総動員して、シナリオや物語のための別世界を、僕は作る。現実を部分的に引用しつつも、じつは現実のなかにはどこにもない世界を、僕は作ろうとする。そのための言葉、つまり現実のしがらみから脱却した、どこにもない、抽象的な日本語を、僕は自分で作っていかなければならないことになった。だから僕はそうして来た。

とっくに通過したもののなかから見本をひとつだけ取り出すなら、これは『緑の瞳とズームレンズ』という小説のなかでの、主人公であるひと組の男女が交わす日本語だ。そのような日本語を僕が見つけたり作ったりしていくプロセスは、現実の日本のなかでの言葉づかいを、自分がほとんど持っていないことを知っていく過程でもある。

本を読む人

太田出版　一九九五

1

本を読むとき、僕は対話をしている。本の内容を相手に、厳密にはワン・センテンスごとに、僕は対話をしている。その対話の相手は、そのとき僕が開いている一冊の本ではなく、その本のなかにたくさんあるセンテンスごとに託されたアイディアだ。

その僕も、現実には僕はひとりしかいないが、僕の内部の僕、つまり本を読んでいるときの僕の頭のなかの僕は、必要に応じて何人でもあり得る。何人ものさまざまな僕が、本のなかのセンテンスごとのアイディアと、対話をしていく。そのようにして、僕は本を読む。

本を読むという出来事は、したがって、日常のなかの現実そのものの出来事ではない。それは明らかに非日常での出来事だ。日常という、クリエイティヴとは言いがたいしがらみから脱却したところで、僕は本の内容と対話をする。

その内容は、文章という抽象的な道具に託してある。本にもよるはずだが、本は本であることによって、現実というしがらみからあらかじめ脱出している。本を開いて読むとき、僕も現実を脱して、おなじ非日常に頭を置き、センテンスに託されたアイディアと、そこで対話をしていく。

現実のなかで僕はひとりしかいないが、非日常では自由自在に何人にも分かれる。本を読み進むにしたがって、つまり無数に重なり合う対話をとおして、何人もの僕はさまざまに融合を繰り返していく。融合とその変化の度合い、そしてそれが繰り返される度合いが高ければ高いほど、本のなかのアイディアとの対話の密度は濃いのではないか。

ひたすら現実のなかに居続ける、という種類の日々がある。世界はその現実のなかにしかなく、一冊の本が可能にする非現実の世界でのアイディアとの対話など、そもそもなんのことだかわからない、という方針によって支えられていく日々だ。そこでは本は必要ない。

それは邪魔ですらある。必要があるとするなら、ごく基礎的な知識を得るためだったりするが、現実という強力なもののなかでは、それすら必要ない。自分の知っていることがいかに少なくても、それがいかにあやふやであっても、いったんはそのまま受けとめてくれるのが、現実というものだ。

現実、つまりごく狭い範囲の人間関係というしがらみのなかでは、日常という微細なでこぼこが刻一刻と作り出されていく。そのひとつひとつに貼りつき、ひとつごとに撫でまわしては這うように、人は現実のなかの時間を消費していく。

現実の複雑さは、いまや尋常な状態ではないと言っていい。複雑さは多岐にわたる。なにしろそこはしがらみの場だから、ありとあらゆる矛盾や無理、ひずみ、ゆがみ、ねじれなどを引き受ける。現実のなかでしがらみに対応するだけで、ひと仕事だ。経験の蓄積から導き出される技術が必要だ。体力も要求される。対応が持続的にうまく出来る人は、仕事の出来る人、などと評価されたりする。細分化されたスケジュールのなかに、非日常の時間などどこにもない。そんなものは必要ない。それについて思ってもみない。そしてそのような状態で、現実は充分にこなしていくことが出来る。

人はこうして本を読まなくなる。現在では、本など必要ない現実のなかに人は生まれて来て、そこで育つ。人を現実に貼りつかせる力は、想像を絶して強い。その力を自覚しなくてすむ状態とは、とりもなおさず、現実にすべてを預けきった状態ではないだろうか。そしてそのような状態に対して、現実のなかではどこからも文句は出ない。いまの日本において、特にそうだと僕は思う。

本を読まない日は、対話の必要をなんら感じてはいない日々だ。対話とは、結論だけを言うなら、現状を革新していく力のことだ。人と人との対話の、抽象化されたヴァリエーションのひとつが、本を読むという対話だろう。対話はすぐれた独創の閃く時空間だ。本を読む人が持っているものを超えたところにあるアイディアが生まれ、本のなかのセンテンスに託されたアイディアを超えるアイディアが生まれる時空間だ。

人と人との対話は、現実のしがらみのなかでは、利害関係の調節というさらなるしがらみへとつながる。現実をふと離れた、なにほどか非日常的な時空間のなかでの、異質な人どうしの対話が良質なヒューマニズムと批判精神というプラットフォームの上でおこなわれるとき、対話者が持ちあわせていた以上のアイディアが、対話者のなかに閃く。それはすぐれた独創というものであり、それだけが既存のシステムを革新していく力となる。

特にいまの日本において人は本を読む必要を感じない、とさきほど僕は書いた。いま僕が書いているような意味での対話の必要性を、人はどこにも見ていない、と言い換えてもいい。現状を見渡すと、そして来し方を少しだけさかのぼると、それも当然だろうと思わないわけにはいかない。大量生産と大量消費への総動員態勢は、戦前から継続され、増幅されて来た。対話の必要のないシステムは、すでに完成されている。システムのなかの日常を役割に応じて六十パーセントもこなせば、それで大衆としてさほど不自由を感じることなく、人は充分に生きていける。

そのようなシステムのなかでは、対話はむしろ邪魔だし、異質なものはあらかじめ排除されている。すぐれた独創の生まれる基盤はないし、それを生かすシステムもない。日常を離れた時空間での対話など、システム運営の効率を低下させるだけだ。

2

僕は小説だけではなくエッセイも、たくさん書いているらしい。らしいと言うのは、書いているときにはその自覚はないが、あとになって観察してみると、当人が驚くほどに大量に、エッセイも残っているからだ。そしてそのほとんどが、本に収録されている。

その大量のエッセイのなかに、自分で読んだ本についての文章が、おなじく大量にとしか言いようがないほどにある。本になっていくときには、そのとき手もとにあった材料が、そのつど一冊ずつ本になっていく。ある期間をへて振り返ってみると、たとえば読書についてのエッセイは、何冊もの本にわたって広く散っている、という結果となる。

それらの文章を集め、ひとつの視点から編みなおして一冊の本を作るという、ここにあるこの本のためのアイディアは、フリーランスの編集者として仕事をしている、吉田保さんのものだ。彼が材料を集め、そのなかから選び出し、編集しなおして一冊にまとめた結果が、この本だ。彼のすぐれた能力や感覚なしには、このような本は成立しない。作業のぜんたいを彼がリードし、僕はそれに従った。

アメリカの小説を僕がランダムに読んだことの記録が、さまざまなかたちでこの本の文章のひとつひとつを作っている。アメリカの小説を僕がいかに読んだか、という領域に収まるはずの文章は、ほとんどすべてこの本のなかにある。書いた時期は一九八〇年代のなかばから現在まで、十年間にまたがっている。読んだ小説についてエッセイを書く作業は、読むという対話の上にもうひとつ、僕の内部での対話を重ねたものだ、と言っておこう。

それぞれの文章をいつどこに発表したのか、記録があればそれを記しておきたのだが、僕にはそれがない。初出がいつどこであったかは、たいした問題ではない、と書いた当人は思う。すべての文章は、僕自身というおなじ人が、僕のデスクで書いた。発生源もその場所も、徹底して同一だ。

自分を語るアメリカ

太田出版　一九九五

　自分たちの国にあるもの、かつてあったもの、自分たちが体験したこと、作ってきたもの、考えていること、理想としていること、前方に思い描く夢など、自分たちに関するありとあらゆることについて語るのが、アメリカの人たちは大好きだ。国をあげて、歴史や文化それ自体が、自らについてさまざまに語ることを、この上なく好いている。

　いくら語っても、彼らは語り飽きない。語るに足る材料が不足することも、まずあり得ない。語りかたは魅力に満ちている場合が圧倒的に多く、語られる内容は、それがどのような領域のどのようなことについてであれ、それらはすべてまさにアメリカそのものだ。自分たちのさまざまなことについていろんなふうに語ることを、アメリカの人たちほどに好いている人々を、僕はほかに知らない。

　建国してから二百年少しというアメリカの歴史の期間は、学校で勉強して得た知識に基づくだけでも、そのぜんたいを見渡すことはごくたやすく可能だ。メイフラワー号で来た人たちの直系ですら、自分たちの家系のほんの数代のなかに、自分たちの国の歴史がすっぽりと収まるのを見ることが出来る。それ以後にこの国へ来た人たち、そして彼らに続く世代の人たちは、アメリカにおける自分たちの出発点を、まるでそこに手を触れているほど明確に、過去の中に感じ取る。

このような歴史を支えてきた国家理念は、アメリカニズムというきわめてわかりやすいものだ。第二次大戦で戦勝国となったアメリカは、同時に、世界でもっとも強くてもっとも豊かな国となった。アメリカニズムは世界に向けて巨大に広がった。このことによって、アメリカのアメリカらしさは、よりいっそう際立つことになった。飽きずに語るための材料は、飛躍的にその量を増した。

アメリカが自らについて語る多岐にわたる活動のうち、扱う範囲がもっとも広く、したがって語るに足るアメリカというもののすべてが対象となり得る領域は、出版の世界ではないだろうか。自分たちのアメリカについての本が、これまでアメリカでどのくらい出版されたことだろう。きわめて軽やかに娯楽的なものから、おそろしく理念的なものまで、アメリカという全領域を材料にして、途方もない数の本が出版されたはずだ。

アメリカでアメリカ人らしく生きていく日々は、自分にとってのおそらくは唯一の信条であるべきアメリカらしさを、我が身において毎日のように確認する日々だ。昨日の自分よりは今日の自分、そして今日の自分よりは明日の自分へと、アメリカらしさを高めていかなくてはならない。そうすることが至上の命題となっている日々に向けて、アメリカがアメリカについて語るありとあらゆる出版物が、命題のさらなる補強を役目として、絶えることなく放たれてくる。それらを人々は喜んで受けとめる。読んで楽しみ、自ら書き手になったりもする。アメリカが自らについて語る出版物は、人々のかなり末端まで到達し、そこでアメリカニズムを増幅する。アメリカが内部から自己補強をしていく方法には、このようなものもあるということだ、と僕は受けとめている。

アメリカについての本は、僕にとっては趣味のようなものだ。なぜ趣味たり得るかについては、原理的にはひと言で言えると思う。それらの本のなかには、なんらかのかたちで、前進的な創意が満ちているからだ。その創意はどこから生まれるものかと言うと、個人主義に基づく自由と民主における競争から、としか言いようがない。創意が社会の力となってそれを支え、強くしていくシステムのなかから、そのシステムのなかのありとあらゆる領域において、さまざまな本が数限りなく生まれてくる。

僕が小説を書き始めて二十年が過ぎようとしている。小説と同時に、エッセイも書いてきた。小説の量は多いとは言えないという気持ちもあるが、エッセイの量は相当に多いようだ。そしてそのエッセイのうち、およそ半分は、なんらかのかたちでアメリカについて書いたものだと言っていい。ここにあるこの『自分を語るアメリカ』という一冊には、僕にとっての個人的な趣味であるアメリカについての本を材料にして書いたエッセイの、すべてが収録してある。アメリカの小説について書いた文章は、『本を読む人』というコレクションのなかにすべてを収録した。そしてアメリカで刊行された写真集や画集をめぐっての文章は、おなじコレクションのなかの一冊のなかにすべてが収録された。

こうした文章は、すべて商業的な求めに応えて書いたものだ。『自分を語るアメリカ』に限って言うなら、長い期間に渡って『ポパイ』に連載したものが、おそらく中心となっているはずだ。一定の調子を保った連載記事が続いていくと、そこには少なくとも雰囲気は作り出され、定着する。その連載のもとになっているのは、アメリカについての話だ。アメリカの助けを借りながら、雑誌ぜんたいの雰囲気作りのために、連載は一役は買ったと言ってもいいのだろう。そのような雰囲気を雑誌が大いに必要としていた時期が、かつてあった。商業的な求めに応えて書いたとは、以上のようなことだ。

太田出版から刊行されている僕のエッセイ・コレクションのシリーズは、すべて吉田保さんの編集によるものだ。フリーランスで活動している彼がすべて材料を整え、編集作業にあたっている。彼の才能と熱意がなかったなら、このような企画はとうてい実現しない。『僕が書いたあの島』と『本を読む人』の二冊がすでに出て、三冊めにあたるこの『自分を語るアメリカ』のあとがきを、いま僕は書いている。編集を終えた材料を彼から手渡されるたびに、その量の多さに僕はあらためて驚いた。この本についても、そうだった。アメリカが持っている興味深い領域は、僕でも相手に出来る範囲に限ってみても、何編ものエッセイを可能にするほどに広い、ということにほかならない。

昼月の幸福

晶文社　一九九五

写真機のファインダーごしに見ると、世界のすべては、小さなひとつの長方形に切り取られて見える。フィルムの駒も長方形だし、印画紙にプリントすればそれもまた長方形だ。この長方形に、少なくとも僕は、ほとんどの場合、なんの違和感も覚えない。むしろその長方形は、快感であったりする。世界と接するとき、人というものは、いちばん最初から、あらゆる部分を四角く切り取った上で、認識したり理解したりして来たのだろうか。三十五ミリ・フィルムの、あのひと駒の長方形は、情報の断片として、きわめて効率がいいことは確かだろう。

自然の風景には、境界はない。いま僕の部屋の窓から見えている丘のつらなりとそこに何本もある木々の風景は、おおげさでもなんでもなく、この地球にあるすべての自然の風景と、ひとつにつながっている。自然はひとつの巨大な統一体だ。おそらくそのことの本能的な自覚のせいだろう、自然の風景を写真に撮るときには、僕はファインダーの長方形にもどかしさを覚える。どこかを四角に切り取らないことには、写真は成立しない。どこを切り取ればいいのか。うまく撮ろう、撮って説得してやろう、きれいに撮ろう、などと思って撮ると定石的な写真ができる。

写真によって四角く切り取られた世界は、人間にふさわしい人工の世界だ。世界を四角く切り取る作業をとおして、人は自らを自然から遠ざけていく。写真作品は、それを見る人にぜんたいを感じさせるための、切り取られた一部だ。そして写真のための被写体は、写真機の外に、常にいくらでも存在している。素材が写真機の外にあるなら、たとえばテーマというようなものも、写真機の外、つまり撮影者の外に、素材とともにあるものなのではないか。

絵画においては、世界は強力に再構成される。画家は描こうとする対象の内部へ、自分の感情を引き連れて、いったんは思いっきり内向する。その内向の力が外へ出て来て絵筆を動かす。写真ではこういうことは起きないようだ。写真で被写体の内部に自分の感情とともに内向出来るだろうか。出来ない、と僕は思う。どんな現実を撮影しても、これは嘘なのではないかというフィクション性から、写真は自由になれない。現実をまさに現実のとおりに作り直した、もうひとつの現実、それが写真だという結論は平凡だが、角度と構成、そして光の選択や多少の操作しか撮影者には出来ないことを思うと、この結論の平凡さは正しいと僕は思う。

妖精が魔法の杖でカボチャに触れると、それはシンデレラの乗る馬車となる。シャッター・ボタンを僕が指先で押し下げると、世界は僕の意のままに切り取られ、二次元の精密なダイオラマとなって、僕の手に入る。僕が込めた意味や意図を加えられたそのダイオラマを、僕は私有し複製する。写真という一連の行為は、僕と世界の接しかたに、大きな影響をあたえている。

なぜ写真集が好きか

太田出版　一九九五

写真が持っている多くの機能のなかで、写真自体がもっとも得意としている機能は、ほかのすべてを抜いて、記録することではないか。なにごとにせよ、あるいはどのような意味であれ、とにかく記録する機能において、写真はほかのどのような手段や方法をも、少なくとも現在の段階では、遠く超えている。

かたちのあるものを人が目で見ること、つまり人が記憶することが持っている数多くの弱点のほとんどすべてを、写真はなんの苦労もなしに、強力に補うことが可能だ。人が目で見て記憶することのなかに常にある弱点は、およそ次のようだ。

初めから間違って見ている。初めから一定の視点からしか見ない。ぜんたいを見ない。一部分の印象によってぜんたいが引きずられる。見たものに自分の好みや主観を重ねたり託したりする、つまり見たものそれ自体ではなく、そのときの自分自身を見てしまう。ごく曖昧に、あるいは不正確にしか記憶出来ない。ぜんたいも細部も、記憶は正確には再現出来ない。ただし、現場のなかに置いた自分の体ぜんたいの感覚によって記憶していることがらは、正確な場合もある。記憶は薄れていく。記憶はその人の都合によって、際限なく修正されていく。

こうした弱点は、そのまま、絵画や文章などの芸術的な行為の土台となり得る。弱点はけっしてマイナスだけではない。主観もそれをきわめるなら、客観に到達するはずだ。なにかかたちのある物を撮影した写真が何枚かあれば、その物の現物よりも正確で精密な図面を、起こすことが出来る。その物のぜんたい、つまり形状の大小、遠近、俯瞰、細部の、どのようなディテールまでをも、レンズとフィルムの性能の範囲内で、そして光があるかぎり、機械的に光学的に化学的に、写真は正確に写し取る。

写真は最初から、なんの苦労もなしに、客観に到達している。客観であることになんの意味もない写真というものは充分にあり得るし、写真を主観的に撮る、そして撮られた写真を主観的にしか見ないことももちろん可能だが、基本的には写真の機能は記録することだ。記録とは客観だ。撮影された写真は、被写体に対する客観的な態度というものの、高度な見本のひとつだ。写真は客観に至るための、やっかいな操作のもっとも少ない、ほとんど万人のための、それでいて可能なかぎり正確な、ひとつの手段だ。

世界や事物、そして人を、写真は客観的にとらえる。客観だからこそ、それは記録たり得る。客観的にとらえるとは、どういうことだろうか。どんな必要や願望があって、客観的にとらえたいのか。世界や事物、そして人を客観的に見るとは、どういうことなのか。客観的に見たいという願望の内部には、世界や事物、そして人を、より正しく、より深く、結果としてより良く理解したい、という願望が存在している。その願望を満たすために写真は生まれ、いまもそのことのために機能している。

世界や事物、そして人、つまり自分たち自身をより良く理解するためには、客観的な視点というものが、どうしても必要であるらしい。写真という客観性の高い手段がいくらあっても、より良き理解への必要や意志がないと、写真という客観は意味を持たない。そのような必要や意志は充分にあるとしても、理解力が初めから人々にそなわっているわけではない。理解力は開発され鍛えられなければならない。そのための方法としてもっとも普遍的なのは、出来るだけ多くの視点から、人や物を見ることだ。限りなく多くの視点、それが客観というものだ。

出来るだけ多くの視点から人や物を見る作業は、自由と民主で運営される社会で、もっとも盛んに可能となることだ。自由と民主ではない社会では、写真はそれを見る人をひとつの考えかたに固定するためにのみ、使用される。写真の撮りかたがまずひとつに固定されるし、見せかたも写真の加工、つまり貼り合わせや切り抜き、まったく違うキャプションなどの手段によって、ひとつに固定することがたやすく可能だ。

これにごく近いのが、浅い主観で写真を撮ること、そして浅い主観をとおして写真を見ることと、ではないだろうか。そのような写真を撮ることとは、人や物を自分の都合や能力の限界に合わせてしか、見ないということだ。そのような写真を見ることとは、すでによく慣れ親しんだ、したがって受けとめるにあたってもはやなんの労力も要求されない理解のしかたを、さらにもう一度なぞることだ。

こういう世界の反対側に、写真集という手段は成立していく。それは客観の世界の産物だ。写真集のなかの何枚もの写真、そしてすでに何冊あるとも知れない膨大な数の写真集は、より多くの視点から世界を見て、理解をより正しくし、より深めようとする、無限に近く続く試みだ。

本書に収録した文章のほとんどは、『ポパイ』という雑誌に連載記事として書いたものだ。『ポパイ』に書いた文章が僕には多く、こうして一冊の本にまとめるときには、特にそのことが目立つ。当時の『ポパイ』は月に二冊刊行される雑誌だった。連載の一回分が三千二百字ほどだった。本書ほどの本を一年に二冊分も書いていたことになるのだから、『ポパイ』に書いた文章が多いのはごく当然のことなのだと、いま頃になって僕は納得している。

とりあげた写真集や画集は、コピーライトを見ると一九八〇年代前半のものが多い。その頃に刊行されたものを、ほぼその時期に、僕は手に入れて観察し、読み、文章に書いていたのだ。それ以後に刊行された写真集や画集が、早くも十年分くらい僕の手もとにある。それらについても、少し違ったかたちで書くことを次の課題にしようか、などといまは思っている。

そのときには、このエッセイ・コレクションのシリーズを編集しているフリーランスのエディター、吉田保さんの熱意や高い能力を僕は必要とするだろう。彼のようなエディターがいないことには、こういった本はおそらく作れないのだから。

アメリカに生きる彼女たち

研究社出版　一九九五

今年は第二次世界大戦が終結してから、五十年めを数える年だった。五十周年を記念する式典や行事が、Dデイの記念日からV－Jデイにかけての期間にわたって、ヨーロッパやアメリカでさまざまにおこなわれた。戦勝国となったアメリカにとって、第二次世界大戦の戦勝記念日、Vデイにはふたとおりある。ヨーロッパでの戦勝記念日であるV－Eデイは、ドイツが無条件降伏した次の日の、五月八日だ。そしてもうひとつ、日本に対する戦勝記念日である、V－Jデイは正式には日本が降伏文書に調印した九月二日だ。

五十回めのV－Jデイに、ニューヨークのタイムズ・スクエアで、記念の行事がおこなわれた。その様子を、アメリカの国内TVのニュースが、いろんなふうに伝えた。五十年前のニュース・フィルムが紹介された。いちばん最初のV－Jデイを記録したフィルムだ。タイムズ・スクエアを中心に、道路を埋めつくして歓喜している人々に向けて、いわゆる摩天楼のあらゆる窓から、ティッカー・テープが大量に降り注いでいく。勝利の喜びと戦争が終わったことの解放感を、人々は最大限に表現していた。数多くの写真で、あるいはフィルムで、すでに何度も見たあの光景だ。

タイムズ・スクエアでおこなわれた五十周年記念の記念行事のうち、僕にとってもっとも興味深かったのは、アルフレッド・アイゼンシュテットという写真ジャーナリストが、最初のV－Jデイにタイムズ・スクエアで撮った一枚の写真の、多くの男女による再演だった。最初のV－Jデイにアイゼンシュテットが撮ったその一枚の写真は、戦争から帰って来た若い海軍の兵士が、看護婦の服装をした若い女性と、戦勝の喜びと解放がきわまったようなポーズで、ロづけを交わしている場面を撮ったものだ。

この写真は『ライフ』に掲載され、たいへん有名になった。V－Jデイにアメリカの人たちが感じた喜びと解放感の総体が、アイゼンシュテットの撮ったこの一枚の写真に、集約的に表現されている。今年、五十回めのV－Jデイに、おなじような服装をしたさまざまな男女が、このロづけをおなじようなポーズで再現し、人々に見てもらったり写真に撮ったりして、五十周年を祝った。確かニューヨーク市長だったと思うが、彼も仮設ステージの上で、ほどの良い美人を相手に、アイゼンシュテットの写真を再演して、拍手を受けた。

驚くべきことに、アルフレッド・アイゼンシュテットが五十年前に撮影した海軍の兵士と看護婦は、どちらも健在だった。居所をつきとめられ、おそらく式典に招待を受けたのだろう。五十年後のタイムズ・スクエアで、ふたりは五十年前のあの有名なロづけを再現し、人々はそれに喝采した。このときはアイゼンシュテット当人も健在だったが、ひと月ほどあと、マサチューセッツ州の病院で他界した。彼は九十六歳だった。

他界したと言えば、アンドリュース・シスターズのマキシーン・アンドリュースが、この世を去った。第二次大戦を体験したアメリカ市民や兵士たちが、その体験について語るとき、欠かすことの出来ない存在のひとつが、アンドリュース・シスターズだ。ジャズ風味のポップスを歌って高い人気を得ていた彼女たちは、第二次大戦をはさんでその前後のアメリカというものを、その歌と容姿で見事に体現した。戦争に向けて巨大にひとつにまとまったアメリカは、まとまったその力を、歌や音楽として機能させるだけの文化の深さを、すでに持っていた。シスターズ三人のうちひとりはすでに亡く、マキシーンもこの秋深くに死去した。V－Jデイではホノルルでの式典にゲストとして招待され、パレードに参加したりして元気そうだったのに。

五十回めのVデイを報道するアメリカ国内のTVニュースには、日本のTV用語で言うところの街の声も、いくつか拾われていた。そのうちのひとつを、いま僕は思い出している。戦争中は軍隊にいた、そしていまは年配の、しかし元気そうな白人の女性が、TVニュースの取材カメラに向かって、次のように語った。「あの戦争でアメリカのすべてが変わったのよ。女性たちにとっては、解き放たれるための、最初の大きなきっかけだったの。あの戦争から、アメリカは別な国になったのよ」

彼女は正しい。社会あるいは国の、あらゆる領域のなかでの、戦時態勢の維持と拡大のなかへ、当時のアメリカの女性たちは動員され、自ら進んで参加した。それは単に軍需工場で働かされた、というような体験ではなかった。愛国心、つまり自分たちが信じるアメリカ的な価値すべてのために、第二次世界大戦という、人間の歴史始まって以来の巨大な出来事のなかで、社会システム、国家システム、あるいは世界システムの一端に、自分を結びつける行為だった。自らを結びつけたその場所が、いかに遠い端末であろうとも、愛国心においては誰もが平等だった。

アメリカの女性を社会に向けて解放し、目覚めさせるきっかけとして、第二次世界大戦は、空前絶後のものとなった。戦後の社会のなかで、女性たちは進出を始めた。戦場から帰還した若い兵士たちは、GIビル（復員兵援護法）によって大挙して大学に入った。アメリカで刊行されたごく簡便な歴史年表を見ると、一九四六年の十月の欄に、大学への入学者数が二百万人という過去最高の数字に到達し、このうちの圧倒的多数がヴェテラン（帰還兵、兵役体験者）たちであった、という項目がある。このような人たちが戦後のアメリカを引き受け、一九五〇年代の繁栄を作り出して支えた。

「あの戦争でアメリカのすべては変わったのよ」という街の声を解説するにあたっては、冷戦についてかならず言及しなくてはいけない。あの戦争をきっかけにして、アメリカは、戦争というものを自らの国家システムの重要な一部とし、さらには世界システムにまで、拡大した。そのシステムは冷戦と呼ばれ、アメリカの内部には、戦争とつながる巨大な軍産複合体を作り出した。ソ連のただ単にソ連的な考えかたや行動のしかたを素材に、共産主義による世界制覇という観念をアメリカは紡ぎ出し、その観念を冷戦というシステムに変えたのだ、と僕は思っている。

『アメリカに生きる彼女たち』というこの本は、一九四九年からスタートしている。一九五〇年からではあまりにも形式的だろう。本当は一九四五年からにしたかったのだが、僕の自由になる資料は一九四九年からだった。一九四五年から四九年へ、そして一九五〇年代へとつながった時代は、ひと言で言うなら激動の時代だった。国のシステムのすべての領域が、戦時態勢から平和時のそれに戻った。そのことは、街の声が言っていたとおり、それまでのアメリカを別なアメリカにしてしまったほどの激動を、生み出した。

あの戦争を遂行した力、そして圧倒的に勝った事実を支えた力は、民間へと解き放たれた。その力は、すさまじい勢いで物を生産する力だった。物を買いたい人たちが、大量にいた。したがって物は途方もなく生産され、物価は上がり、賃上げのためのストライキが国内で続発した。戦前の一ドルの購買力は、一九四六年あたりで半分にまで落ちていた。賃金は上昇していき、物は生産され続け、途方もなく消費された。人類史上最大の異常事態、と僕がいつも言う、一九五〇年代アメリカの繁栄が、そこに生まれた。その繁栄は、物を作る人たち、つまり工場で賃金労働をしている人たちの国の、繁栄だった。

それまではぼんやりとしか認識されていなかった新たな消費への欲求が、広告によって明確にかたちをあたえられ喚起されるのなら、広告は消費活動の出発点だ。一九四九年から一九九〇年代のなかばまでの時代のなかで、アメリカの一般的な雑誌に掲載された大衆消費財の広告を観察し、そのなかに女性がどのように登場しているかを見ようとするのが、この本の目的だ。

彼女たちが限度いっぱいに美化されて登場しているのは、当然のことだ。美化されるにあたって、どのような美意識がどんなふうに発揮されるのかも含めて、広告のなかの女性像の変化を観察することは、フル・カラーの図版が本書のように二八五点もあれば、充分に可能なことだ。

一九四九年ですでに、彼女たちは若く明るく美しく、知的で行動的だ。少なくとも日常のなかでは、彼女たちは堂々たる主役を務めていた。日常とは、家庭だったと言っていい。家庭という、当時はまだきわめて強固だった枠の内部で、家庭のいっさいを引き受けて維持し営んでいく作業において、彼女たちは主役だった。なくてはならない存在だった。

アメリカの物語は家族と家庭の物語だ。社会における人のありかたの、基本的なかたちは家庭のなかにある。家庭がなくてはコミュニティは成立しないし、コミュニティがなければ、町も市も郡も州も、成立していかない。家庭はきわめてプライベートな世界だ。そのプライベートな世界が、社会的にパブリックな世界との接触面として、基本的な最小単位としてどこまでもフルに機能する重責を、アメリカでは負っている。プライベートな世界とパブリックな世界とが、家庭のなかできわめてアメリカ的に、重なり合う。時代が過去にさかのぼるほど、その重責は明確で強い。

プライベートな世界とパブリックな世界を、硬質に共存させ続けなければならないアメリカの家庭は、戦後の五十年間のなかで、枠組の強固さをゆるめ続けて来たように、僕には見える。この五十年間のアメリカの物語は、アメリカにとっては、家庭の変質の物語であったはずだ。家庭の変質とは、プライベートな世界のきわみであるはずの家庭が、そのままパブリックな世界の土台であるという一種の矛盾の、解決に向けて長く続く模索のプロセスのなかで起こって来ることの、すべてだ。

一九四九年の広告に登場している女性と、一九九五年の広告に出ている女性とは、ずいぶん違っている。大きな変化を、アメリカに生きる彼女たちは、くぐり抜けて来ている。彼女たちのそれだけの変化は、家庭の変質というもうひとつのアメリカの物語の進展を、はっきりと映している。

「彼女」はグッド・デザイン

太田出版　一九九六

自分に使うことの出来る範囲内の日本語で、僕は小説を書く。なんらかのかたちでストーリーを運んでいく人たちが、主人公としてその小説には登場する。彼らを仮に性別で分けるなら、基本的には女性と男性、そしてその微妙な中間にいる人の、三種類となる。このうち、女性たち、そして女性に準じる人たちの、僕ひとりにとってだけ機能する総称が、「彼女」だ。

女性の主人公たちには、便宜上、そのつど名前をあたえなくてはいけない。二十年も小説を書いてくると、使う名前もなくなってしまう。それ自体はマイナーな問題だとして、僕にとってもっと大きな問題は、どの女性主人公もおなじひとつの名前でいいのではないかと僕自身が思う、ということだ。

僕の小説のなかに出てくる女性たちは、みんなおなじ人だと、何人もの人に言われてきた。これまでの僕は、五、六歳の女のこから四十代なかばくらいまでの女性たちを、主人公として小説のなかに書いてきた。年齢は要するに年齢でしかなく、そのときのそのストーリーのなかではその年齢がふさわしかった、ということだ。しかし、全員を年齢順にならべて観察すると、「彼女」たちはひとりの人なのではないか。

おそらくそのことが大きく影響しているのだろう、登場する女性たちにいちいち名前をつけることに対して、いまでも僕はかなり強い抵抗を覚える。おなじ人なのになぜ名前を違えなくてはいけないのか、という思いが僕の意識のなかにあるに違いない。名前はつけなくてもいいのだが、「彼女」ひとりだけではなく、ほかにも何人かの女性が出てくる場合には、文字だけで成立する小説のなかで「彼女」をほかの人と区別するには、名前をつけるのがもっとも便宜的だ。「彼女」ひとりだけの場合は、「彼女」でとおせる。短いストーリーのときはなおさらだ。長いストーリーの場合も、工夫によっては名前は必要ない。「彼女」という呼びかただけでとおしたとき、僕はたいへん気分がいい。

これまでずっと、意識してはこなかったことだが、いまはすでにはっきりと気づいて明確だ。「彼女」とは、僕にとっては総称だ。「彼女」とは、そのストーリーのためにイメージされた、特定のひとりの人ではない。僕にとっての女性たち全員が、「彼女」なのだ。「彼女」とは、小説を書くときの僕にとっての、女性というもののぜんたいだ。これまでに僕がなんらかのかたちで知り得た女性というものをおそらく中心にして、女性に関するとにかくありとあらゆる考えやイメージを流し込んだもの、それが「彼女」だ。

ではその「彼女」とは、多数をひとつに溶かして作りだした匿名の存在なのか。完全にその逆だ、と僕は思う。あらゆる要素がひとつにまとまった結果の、この人ひとりいればすべての問題が解決するという、最高に特別の人だ。あらゆる要素がひとつにまとまった、といま僕は書いた。「彼女」はストーリーを運んでいかなくてはならない。せっかく運ぶなら肯定的なストーリーがいい、と僕は思う。だからその意味で、あらゆる要素とは、肯定的な領域のなかのものだ。数多くのストーリーのなかには、たとえばどうしようもなく悲しい結末に向かうものもある。そのような場合でも、結末はともかく、ストーリーを運んでいく力そのものは、強い力や美しい力でなくてはならないはずだ。

一枚の凸レンズは実像を集めて凝縮し、反対側の焦点距離に小さな虚像を作る。「彼女」とは、たとえばこのような虚像だろうか。そしてこの僕は、たとえるなら一枚の凸レンズなのか。僕の背後には、これまでの僕という、現実の僕のぜんたいがある。その現実の僕は、どのようなかたちや内容であったにせよ、女性について知っていき、学んでいった。そのすべてが僕という凸レンズを通過すると、「彼女」という虚像となる。たぐいまれな素晴らしいひとりの女性として、ワード・プロセサーのキー・ボードの上に、「彼女」は十五センチほどの高さで、すっきりと立ってくれる。

少なくとも小説を書いているときの僕は、現実など面白くもなんともないと思っている。僕の背後にある、これまでの僕という現実を、だから僕は問題にしたくない。大事なのは僕によって書かれる小説なのであり、僕の現実は雑多で無数で脈絡などどこにもない、要するに普通の現実だ。そんなものよりも、小説の発生点であり推進力である「彼女」を問題にしたい。

「彼女」は、「彼女」であるだけですでに、僕の書き得るあらゆるストーリーの確かな予感や前兆であり、発端であり展開であり、そしてラスト・シーンだ。完成しきった果てに美しい自己完結をとげ、怖いものはどこにもなく、なにひとつ不足を持たない、手がつけられないほどに端正にまとまった、あらゆる思考と行動の魅力的な主体だ。「彼女」という人は、こんなふうにも表現することが可能だ。

ストーリーを書くたびに、僕は「彼女」に出てきてもらう。「彼女」は三百六十度の方位を持つ人だとするなら、このストーリーには三十度あればいい、このストーリーには七十度で充分、そしてこのストーリーには九十度まで必要だというふうに、ストーリーの要求に応じて、「彼女」にパワーを発揮してもらっている。あらゆるストーリーを万能の「彼女」が楽々と引き受けてくれる。なにしろ「彼女」は、ひとりに見えてじつは無限に近いほどの多数なのだから。『「彼女」はグッド・デザイン』というタイトルのこのアンソロジーには、「彼女」を主人公にして僕が書いた、ストーリーになる以前のかたちの文章が、ほとんど収録してある。どの文章も、「彼女」がいないことには成立しない。思考や行動の主体は「彼女」であり、もし付随して男性が登場するなら、彼は彼女のパワーに対するリアクション役でしかない。そしてそれで充分だと僕は思う。

このエッセイ・コレクションでは、材料を集めて振り分け、配列を考え出すという出発地点から、一冊の本としてかたちになる最後の段階まで、フリーランスのエディターである吉田保さんの仕事となっている。僕ひとりでは、こういう本を作ろうとは思わないだろうし、そのような作業はまずこなせない。コレクションのどれもがいい読者を得るという幸せを獲得するとしたら、それもまた彼が可能にすることだと、僕は書いておく。

彼の後輪が滑った

太田出版 一九九六

かつて僕がいくつも書いた小説のなかのオートバイは、僕が日本語で小説を書いていくことにかかわる問題のなかの出来事だ。小説を日本語で書き始めたとき、まず最初に僕が自分に問わなくてはならなかったのは、自分にはなにが書き得るのか、ということだった。ハワイの波乗りやその波、あるいは貿易風に鳴る椰子の葉など、さらにはアメリカの荒野のなかをのびていく道路などについては、書けるかもしれないと僕は思った。だからそれらについてまず書いてみた。多少は書くことが出来た。なるほど、これについて書くとこうなるのか、という確認は新鮮におこなうことが出来た。

そのようにして小説を書き始めて二年も経過すると、きみが使っているのは日本語なのだよ、と僕のなかのもうひとりの僕が、言い始めた。どういう意味だい、と僕が聞き返す。日本語は日本を舞台に求めないかい、日本語は日本の男女の物語を書きたいと言わないかい、ともうひとりの僕は答える。なににについても、どんな世界でも、日本語は書くことが出来ると僕は思っている。日本語だから日本について書かなくてはいけない、というような制約はどこにもない。しかし、そうか、自分が使っているのは日本語なのだ、その日本語で日本を舞台に日本の男女の物語を書くという方法もあるのだという発見をするために、ハワイやアメリカについてまず書くというまわり道を、僕はしなければならなかった。

では、自分の日本語で書く日本とは、いったいなになのか。答えはひとまずきわめて単純だ。いまの日本のなかにある日常生活を舞台に、いまの日本にいそうな男女を主人公にして、彼らのストーリーを作って書いていく、ということだ。男性と女性のそれぞれに関して、小説的な魅力とはなになのか、まだつかみきれてはいないままに小説を書くにあたって、おそらくなにか頼るものが欲しかったからだろう、僕は彼らのあいだにオートバイを介在させることにした。男性がそれに乗るなら、彼の男の部分が際立つ。女性が乗るなら、彼女の女の部分が増幅される。

日本語を使っていまの日本を舞台に、日本の男女を主人公にして、いったいなにを自分は書くことが出来るのか。次々に商品として発表されていく作品のなかで、その模索を僕はしなければならなかった。オートバイが介在するストーリーは、コミックスを言葉で書く試みだった。これは意識的におこなったことだから、いまでもはっきりとそう断言出来る。コミックスを言葉で書くとは、要するにわかりやすさを旨とする、ということだ。わかりやすさ、という枠のなかですべては展開していく。わかりやすさとは、書き手である当時の僕にとっては、書きやすさであったにちがいない。

オートバイが介在しないストーリーの試みも、僕は同時に進めた。オートバイが介在しないストーリーはわかりにくさを旨としたのかというと、けっしてそんなことはない。わかりやすいことはたいへんにわかりやすいが、ストーリー自体は在りにくいものであったことは確かだ。在りにくいストーリーとは、ひと組の男女にとっての、このような夢のようなあるいは理想的な状況が、いったいいつまで続くのかという危うさをさらにその向こうへ越えた、あり得なさのような領域で試みられたストーリー、というような意味だ。

男女のあいだにオートバイを介在させたことには、もうひとつ理由がある。主人公たちを狭い場に閉じ込めたくない、出来るだけ広い場所に出したままにしておきたい、という理由だ。乗り手の技量にもよるが、オートバイで本気で半日も走るなら、かなり遠くまでいくことが出来る。遠くへいけばいい、場所を移動させればそれでいい、というわけではないが、動いていれば少なくともそのぶんだけは、場の固定は避けられるのではないか、と当時の僕は思った。場の固定化とは、要するに登場人物たちの世界が四畳半的になるということだ。日本語を使って男女の話を書くと、その世界が最終的には四畳半的になるのを、当時といえども僕は知っていた。

書きやすいストーリーを、やがて僕は書かなくなった。男女のあいだにオートバイの介在するストーリーは、減っていった。最後に残ったのは、オートバイに乗る女性のストーリーだ。男性は関係ない、したがって登場しない。あるいは、登場しても彼はオートバイには乗らない。これは、ふたりのあいだにオートバイのある話とは、まったく別の質の物語だ。それからもうひとつ、オートバイのストーリーの可能性として残ったのは、次のような世界だ。道路は地形の表面を縫ってのびている。その地形には、そのときの季節と気象条件が、重なる。地形に季節と気象が接する面を、オートバイで走っていくと、乗り手は、地形および季節と気象になってしまう。乗り手の五感が、地形と季節そして気象と、渾然とひとつになる一瞬がある。このことを小説として書くのは充分に難しい。だからそれは書くに値すると僕は思う。

日本語で日本を舞台にして、日本の男女が主人公となる小説を書くことに関して、僕は最初はあまり乗り気ではなかったように思う。懐疑する気持ちがあった、と言ってもいい。なぜなら、すでに説明したとおり、彼らは最終的には四畳半的な世界に落ち着くからだ。日本語は基本的には室内言語であり、小さな場ごとに関係を成立させていくことを、その機能の中心軸としている。男女の関係が成立していく小さな場とは、四畳半ではないか。しかもその関係に、恋人どうしであれなんであれ、上下の段差がなくてはならないとなると、書くに値するものはそこにはほとんどない。そうではない世界を、いまの僕は少しだけなら見つけている。

あり得ないか、あり得てもほんの一瞬でしかないような、夢のような、あるいは理想的な、関係や状況。これは書くに値するのではないか。僕が書くいわゆる男と女の物語が、いまではほとんどこの方向へと整理されている。一瞬とはいっても、それは短くて半日や一夜、そして長くなるなら何年間もと、幅は広いはずだ。男性なしで、女性ひとりがこのような世界を作って持つストーリーは、余計なことを書く必要がないので、書いていていて心地良い。男性ひとりでも、彼にとっての充実した至福の時間はあり得る。この場合、彼は思いっきり変わった人物でないといけないようだ。女性ふたりの世界、そして女性に準じた男性が加わる世界も、小説の世界としてまだ可能性は大きいように僕は思う。

普通の男女のストーリーにさほど未来がないことに、僕はずっと以前から気づいていたようだ。小説を書いて二十年を過ごし、気づいていたことは確認出来た。僕にとって小説を書くとは、この確認をすることであったようだし、未来のない世界へ落ちずにすむような、自分なりに工夫した世界を見つけることでもあった。

『彼の後輪が滑った』というタイトルのこのアンソロジーでは、オートバイを必要としている男女の物語をエッセイ文として僕が書いたもののほとんどすべてが、第二部と第三部とに収録してある。第一部はこのアンソロジーのために書いてみたものだ。いちばん最近に書いたオートバイの出てくるストーリーからスタートして、文庫で出た僕の作品のなかを、オートバイの存在する物語を拾い上げつつ、過去に向けてもっとも遠くまでつまり最初まで、それぞれの作品の内容や出来ばえを第三者的に観察しつつ、たどっていくという試みだ。

この本のために材料を集めて整え、正しい配列を見つけて一冊の本にまとめていくのは、注意力の集中の持続を要求される、複雑で大量に時間を必要とする作業だ。これ以前に刊行された四冊とおなじく、編集作業のぜんたいを、フリーランスの編集者である吉田保さんが引き受けてくれたことを、僕はうれしく思いつつ感謝している。

私も本当はそう思う

水魚書房　一九九六

一月のなかばにはカヴァーのデザインをきめる段階に到達した。冬の東京の喫茶店で、僕は水魚書房の創設者である水尾さんと会い、デザイナーが提示してくれたいくつかのアイディアを検討した。居心地の良い冬の喫茶店では、グレン・グールドのCDが聞こえていた。僕は二杯めのエスプレッソを飲んだ。

女性が持っているパワーは男性への依存など本来はまったく必要としない、という理想論がこの小説集の主題だ。だから表紙は蒸気機関車の写真にしよう、というわけにもいかない。グレン・グールドと二杯めのエスプレッソは、やがておだやかに効果をもたらした。カヴァーはなんらかのかたちで女性の写真にするといい、と僕たちの意見は一致した。モノクロの写真だ。印刷物の一部分を接写して、網点が目立ち始めているようなタッチ。

その日の夜遅く、僕は部屋のなかで孤独な作業をした。そうではないかと思っていたことを、僕はまず確認した。カヴァーの大きさを白い紙に描き、一眼レフでのぞいてみると、そのサイズは35ミリフィルムのあの長方形と、プロポーションがほとんどおなじなのだ。

写真は縦位置で一発、そしてそれをカヴァー全面に広げ、右脇にタイトルや著者名のスペースを細い柱のように取ればいい、などと考えつつ僕はファイルを見ていった。四十年から五十年前のアメリカの雑誌を大量に捨てたとき、捨てるにしのびないものだけを切り取っておいたファイルだ。女性の写真が多かった。アニタ・エクバーグ。シルヴァーナ・マンガノ。ジーナ・ロロブリジダ。ヴェルナ・リージ。そしてリタ・ヘイワースやステファニー・グリフィン。ナタリー・ウッドやスージー・パーカーもあった。どの人も素晴らしい。しかし、具体的に過ぎる。

美しい抽象性を獲得しているがゆえに、普遍の高みに達している様子を、たとえば脚ならにたたえた人はいないか。さらにファイルのなかを探していくと、見つかった。これだ、これしかない、という正解を僕は手に入れた。

次の日の朝、僕はその切り抜きを、晴れた日の陽ざしのなかで、接写した。五十年近く前に、雑誌のページとして印刷複製されたモノクロの写真の一部分を、そこに当たる陽ざしとともに、コダックのダイナというカラースライドフィルムに、僕は写し取った。その写真が、この小説集のカヴァーの写真だ。

この脚は、ローレン・バコールという女優の脚だ。自分にカメラを向けている写真家のために、このようなポーズを取ることとの出来た彼女の、女優としての能力のたまものだ。彼女が持っていた能力というパワーは、こうして時空を楽々と越えて、いまもその力を発揮している。ベッドになかば横たわる彼女のこの写真は、いまでも現役であるはずだ。たとえばローレン・バコールの写真集を作ろうとして彼女の写真を集めるなら、かなり早い段階で、この写真は集まった写真のなかの一枚となるのではないか。ローレン・バコールはまだ健在だと思う。しかし、この写真を撮られるためにこのように横たわった彼女は、もはやどこにもあり得ない。小さな一枚のモノクロの、オリジナルネガのなかに存在しているだけだ。

確かな表現力を持った女優の一対の脚を、薬品の化学変化によってフィルムの上の二次元の縮小映像でいまに伝えるこの写真の版権は、いったいどこの誰が所有するものなのか、事後になるけれどもこれから、水尾さんは判明させなければならない。

ほかの多くの仕事や作業とともにこの作業も引き受けて、彼の今年の冬は少しずつ終わり、春となっていく。

東京青年

早川書房　一九九六

彼女の年齢はまず間違いなく二十代の前半だろう。骨格と容貌に恵まれた、美しい人だ。彼女の立ち姿のぜんたいを写真にとらえたものが、黒白の印刷で紙の上に二次元で再現してある。いま僕はそれを見ている。立ち姿はポーズを取った結果のものだ。ふとそこに立ちどまってポーズをつけただけという、ごく自然な立ち姿に見えるけれど、よく検討するときわめて不自然なポーズだ。アメリカ人の美意識がもっとも得意としている、なんの無理もなく自然で好ましい様子に見えて、じつは徹底して演出した結果であるという、そのようなポーズの一例だ。その立ち姿がどんなふうであるのか、僕に言葉だけで描写することは可能だろうか。出来なくはないが、やめておいたほうがいいような気がする。説明しようとして言葉を重ねていくと、結果として混乱を招くだけではないか、と僕は思うからだ。

煉瓦造りのかなり重厚な建物のかたわらの、薄く平たい石をなんとなく飛び石ふうに敷いたところに、彼女は立っている。窓の下の煉瓦の壁には、蔦が這っているようだ。これはおそらく蔦だろう。晴れた日の明るい陽ざしを、彼女は右斜め前から受けている。晴れた日の、とたったいま僕は書いたが、陽ざしは薄い雲をかいくぐって、彼女に届いているようだ。強い影がどこにもない。写真のための配慮は、見事にいき届いている。

ヒールの存分にある白いパンプスを、彼女は履いている。ストッキングもおそらく着用しているだろう。そして、黒白の印刷のなかでは白にしか見えない、タイトなスカート。スカートの丈の言いあらわしかたが難しい。ただ単に膝下と言ってしまうには、このスカートの丈は微妙に長すぎる。彼女の膝下から、向こうずねの長さの三分の一ほど下がったところに、スカートの裾の直線がくっきりとある。

ボート・ネックの長袖のTシャツを、彼女は着ている。首から肩をへて脇の下まで、地の色だ。それとおなじ幅だけ、裾においても地の色だけとなっている。それ以外の中間部分には、白い直線の横縞が、胴体と両袖に走っている。縞の太さと間隔が、彼女の体の大きさに対して、絶対の正解となっている。長袖と書いたが、それは間違いだ。七分袖と言えばいいか、肘から手首までのあいだの、ちょうど中間あたりまで、袖は届いている。

彼女は白い手袋をしている。掌が終わるところまでをカヴァーする手袋だ。白いバッグを持っている。四角い箱形の、トート・バッグと言っていい、すっきりと単純な造形のバッグだ。靴、スカート、手袋、バッグ、Tシャツの横縞の白と合わせて、彼女のつけているイアリングも白だ。少なくとも印刷では白に見えて効果を発揮している。

服装としてはきわめてカジュアルなものだろうと僕は思う。しかし、いくらカジュアルであろうとも、隙は文字どおり寸分もない。完璧に完成されている。どこをどう修正することも変更することも、もはや不可能だろう。なによりも変更不可能なのは、彼女の体つきと容貌だ。どのような服でも彼女は着こなすことが出来るのだが、いま僕が説明して来たような服を身につける人として、彼女の体の大きさと体つきは、唯一絶対と言っていい正解だ。

顔も素晴らしい。私も美人になりたいと密かに願っている人にとって、このような顔立ちになることは、夢のまた夢のさらにもうひとつ先の夢だろう。笑顔の確実な始まりのような表情は、これもまた着ている服に絶対的に調和している。さらにもうひとつ、おなじく絶対的に調和しているのは、彼女の髪の作りだ。服装のイメージを限度いっぱいに増幅して止むことのない、動的な優美さを流麗に表現している髪だ。頭のてっぺんから足もとまで、という平凡な言いかたがあるが、頭のてっぺんから足もとまで、彼女はもはやどうしようもなく完璧だ。

彼女の全身を低い位置からとらえた黒白の写真は、上下そして左右に最適正なゆとりを残して、縦長にトリミングされて雑誌のページにレイアウトされた。一九五〇年代前半の、おそらくはさらにその前半に発行された、ごく一般的な家庭雑誌に、彼女のこの写真は掲載された。

この写真をかつて僕は自分で切り抜いた。アメリカの古い雑誌を大量に捨てたとき、少なくとも全冊全ページに視線を落としてからにすべきではないかと思い、そのとおりにした。捨てるには忍びないものを、僕は切り抜いておいた。切り抜きが大量に手もとに残ることとなったが、その切り抜きはどれもが選り抜きのなかの選り抜きであり、いまこうして書いているような女性の写真があったとしても、なんら不思議ではない。

切り抜きはファイルのなかにおさまり、切り抜きとしての時間を経過させていくこととなった。そしてそのような時間のなかのある日あるとき、僕は彼女の写真を複写の材料に選んだ。印刷された写真を、マイクロ・レンズのついた写真機で複写するのは、たいそう面白い遊びだ。彼女の写真を材料にしてその遊びをおこなった僕は、彼女の足もとを複写した。スカートの内側にうかがえる膝の上から、白いパンプスのつま先の少し手前までを、一眼レフのファインダーのなかで僕は縦位置にとらえてみた。まさにそのためにあるような、彼女の膝上からつま先までの出来ばえではないか。カラー・リヴァーサルで三枚、僕は複写した。現像から返って来たフィルムをライト・テーブルの上で点検した。彼女の足もとの写真は、切り抜きから独立した、まったく別の生き物のように見えた。

「表紙をどんなふうにしましょうか」と、早川書房の村上達朗さんから相談を受けたとき、僕の頭のなかにあるスクリーンに、彼女の足もとの複写写真が、スライドさながらに投影されるのを僕は見た。表紙をどうしようがこうしようが、それは編集者の才能と熱意にかかわる領域だ。帯についてのアイディアを村上さんは僕に語ってくれた。帯の幅を通常よりもはるかに広げ、下から上に向けて表紙ぜんたいの三分の二を覆ってしまう、というアイディアだった。ということは、帯をかけたままの状態だと、スカートの内側の彼女の膝だけが見えていることになる。帯をとると、彼女の向こうずね、足の甲、白いパンプス、そして敷石が、アップで目に映じることになる。いいではないか。良すぎるほどではないか。試みてみる価値は充分にある。

以上のような経過をへて、いまここにあるこのような表紙が、現実のものとなった。村上達朗さんの、秀逸なアイディアのじつに明快な勝利だ、と言っておきたい。そのことについて語るこのあとがきを望んだのも彼だ。内容についても言及しなければ、彼の意には完全には添えない。

一九五七年に十七歳あるいは十八歳だったふたりの少年たちが、それぞれに年上の女性の本能的に正しい導きを得て、自分たちの進むべき方向の出発点を発見していく、という物語がこの小説だ。少年のひとりはヨシオという名になっている。作中で彼が言っているとおり、ヨシオは義雄や良雄あるいは良夫でも義夫でもなく、ましてや義男などではなく、音声としてのヨシオでしかない。「時代背景はきみとおなじではないか。それに、ヨシオが住んでいるあたりから歩いて二、三分のところに、この時代のきみは住んでいたよね。生活の状況だって、なんとなく似たところがあるよ。しかもヨシオはどうやら作家になるようだし。ヨシオとはきみのことだろう」というような質問に対して、そうではない、と答えておかなくてはいけない。

ヨシオという名の少年を主人公のひとりにして、かつて僕は一度だけ小説を書いたことがある。『生きかたを楽しむ』というタイトルで文庫で刊行され、いまはとっくに絶版の、中編と呼ぶにふさわしい分量の小説だ。第三者的に見て、海のものとも山のものともわかりかねる、そして彼自身もわかってはいずわかろうともしていず、わからなければならないとも思っていない、したがって、その意味では彼だけの純粋な立場を獲得している、気持ちのやさしいおだやかな広がりのある少年に、なんという名をつければいいか、僕はずいぶん迷った。いろんな名前を考えたが、どれもみな彼にふさわしくなかった。最終的にふと思いついたのがヨシオだった。そうだ、ヨシオしかない、と思って僕は彼をヨシオにした。彼はまさにヨシオとなってくれて、僕としてはたいへん気にいった小説が書けた。

この『東京青年』のヨシオも、ほぼおなじようなヨシオだと言っていい。僕が書く「ヨシオもの」の二作目だ。ヨシオのほかにもうひとり出て来る主人公は、冬彦という名だ。そして彼を鍛える年上の美人は、夏子という。夏子に冬彦という、架空そのもののような名に対して、僕はさらにどんな架空の名を考え得るだろう。ヨシオという架空の名のほかに、彼の名はない。だからヨシオだ。ヨシオという名にしたおかげで、『生きかたを楽しむ』のときとおなじく、興味深いありかたの少年ないしは青年をひとり、僕は作ることが出来た。

自分が書く小説の時代背景を、一九五七年から六〇年代の初めの期間に設定することは、僕にとっては無謀なことと言っていい。知らないとはけっして言えないものの、ほとんど忘れてしまっているから、無謀なのだ。しかし、時代考証がすべてのような小説ではないから、無謀でもいっこうに構わない。登場するふたりの青年たちは、いつの時代の人でもいい。住んでいる場所も、東京ならどこでもいいだろう。しかし、女性たちは、作中に設定されているこの時代にこそ、置きたかった。表紙の世界を作ってくれている足もとは、夏子や直子の足もとであり、優子そして彼女の母親の、順子の足もとでもある。

東京青年　角川文庫　二〇〇二
早川書房（一九九六）の文庫版

この小説が一九九六年に単行本で刊行されたときにジャケットに使った写真を、今回のこの文庫本でもジャケットに使うことが出来た。まったく同一の写真ではないが、おなじ被写体をおなじように撮ったものだ。僕はこの写真を気にいっている。一九五〇年代のおそらく前半、アメリカのごく一般的な雑誌に掲載されたファッション写真から、僕が五十ミリのマクロ・レンズを使って複写した。

掲載されていたのは全身像だった。当時のアメリカで最先端だったはずの女性ファッションを身につけてポーズをとった、ひとりのモデルの全身像だ。その写真を僕は一眼レフのファインダー視野でいろんなふうにトリミングしながら、複写遊びをした。白黒の印刷物の複写に僕はカラーのリヴァーサル・フィルムを使う。たくさん撮ったなかでいちばん良かったのが、今回もジャケットに使ったこの写真だ。なぜこの写真がいちばん良かったのか。このように作り上げられた若い女性の足もとという光景は、普遍に到達しているといっていいほどの出来ばえのいくつかの要素によって、構成されているからだ。

見るからに歩きにくそうな靴、そしてスカートではないか、なぜこれが普遍なのか、という意見もあるだろう。普遍という言葉の、ここで僕が使うにあたっての意味を、僕は説明しておかなくてはいけない。架空の物語のなかに、一定の役割をあたえられて登場し、その役割どおりに機能する女性の登場人物を、この一葉の写真から、僕は少なくとも何人かは作り出すことが出来る、というような意味で僕は普遍という言葉を使っている。

『東京青年』というこの小説の内答を、他の小説とおなじく、僕はゼロから考えて作った。まったくなにもないところに、ある日ふと、考えていくための小さな足場がひとつ、生まれる。物語の背景となる時代を、三、四十年ほど以前の東京に設定しよう、というような思いつきが、小さな足場作りの発端となった。一九九六年を背景にして小説を書くことなど、とても馬鹿馬鹿しくて出来ない、と思ったからだ。この思いはいまでも続いている。

主人公となるべき青年は、一九五七年には十七歳、そして一九六〇年には二十歳というふうに、思いつきはやがていま少し具体的になっていく。年号と年齢がうまく重なり、照合するのがたやすい。この青年がさらに二十二歳、二十三歳となっていくあたりまでを背景にしよう、などと思う。東京オリンピックのちょっと手前までだ。一九五七年には十七歳の少年、そして一九六〇年には二十歳の青年という、ひとまずただそれだけではあるけれど、ひとりの男性が僕の頭のなかの小さな足場の上に立った。

ジャケットの写真を複写したのは、ちょうどその頃だったと思う。いちばん気にいった足もとの写真をプリントしてみた。表紙に使える、とはさすがにそのときはまだ思わなかったが、節子、直子、夏子、優子、そして順子という五人の女性たちを、この足もとの写真から僕は作り出した。

十七歳の少年であれ、それから三年後の二十歳の青年であれ、あの時代のひとりの若い男性にとって、容姿において膝から下がこれほどの出来ばえである女性は、当然のこととしてまず年上ではないか。少しだけ年上である節子と夏子を僕はまず作り、続いて二十歳以上も年上の直子を引き出したのち、高校の同級生であるおなじ年齢の優子を、そして時代的にはかなりさかのぼるけれども、優子の母親である順子も、おなじ一葉の写真から、少なくとも彼女たちの基本は、発想した。

十七歳から二十二、三歳までの期間に、ひとりの東京青年が五人の女性を引き受けるのは、いくらフィクションとは言え無理がある。折りにふれてなおも写真を眺めると、やがてこの五人の女性の割り振りが見えてきた。節子は途中で退場する。主人公の親友として冬彦という男性を作り、夏子は彼の相手役とする。女優になる優子は、彼らふたりからほぼ等しい距離をとって、やや脇にいる。そして順子は、いまはすでにこの世にはいない人だ。

こうして四人がそれぞれの場所を得たあとに、直子が残った。残ったとはつまり、彼女の役がもっとも大きい、ということにほかならない。彼女をいちばん年上の女性にすればいい。この写真の女性は直子である、と思いながらさらに写真を観察していくと、やがてひとつ思いつく。このスカートにこのハイヒールで彼女がいつも歩くのは、板張りのフロアが好ましいのではないか、というアイディアだ。このアイディアを延長させていくと、彼女が店長である板張りのフロアの喫茶店、という場所が浮かんでくる。

『東京青年』という物語のすべてがこの写真のなかにある、とまでは言いきれないものの、かなりのところまでがこの写真にあらかじめ内蔵されていた、とは言っていい。じつに不思議な写真だ。手に取って眺めていると、あるときふと僕の頭のなかにアイディアを転送してくれる、魔法のような記憶媒体なのではないか。

映画を書く

ハローケイエンターテインメント　一九九六

子供の頃から始まって現在から四年前までの期間のなかで、僕は日本の映画を一本も見ずに過ごした。見ないぞ、ときめたから見なかったのではない。日本の映画への接近の経路が、子供の僕にはなかったからだ。大人になっても、それはないままだった。子供の頃の友だちに、たとえば時代劇の好きな子がいたなら、誘われてつきあい、僕は何本もの時代劇を見てファンになったかもしれない。

僕は子供の頃から長いあいだ、下北沢のすぐ近くに住んでいた。当時の下北沢には映画館が四軒あった。そのうちの一軒、グリーン座という映画館は、日本の映画を専門に上映していた。

下北沢の駅を北口で出て左へいき、井の頭線に向けて坂を登りつつ直角に右へ曲がったすぐ右側に、そのグリーン座はあった。

下北沢のこの一角は、子供の僕にとって行動範囲の外だった。下北沢を僕はよく知っているが、理由はほとんどないままに範囲外となり、そのままずっとそうであるという町の部分が、子供にはあるようだ。グリーン座の前を歩いた記憶が、僕にはほとんどない。大人になってからは一度も歩いていない。僕が四年前まで日本の映画を見ないでいたのは、このような単純な理由によるものだ。

四年前の夏、僕は『最愛の人たち』という小説を書いた。高校の同級生であり、大人になってからも仲良しの、写真家、作家そして女優の三人が作りだす、たいそう幸福な状況の物語だ。この女優の設定のなかに、小津安二郎の『東京物語』のリメークに出演し、オリジナルでは原節子が演じた役を演じなおす、という部分があった。見ておいたほうがいいだろうと思った僕は、『東京物語』のヴィデオを買って来て、梅雨が明けていきなり始まった夏の夜、それを見た。僕が日本の映画を初めて見たのはこのときだ。

見終わった僕は、たいそう不思議な映画を見た、という感想を持った。そのときはそれだけだったが、じつはこの『東京物語』は、監督の小津安二郎にとっては、紀子三部作とも言うべき作品の三番めにあたることを、僕は偶然に知った。『東京物語』のなかで紀子を原節子が演じた。そしてそれ以前の『晩春』と『麦秋』でも、原節子が紀子を演じたという。『晩春』と『麦秋』を見ると面白いかもしれない、と僕は思った。だから僕はその二本の作品も見た。

『東京物語』に対して僕が持った不思議な映画という印象は、『晩春』と『麦秋』とを見て、少なくとも三倍にはふくれた。不思議さがどこから生み出されて来るものなのか、やがて僕にはわかった。監督が自分を満足させるために、自分の思いどおりに作っているからだ。不思議なのは小津なのだ。紀子三部作は表面的には紀子の物語だが、監督にとっては紀子の父親にあたる周吉という初老の男性の物語であり、『麦秋』を越えてさらにそのあとの『東京暮色』にまで延長されていることも僕は知った。

紀子三部作のなかで、原節子という女優の良さや能力を、小津はじつにうまく引き出している。原節子の代表作はこの三本だ、と僕は結論を出しているほどだ。小津がこれほどまでにうまく使った原節子を、ほかの監督たちはどのように使ったのだろうか、という興味がほどなく僕の内部で発生して来た。

だから僕は彼女の戦後の主演作を十数本、ヴィデオで買って見た。その作業の結果として、僕は『彼女が演じた役』（早川書房）という本を書いた。少なくとも僕の見た範囲のなかでは、小津とおなじほどに原節子を使いこなした映画監督は、ほかにひとりもいない。なぜそうなのか、という不思議さが僕の手のなかに残ることとなった。

『彼女が演じた役』という原節子の本を書くにあたって、市販されているヴィデオは僕が自分で買った。かつて市販され、すでに市場から消えている作品に関しては、ここにあるこの『映画を書く』という本の編集を担当した、Sさんが提供してくれた。彼は膨大なライブラリーを持っていて、ほとんどどんな作品でも彼に頼むと見せてもらえる。

本を書き終えてもなお、彼からのヴィデオの提供は続いた。「ほんとにお暇なときにご覧ください」という注意書きとともに、それらは絶妙のタイミングおよび取り合わせで、僕が住む庵に宅配便で届くのだった。『銀座カンカン娘』『カルメン故郷に帰る』『颱風圏の女』『お茶漬の味』『海女の戦慄』『自由ヶ丘夫人』『有楽町で逢いましょう』『泣かないで』『羽田発7時50分』『銀座二十四帖』『女奴隷船』『女体渦巻島』『女真珠王の復讐』……ほんとも嘘もなしに、暇と言うなら僕はいつだって暇だから、届くはじからこのようなラインナップで、僕は日本映画を見ていった。

原節子を使いこなした監督が小津のほかにいないことの不思議さとつながって、その前方に広がる新たな不思議さないしは奇妙さの領域が、僕には見え始めた。不思議さや奇妙さは、次々に見ていく作品の、出来ばえと直接につながったものであることが、ほどなくわかって来た。どの作品も奇妙あるいは不思議な出来ばえなのだ。ひとつ見るごとに積み重なっていくそのような印象は、『上海帰りのリル』を見るにいたって、ひとまず頂点に達した。また本を書くことになるのかな、と僕は思った。

そしてそのとおり、Sさんの術中にはまって出来上がったのが、この『映画を書く』という本だ。昭和二十年をまんなかにはさんでその前後十年ずつ、合計二十年という時間のなかで、昭和十年から三十年まで一年につき一本ずつ映画を見ていき、それぞれに関して論評するという構成を手に入れた僕は、『上海帰りのリル』から書き始めた。

昭和二十年は、それまでの日本が少なくとも表面的にはひとまずすべてひっくり返った年だ。

そしてそれ以後から現在にいたるまでの日本の、基本的な方針のすべてが、昭和二十年のなかにある。中心点、つまり戦前戦後のどちらにでも視線を向けることの可能な出発点として、一九四五年／昭和二十年ほどふさわしい年はない。一年につきひとつずつの点を頼りに、一九四五年を中心点とした日本の二十年間を、娯楽映画をとおして僕は見渡してみた。そしてなにがどう見えたかについて、僕は書いた。

ここは猫の国　研究社出版　一九九七

僕は絵本を買うのが好きだ。気にいったのを見かけるとかならず買う。いつのまにか手もとにかなりの数の絵本がたまることになる。本棚は一列そしてまた一列と、絵本で埋まっていく。ときたま何冊か取り出しては観察する。すっかり忘れている絵本に久しぶりに再会すると、出会ったときの感銘は何倍もの大きさになって、おなじ絵本から僕に戻って来る。

本棚が三列も四列も絵本でいっぱいになった光景をいつも見ているうちに、これだけある絵本を材料に使って、絵本についての本を作ったら楽しいのではないか、と僕は思うようになった。その思いの延長線上に、『絵本についての、僕の本』（一九九三年、研究社出版刊）という本が生まれた。研究社出版編集部の吉田尚志さんの熱意と共感が大きな力を発揮した。

この本を作るにあたって、材料となる多くの絵本を、内容の傾向に沿って僕はいくつかに分類した。無理のない、しかもわかりやすい分類となったので、仕分けされたそれぞれをひとつの章にすることにした。そして章ごとに、そのなかの絵本について一冊ずつ、僕は感想を書いた。

猫を主人公にした絵本が、どの章のなかにもたくさんあった。猫の絵本をそうではない絵本のなかにこのように散らしておくよりも、猫の絵本はそれだけをひとまとめにして別の本を作ったほうが、描かれた猫をより良く生かすことになるのではないか、と僕は思い始めた。だから僕はどの章からも猫の絵本を抜き取った。

結果としてどの章もすっきりとした。そして猫の絵本だけをあらためて観察すると、それはものの見事に猫の国だった。作業テーブルの上に、猫をさまざまに描いた絵本をひと山に積み上げると、それは猫そのものだった。猫の絵本についての本をかならず作ることにしよう、と僕は自分で自分に言った。

『ここは猫の国』というこの本は、以上のような経過で生まれて来た。今回もまた、吉田さんのあと押しが大きく作用した。目につくたびに買っていき、いつのまにかこれだけの数になった猫の絵本を、そのまま材料にしている。むきになって集めたなら、数はもっと増えたことだろう。猫の絵本には傑作が多い。猫は画家や文章家の創作意欲をかき立てる存在らしい。才能のある画家が創作意欲をかき立てられて取り組むと、そこには必然的に傑作が生まれてくる、ということだろう。猫の絵本というものは、その意味でもたいそう幸せな世界だ。猫の絵本には傑作が数多くあり、そのどれもが幸せな充実感に満ちていることを、僕のこの本でなんとか伝えることが出来るなら、この本という試みはそれで成功だ。

猫を描き出すことだけに限定したとしても、そのことにかかわる才能は文字どおり千差万別だ。魅力的な猫がじつにヴァラエティ豊かに、さまざまな絵本のなかに生まれてそこに生き続けている。一冊の絵本を開けば、そこにかならず一匹あるいはそれ以上の数の猫がいる。猫の絵本は一冊ずつが猫だ。原稿を書くにあたって、猫の絵本を僕は作業テーブルの上にサイズ順に積み上げた。いちばん下にもっとも大きい絵本を置き、その上にほぼサイズの順番に積んでいき、いちばん上のはいちばん小さい絵本となったはずだ。この本でとりあげた絵本の順番は、だいたいその順番になっている。いちばん小さいのは、枝の上で笑っている猫のフリップ・ブックだ。

何冊もの猫の絵本を、写真はいっさい使わずに文章だけで紹介していく、という方法はあり得るとは思うが、写真を添えるなら一目瞭然だし、そのほうが楽しい。だから僕はどの絵本もその表紙や裏表紙、あるいは表紙の一角などを、自分で写真に撮った。さらに誘惑に負けて、ページのなかの猫たちも、写真に撮ってこの本に使った。そのような場合の写真の機能は、棚から一冊を抜き出し、「この絵本は傑作だよ。ほら、この猫を見てごらん」と、人にページを開いて見せるときとおなじ機能だけを果している。それ以上でもそれ以下でもない。不許複製のルールに抵触するなら、そのことの責任は僕にある、猫たちにはない。

僕が小説を書き始めてから、二十二、三年が経過した。かなり多くの小説を書いた。猫を主人公にして書いたごく短い小説がひとつだけある。かつてサンリオから刊行されていた『いちごえほん』という雑誌に書いたものだ。掲載されたその雑誌の切り抜きが、なぜか猫の絵本とともに保管してあった。せっかくだから「あとがき」の一部分として再録することにしよう。「あとがき」のおまけだ。主人公は猫だが、猫そのものを書いたのではなく、猫の姿を借りて僕はおそらく僕自身を書いている。僕が猫だったら、その猫はたとえばこんなふうにも生きているだろうか、という話だ。文章で描かれた一匹の猫に、自分自身の文章でなってみる、という試みだ。その試みに僕は「ねこが今夜もねむる」というタイトルをつけた。

＊

ねこが今夜もねむる

ねこの多江子は、とつぜん、目をさました。いつものくせだ。気持ちよくねむっているそのねむりのちょうどまんなかあたりで、多江子は、いつもとつぜん、目をさます。夢をみながら、その夢のまんなかで目をさますこともあるが、いまはなにも夢をみていなかった。

目をさました多江子は、気持ちよかったねむりの余韻を体ぜんたいに感じながら、ゆっくりと立ちあがった。あたりをみわたした。部屋のなかは暗かった。自分をかってくれているこの家の、ご主人の書斎のような部屋のかたすみにある、ひとりがけのソファの上でねむっていたことを、ねこの多江子は思いだした。ご主人は、日曜日の午後、このソファにすわり、ショパンの二十四のプレリュードをきいたりする。

多江子はきわめて身軽に、ソファの上からフロアにとびおりた。部屋のなかをゆっくりとひとまわりし、なかば開いたままのドアから、ろうかへでていった。ろうかのてんじょうには、明かりがともっていた。ろうかは、まっすぐにむこうにむけてのびていた。たたみのしいてある大きな部屋をへて、そのむこうは人工しばのあるバルコニーだ。ろうかはしずかだった。ろうかに面して、この家の二人の男の子、ケンイチとユージの、それぞれの部屋があった。どちらの部屋のドアも開いていた。なかは暗く、男の子たちはとっくにねいっていた。

ろうかのこちらがわのはしにあるかいだんを、多江子はおりていった。多江子という名前は、この家のおくさんがつけてくれた。うちには男の子しかいないので、女の子の名前をよぶチャンスがない。このめすねこに女性の名をつけておけば、家のなかで女の子の名をよぶことができて楽しい、とおくさんはいい、多江子という名前をねこにつけた。多江子に子ねこが生まれるならそれはめすねこであり、二ひき生まれるはずだと、おくさんは勝手にきめていた。その二ひきの子ねこの名も、すでにきまっていた。多江子から「江」の字をとり、澄江と菊江なのだそうだ。

一階へおりた多江子は、げんかんをしばらくかんさつしたあと、ろうかをおくにむけて歩いていった。左がわに、おうせつ室のドア。そして、右がわに、トイレット、納戸、浴室と、ドアが三つ続いていていた。浴室のドアだけが開いていた。多江子は、浴室に入ってみた。ろうかからの明かりと、けしょう台のとなりのまどからの明かりが、ほのかに重なりあっていた。

けしょう台に、多江子は、とびのった。なにも意味はない。ただとびのってみたかっただけだ。石けんをおく皿に近づいた多江子は、なかばとうめいな緑色の石けんに顔を近づけ、そのかおりをかいでみた。だれもがねいってしまった夜おそく、ひとりで石けんのかおりをかぐのが、多江子はすきだ。

こんどの日曜日はおふろに入れてもらえるかな、と多江子は思った。おくさんはつめを立てて力まかせに洗ってくれるけど、ご主人はやさしくもみほぐすように洗ってくれる。そしてそのあいだずっと、いろんなことを語りかけてくれる。多江子は、おくさんとふろに入るよりも、ご主人とふろに入るほうがすきだった。

石けんのかおりをひとしきり楽しんでから、多江子は、けしょう台からとびおりた。かつて一度だけ、石けんを食べてみたことがあった。かおりに反して味はまずく、しかも朝まで口のなかにその味がのこり、多江子は閉口した。

寝室のドアが、やがて左がわにあった。おくさんとご主人のベッドのあいだに、多江子は入ってみた。二人ともなにも知らずにねむっていた。ご主人のベッドの足もとのすみに多江子がとびのると、そのときのかすかなしんどうで、ご主人はかならずねがえりをうつ。ひとつやってみようか、と多江子は思った。しかし今夜はやめておくことにした。

寝室をでた多江子は居間に入ってみた。居間の明かりは消えていた。庭に面した大きなガラス戸には、すべてカーテンが引いてあった。そのカーテンのかげに、多江子はするりと入りこんだ。カーテンとガラス戸とのあいだを、ゆっくり歩いてみた。

夜の庭がみえた。空には月がでていた。月の光を、庭とともに、多江子も全身にうけとめた。庭を、多江子はしばらくかんさつした。なにごとも起こらなかった。カーテンの下からこちらがわへでてきた多江子は、居間のむこうのかべの手前になにかがあることに気づいた。そこまで多江子は歩いていった。

この家の二人の男の子たち、ケンイチとユージの、野球のグラブふたつとボールがひとつ、置いてあるのだった。ひとつはキャッチャーズ・ミット、そしてもうひとつは外野手のグラブだった。ボールは、そのふたつのグラブのあいだに、転がっていた。

その白いボールで、多江子はひとしきり遊んだ。つきとばすとボールはむこうへ転がり、つめを立てて引きよせるとこちらへ転がってきた。はじめにあった場所までボールを鼻の頭でおしていった多江子は、大きなあくびをひとつした。またねむくなってきた。ふたつのグラブをみくらべた多江子は、キャッチャーズ・ミットのなかに体をはめこむようにして、うずくまった。

体の位置をきめると、ミットの内部にだきこまれたようで、たいへんに快適だった。こういう寝場所もあったのかと、ひとりで感心しながら多江子はすぐにねむった。ねむった多江子は、こんどは夢をみた。夢のなかで、自分は野球のボールになっていた。ケンイチとユージが庭でキャッチ・ボールをするときの、そのボールだ。

ケンイチのキャッチャーズ・ミットから、ユージのグラブへ、そしてその逆に、ユージのグラブからケンイチのキャッチャーズ・ミットへ、ボールになった多江子は何度もくりかえし空中をとんだ。

ボールになって空中をやりとりされるのは、快適な感覚だった。空に目をむけると、広い空間のただなかを遊泳しているようであり、庭をみおろすと空からつり下げられてゆれ動いているようだった。

空中をとんでいくのも快適なら、二人のグラブにこうごにおさまるときもまた、この上なくいい気持ちだった。グラブにおさまっては空中をとび、空中をとんではグラブにおさまるという、ふたとおりの気持ちよさを、ねこの多江子は夢のなかで体験した。

庭の一方のはしから他方のはしへ、多江子はくりかえし何度もとんだ。そして、あるとき、多江子は、空中でとつぜん止まってしまった。庭のまんなかの空中にういたまま、どちらへも動かず、身動きがとれなくなった。これはこまった、たいへんだ、どうしよう、と思って両手両足で必死にもがくと、そのしゅんかん、目がさめた。

ねむっていると、いつもそのまんなかあたりで、ねこの多江子は目をさます。キャッチャーズ・ミットからゆっくりとでてきた多江子は、こんどはどこでねようかと、暗い居間をよこぎりながらひとりで考えた。

女優たちの短編

集英社　一九九七

いまの日本を背景にして小説を書くのは、相当に難しいことなのではないか、と僕は思う。いまの日本とは、要するにその言葉どおり、いまの日本のありかたすべてのことだ。これを背景にして、たとえばその背景の文脈とはほとんどなんの関係もない人たち、つまり外国人たちを主人公にして小説を書くことは、充分に可能だし書き手にとっては楽しめる創作行為になるだろう。

しかし、いまの日本という文脈そのもののような、そこから生まれてそこだけで育ったような人たち、つまり日本人を主人公にして彼らの小説を書くのは、少なくとも僕が考えるかぎりでは、至難と言っていいほどに難しい。いまの日本を背景に、日本の若い女性たちの小説を書いて、書き手は楽しい充実感を持てるだろうか。

書いていく物語のなかに、現実との接点を可能なかぎり失わずにおこう、などと試みれば試みるほど、描かれていく物語は奇怪にねじれた物語になるのではないか。若い女性の小説を書こうとするなら、みじめさを遠くとおり越した凄惨で暗くて夢のない、まったくと言っていいほどに負だけの世界が、そこにあらわれるのではないか。

いまの日本という文脈にまきこまれてはいない立場、たとえば英語で育った人が英語で書くとか、学習して身につけた第二外国語としての日本語で書く、というような立場から書くと、いまの日本は背景としてそのような作家には興味深いものがあるかもしれない。まきこまれたらそれでおしまい、という状況が日本のいたるところにある。そうであるからには、まきこまれてはいない立場というものは、創作にとっては有利であるはずだ。

写実を旨としながら現実感のなかで小説を書く場合には、写実はいいとして現実感のほうを、可能なかぎり希薄にしておくと、いま少しだけだが小説は書くことが出来る。この短編集で主人公たちをつとめている「女優」とは、写実は充分になされ得るけれども、現実感はまったく希薄であるという、そのような存在を意味している。彼女たちに現実感がいかに希薄であろうとも、彼女たちの体は現実だ。自分にとっての現実である体ひとつで、それでは彼女たちがなにを試みれば、それは小説になり得るか。以上のようなことを考えながら、僕はこの短編集のなかの短編を書いた。

日本語の外へ　筑摩書房　一九九七

この本を作るのに五年ほどの時間がかかっている。僕ひとりで作ったのではなく、いまはフリーランスの編集者として仕事をしている、まだ二十代の、吉田保さんとの共同作業だ。彼は僕に原稿の催促をし続けて、五年も粘りぬいた。

一冊の本を作る提案を僕に最初にしたとき、彼はある出版社に勤めていた。本はそこから出る予定だった。僕がそれまでにさまざまな雑誌に書いた文章を、吉田さんは丹念に集めて編集し、こんなふうにまとめて一冊にしたいのです、と僕に見せてくれた。

雑誌に書いた文章を一冊にまとめた本というものを、僕はすでに何冊も作った。もう一冊作ってても作らなくてもどちらでもいいという気持ちで、僕は彼がまとめてくれた原稿を見ていった。見るだけで一年くらいかかったのではなかったか。その一年を使って僕がたどりついた結論は、すべてあらたに書きおろしたほうがいいからそうしよう、ということだった。僕のその提案を、吉田さんは受けてくれた。その頃には彼は別の出版社に移っていたと思う。

彼がまとめてくれた原稿を第三者的な視点で見ていった僕は、その原稿がはからずもカヴァーしている領域を見ることとなった。その領域とは、アメリカとはなにか、英語つまりスタンダード・アメリカン・イングリッシュとはなにか、日本語とはなにか、そして日本とはなになのか、というような領域だった。こういった領域について、部分的に飛び飛びに書いてある自分自身の文章というものは、書いた当人にとって気持ちのいいものではない。出来るだけ気持ちのいいものにするためには、ぜんたいを書き下ろすほかなかった。だから僕はそうした。ぜんたいを書き下ろすとは、気のすむまで言葉を敷きつめてみる、というようなことだ。

その作業に四年かかった。なぜですかときかれたら、僕には答えようがない。それだけの時間が必要だったのだ、と思うことにしよう。なにしろ膨大な領域だから、どの部分においても深入りしたならにっちもさっちもいかなくなる。かといって一般論で対応するのは無駄なことだ。どの部分もすでに多くの人の評論で書きつくされている、と言っていい。と同時に、僕個人の主観にすべてを染め上げることを、僕は可能なかぎり避けたいとも願った。

こういう領域に関して、主観的に書くことにどれほどの意味があるだろう。ほとんどないと僕は思う。しかし書いていく人はこの僕ひとりであり、その文章は僕の歴史のなかからしか出てこない。どうすればいいのか。書きかたの問題であることは明白だ。どんな書きかたをすればいいのか。出来上がった文章ぜんたいが実像になり、それを書かせた僕の歴史はレンズとなり、そのレンズのこちら側にいる、本来なら実像であるはずの僕が虚像になるような書きかたをするなら、それがもっとも好ましいのではないか。

そのような考えに到達し、僕に出来る範囲で可能なかぎりそのように書いていくために、時間がかかった。書き手の時間というものは、時としてそのようにも費やされる。

この本の冒頭で、僕はアンドリュー・ワイエスのヘルガの絵について書いている。湾岸戦争が始まった夏、高原の美術館で見たヘルガの絵についてだ。ヘルガを描いた絵の、最初の展覧会が開かれたのは、一九八七年、ワシントンのナショナル・ギャラリー・オヴ・アートでだった。その後、アメリカのなかで五つの都市を巡回したあと、その展覧会は海外へ出た。僕が見たのはそのうちのひとつだったようだ。

その展覧会での順路の入口近くの壁に、解説文のパネルがかけてあった。日本語によるその解説を読むともなく読んだ僕は、アンドリュー・ワイエスの次のような言葉を記憶することとなった。正確な引用ではないが、ひとまず括弧に入れておこう。「私の絵を見て寂しいとかペシミスティックだと言う人たちがいますが、自分がいま見ている光景をずっと自分のもとにとどめておきたいと私は願うので、そのことがペシミスティックな印象を生むのでしょう」

美術館の庭に出て芝生に横たわり、夏の空のあちこちを眺めながら、ワイエスのこの言葉をもとの英語でつきとめたい、と僕は思った。ワイエスの画集についている解説文のなかに、きっと見つけることが出来るはずだ、と僕は思った。思ったまま、五年が経過した。

『ザ・ヘルガ・ピクチャーズ』という画集をすでに手に入れていた僕は、このあとがきのためにあらためてその画集を手に取った。鉛筆、水彩、ドライブラシ、そしてテンペラなどによるヘルガの絵を、たくさん収録した見ごたえのつきない画集だ。ちなみに、アンドリュー・ワイエスがヘルガを描いたのは、一九七一年から一九八五年までにわたる期間だ。彼に描かれ始めたとき、ヘルガは三十八歳だった。

『ザ・ヘルガ・ピクチャーズ』というこの画集は、ぜんたいがいくつかに区分けされている。区切って説明するための区分けではなく、ぜんたいを見渡す人の視線をよりいっそう滑らかにするための手助けとしての、じつに気持ちのいい区分けだ。その区分けのワン・ブロックごとにワイエスの言葉が引用してあり、章タイトルのように機能させてある。ヘルガの絵のなかを視線で歩いていく人たちにとっての、適所ごとに立っている指標のようだ。

引用してあるワイエスのいくつかの言葉のなかに、僕は探していた言葉を見つけた。仮に翻訳すると次のようになる言葉だ。「私の絵のなかにはメランコリーの雰囲気があると言う人たちがいます。時間は刻々と経過して過ぎ去っていくという自覚とともに、いつまでもそれをとどめておきたいと願う気持ちが、私にはあります。このへんに人々は悲しさのようなものを感じるのかもしれません」。あの夏の展覧会で僕が日本語で読んだ彼の言葉は、ほぼ間違いなくこの言葉の翻訳だ。

絵を描くことは自分にとって見るという行為だ、とワイエスはこの画集のいちばん最初の引用のなかで言っている。視神経で見るだけではなく、感情でも見ないことには、なにを見てもそれは自分のアートにはなってこないという。

二番めの引用では彼は次のように言っている。「日々そのときどきの自分の感情や思いを表現してくれるだけのものを見つけられるかどうかに、すべてはかかっているのです。見つけた対象に関して、自分の感情がどれだけ成長し深まっていくかということだけを、私は追い求めているのです」

ヘルガの絵の展覧会でもうひとつ僕の記憶に残ったのは、鉛筆による数多くの断片的なスケッチだ。最終的に作品がまとまるまで、たどりつづけなければならない試行の跡だ。鉛筆は絵の具とはまったく別の領域のものだし、事物の核心に迫ることを可能にしてくれる鉛筆というものの質を、彼はたいそう好いているそうだ。

最終的にひとつの絵が出来るまで、いくつものスケッチが、それに必要なだけの時間のなかで、ワイエスによって描かれていく。そのようなスケッチを当人はどこかにしまい込んだまま、忘れてしまう。たまたまフロアに落ちてもそのままにしておけばそれはそれっきりとなるし、フロアに落ちているのを踏んで歩いてもいっこうに気にならないという。終わった試行はすでに終わったことでしかないのだ。何度も重ねた試行をとおして、対象と自分とのあいだでのやりとりは、すでに充分になされた。充分になされたからには、試行によって得たものすべては、彼の意識下に入っているはずだ。そしてそれらがすべて、完成品となるべき最後の試みのなかにあらわれ出てくる。

そのようにして描いていく絵のなかに、彼がとどめようとしているものはなになのか。抽象のなかにひらめく一瞬の閃光のようなものだ、と彼は言っている。たとえるなら、視界の端にちらっとだけ見えてすぐに消えたもの。描き手である彼にとっては、抽象的なしかも一瞬ものだが、絵として完成すると、人はそれを直接に目の前に、望むならかなり長い時間、見ていることが出来る。事物をめぐって自分は強度にロマンティックなファンタジーを抱く、と彼は認めている。作品として完成させていくものもじつはロマンティックなファンタジーなのだが、作品を完成させるまでの経路はリアリズムだ、と彼は言う。

「夢が真実によって裏づけされていないことには、出来上がった作品はくっきりと独立しないのです」

赤いボディ、黒い屋根に2ドア

東京書籍　一九九七

雑誌から切り抜いた広告は、スティール製の事務用の本棚を何段かふさぐ量となった。自動車の広告はそのうちの三分の二ほどだった。どの自動車の広告にも、そのときどきの新車の容姿が、強力な前進性を託されて、現物よりもはるかにリアルに美しく、写真や絵画で提示してある。それらの容姿のなかに奇妙な構図を見つけては、そこだけをマイクロ・レンズの写真機で複写すると、面白い写真が出来る。そんな遊びでもして楽しもうかと思っていると、『アヴァン』という雑誌の1号から最終号の8号まで、自動車の広告切り抜きを使って連載をすることとなった。

連載の第一回はホンダのS600と赤い小さなオートバイの広告でまとめることになった。アメリカの雑誌に掲載された自動車の広告のなかで、このホンダの広告はたいそう異彩を放っていたからだ。もっとも突出して目にとまったものを、僕は第一回の材料に選んだ。連載二回めの材料は『エスクワイア』という雑誌に掲載された、マセイディース・ベンツの広告となった。異彩を放つと言うならこの広告も負けてはいなかったからだ。絵画による一九六〇年代のポンティアックの広告シリーズ。フォードのモデルT以前に、裕福な階級が実現させた自動車の流行のなかでの、一九一〇年代の『ライフ』に集中的に掲載された多くの美しい広告。一九五〇年代に流行した二色塗り分けの乗用車の艶姿。連載の回ごとに、強く目につく特徴的なものを抜き出しては、材料にしていった。

連載は八回で終わったが、そのまま書けるだけ書き続け、一冊の本にしようということになった。僕は切り抜きを観察しては検討を加えた。いくつかの項目がやがてまとまった。連載の八回分を加えると、一冊の本としてちょうどいい分量になることがわかった。だから僕は、項目ごとに広告を取捨選択し、選んだ広告を材料にして、項目ごとの文章を書いていった。この本はそのようにして出来た。

この本を構成している十六の項目は、僕が昔の雑誌から切り抜いた自動車の広告のなかにあった、ひときわ目を引いて目立っていたもののすべてだと言っていい。僕の好みの視点から引き出した項目が、ひとつふたつなくはないけれど、どの項目もすべてアメリカの自動車の広告のなかで、目立って特徴的な世界を作っていたものばかりだ。昔のダットサン、そしてホンダ、さらにはフォルクスワーゲン、マセイディース・ベンツ、そしてその他のヨーロッパ自動車の広告などが目立つほどに、アメリカという市場は巨大でしかも開かれていた。

この本を作るために、雑誌から切り抜いた数多くの広告を、僕は何度も観察した。そのプロセスのなかで僕の内部に蓄積されていった印象を取り出してひとつにまとめ、ごくおおざっぱに言葉にするなら、広告のなかに僕は個人を感じた、というような言いかたも出来るかと思う。広告されている自動車そのものに、少なくともある時代までは、個人を強く感じる。自動車の広告にも、そして広告や自動車の現物を受けとめる大衆にも、僕は個人としての存在の輪郭を感じる。

大量生産を至上の命題とした工場で文字どおり大量生産され、最大消費の最大幸福といった価値観に生きる大衆によって、現実に大量に消費される製品の典型、それはなによりもまず自動車である、というような説明がおそらくいまもなされているはずだ。図式だけを見るなら確かにそのとおりだが、工場を訪ねてその中枢へいけばそこには個人がくっきりと個人として存在しているし、消費者である大衆を最末端までたどるなら、そこにもまぎれもなく個人がいる。

何点もの広告を観察しているうちに、僕はそんな印象を確信のようにして持つに至った。歴史や文化のなかの出来事は、アメリカでは基本的には個人的な出来事なのだ。個人の夢を客観に転換し普遍に接近させていく全過程、それがアメリカであるようだ。『アヴァン』の連載から始まってこうして一冊の本になるまで、すべての作業を担当してくださった松山郷さんに感謝して、あとがきを終えておこう。

東京のクリームソーダ

光琳社出版　一九九八

僕が外で写真を撮る日を、僕の基準で大別すると、晴れた日と曇った日とになる。雨の日にはほとんど撮らない。雨が降っていれば、現実の光景の上に、意味として、あるいは雰囲気として、雨というものがひとつ加わる。雨の日にこそ、とまでは思わないが、これは写真にとっては悪いことではない。小雨の春の日、郡上八幡の町を傘をさして写真を撮り歩いたのが、雨の日の撮影に関する唯一の記憶だ。

曇りの日には、あまり気が向かない。しかし写真にとっては、曇っている日はけっして悪い日ではない。暗い曇りの日と明るい曇りの日とがある。明るい曇りのほうが僕は好きだ。暗い曇りの日だと、焦点はきっちり合っているのに、輪郭が妙にぼけることが多い。光のなかの青い色がいけないのか。

曇った日にはまんべんなく光がまわっている。どこか一部分に視線が引きつけられる、ということがない。だから曇った日の僕は、光景のぜんたいを見ている。これも写真にとってはいいことだ、と僕は思う。曇った日の自分は、晴れた日よりも冷静な自分だ。切り取るにふさわしい部分を、どちらかと言えば慎重に、僕は見つけ出す。慎重なぶんだけ、切り取られた光景は、結果として晴れた日に撮ったそれよりも、辛辣であったりする。日常の光景をひたしているうんざり感は、35ミリの画面いっぱいに、増幅されている。

晴れた日にくらべると、曇った日には撮影する枚数が明らかに少ない。ぜんたいの枚数が少なければ、収穫と言うべきものの点数も少なくなるかというと、そうとも言いきれない。晴れた日にくらべると冷静だから、したがって慎重にもなっていて、そのことの結果として撮影枚数は少なくなる、ということだろう。

晴れた日には太陽光が光景を直射している。直射している太陽光は、明るい輝きを持った透明な皮膜だ。これが光景にかぶさっている。光景のあらゆる部分にかぶさるわけではない。光が直射することなく、したがってくっきりと濃い影となっている部分がある。光景のなかに光と影が共存している。曇った日にはないことだ。

曇った日にくらべると、晴れた日の光景には、それがどんなに日常的で陳腐な光景であっても、太陽光によって直射されている部分と影になっている部分という、ふたつの要素が余計にある。このふたつの要素の参入によって、写真機で切り取りたくなる構図は、思いがけないところにたくさん作られている。それらを追っていくと、当然のことながら、撮影枚数は増える。次々に撮っていると、自分では自覚していなくても、少なくともある程度までは、冷静さを失っているはずだ。晴れた日の僕は、最初から曇っている日ほどには、冷静ではない。

構図は思いがけないところにたくさんあるから、それらを出来るだけ多く追いかけたいと僕は思う。撮影のテンポは早くなる。歩くのも早くなっているはずだ。早くしないと陽が落ちる、という認識もある。光を相手のまさにこの一瞬という時間は、市街地での呑気な撮影でも、10秒ほどだ。影は直射光の副産物だ、と僕は理解している。なにがどこでどのような影を作るかは、なにがどこにどのように存在しているか、という偶然によっている。その影を生かしたいとか、いい影を見つけたいといった作画意図は僕にはない。だから影のことは、ひとまず考えなくてもいい。

曇った日よりも晴れた日のほうがいいとは、太陽の直射光がたいへん重要な問題となっている、ということだ。直射光を受けとめることによって、光景は明るくなる。輝く。浮き立つ。

強調される。誇張もされる。現実の光景は、太陽光の直射を受けることをとおして、少なくとも僕にとっては、ある一定の方向に向けて、少しだけではあるにせよ、確実に変化する。

現実の光景に明るい透明な皮膜である直射光が密着すると、その現実の光景は様相を変化させる。少なくとも僕は、そのように感じる。そのように感じなければ僕ではない、という言いかたをしてもいい。現実そのものでありつつ、少しだけ違ったものになる。僕にとっては、そうなる。

どんな方向に向けてどのような変化をし、その結果としてどういうことが起きるのか。直射光の角度や輝度そして色などは、雲ひとつない日でも、時間の経過という軸に沿って、刻一刻と変化していく。たったいま見ていた光は、もはやどこにもない。次の光の状態となっている。そしてそれもまた、さらに次の光へと、変わっていこうとしている。写真機を持って歩く人の思考には、光はすべて仮のもの、という認識がいつのまにか定着する。

直射光を受けとめている光景は、非現実感を帯びる。密着している光の皮膜が仮のものなら、光の皮膜が密着している光景もまた、しばし仮のものとなる。まだ子供だった頃、ごく幼い頃に、僕は直射光に対してこのような感受性を持ってしまった。なにをきっかけに、どのような経路でそうなったのか、わかりっこない。理屈としてひとつ言えるのは、現実を現実のままにではなく、少しだけ変化させて受けとめるという性向が、幼い頃から僕にはあった、ということだ。

冬と夏と、どちらが好きかと問われたなら、文句なしに僕は夏が好き、と答える。服をたくさん着なくてもいいとか、全身の感覚にとって解放感が強くある、といったいくつもの理由が重なって夏が好きなのだが、もっとも大事な理由は、夏の光は強い、という事実だ。強い光によって、日常の時間のなかに連続する現実は、冬のそれとは異なったものになる。冬が現実そのものだとすると、夏は非現実なのだと言っていい。だから僕は夏が好きだ。

現実の光景は、太陽の直射光を受けることによって、なにほどか非現実感を帯びる、と僕は感じる。「と僕は感じる」というところが、僕は好きなのだろう。直射光などが当たれば、現実はますます現実として強調されるだけだ、としか感じない人は多いはずだ。しかしそのような人たちも、少しだけ落ち着いて考えてみるなら、強調されるとは非現実のほうへ多少なりとも傾くことだ、と理解出来るのではないか。

太陽光の直射を受けて、現実の光景が少しだけ非現実なものとなっている様子。それを僕は好いている。だからそのような光景を写真にも撮る。好きとは、どういうことなのか。好きになれる条件のひとつとして、たとえば、心地よさというものをあげることが出来る。心地よくなければ、好きにはなりにくい。なぜ、心地よさなのか。心地よければ許せるからだ。

現実がただ現実のままであるなら、それは誰にとってもただの現実でしかなく、僕としては許せる許せないといったことよりも先に、そんなものはどうでもいい、という態度しか取れない。太陽光の直射を受けて、現実の光景がなにほどか非現実の様相を帯びて初めて、僕は現実の光景というものに対して、たとえば写真に撮るというようなかたちで、興味を持つことが出来る。

非現実の様相を帯びるなら、いまの東京の市街地にあるどのような光景でも、許せるとは、受け身ではなく能動だ、と僕は思う。晴れた日の太陽光の直射という助けを借りて、僕は現実を非現実に転換しようとしている。面白い、許せる、写真に撮りたくなる、といったことを越えて、僕における現実の受けとめかたとして、そのような転換の努力は大切なのだ。

現実は受けとめなければならないから、受けとめるほかないのだが、現実を現実のままに受けとめるのは能がなくて嫌だ、という種類のわがままを、僕は発揮している。このようなわがままは、幼い頃からすでに僕のなかにあったようだ。一眼レフのファインダーごしに現実を見ているとき、いまのこの視線は五歳の頃の僕の視線とおなじだ、と思ったりすることがしばしばある。

現実を少しだけ非現実のほうに寄せてから受けとめる作業を、さらに二、三歩だけ先へ進めると、いっそのことすべては架空なのだと思ってしまえ、という態度につながる。僕が見ようが見まいが、晴れようが曇ろうが、現実が現実であり続ける事実は、微動だにしない。あまりにも微動だにしないから、せめてフィルムのワン・フレームのなかに切り取る光景は、いっきに架空の世界まで持っていくことは出来ないか。

この写真集の写真に添えたキャプションのなかに、この光景は映画の撮影セットだと思って観察するなら、その出来ばえは驚嘆に値する、というような言葉が何度か登場している。映画の撮影セットだと思って観察しなおすと、切り取られた光景のなかのあらゆるディテールが、精緻さをきわめている。すべての細部にまでリアリティの充満した、芸術作品だと言っても通用する、素晴らしいセットだ。この光景は仮に作ったものなのだ、光景のなかのすべてが架空なのだ、と思うことを接点として現実と接する、という現実の受けとめかたが成立する。

身のまわりにいくらでもある単なる現実の光景を、人々は見ているようで見ていない。見ればうんざりするだけだからだ。この光景は架空のものなのだ、映画の撮影セットなのだ、なにかのために精密に再現されたものなのだ、と思ってその光景を観察するなら、すべてのディテールの最終到達点にまで充満された精緻さは圧倒的であり、感動の対象とすらなり得る。

写真で切り取ることによって現実を虚構へと転換させると、虚構の精緻さに圧倒されながら、じつは現実をより深く見ることが可能になる。より深く見る、というかたちと内容による、現実との接しかたが手に入る。そのことの証拠としての写真を集めて、僕はこの写真集を作った。

音楽を聴く

東京書籍　一九九八

幼児の頃から現在にいたるまで、僕はじつに多岐にわたるさまざまな音楽を、大量に聴いてきた。特別に音楽に近い生活が身辺にあったわけではない。遠くも近くもなく、ごく普通の生活だったが、自分で聴いた音楽について考えてみると、考えは少しもまとまらない。いろんな音楽をたくさん聴いた、という曖昧な感慨しか手に入らない。

しかし、自分が聴いてきた音楽を、ふたつに区分けすると、自分と音楽との接しかたのすべてが、いっきに、そしてきわめて明確に、わかってしまう。

自分の目の前で、演奏者たちがそれぞれの楽器を使って作り出した音楽を聴いた体験は、再生音を受けとめたことによる音楽の体験にくらべると、たいへんに少ない。僕がこれまでに聴いた音楽の圧倒的多数は、LPやCDを再生して聴いた音楽だった。

僕がレコードを買い始めたのは、LPの時代がかなり進んでからだ。LPの時代は、僕にとっては、二十年くらいは続いたのだ。その二十年のうち、五年ほどは、カセット・テープが共存していた。LPはCDへと交代した。LP以前、つまりまだ子供の頃には、ラジオの放送と映画のサウンド・トラックという、再生の経路があった。いまさら言うまでもなく、僕もまた複製の時代を生きてきた。

LPやCDに封じ込め固定されている音楽は、過去に経過した時間だ。そしてその時間は、なんらかの価値をともなっている。LPやCDを再生すると、そのような過去の時間が、現在の時間と重なる。再生される音楽がなにほどか抽象化されたものだとするなら、それを自分の部屋で再生して聴く僕も、現在の時間、という程度にまでは抽象化されていると考えていい。

過去の時間がたずさえている価値を、現在の時間が受けとめる。現在は過去という価値によって計測される。現在とはどのような質なのか、過去の価値が計測して教えてくれる。再生して聴く音楽とは、いかに多岐にわたろうと、どれほど量が多くても、僕にとってはそのような価値として機能するものだった。

演奏者たちが目の前で作り出した音楽を受けとめた体験は、少ないけれどもどれもみな記憶している。聴いたその瞬間に、どの音楽も、僕には強く効いたようだ。再生して受けとめた音楽には、いくらそれが過去の時間ではあっても、価値をともなっていないものはたくさんある。それらの音楽はたちどころに忘れてなにも記憶していない。価値をともなった過去の時間は、再生して受けとめるたびに、少しずつ効いていったようだ。少しずつ効いた蓄積は、僕に対して動かしがたい影響をあたえる段階へと、ついに到達したようだ。この本はそのことの一例だ、と自分では思っている。

キャンディを撮った日

フレーベル館　一九九八

三つの空き箱を写真に撮り、かつて撮影したキャンディやガムのリヴァーサルをファイルから探し出して観察した僕は、今日という日はキャンディを写真に撮って過ごそう、と思うにいたった。時間はまだ午前中だ。空に雲はなかった。少なくとも日が暮れるまでは、晴れたままの状態が続くだろう。昼食を早めに食べ、キャンディを買いにいく。出来るだけ早くに帰って来て、ヴェランダでキャンディを写真に撮る。僕はそう考えた。

そしてそのとおりにした。昼食のあと僕はすぐに外出した。成城石井というスーパー・マーケット、そしてソニー・プラザが、電車に乗るならすぐのところにある。僕はその両方へいくことにした。石井にキャンディはたくさんあった。写真の被写体になりそうなものを選んでいくのは、楽しい作業だった。ひと袋のキャンディを手に取り、これをカラー・リヴァーサルで撮影したらその結果がどうなるかについて思うのは、ヴァーチャルな撮影と現像だ。

袋入りのキャンディを二十袋もひとまとめに持つと、それはかなり重いということを僕は初めて知った。重い袋を提げて僕はさらに電車に乗り、ソニー・プラザのある百貨店に向かった。そこにもキャンディは豊富に陳列されていた。僕はたくさん買った。「こちらは贈り物でしょうか」と若い女性の店員に訊かれ、「いいえ、違います」と答えている僕を、想像してほしい。いきつけの店でコーヒーを一杯だけ飲み、僕は電車に乗った。いつもの駅で降りた僕は、晴天の陽ざしのなかを自宅へ戻った。さっそく撮影なのだが、思いのほか手間がかかるのを、僕は知ることとなった。

ひと袋ごとに切り開いては、なかのキャンディを被写体として検討しなければならない。どのように撮ればもっとも感じが出て、しかもより美しくなるか。感じは出たとこ勝負でもいいとして、現物よりもなんらかの意味でより美しくならなければ、わざわざ写真に撮る意味はない。

買って来たすべてのキャンディをひととおり検討し、ではまずこれから撮ろうか、ときめたものから撮っていく。とは言っても、配置に工夫が必要なものは、これでいいという段階まで、工夫をこらさなくてはいけない。けっして凝った撮りかたはしないのだが、現物の持つ魅力が写真になることによって増幅されていること、という原則は守らなくてはいけない。

明るい直射光のなかで、あるいはディフューズした光のもとで、僕は写真機を経由してキャンディと遊んだ。太陽光とはほんとに素晴らしいものだという、何度めとも知れない確認を、シャッター・ボタンを押し下げるたびに僕はおこなった。

どんなに強く照っていても、太陽光は下品にならない。本来なら陽のもとに下品なものはいっさいないのだ。さらには、単一の調子にもならない。かっと照っている強い太陽光は一本調子ではないかと思うかもしれないが、そんなことはあり得ない。複雑微妙なのだ。太陽が西へまわり、そして落ちていくときの、その光の複雑な美しさ。これにかなう光はどこにも存在しない。

子供の頃から僕にとっては遊び道具だったキャンディは、いまは写真の被写体だ。中身はいっさい問題にされていない。問題なのは外側、つまり包装のしかただ。なかに入っているもののかたちが、包装をとおしてうかがえるものもあれば、まったく見当のつかないものもある。外側を撮ればそれで充分なものは、外側だけを撮る。

背景の黒い紙の上にどう配置すればいいか、とっさにきめていくのは楽しい遊びだ。配置が正解であるかどうかは、マクロ・レンズをとおして写真機のファインダーごしにのぞき込むと、すぐにわかる。慣れて来るとファインダーの視野にぴたりと納まるように配置出来る。配置に修正が必要なら、ファインダーごしに見ながらおこなう。

包装されたままを撮った写真がもっとも多い。五十点の写真のうち、包装をはがしたものは九点しかない。そのうち二種類のリグレーのガムは、厳密には包装を途中まではがしただけだ。小さな丸いチョコレートの粒やジェリー・ビーンズは、このまま袋や箱に入っていた。マシュマロもそうだ。包装をはがしてもっとも面白いのは、白くて小さな四角い粒ガムだ。ポロの穴のあいた円の造形も、端正で好ましい。

包装紙だけを撮るのも、場合によっては面白い。撮るにあたってはまっ平らにのばさず、なかにくるまれていたものの形状の名残をとどめるようにすると、面白さはひとしおだ。

ほとんどのキャンディについて法則のように言えるのは、規則正しく配置するよりは、魅力的なランダムさを心がけたほうがいい、ということだ。キャンディの基本的な性格は、ランダム性にあるようだ。キャンディをめぐって、あらゆることがランダムであると、そのキャンディの置かれた状況は、幸せなのではないか。

午後二時頃から僕は撮り始めた。四十数点の写真を撮り終わるまでに、思っていたよりもはるかに、時間が必要だった。黒い紙の上にキャンディを広げ、配置のしかたを検討していると、時間は素早く経過していく。平面的に置くだけの配置と、なにほどか立体的に組み上げるような配置との、ふたとおりがあった。どちらに関しても、あれこれ工夫している時間は楽しいものだ。

最後に撮ったのは写真16だ。深く落ちた太陽の光が、庭の樹に邪魔されながらも、なんとか届いて来る時間だった。そのような光を、外側の包装をはがしたいくつもの板ガムの表面に、引きとどめることが出来た。16の前に撮ったのは、当然のことだが、写真15だ。この包装紙だけをなんとか写真にしたいと思い、こんなふうに撮ってみた。位置が低くなった太陽からの、波長の長い赤い色が、包装紙のきれいな白に重なった。

すべてを直射光のもとで撮ったから、ディフューズしたもの以外には、みな影が出来ている。太陽がまだ高い位置にあるあいだは、出来る影は縁取りでしかなく、それらはおたがいのなかに、あるいは黒い紙の黒さのなかに、吸収されている。だから影はさほど目立たない。太陽の位置が低くなるにつれて、影を意識しなければならなかった。直射光の素晴らしさに対して、影の魅力は常に完全に対等だ。光は影であり、影は光なのだ。

これはこのように配置し、このアングルで撮るのが正解だろうときめて、まずそのとおりに撮る。そのあと、こうも撮れるああも撮れると、視点を変化させてさまざまに撮る。現像されたリヴァーサルをライト・テーブルで観察すると、まず最初に撮ったものがいちばんいい、という場合が圧倒的に多かった。

このこととおそらく密接に関係しているのは、ほとんどのキャンディはあるひとつの視点からだけで見られることを前提にデザインされている、という事実だ。いろんなアングルからさまざまに見られることを、ほとんどのキャンディはまったく前提にしていない。少なくとも包装紙にくるまれて完成した状態では、そうなっている。

人がキャンディを見るときの、もっとも頻度の高い視線は、食べようとして自分が指先に持っているのを、斜め上から見下ろす視線だ。キャンディというものは、この視線に耐えられるならそれで充分だ。

太陽の光の届かなくなったヴェランダをかたづけ、撮影したキャンディはすべてひとまとめに、大きな紙の手提げ袋に入れた。相当な重量だった。遊びは終わった。撮りなおしが必要かもしれない。それまではとっておくとして、そのあとこれだけのキャンディをどうすればいいのか。

使ったフィルムは十四本だった。36×14という齣数のなかから、四十数点を選び出すことが出来たのだから、僕は善戦ないしは健闘したと言っていい。三齣だけですませたものもあれば、二十齣も使わなければならなかったキャンディもあった。

撮りなおしは少しだけ必要だった。遊び終わったキャンディは、いまも大きな紙袋のなかだ。子供の頃に遊び道具にしたキャンディは、僕が遊ぶはじから、友だち連中がかたっぱしから食べた。紙袋のなかのキャンディを、いま誰がかたっぱしから食べてくれるだろう。

日本語で生きるとは

筑摩書房　一九九九

英語の勉強を試みようとする人が体験する苦労については、すでに論じつくされていると言っていい。勉強が少しだけ進行すると、それに呼応して、学習を妨げ苦痛の多いものにすることを目的としているかのように、学習にとっての障壁が、次々に学習者の目の前にあらわれる。

学校における英語教育の不備とあわせて、英語の勉強をしようとする人が体験し、かかえ込まざるを得ないいくつもの障壁は、論じられれば論じられるほど、学習者がその内部に深く持っているなにごとかと、緊密に関係しているのではないかと、論じる人もそれを読む人も、思うようになる。

日本人は英語が下手である、英語の学習が苦手である、そもそも英語という言葉に対して彼らは適性を持っていない、学校の教育がいけない、正しい勉強の環境がない、英語を学ぶ必然がじつはさほどない、といった多くの説や論を、人々は繰り返し聞かされ読まされてきた。勉強は個人が自前でおこなう行為の典型だとするなら、なにごとにせよ日本人は個人も自前も好かないから、したがって真の勉強も不得意なのだ、という仮説は充分に立つ。

学習者が体験する苦労をひとつずつ点検していくと、どの苦労も最後には、日本語の問題となる。ここで言う日本語とは、戦後の日本で日本人たちが自国語として縦横に駆使してきた日本語、というほどの意味だ。そして日本語そのものには、責任はなにもない。日本語の構造や性能が、英語という言葉の学習にとって越えがたい障壁として作用するようなことは、あり得ない。だから日本語の問題とは、戦後の日本での、日本語の使われかたの問題だ。

すでに半世紀を越える戦後の日本のなかで、多くの人々が、どのようなことのために、どんなふうに、自国語を使ってきたか。それによってどんな日本を作り、自分たちはどのような人になったか。日本語の問題とは、こういう領域のことだ。そしてこの領域を端からひとつずつ観察しては、英語というおそらくはもっとも親近感のあるはずの、しかしじつはなんの容赦もない言葉を鏡にしてそこに映していくと、日本語の問題というものが次々に鮮明に像を結んでいく。

戦後の日本にとって至上の命題は、自分の都合、というものであったようだ。自分の都合を、誰もが懸命に追いかけた。経済の復興期には、これが肯定的に作用した。とにかく日本を復興させたい、という思いをひとつにして、日本人の全員が必死で働いた、という説は信用していい。

自分の都合はひとつずつ連鎖し、日本ぜんたいを覆う強力な網の目となった。社会はこの網の目に支えられ、持ち上げられ、前進していった。復興をなしとげ、そこからさらに、いわゆる成長が続いていくことと正比例して、自分の都合は大きく変質した。そして社会そのものは、以前にくらべると比較にもならないほどに複雑なものへと、変化し続けていった。

自分の都合という網の目では、社会を支えることが出来なくなった。自分の都合というものは、公共性を決定的に欠いている。そしてそれ故に、じつは脆弱なものなのだ。網の目は急速にほころび、急激に増えていくいくつもの大きな穴から、落下していくものが加速度的に増えた。いまの日本が、身をもってその事実を示している。僕が言う日本語の問題とは、ごく簡単には、このようなことだ。

自分の都合という網の目は、社会の極小から極大まで、あらゆる部分におよび、広がった。その網の目で支えるべき社会は、まだ牧歌的だった時代にくらべると、桁違いに複雑で巨大なものになった。いまもそうなり続けている。そしてそのことと並行して、自分の都合の質的な劣化も、すさまじい勢いで進行している。

当然のこととして、自分の都合という網の目は破れる。社会というものを支えて機能させる、あらゆる重要な部分が、破れた網の目から次々に落下していく。社会の底が抜けた、たがははずれたと、新聞の社説ですらとっくに書いている。抜けた底からの落下のしかたは、尋常なものではなくしかもとめどがない。それはもはやどうごまかすことも不可能な現実なのだ。

『日本語の外へ』という題名の本を、かつて僕は書いた。そのなかのある部分にポインターを移動させ、クリックすると、その部分をさらに多くの視点から、より詳しく書いた本書があらわれる、という説明のしかたで、本書の位置や性格は充分に理解出来るかと、書いた当人は思う。

『日本語の外へ』の場合とおなじく、この本もまた、吉田保さんのきわめて純度の高い熱意と正しい判断が、僕にとっての道案内となった。それがなかったなら、この本はなんとなく僕の頭のなかにある、という状態にいまもとどまっているはずだ。きわめて優秀なフリーランスの編集者とともに仕事を進める幸せは、彼も僕もフリーランスであるという立場からのみ、生まれてくる。

2010年代

坊やはこうして作家になる

水魚書房　二〇〇〇

その年の夏はすべて終わった京都の、きれいに晴れてまだ存分に暑い残暑の日、水魚書房の水尾裕之さんから、僕はこの本の執筆依頼を受けた。東大路のどこだったか、横断歩道の信号が変わるのを待ちながら、歩道の縁に僕たちはならんで立っていた。ぜひ書いてください、と水尾さんは言った。書きます、と言わざるを得なかったから、書きます、と僕は答えた。

何年も前から、およそこのような本の書き下ろし原稿を、彼は僕から受け取りたがっていた。折にふれて、いろんなかたちで、執筆のための提案を僕は彼から受けた。彼の語る趣旨に僕は充分に賛成だった。彼の提案をめぐって、打ち合わせのような話は重ねた。そんな本があればこの僕だって読みたい、などと僕は言っていた。そしてついに、夏の終わりの京都で、僕はコーナーに追い込まれてしまった。あとはもう書くほかない、というコーナーだ。一九九八年の夏の終わりだ。

その年の暮れには原稿が完成した、という状態でありたかった、といまの僕は思う。しかし僕が原稿を書き始めたのは、年が明けてからだった。自分で自分のことについて、短いエッセイひとつふたつではなく、一冊の本を書かなくてはいけない。どこからどう手をつけて、どこへ向けてどのように進めていいものか、さあ考えるぞ、というモードになかなか入れなかった。

そんなある日、いまから二十年、三十年前の僕の写真が、仕事で必要になった。スニーカーの空き箱に入れてあるプリントのなかを探していて、僕は三歳のときの自分の写真を見つけた。ゼロ歳から二十五歳までのあいだにたまった自分の写真を、僕は二十五歳のときにすべて捨ててしまった。スニーカーの箱に見つけた三歳のときの写真は、僕が三十代のなかばに、ハワイの知人からもらったものだ。そのときのいきさつは、この本の最初の文章に書いてあるとおりだ。

そうだ、この写真から書けばいいのだ、と僕は思った。この本のいちばん初めにある文章が、そのようにして出来た。第一歩の次には第二歩があるだけだ。だからここからは簡単だ、と僕は思った。

しかし、さほど簡単ではなかった。三歳だった頃の自分の話から始めて、子供の頃のこと、成長してからのこと、なぜどうして作家になったか、いつもどんなことを考えているのか。あらゆる話題が自分自身をめぐってのものである一冊の本は、書きようがないと言ってしまうと、ほんとに書きようはない。

三歳の次は四歳だ。四歳の頃の自分について、なにか書くことはあるだろうか。六歳の自分についてはどうか、七歳は、そして八歳は、と時間順に考えていくと、ふと思い出す小さな話がなくはない。それらひとつずつについて、ごくおおまかに、僕は何枚ものカードに書きとめていった。その作業を進めていくと、あれについて書けばいい、それも書けるではないかというかたちで、文章のためのきっかけが次々に浮かんでくるようになった。

カードにメモしていくと、やがてカードはひと束と言っていい量になった。そのひと束のカードを片手に、まるでカード・ゲームのように、僕はデスクにカードを一枚ずつ、置いていった。このカードの前にそのカード、そしてさらにその前にこれ、というふうに順番を作っていった。すべてのカードがなんとなく順番を作ってならぶと、この本の最初の三分の一のおおまかな外枠が、そこにあった。

そのカードを順番どおり束にし、最初の一枚から僕は点検していった。広げることのできる話はほどよく広げ、加える話は加え、ぜんたいとしてはこんな話に落ち着くといいというふうに、書くべき内容を整えていった。束を作っているカードすべてに関してその作業を終えると、あとは最初から書いていくだけとなった。だから僕は書いた。書いていく途中で、第二部と呼んでいい部分に書くべきことが、いくつも続いて、僕の頭のなかにあらわれた。第一部のときとおなじように、それらのアイディアも僕はひとつずつカードに書いておいた。

第一部を書き終えた僕は、段取りとしては第一部とまったくおなじことを、第二部のために繰り返した。第三部についてもおなじだ。驚くべきことに、ある日のこと、書くことを予定したことをすべて、最後まで書いてしまった。季節は夏だった。京都で依頼を引き受けてから、ちょうど一年が経過していた。

原稿とディスクを水尾さんに渡しながら僕が思ったのは、こういう本のタイトルを考えるのはたいへんやっかいではないか、ということだった。秋も深まる頃、しかし気象は明らかに変調で、少しも秋らしくならないどころか、いつまでも暑い日の夕方、東京は世田谷の鰻屋で、水尾さんとふたりでタイトルを考えた。

この本の内容をごく簡単にひと言で言うなら、三歳の坊やは成長して作家になった、ということだ。可能なかぎり言葉を切りつめると、坊やは作家になった、という言いかたになる。なったという完結型よりも、なるという途上型のほうが好ましい。坊やは作家になる。坊やは、という言葉の次になにかひと言はさめば、それはそのままタイトルではないか、というところまで僕たちの話は進んだ。どんなひと言がいいのか。こうして、というのはどうか。坊やはこうして作家になる。

タイトルはそれにきまった。鰻の力を借りて出来たタイトルか。けっしてそんなことはない。飲んだビールはおたがいに小瓶を一本ずつだから、これは力にもなににもなりはしない。校正刷りにまで到達している原稿の内容が、じつはそのままタイトルなのだ。タイトルは原稿のなかにあった。

ある雑誌では日本一だと紹介されていた蒲焼とご飯を食べながら、僕たちは笑った。僕は書いた当人だから、自分がなにを書いたか、半分くらいならまだ記憶していた。水尾さんは原稿を丁寧に何度も読んだから、内容については僕よりも詳しく知っていた。なにしろこの坊やだから、作家になるほかに道はなかったではないか、ということに僕たちは笑った。

英語で日本語を考える

フリースタイル　二〇〇〇

誰の日常のなかにもあり得るなにげないひと言を、英語で言うとどんなふうになるのか、内容的にまったくランダムに百例、この本のなかで観察することができる。

いつもの慣れきった日本語による平凡なひと言が、英語らしい言いかたによるひと言に転換される。日本語でのこの言いかたが、英語ではこうなるのかという、日本語のほうから英語を見て手にする感想は、同時に、英語のほうから見た日本語に対する感想でもある。

本書のなかの百の例文は、日本語と英語との両方で成立している。日本語から英語を見るための例文として機能すると同時に、英語から日本語を観察する機会としても、百の例文は機能している。

日本語らしさとはいかなるものであるかを、英語らしさという鏡は、きわめて正確に写し出していないだろうか。英語らしさとは、英語のリアリズムにほかならない。日本語らしさは日本語のリアリズムだ。両者はまったく等価だが、質は大きく異なっている。どんなふうに異なっているのか、その差異を鏡のなかに見ることができる。

この本の原稿を書いている途中、『新潮』という文芸雑誌に、英語と日本語をめぐる短い文章を、僕は書いた。読み返していると、まるでこの本のために書いたような内容なので、そのぜんたいをここに再録しておきたい。次のとおりだ。

*

英語を鏡にしてそこに日本語を写し出すと、日本語の構造や性能が持ついくつもの特徴が、鮮明に浮かび上がってくる。いくつもの特徴のなかには、弱点という種類の特徴も、数多く含まれる。

英語という鏡に日本語を写す試みを、ほんの少しだけおこなってみたい。最末端における例をいくつか観察することにより、中央にあるはずの核心まで見通すための経路が、かならずや見えるはずだという楽観のもとに。

誰もがなんの無理もなく、きわめて反射的に、自覚などさらさらなしに駆使している日常の言葉を日本語のなかに拾い出し、それを英語とつき合わせてみよう。どんな言葉でもいい。まったくランダムに、そしてふと頭に浮かんだ言葉を。

「地元産」という言葉は、日本語を母国語としてきた人なら、まず誰が見ても意味は正しく理解できる。地元でとれた野菜や果物などの産物、というような意味だ。地元でとれる野菜や果物は、たとえばアメリカにもあるのだから、「地元産」と等価で釣り合うごく普通の言葉が、英語にもある。locally grown という言葉だ。

「地元産」と locally grown とをならべて観察していると、やがて面白いことがわかってくる。地元でとれた野菜や果物などの具体物が目の前にある場合の「地元産」は、地元で産出された結果としての、最終的な状態を意味する。すでにそうなってそこにある、そのような状態を意味する。具体物が目の前にない場合での「地元産」という言葉は、かなりのところまで具体性をおびた概念だ。そしてその概念の場合にも、地元でできたものとしての状態を、意味している。

locally grownという英語の場合はlocallyが「地元」を意味する。そして日本語における「産」に相当するのは、grownというひと言だ。そしてこのひと言は、growという動詞の過去形だ。だからlocally grownという言いかたが持つ意味は、地元で産出された、という意味だ。grownがgrowという動詞の過去形であることは、誰の目にも明白だ。だからlocally grownという言いかたは、最後まで動詞のついてまわる、動詞とはけっして離れることのない、英語らしい言いかただ。

locally grownという言いかたを口にするたびに、耳で聞くたびに、そして目で見るたびに、人々はgrowという動詞を自覚しないわけにはいかない。growする行為、つまり産出させる行為がぜんたい的にきちんと営まれて初めて、grownつまり産出されたという結果や状態が、生まれてくる。

その事実を人々にけっして忘れさせないための根本的な工夫が、英語という言葉の機能と性能のなかに、内蔵されている。動詞とはそれを引き受ける主体の存在のことでもある。

「地元産」という日本語のなかの「産」は、産出させるための行為をまっとうした人たちがいることによって達成された、産出されたという結果あるいは状態を意味している。意味のなかに動詞は確実にあるのだが、「地元産」という言葉を見るたびに、産出させる行為とそれを引き受ける主体の存在を反射的に思い浮かべる人は、皆無であると僕はひとまず言っておく。「うす塩」という言葉の意味は、日本語で育った人たちの全員が知っている。淡く塩を効かせた状態のことだ。まったくおなじ塩の効かせかたは、英語の世界にもある。したがって、「うす塩」と平衡する日常語は、英語にもある。lightly salted というような言いかたは、その典型だろう。

lightly は、ここでは淡くという意味だ。そして salted は、塩をするという意味の動詞である、salt の過去形だ。塩をされた、という意味になる。淡く塩をされた結果としての状態を言いあらわすにあたって、英語ではここでもその言いかたのなかに、姿もあらわに動詞が存在している。淡く塩をする行為、そしてその行為を引き受ける主体が、これ以上ではあり得ないほどに明白だ。日本語では、ものの見事に、状態だけが言いあらわされている。

「無題」という日本語の言いかたを、英語のそれとくらべてみよう。英語では untitled という言いかたをする。この言いかたのなかにも、title というひとつの動詞が動詞のままにある。タイトルという片仮名日本語は名詞だが、英語での title という言葉の語感には、名詞と動詞が対等に存在している。

タイトルをつける行為を過去形にすると、タイトルをつけられた、となる。それを un という接頭語で否定すると、タイトルのつけられていない、という意味になる。日本語の「無題」は、ここでも静止しきった状態そのものであり、題をつける主体とその行為など、意識にのぼりようもない。日本語で「無題」と言えば、文字どおり無題の状態で完結してそこに静止している様子でしかない。

「埋立地」という日本語となんら無理なくならぶはずの英語は、reclaimed landだろう。「埋立地」とは書かずに、たとえば「埋め立て地」と表記すると、埋めるそして立てるという動詞を、かいま見ることができる。しかし、「埋立地」と書いてしまうと、動詞はいっさい消えてなくなる。まさに埋立地以外のなにものでもない、そこに重く静止した状態だ。

英語のreclaimed landという言いかたは、reclaimというひとつの動詞があることによって、成立している。reclaimとは、開墾する、埋め立てて土地にする、天然資源を利用する、というような意味だ。埋め立て地として完成している状態のなかに、埋め立てた行為とその行為を引き受けた主体とを、英語は残している。

というよりも、英語で認識する埋め立て地とは、埋め立てる行為とそれをおこなった主体そのものなのだ。その結果として生まれた埋め立て地という状態は、要するにただの結果にしかすぎない。そして日本語では、その結果だけが言いあらわされている。

「四十五パーセントの人員削減」という日本語の言いかたを観察してみよう。観察していてやがてわかるのは、人員の削減はまだ計画の段階なのか、それとも実行されたあとなのか、はっきりわからない、という事実だ。「人員削減」という名詞表現が、そのような事実を作ってしまう。

人員の削減が計画されているところだと想定して、それを英語で言うと、もっともすんなりと日常的な言いかたは、cutting workforce by 45 percent となる。

日本語における「削減」に比較すると、英語の cutting は切ることであり、切るというきわめて直接的な動詞が、現在進行形でそのまま言いかたのなかにある。語感としてこれ以上に切迫した言葉はないだろう。そして日本語の「削減」は、我が身にふりかからないかぎり、切実でもなんでもない単なる概念語にとどまる。

「男性優位」という日本語の言いかたとほぼおなじ意味の言いかたを英語に探すと、male-dominated という、ごく普通の言いかたが見つかる。男性を優位としてすでにそのようにできあがっている状況を、日本語では「男性優位」という静止感の強い言いかたで表現している。それに反して英語では、いまもなお刻々と男性たちが支配して優位に立ちつつある動きを、dominate という動詞の過去形で言いあらわしている。

「男性優位」という言いかただけを見ていると、なぜそうなったのか、因果関係はかならずしも明確ではない。優位に立とうとして、なにごとにつけても男性たちが強い支配力を発揮するからこそ、「男性優位」という状況が生まれる。英語の言いかたでは、このことがそのまま言いかたのなかにある。主体の意思とそれを具現させる行動、そしてその結果である状況が、日常のなにげない言葉のなかに、見逃しようもなくはっきりとある。

「にわか雨」のことを英語では shower と言う。おなじ形のまま、名詞として使えば名詞、そして動詞として使えば動詞になる。名詞と動詞の二種類が、ひとつの形のなかにある。名詞として使いながらも、人々はそこに動詞をも常に感じている。

日本語の「にわか雨」は絶対に名詞であり、動詞を加えるなら、にわか雨が降るとか、にわか雨がある、などと言わなくてはいけない。名詞とおなじ形のまま動詞にもなる英語では、日本語になぞらえて言うと、「にわか雨た」とか「にわか雨る」というような言いかたが、常態なのだ。

「終値」に相当する英語は、closing prices だ。日本語で「終値」と言ってしまうと、そこに言いあらわされるものは、もはやどう動かすことも不可能なほどに完結した状態としての、「終値」というものだ。英語の言いかたのなかには、close という動詞を明白に見ることができる。その日の取り引きが close することによって生まれる終値なのだから、close という動詞を抜きにしては、英語による表現は成り立たない。

日本語によるものの言いかた、つまり日本語による問題のとらえかたとその表現のしかたでは、ものごとはすべて名詞としてとらえられ、そのように表現される、という考えかたが成立する。いつのまにかそうなり、いまはすでにそうなっている状態として、そこにいたるまでの主体の意思とそれを引き受ける動詞を覆い隠して、すべては表現される。英語の場合は完全にその反対であり、主体の意思を担う動詞が、ものの言いあらわしかたのなかに、明確に存在している。

日本語は動詞を隠す言いかたによって埋めつくされている。英語は動詞をあらわにする言いかたで成立している。英語を鏡に使うと、動詞をあらわにしないという日本語の弱点が、こんなふうにじつにあっさりと露呈される。

動詞を覆い隠してしまうものの言いかたは、当然のことながら、動詞の主体、そしてその主体の意思をも、隠してしまう。主体の意思、その意思から出発した主体の行動、その結果として生まれたひとつの状態、そしてそれに対してかならず発生するはずの、主体が引き受ける責任、という因果関係も隠される。言いあらわされるのはただひとつ、それはなぜだかいつのまにかそうなり、いまはすでにそうなってそこに静止している、ひとつの状態だけだ。

自分の、あるいは誰かの、意思と行動とによって、ものごとや状況が生まれては、変化していく。日本語という母国語を、いつものとおりに駆使することをとおして、このような正しい認識から、無関係と言ってもいいほどに遠いところに、誰もがなんの無理もなく、ごく当然のことのように、その身を置くことができる。

そこから生まれてくるもっとも困ったことは、主体にとっての責任が明確にならないという事態だ。ものの言いあらわしかたのなかで、主体の意思は希薄に、行動は曖昧に保たれるから、責任も不明確なものとなる。責任とはなになのか、そのことじたいがそもそも理解できなくなる構造と性能を、日本語はその特徴のひとつとして内蔵している。(『新潮』平成十二年五月号)

＊

日本語によるこのひと言を英語で言うとどうなるかとは、日本語と英語を目の前に対等にならべ、両者を詳細に観察し分析し、両者のあいだにあるさまざまな違いを理解し、そのすべてを自分が全面的に引き受けることにほかならない。

自分のなかで日本語と英語は重なり合ってひとつになる。違いを観察して分析し、両者とも自分の頭のなかでほどよくほぐれたところで、両者は重なってひとつになるという体験を数多く自前で持つことこそ、英語という外国語の勉強にとって、もっとも重要なことなのだ。

英語も日本語も、世界のなかにたくさんある言葉のひとつだ。その意味では、おたがいはまったく等価だ。ただし、どちらの言葉も、それぞれに固有の構造と性能を持っている。だからこそ、両者をならべて観察し分析し、どちらをも細かく解体して自分のなかで重ね合わせる、という種類の勉強が必要になる。

英語による言いかたを細かく解きほぐすと、英語らしさというかたちで、英語の特徴がそこにあらわとなる。日本語に関してもまったくおなじだ。このふたとおりの特徴を自分のなかで重ね合わせると、英語らしさという特徴は、自分が持っている日本語能力の内部に取り込まれて、自分のものになる。材料として使った百とおりの英語的な言いかたの多くを、僕は部品に分解して説明している。僕が試みたこの本のためにそうしたのであり、自分でする勉強がこうでなくてはいけないということではないし、すべてをきっちりと記憶する必要もない。なるほど、こういうことなのかという、淡い感銘をともなった納得のような気持ちが残れば、それで充分だ。

すべての基礎である単語についてもおなじだ。知らない言葉に出会ったら辞書を引くべきだが、意味のすべてを記載してあるそのとおりに覚えようとするのではなく、意味のぜんたいをひとわたり見て、そこから自分が手にするイメージだけを、記憶にとどめるといい。こういう領域での、だいたいこの方向の意味、という程度のつかみかたをすることによって、新たに知った言葉の周囲に、なんとなく了解はしたという、曖昧な広がりをあたえておく。この広がりをいくつも重ねる。遭遇する言葉のすべてが、その広がりのなかに吸収される。知っていく言葉のすべてが、自分のなかに培うイメージの内部に浮遊する。

このイメージが広がりと密度を増していくことと、おそらく正しく比例して、英語という言葉に関する勘のようなもの、センスのようなものが、少しずつであれかならず形成されていくはずだ。方向は間違ってはいないけれど曖昧さはほどよく保ったままに、このセンスを育てていく。新たに知っていくことのすべては、このセンスの広がりのなかに引きとめられ、それによってセンスはさらに大きく深くなっていく。

このプロセスを自前の勉強によって維持していかないことには、正しく使うことのできる言葉としての英語は、自分のものになっていかない。なるほど、そういうことかと納得がいったら、単語にせよ文にせよ、正しい音声とともに丸ごとのみこむように覚え、蓄え、それを増やし拡大してはつなげていくほかに、勉強の方法はない。

まえがきから始まって本文をへて、ここまで書いてきて無理なく落ち着く結論は、やはりこのあたりだ。

半分は表紙が目的だった

晶文社　二〇〇〇

アメリカのペーパーバックスを買う行為は、なかなか面白いものなのだ。現在よりもかつてのほうが、面白さははるかに大きかったようだ。かつてとは、僕がペーパーバックスを大量に買い込んでいた時期だ。その時期はアメリカでペーパーバックスの出版が多様に盛んだった時期と、偶然にも重なっていた。

サイズは基本的には二種類しかない。値段はある時まではどれもみな、二十五セントというひとつだけだった。一定の基準でかなりのところまで選ばれた内容が、広い領域のなかで多岐にわたって、マス・マーケットに向けて、ペーパーバックスというかたちで放たれていた。

買うべき対象はじつに豊富だった。まだ持っていないものはみんな買うという方針だと、次から次に買うことができた。たくさん買ったけれども、僕はコレクターではない。コレクターは壁を何面もつぶして専用の棚を持ち、出版社別に通し番号の1から順に、すべてを買い揃える。状態の良いものであれば、すでに持っているものでも、何冊となく買って備蓄しておく。備蓄はあとで役に立つ。たとえば自分が探しているものとの交換用として。

コレクターではないけれどもたくさん買うと、当然のことながら手もとにたくさん集まる。集まったものをときたま観察することを繰り返していると、その行為は、けっして完全ではないけれど、ぜんたいを見渡す行為になっていく。見渡していると、その行為はやがて、抽出する行為へと無理なくつながっていく。

たくさんあるとは言っても、その数はせいぜい数千だろう。しかし、そこからポケット・ブックというブランドだけを抜き出すという抽出作業は、数千というぜんたいがあって初めて、可能になったことだ。ほかのものと区別された数百冊のポケット・ブックのなかから、サイズだけを基準にして、ある一定の時代を抜き出す。そこからさらに表紙を基準にして百点を抽出すると、アメリカという文化がそのマス・マーケットに期待した読書内容が、きわめて美しく整理されたかたちで、本という具体物として目の前にならぶ。

このような体験は、これもやはり読書体験のひとつのかたちなのだ。けっして買い物の体験ではない。読書体験としてかなり珍しいこの体験を、そのままこうして一冊の本にする作業を、青泉社の編集者である秋吉信夫さんが引き受けてくれた。そのおかげで、僕の読書体験は、一冊の本というまとまりを得て、読者の手に届こうとしている。

東京を撮る　アーツアンドクラフツ　二〇〇〇

撮る行為じたいはかなり単純だ。自分の信頼する、そして好きになれる写真機に、撮影条件にふさわしいフィルムを入れる。朝から夕方までならいつでもいいから、その写真機を持って東京の街へ出ていく。どこでもいいから歩く。東京は被写体の宝庫だ。苦労して探すまでもなく、被写体はいくらでもある。

この写真集のなかにある写真のおそらくすべてを、僕は写真機まかせで撮った。焦点は自分で合わせる、そして巻き上げや巻き戻しも手動だが、露出は自動露出だ。ただし、マイナス三分の一あるいはマイナス二分の一の補正で撮る。補正の度合いは写真機によって異なる。真夏からその終わりにかけての季節、よく晴れた直射光の日には、マイナス一段に固定することもある。

レンズは五十ミリだ。愛用の一眼レフにつけた五十ミリF一・四のレンズは、僕にとってもはや第三の目だ、などと僕は言っている。撮影したフィルムは現像に出せばそれでいい。現像ができて来たなら、スリーヴ仕上げのカラー・リヴァーサル・フィルムは、ひとまずそこで完成だ。

なにをどう撮ってもいいのかというと、まず絶対にそんなことはない。このあたりから、撮る人である僕の内面事情は、多少とも複雑になっていく。あるいは、かなりのところまで屈折が重なる。僕の場合はどのように複雑か、そしてどんな屈折があるのか。それがそのまま、なぜ東京を撮るのかに対する、回答であるはずだ。

外にある光景は、自然のものであってもなくても、ひとつにつながっている。人はこのことをあまり自覚しないが、光景は途切れていない。どんなに途切れているように見えても、すべてはひとつにつながっていて、切れ目などどこにもない。

その光景を、三十五ミリ・フィルムのあのフレームの内部におさめようというのだから、五十ミリのレンズをつけた一眼レフで光景を切り取らなければ、僕としては話にならないのだということが、自動的に明らかとなる。日本のなかにあるすべての光景がひとつにつながっている。その膨大な連続に、部分を切り取ることを性能の基本とする一眼レフで、僕は立ち向かっている。僕は切り取らずにはおかない、ということなのだろう。

なぜそんなことをするのか。そうすることが、自分にとって大事だからだ。なんらかの肯定的な意味を持つからだ。なぜ大事なのか。どのような肯定的な意味を持つのか。可能なかぎり考えをめぐらせて到達する結論は、切り取るその一部分は、僕にとっては美であるからだ。

東京という都会の市街地を埋めつくす、縦横無尽に人の手のかかった日常の営みの現場。そのなかを歩きまわって探せば、写真機でわざわざ切り取るに値する美が、かならずある。しかもたくさんある。これが美ですかと言う人には、これこそ美なのだと、僕は答えたい。これこそ東京の美なのだ。

だからこの写真集のなかの写真は、どれもみな記録ではないし、作品でもない。印刷によって大量に複製され、写真集へと製本されたりすると、一見したところ作品はあるけれど、作品ではないなにかだ、と撮影した当人が言う。美と向き合ったときの感銘のようなものを、僕はその美を写真に切り取ることによって、まず自分自身に確認させ、しかるのち、人にも見せようとしている。

きみの祖国はどこなのかと訊かれたなら、それは日本です、と僕は答える。日本のどこが故郷なのかと重ねて質問されたら、そこは東京ですと答えるほかない。きみはこんな光景のなかで毎日を過ごしているのかいと言われたら、そうですよ、と平然と答える。こんな光景はまともではないよ、と言う人もいるだろう。それを言うなら問題は光景にとどまらない。国のシステム、そしてそのシステムのなかでの生きかたのすべてが、おそらくまともではないのだろう。ではまともな光景とは、どんな光景なのか。東京のいたるところにあるような光景が、きれいさっぱりひとつもない光景なのか。そんなところには退屈すぎてとても住めないではないか。

撮ることによって僕は自分を確認しようとしている。連続して果てることのない光景のなかに、写真機で切り取るに値する美の部分を見た自分を。撮るからにはそこを見たのであり、撮ったのはそこになにかを強く感じたからだ。フィルムの乳剤面にはその光景が固定される。見た、感じた、撮ったという、一連の行為の主体である僕もまた、フィルムのどこかに固定されているはずだ。記録でも作品でもないなら、それは自分自身の記念なのだ。

光景を切り取る自分。その自分によって切り取られる光景。どちらがより大事なのか。ひょっとして自分のほうが大事なのか。そんなことはない。両者はすぐれて対等だ。光景は光景として、無言のままただそこにある。そのなかに切り取る部分を見つける僕も、ただ僕としてそこにいる。

切り取るに値する光景を見つける。ファインダーのフレームのなかにその部分を収める。シャッター・ボタンを押す。百二十五分の一秒というような速度で、シャッター幕が走る。光景は反射光となり、写真機のレンズをかいくぐり、フィルムに塗られた乳剤の薄膜にからめとられる。撮影の一瞬がそのように生まれ、その次の瞬間には、たったいまのその瞬間は、早くも過去になって僕から遠ざかっていく。

シャッター音とともに、その一瞬の僕は、いままさに目の前で経過した一瞬、という時間になる。なったと同時に、その一瞬は、どこにもない過去という世界へと、運ばれ始めている。どこでなにをしていようが、時間は刻一刻と経過して止まることを知らない。そしていったん経過してしまうと、その時間は二度と取り戻すことができない。写真を撮っていると、いま書いたとおり、自分の一瞬が過去という時間のなかの一瞬に変化するのを、視覚的にすら体験することができる。ファインダーごしに見ている光景のなかを、自分が現在から過去へと通過していく様子を、自分は確認する。

この写真集には百二十八点の写真が収録してある。どの写真もみな、過去の僕だ。時間で計ると三十分の一秒、六十分の一秒、百二十五分の一秒といった長さの、過去のさまざまな地点での僕だ。だからどの写真を見るときにも、見る人は僕ごしに写真を見ている。と言うよりも、僕を介してでなければ、どこのどのような人も、この写真集のなかの写真を見ることはできない。

きみはいったいなになのかと訊かれたら、僕は東京を撮る人です、と僕は答える。ほら、こんなふうにね、とこの写真集を差し出しながら。

東京22章

朝日出版社　二〇〇〇

『日本訪問記』という写真集を作ったのは一九九二年のことだ。まだ十年たっていない。しかし、撮りためる期間が二年ほどあったのだから、どこかの地方都市の片隅で、ふと僕が写真を撮り始めてから、現在でちょうど十年くらいなのだ。この『日本訪問記』には三百点の写真が収録してあり、どれもすべて横置きで統一し、一ページに二点ずつ、おなじ大きさそしておなじレイアウトだった。撮影した場所は小諸から下関までの地域にまたがっている。目にとまった光景をファインダーごしに見ると、淡くではあるけれど決定的に諧謔的な要素を、僕はどの光景のなかにも見た。撮った理由はそのあたりにあった。

一九九八年には『東京のクリームソーダ』という写真集を作った。この写真集でも僕は三百点の写真を使った。縦置きと横置きが自在に混在し、トリミングはしないけれども、大小さまざまなサイズでレイアウトされ、ぜんたいはページを繰っていく人の視覚に対して、リズムをともなったひとつの流れを構成する、ということだった。撮った理由の根底には、諧謔の風味が確実にあった。誰ひとりまったく意図してはいないのに、そこにあるその光景にはおかしみの要素が確実にある、と僕が感じる光景を、僕は東京のいたるところに撮り歩いた。

『日本訪問記』では、三百点の写真のうちのごく少数、ところどころに、短いキャプションをつけた。どの写真にもすべてキャプションをつけるべきだったという反省に立って、『東京のクリームソーダ』では全点にキャプションをつけることにした。前半の百五十点ほどには、一点ごとに僕はキャプションをつけた。何点かの写真をひとつにまとめると、一点だけの場合とは違った面白さがあることを、作業の途中で僕は発見した。だから後半では、何点かずつのまとまりを作り、そのまとまりごとにキャプションをつけた。

東京は被写体の宝庫だと僕は思っている。特に『東京のクリームソーダ』以来の僕が撮っているような光景は、世界のどこをどう探しても、東京にしかない性質のものだ。そして東京で人生を送っている人達のほとんどが、そのような光景にすっかり慣れてしまい、慣れることをはるかにとおり越してうんざりした気持ちのなかにあり、したがっていたるところにじつに豊富に存在するそのような光景は、目には入ってももはや見ることはなく、さらにはそれらの光景を無視する心の構えの内部では、そういった卑近さをきわめた日常の光景を、人々は憎悪しているかもしれない。しかし憎悪という強い個人的な感情の発露は、徒労に終わって疲れるだけだから、光景に対してもはやいっさいの感情を人々は放棄して久しい。人生を送る場所の光景との個人的な絆を、彼らは失っている。

光景のなかに僕が感じる諧謔の風味とは、いったいなになのかつきつめるまでもなく、たやすくわかってしまう。それは個人的な営みの結果なのだ。ひとりを基本にして、何人かの人の手にかかってこそ、そこに光景というものが生まれてくる。作られた人工の光景は、それがいかに醜悪でも、あるいはしばしば言われるように、いかに無機的で人間を感じさせなくても、じつはすべてが人の営みの結果だ。街の光景はパーソナルな営為の集積なのだ。そのような光景を、見えてはいても見ることはせず、そこになきものとして意識から消し去る行為は、自分というパーソナル以外ではあり得ない存在を、その根底から否定することにならないだろうか。

二〇〇〇年の七月、『東京を撮る』という写真集を僕は作った。できるまでには、少なくとも一年や二年の、撮り続けて蓄積させる期間があったことは、言うまでもない。写真は百二十八点。縦と横は混在しているけれど、縦は縦でおなじサイズ、そして横置きは別のサイズではあるけれど、横どうしはおなじサイズだ。そして一ページに一点ずつの配置とし、どの写真にもキャプションをつけた。

ぜんたいは三つに分かれている。三章、という言いかたをしてもいい。どの章でも、始まりの写真と終わりの写真が、提灯の写真となっている。提灯に引き寄せられて光景のなかへと踏み迷い、光景のなかをさまよった果てに、提灯の内部から人魂さながらに、光景の外へと出てくる。東京で送る人生を包囲する光景ばかりだ。東京で会社に勤めて送る人生、という趣が色濃くある。撮影した場所に影響されたのかもしれない。東京駅周辺、日本橋、京橋あたりから神田、新橋、有楽町へ、そして淡路町、須田町、神保町、御茶ノ水、西神田。そのまま西へ向かい、新宿と渋谷からさらに西へ。京王線、小田急線、井の頭線で、多摩川の手前まで。

収録したどの写真も僕が撮ったのだから、どの写真にも僕という個人が重なっている。撮った結果である写真は、僕がファインダーごしに光景を見ながらシャッター・ボタンを押した瞬間という、個人的な時間がかたちを変えたものだ。どの写真にも、そのようなかたちで、僕という個人がいる。そしてそれらの写真を見る人は、どの写真であれ、僕ごしにでなければ見ることはできない。東京人生を包囲する光景というパーソナルな営みの結果は、僕という個人によって写真に撮られ、僕という個人ごしに、他者という個人の視線を持つ。

『東京を撮る』が完成したあとすぐに、僕は『東京22章』の構成にとりかかった。とある駅前の中華料理店のウインドーにあった、一杯のラーメンの見本を撮った写真を、我ながら情け容赦のない写真だと思いながら、つくづくと観察する。「ラーメン一杯の幸せ」というフレーズが、やがて僕の頭のなかに生まれる。タイトルではないか、と僕は思う。このタイトルのもとに、ラーメン一杯の写真を何点かひとまとめにするなら、そしてそこに短い文章をつけるなら、それは写真と文章によるひとつの章になるのではないか、などと僕の思いは進展する。おなじくウインドーのなかの餃子の写真を見ていると、「餃子の写真うつり」というタイトルを、ほどなく僕は手に入れる。

このようにして二十二の章タイトルを手に入れた僕は、それぞれの章にふさわしい写真を、撮りためてあったもののなかから、選び出した。どの章にも大量の写真が集まった。意に満たないものを捨てていき、残ったものがいまひとつであれば撮り足していく、というような作業をしながら、ひときわ暑かった夏を僕は過ごした。二十二の章を配列し、写真が確定するはじから、僕はそれぞれの短い文章を書いていった。『東京22章』というタイトルは、その作業の途中で手に入った。最後に撮ったのは梅ヶ丘の写真だ。この日はフェーン現象とかで、その暑さには独特の趣があった。写真機ごしにひとりで東京の光景と接点を作っていく行為のぜんたいを、限度いっぱいに個人的なものへと、暑さが凝縮してくれた。

この写真集の始まりは、『男の隠れ家』という月刊誌に連載した、十二回分の写真にある。毎回の何点かの写真のなかに僕がとらえる東京の光景に対して、同誌編集部の難波工乙さんが示した共感は、章タイトルを探す僕のあと押しとして、充分に機能した。そして、連載を終わり、いったんゼロに戻ってこの写真集を構成していくにあたっては、朝日出版社の武藤誠さんの熱意と理解の深さが、デザインを担当してくださった服部一成さんの力量と合わせて、構成に奥行きを作り出す力となった。撮るだけなら僕ひとりできることだが、一冊の本にするとなると、何人かの力がひとつにならないかぎり、なにも始まらない。

英語で日本語を考える　単語篇

フリースタイル　二〇〇一

使いこなすことのできる英語を自分が充分に持っているとして、その英語能力にとっていちばんの基礎になっているものは、なにだろうか。喋るにしろ書くにしろ、少なくともかたちの上で基礎の基礎を作っているのは、英語の言葉ひとつひとつ、つまり単語ではないか。単語とその正しい使いかたを四万とおりくらいは知っていないと、英語を使いこなす生活はできないと言っていい。

いざとなったら単語をならべればなんとかなるという、英語を使うことがまったくできない人ですら、いざとなったら身ぶり手ぶりだよ、あるいは誠心誠意だよなどとは言わず、単語を頼りにしているではないか。ならべて意味を伝え得る単語をいくつ知っていれば、いざというときを乗り越えることができるのか。なんとか使える言葉が四千語はないと、どうにもならないだろうと僕は思う。

かなり複雑な内容を英語で言いあらわすことのできる人にとっても、頭のなかを探しまわってやっとみつくろった言葉をひとつまたひとつとならべるだけの人にとっても、これがなければどうにもならないという種類の基礎が単語であることは、まず間違いない。書かれた文章であれ喋られた言葉であれ、文字や音声でまず最初に表出されて固定されるのは、最初の第一語というものであり、その言葉につながる第二語が次にきて、さらにそのあとに第三語がつながっていく。使う人が外に向けて出していく言葉を顕微鏡的に観察すると、一語また一語と単語が連続してあらわれるのを、見ることになる。英語がなんとか使える底辺に近いあたりでも、四千語は必要だろう。上はきりがないが、四万語もあれば、中程度の人生を無事に生きていくことは、できるのではないか。四千語から四万語。使える英語というものの、これがまぎれもない基礎なのだ。

自国語としての英語を四万語という範囲で使うことのできる人でも、言葉を覚えていった状況を顕微鏡的に見ることが可能なら、一語ずつ覚えては自分のものにしていったプロセスの連続する様子が、見えるはずだ。一語ずつ覚えていったとはいっても、毎日の生活というひとつにつながった具体的な状況のなかで、しかも自国語として身につけていくのだから、たとえば日本の学校での勉強がそうであるように、おたがいに無関係に切り離された単語を、一語ずつ無理やりに暗記していくわけではない。自分を中心にした、物事の緊密な連関のなかで、文脈ごとの意味とその正しい使われかたとして、覚えていく。

日本で大人になってから英語の必要を痛感した人が、日本で英語を勉強しようとするとき、その人が手に入れることのできない状況の最たるものは、幼い頃からの成長の全過程のなかで、ひとつひとつ具体的な文脈つきで、必然に裏打ちされながらも無理はいっさいないまま、数多くの言葉の意味とその使いかたを、自分を中心にした円を広げていくように身につけていく、という状況だ。自国語を身につけたのとおなじように、外国語のひとつである英語を自分のものにすることはまず不可能なのだということが、ここから自動的に明らかになっていく。

大人になってから英語の勉強をしようとする人たちは、勉強のための環境を自分で意識的に作っていかなくてはならない。なににも邪魔されることなく、勉強だけに集中できる時間を毎日一時間とるだけでもほとんど不可能、というようなごく普通の現実のなかに、いまは誰もが生きている。大量の勉強を長期間にわたって真剣に維持させなくてはいけない学習者にとって、ただひとつ参考になるのは、イマージョンという方法だ。

イマージョンとは、たとえば小学校の六年間、すべての教科を英語で教え、ついでに日本語すらも英語で教えることをとおして、学校にいる時間だけは英語の世界を作り出し、少なくとも英語の基礎は、子供たちに無理なく身につけさせようとする試みだ。英語づけの試みであるイマージョンが理想的におこなわれたなら、六年あれば英語の基礎は自分のものになる。ただしそれだけですべてが完成するわけではない。子供の言葉は子供の言葉なのだ。英語が本当に使えるようになるためには、さらに勉強を続けなくてはいけない。続けなければ、身につけたことの半分くらいは、たちまち忘れるだろう。

ゼロ歳からの成長の日々のなかで、自国語として英語を覚えていく人の状況に可能なかぎり近いものを、外国語の学習環境として人工的に疑似的に作り出した状態が、学校なら学校における、イマージョンという環境だ。勉強のための時間を一日に一時間とるのも難しいという人にとっても、勉強の基本はこのイマージョンだ。ただしそのイマージョンは、これが果してイマージョンと呼べるかどうか、ぎりぎりのところにあるものとなるのは、当然のことだろう。

イマージョンとは、たとえば子供にとっての現実である学校で過ごす時間が、すべて英語で営まれているという、よく考えてみれば単純きわまりない状態だ。勉強の時間が一日に一時間もとれない人が、自分で自分のために作り出すべきイマージョン環境がどのようなものとなるか、ここから明らかになっていく。自分がいま日本語で引き受けている現実と、完全に地続きである現実のなにほどかを、英語に変えればいいだけのことだ。英語が自在に使えるようになりたいとは、いま自分が日本語で引き受けてこなしている現実とおなじ程度の現実を、英語でも引き受けられるようになりたい、ということではないか。

新聞を読まない人が増えているということだが、日常の現実が言葉によって再構成されたものとして新聞をとらえると、新聞を越える現実の言葉はほかにない。昨日までに実際に起こったことが、今日の新聞という紙の上に言葉で描き出してある。自分が日本語で引き受けている現実を、言葉によって確認する場が日本語で書かれた新聞であるなら、自分にとっての現実のかなりの部分が、新聞の言葉のなかにあると言っていい。自分の現実と新聞が言葉で言いあらわそうとする現実とは、意識するしないにかかわらず、たいていの人にとってはほぼ地続きだ。日本語による今日の新聞を読むかわりに、英語による今日の新聞を読むなら、少なくとも紙に印刷された言葉においては、いつもとなんら変わらない現実に英語を介してつきあうことが、たやすく可能になる。

英語の勉強のために英語の新聞を読むことの有効性は、ずっと以前から説かれ続けてきた。ここでもそれにたどり着くのだから笑うほかないが、基礎の勉強というものは、それがなにであれ、振り返れば多分に笑い話なのだ。自宅を出るときはいつもその日の英語の新聞を持つ。時間があればいつでも、その新聞を読む。知らなかった言葉や覚えておきたい言いかたなどに、マーカーで印をつけておく。一日の仕事を終えて自宅に帰ってから、マーカーで印をつけた言葉をすべて、ノートに書き写す。書けば八十パーセントは記憶するだろう。その日の新聞をすべて読む必要はない。読めた範囲で充分とし、次の日には次の日の新聞を読む。

英語で書かれている内容や使われている言葉が、自分が身を置いている現実と地続きであるのは、勉強の材料としてたいへんに有利だ。英語によるものごとの言いあらわしたかたの平明さは、日本語による新聞のそれをはるかに越えている。平明であればあるほど覚えやすく、しかも応用が効くはずだ。パラグラフ・ライティングは身につかないかもしれないが、どこで切ってもいいという方針のものの言いかた、そしてさらに言いたいことがあればつけ加えていけばいいという話法は、現実のなかでは有効だ。文法もなにもかも、新聞のなかにある言葉という現実のなかでいっしょくたに覚えていくことだって、勉強を続けるかぎりたやすく可能だ。

そのような勉強のなかで、いったいどのような言葉を覚えていくのか。自分にとってのいつものさまざまな現実が、ただ英語になっただけのような言葉だ。そんな言葉を約二百例、僕はこの本のなかに拾い上げ、短い説明を加えてみた。どの言葉も、なんと言うこともないじつに平凡な、日常性のきわみのような言葉ばかりだ。こんな言葉をなぜ、と思うかもしれないが、普通の現実のなかで縦横に飛び交っているのは、このような言葉なのだ。

日本語ではなんの無理もなく反射的に口をついて出てくる言葉なのに、それを英語ではなんと言うのか知っていなければ、いかに陳腐なことがらをめぐってであれ、英語で話をすることはできない。いくら頭のなかを探しても、知らないものは出てはこない。知らなければ、少なくともそのときその場では、それっきりだ。単語をならべることすらできない。しかし、勉強の過程のなかで遭遇していったん覚えてしまえば、それ以後はどこまでも使うことができて役に立つ。そのような言葉が約二百例、この本のなかにある。

現実を可能なかぎり縮小して提示する試みのためのわずか二百語だが、あなどってはいけない。これをほんの十倍すれば二千語であり、それを倍にすれば四千語に到達できる。英語の新聞を毎日読んでノートにメモをとるというだけの勉強でも、半年続ければ二千語は楽に達成できる。一年で四千語ではないか。英語をなんとかしなきゃあ、などと言いながらいっこうに勉強を始めない日本の大人は、この本のなかの二百語のうち、英語で言えるのは一語かせいぜい二語であり、けっして三語はないだろうと僕は思う。

イマージョンが持つ勉強効果のひとつは、どんな言葉にせよそれが用いられるにあたっての、具体的な文脈つきであるという事実と、常に接していることができるという点だ。自分が他者に向けて使う言葉もまた、文脈というものをかならず持つ。英語の新聞を毎日かならず読むという、必要最小限のイマージョンでも、なにごとかを言いあらわすための文脈のなかで、すべての言葉に遭遇していく。いっさいの文脈から切り離された単語だけを相手にする、ということはあり得ない。だから単語と同時に、その使われかたも、ひとつまたひとつと、学んでいくことになる。

この本のなかでも、たとえ最小限にせよ文脈というものを提示してみたい、と僕は思った。言葉の意味とその使われかたを、一語だけの姿で観察したあと、ひとつの言葉にもうひとつの言葉がつき、二語のつながりで使用される例、さらには三語の場合、そして三語を越えて数語のつながりで使われる場合へと、段階的に語数を増やしていくかたちで、ごく淡くにではあるが文脈の縁取りをつけてみた。文脈とは、言葉の側から見るならば、いくつかの言葉のつながりにしかすぎないからだ。言葉の使われかたをめぐる感覚を、きわめてほのかにせよ、感じることができるのではないか、と僕は思った。

四千語あるいは四万語といった数字を僕はあげた。四千と四万とのあいだには三万六千もの差がある。こういった数字は、知っている単語が多ければ多いほどいいとか、可能なかぎり多くなくてはいけない、というようなことを言うためのものではない。単純なことを幼稚な言いかたで言えばそれで充分という段階では、四千語で間に合う。複雑なことを言いあらわすためには、言いかたにさまざまな工夫が必要になってくる。内容がそもそも複雑であるなら、言いあらわすべきことのなかにいろんな要素が入ってくるし、自分の知識として正しくおさえておかなくてはならない領域は、広くならざるを得ない。こうしたすべてのことが緊密に連関した結果として、自分にとって使うことのできる言葉の数が多くなる。数だけが問題なのではない。

最小限のイマージョン環境を自分で作り出さなくてはいけない、仕事で忙しい大人の学習者にとって、音声にかかわるイマージョン環境をどのようにして手に入れるかは、もっともやっかいな問題だろうと僕は思う。仕事で忙しければ忙しいほど、その人は原則としていまの日本の現実により深く巻き込まれているのだから、使う言葉の環境は圧倒的に日本語で固められている。英語の音声など身近にはどこを探してもない、という人は多いに違いない。

ひとつのことを言いあらわすために選んだ言葉は、正しい語順でならべなくてはいけない。正しい語順というものは、文法のルールによって否応なしにきまってくる。だから語順は文法のルールであり、そのルールにのっとった音声が正しい音声として厳然と存在するから、その人がどの程度まで英語の構造を理解しているかが、音声のなかにすべて出てしまう。逆に言えば、音声を正しく整える学習をとおして、文法のルールを文脈つきで覚えていくことは、充分に可能だ。このことをめぐってかつて僕が体験したエピソードを、ここに書いておこう。

一九五〇年代なかば、僕が住んでいた東京・世田谷の片隅に、カリフォルニアで生まれ育った日系アメリカ人の女性が、仕事で東京へきてひとりで暮らしていた。僕の家から歩いて三分ほどの、小さな一軒家だった。この二軒の家の中間、僕の家からは西へ三軒だけ隣の家に、僕より五歳ほど年上の美人が、両親とともに住んでいた。誰かに英語を習いたい、とかねてより彼女は言っていた。

カリフォルニアの日系女性と知り合いになった彼女は、さっそく英語の個人教授を頼んだ。カレッジは出たけれど人に英語を教える専門の知識は持っていないからと、日系女性は断った。しかし近所に住む気だてのいい美人の願いを多少とも聞き届けたいと思ったのだろう、ある日から一対一で英語を教えることになった。

始まってまだ間もない頃、僕は彼女といっしょに日系女性の自宅へいった。個人教授は土曜と日曜の午後、それぞれ九十分間だった。玄関を入ったすぐわきの、アルコーヴのようになった窓辺の小さなテーブルで、ふたりは差し向かいに椅子にすわった。僕のための椅子はなかったから、僕はフロアにすわった。この美人の英語力にふさわしいと日系女性が判断した、なかば教育的でなかば娯楽的な英語の本が教材だった。ふたりはおなじ本を開いて向き合い、美人がワン・センテンスずつ読んでいくのを、音声のみにおいて、日系の女性は徹底的に修正した。きちんと言えるようになるまで、何度も繰り返させた。これが個人授業の基本的なスタイルだった。抑揚なしでつっかえながら読んでいく美人をフロアから見上げながら、この先どうなることかと、僕は子供心に思った。

それから半年後にふたたび授業参観した僕は、驚くほどの進歩をとげた美人の英語を聞くことになった。もはやワン・センテンスずつではなく、ワン・パラグラフをとおして読むことになっていた。感情がやや平坦なのは差し引くとして、先生にところどころ直されるほかは、じつにきれいな英語の音声になっていた。このときすでに二十冊ほどの英語の本を、ふたりは教材として消化していたという。

ワン・パラグラフずつ美人が読んでいくのを、日系の女性が聞いていく。気になる箇所があると、自分が開いている本に、先生は鉛筆で印をつけていく。そのパラグラフを読み終えると、印をつけた箇所を順番に説明し、美人の音声を修正していく。正しい抑揚や息のつきかた、いったん切るところ、ひとつにつなげる部分、弱く言うところ、強く言わなくてはいけないところなど、正しい音声はすべて英文の構造がきめるものだ。だから音声がその部分でなぜそうなるのか、先生は語順の組み立てを丁寧に説明していた。

三度めにいっしょにいったときも、僕は感銘を覚えた。美人が英語を習い始めて一年後くらいの頃だった。授業のスタイルに変化はなかった。しかしこのときはもうワン・パラグラフごとに読むのではなく、何ページも続けて、美人は読んでいくのだった。先生にとって気になる箇所があると、そこでそのつど、先生は修正や説明を加えていた。美人の英語は癖のないじつに好ましい雰囲気のものとなっていて、少なくとも音声を聞いているかぎりでは、英語としてほぼ完璧だった。

まずとにかく音読させ、必要な訂正をほどこす作業を徹底して繰り返し、正しい音声を彼女の体の一部分のようにしていく。その作業をある程度まで重ねて成果があらわれたなら、英文の構造の成り立ちまでも、あわせて説明していく。このきわめて実用的な方針を日系女性はつらぬき、世田谷の美人は忠実に柔軟に、その方針にしたがった。この幸せな関係が二年近く続いたのち、私にできるのはここまでだと日系の女性は宣言し、個人授業は終了した。

やがて美人はアメリカ領事館に職を得た。ほどなく調布にあった米軍施設での仕事に移り、そこでの仕事のかたわら施設内の学校にかよい、試験を受けて合格し、アメリカの高校卒業者と同等の資格を獲得した。僕が都立高校を出たのとおなじ時期だったから、このことはいまでもよく覚えている。日系女性はカリフォルニアへ帰り、彼女の手助けを得て世田谷の美人も、カリフォルニアへいってしまった。

個人の学習者が日本にいながら獲得した、音声に関するイマージョン環境として、この例は理想的なもののひとつだと僕は思う。理想的ではあるけれど、同時にたいそう個別的な状況でもあるから、ここから一般論を引き出すことはできそうにない。仕事で忙しい人は仕事の時間が生活の中心にあるのだから、その時間のなかに少しでもいいから英語の環境があれば、学習のための時間を仕事とは別なところに工面するといった無理は避けることができる、という程度の一般論は成立する。

この一般論を最大に拡大すると、仕事の時間がある日を境にしてすべて英語に切り替わる、というようなことになるのだが、このいちばん極端なかたちが、単なる夢想ではなくもっとも現実的な出来事として、日本のあちこちにすでに存在している事実を思うと、英語という外国語の勉強は、その人がすでに持っている現実のなかで解決をはかるのが正解である、という結論にたどりつく。

夏の姉を撮る

恒文社21　二〇〇一

そのときそこにそのようにあった人や状況などを、シャッターの開閉する一瞬において、フィルムや紙の上に相当な精密さで固定する記憶装置のぜんたい、それが写真というものだ。継続して存在してきた人や状況を、ある一瞬、写真はとらえて固定する。とらえられた人や状況は、とらえられたことからなんの影響も受けることなく、存在してきたそのままに、そこから先も存在を続けていく。あとに残るのは一枚の写真だ。

それを主人公のようにして、あるいは触媒のように使って、小説を作ることはできないものかと、ずっと以前から僕は考えている。一枚の写真から始まる物語はさまざまにあり得る。だからこれまで、一枚の写真を核にして、いくつかの小説を僕は書いた。ここにあるこの本も、そのような試みの延長として生まれたものだ。

一枚の写真は、そのときそこで継続されていたなんらかの物語のなかから抜き出して固定した、ほんの一瞬という種類の時間だ。その一瞬の後方には、その写真が撮られるまでの物語、つまり時間が存在している。そして前方には、写真に撮られた一瞬から以後の時間が、おそらくは存在している。一枚の写真のなかに、物語ぜんたいにとっての時間が、目には見えないけれども、確実に存在している。写真は物語だ。物語という種類の記録だ、と言ってもいい。

写真が一枚ありさえすれば、つまり一枚の写真を想定しさえすれば、その写真から少なくともひとつの物語は、姿をあらわしてくる。写真はその宿命として、非常に多くの場合、一枚だけでは終わらない。数が増えていくのが写真の宿命だ。何枚もの写真のなかに、いくつもの物語がある。一枚の写真を手にとって観察すれば、あるいは何枚もの写真を目の前にならべれば、そこからたちまち、物語が生まれてくる。

一九九八年の春から二〇〇〇年の春までの二年間、『翼の王国』という全日空の月刊機内誌に、毎回四千字で完結する掌編小説を僕は連載した。すでに撮られた写真、あるいはこれから写真を撮ろうとする意思などから、どのような物語を作ることができるか、自分で自分に対してしかける遊びのように、僕は毎回の短いストーリーを書いた。二十四回分のなかから二十編を選び、そのぜんたいを書き改めたものが、この本へとまとまった。

音楽を聴く 2　東京書籍　二〇〇一

二十代だった頃の僕と神保町についての文章を、音楽とはいっさい関係なしに書くことは、充分に可能だと思う。音楽がどこかに入り込むのを、注意深く防ぎながら文章を書いていくのは、しかしつまらない作業だ。つまらないことはしないほうがいい。しないとは、結局のところ、自分には出来ないということだ。可能ではあるけれども、それはつまらないからしたくない、したがって出来ない。

映画を音楽なしに見ることは可能だろうか。これもけっして不可能ではないにしても、ひとりのただの観客が、聴こえてくる音は台詞の音声だけで、効果音も含めて音楽はいっさいなし、という状態で映画を見て楽しいだろうか。映画を見るとは、音楽を存分に受けとめることでもある。画面と音楽との化学反応の鑑賞は、サウンド・トラックを持つ映画を見る人にとっての、醍醐味なのだ。

グレン・ミラーの音楽は僕にとっては胎教だったから、この音楽がなかったなら、少なくともいまのような僕は存在せず、まったくと言っていいほどの別人格の人になったはずだ、と当人が思う。クラシカル音楽や戦後日本の歌謡曲まで、僕が多少は知っているすべての音楽に、僕はスイングを経由して接してきた。だからグレン・ミラーがないとは、音楽のほとんどがないということであり、したがってそこに残るのは茫漠たる不毛の時間だけだ。

僕の時間のなかには、音楽という種類の時間が、幼い頃からいまにいたるまでずっと、相当に高い密度で織り込まれている。そのような僕が音楽をめぐる時間を言葉によってさまざまに書きあらわした本を作りたい、と東京書籍の小島岳彦さんが思ったのは、彼が十七年前に編集者になって間もなくのときからだという。すでに一冊を『音楽を聴く』というタイトルで彼は実現させ、これはその続きの二冊目だ。僕という標的のブルズ・アイは、十数年も前から、炯眼の編集者によってこのように射抜かれていた。

エンド・マークから始まる

角川文庫　二〇〇一

僕が小説を書いていくときに使う、さほど多いとも思えない言葉、そしてそれらの言葉の使いかたは、ごく簡単に言うなら、写実を旨としている。写実とはなにか。現実をなぞって写し取ることではない。僕は自分で書く小説に現実感というものを必要としていない。そんなものは邪魔だ、とさえ思っている。

写実的な言葉とその使いかたとは、書き手であるこの僕が身体的に実感したり共感したりしている言葉、そしてそのような使いかた、ということだ。短編小説を書くときには特にこの傾向が強い、と自分では思っている。もっとも必要がないのは現実感であり、そのかわりにもっとも必要なのは、使う言葉とその使いかたのなかに、自分自身の身体をとおし確認した、実感や共感だ。

このような言葉とその使いかたによって、たとえばリアリティが描き出されることは、まずあり得ない。そもそもリアリティなど僕は目的にもしていない。人の動きを時間順に書くとか、場面をカメラ・アイで見ていく、遠近法にしたがう、というようなことは、書くにあたっての僕の身体性でしかない。いわゆるリアリティも僕は必要としていない。

現実はなぞらない、現実感は必要ない、そしてリアリティとも無縁であるという方針は、現実と地続きであるもの、たとえば理想的な状態や状況といったものを、けっして描かない。理想とは現実の変種のひとつでしかない。短編小説という、端的に仮想された時間のなかで、では僕はなにを描くのだろうか。描くために選ぶ言葉とその使いかたが、ストーリーそのものを最初から規定している、と僕は思う。

選ぶ言葉とその使いかたが僕の身体性に根ざしているなら、そのような言葉が作り出す、仮想された時間のなかの虚構の物語もまた、僕の身体性なのだ、そうでしかあり得ない。ストーリーとは、みずからに託された論理に沿って、終始一貫したかたちと内容で、主人公たちがなんらかの魅力的な身体性を、次々に発揮していくことだ。

そして読者はそれを読む。読むとは、この場合は、主人公が発揮する肯定的な身体性に対して、自分の側における実感を拠点にして、共感していくことだ。読み始める行為は、読者が自分の身体性という能力を、頭のなかでひとつにまとめることだ。そしてその能力をおそらくは唯一の経路にして、ストーリーという虚構に自分を移植し、そこで身体的な共感の道筋をたどっていく。

自分のなかになにほどか充実している身体性を触覚のように機能させ、ストーリーという虚構のなかに身体的な共感という種類の快感を、ひとつまたひとつと見つけていく。虚構のなかに仮想された時間に自分の現実の時間をもぐり込ませて、読者は虚構と身体的な共感を結んでいく。

そしてその虚構は僕が言葉で作ったものであり、その言葉は僕の身体性そのものなのだから、読者は書き手である僕とも、コミュニケートしていくことになる。そのコミュニケーションのなかでひとつのストーリーが発揮する最大の効果は、虚構のなかの身体性に肯定的に共感する読者が、その共感の根拠である自分という現実の存在が持つ身体性をも、はからずも同時に肯定することだ。自分の立脚点である身体性というものが、ひとつの短編が終わるそのたびに肯定されるという快感を、読者は体験することになる。

僕が書いた数多い短編小説のすべてが、このように機能するわけではない。出来そこないが半分はある、とここに書いておこう。たまにはいいのもあるとして、すべてに共通する趣旨ないし方針は、以上のとおりだ。

私の風がそこに吹く

角川文庫　二〇〇一

この本のなかにあるストーリーはすべて僕が書いた。しかしそのことに、もはやさしたる意味はない。責任の所在として、書いたのは僕ですと言うだけであり、そのことには、状況によっては多少の意味はあるかもしれないが、僕が書いたという現実の問題には、意味はいっさいない。いつどんなことをきっかけに書いたのか、人物や出来事のモデルが現実のなかにあったのかどうかというようなことなどにも、なんの意味もない。

本になるまでには、そのために多くの人がかかわる。印刷その他、資材や施設はさまざまに必要であり、それらはすべて現実のなかの問題だが、いったん本になってしまうと、それらのことがらもまた、意味をほとんど失う。手に取って読もうとしている、あるいは読みつつある読者にとっては、特にそうだ。

いくつかのストーリーを語っている言葉だけが、それらを読んでいく読者にとってのみ、意味を持つ。言葉だけで成立しているいくつかの短編に読者は向き合うのだ。ではその短編という虚構を作っている言葉は現実なのかというと、それも多分に怪しい。言葉で作られた虚構なのだから、用いられている言葉そのものが、あらかじめ虚構なのだと考えたほうが健全だ。

言葉だけによるこのような虚構を、読者が読むとはどういうことなのか。言葉だけで出来ている虚構を読んでいくときの、その読むという行為は、それを成り立たせるいくつもの要素をひとまとめにして言うと、読者が現在の自分のものとして持っている身体性の確認行為なのだ、と僕は判断している。言葉だけで作り出されているいくつかの短いストーリーとは、それらを読んでいく読者にとっては、理にかなったかたちでつらなっていく、一連の身体的な感覚のたどる経路だ。

読むはじから厳密にはすべてが過去になっていくのだが、短編をひとつ読むくらいのあいだなら、そのために費やす時間は現在だと言っていい。その現在という状態のなかで、ストーリーのひとつひとつを成立させている言葉のつらなりを読むことをとおして、読者は自分が持つ身体性を確認している。理にかなったつらなりとして確認することが出来ると、確認の行為は快適だ。僕が書く短編がそうであるかどうかはまったく別のこととして、良く出来た短編が身体的な快感である理由は、ここにある。

ストーリーという虚構を言葉で読んでいく行為は、じつは自分が現在のなかで発揮することの出来る、ありとあらゆる身体性を、頭のなかで総動員していく行為だ。そして良く出来た短編がおしまいに到達する瞬間は、読者にとっては、虚構との身体的な共感の感覚が、もっとも高まる瞬間だ。

ひとりの読者が読んでいく行為に則して言うなら、短編小説が持っている最大の特徴は、どれもみな短く、読んでいけばすぐに終わる、という事実だ。言葉だけで仮想されたごく短い時間のなかへ、頭のなかで発揮するという種類の身体性だけを拠り所にして、読者は入っていく。ひとつのストーリーに入っていくときすでに、そのストーリーの終わりは目の前にある。そのストーリーが終わるまでのページ数という、具体的なかたちで、終わりは見えている。

ストーリーのすべては短い時間のなかにある。主人公たちの理にかなったアクションの積み重ねは、そのままストーリーだ。読み始めたとたん、主人公たちが発揮する身体性への共感が全開で開始され、すぐ先の終着点まで、そのままひと息に運ばれていく快感を、読者は現実として手に入れる。すべては虚構なのに、それがほんの一瞬にせよ現実になるのは、読者がそのストーリーを読むという行為においてのみなのだ。

短編はなぜ短編なのかという問題は、僕なら僕という書き手だけが引き受けるものだ。A点から始まり、Z点まで続いてそこで終わるストーリーのなかから、さらにアルファベットになぞらえるなら、たとえばJ点から次のK点までを摘出し、それだけを描くという身体性を発揮するために、書き手は短編という手段を選ぶ。

書き手という種類の人たちは、じつにご苦労で複雑な手続きのなかで小説を書いていくものだと思う読者がもしいるなら、おこなうことの複雑さの度合いは、書き手よりも読者のほうが明らかに高い。仮想された時間のなかに、虚構の言葉で作られた架空のストーリーを読んでいく読者は、読んでいくというなんらかの共感の行為を、自分の現実のなかでおこなう。読んだ結果は、読者の現実のなかに残る。読者の現実を「ここ」だとすると、読んだ内容は『そこ』であり、「ここ」と「そこ」との関係というものを、読者はなんらかのかたちで引き受けるのだから。

道順は彼女に訊く　角川文庫　二〇〇一

最初の出版は潮出版社（一九九七）

ひとりの女性が失踪する。二十五歳、独身、両親とともに住んでいた自宅から新聞社に通勤し、調査部で仕事をしていた。怜悧さを絵に描いたような印象は、そのまま彼女の内面でもあった。そしてつけ加えるなら、たいへんな美人だった。しかしぜんたいとしてはなにがどう特別でもない、自分の現実を無理なく生きていただけの、失踪しなければならない理由など、周囲の人たちにはなにひとつ思い当たらない、そのかぎりでは平凡な人だった。

ある日ある時を境に、彼女はかき消えたかのようにいなくなり、それっきりだ。いったいどこへいってしまったのか、手がかりや情報などいっさいないままに、すでに五年が経過した。推理小説ふうに考えると、何者かに殺害されたのか、それとも自分の意志で消えたのか、ということになる。殺害されるほどの間抜けではない、と彼女の両親は確信している。両親としては、無理にでもそう思うほかない。自分の意志で消えた、という救いがそこに残るからだ。

失踪した当時、そのことは小さな新聞記事になった。そしてその記事に触発されて、週刊誌が取材して二ページの記事にした。その切り抜きを、日比谷昭彦というノン・フィクション作家が、自分の資料ファイルのなかに久しぶりに見る。そしてあらためて興味をかきたてられた彼は、失踪したその女性、後藤美代子をめぐって、個人的に取材を開始する。

五年前にいなくなったきりの、どこにいてなにをしているのかなど、いっさい不明なひとりの女性を主人公にして、この小説はこんなふうにして始まっていく。新聞に連載したのだったから、実際に書き始めたときには、少なくともぜんたいのおおまかな輪郭くらいは、僕の頭のなかに出来上がっていたはずだ。それがどのような輪郭だったか、そしてその輪郭のなかにどんなことが想定してあったのか、書いた当人の僕はすっかり忘れている。いくら考えても思い出すことは出来ない。当人とはそういうものなのだろう。

消えてそれっきりの後藤美代子があとに残したいくつかの関係の上に、消えてから五年という時間をクッションのように介在させて、日比谷昭彦が開始した取材によって次々に発生していく関係が、重なっていく。新聞連載のあとで一冊の本になったものを、書いた当人の僕がいま観察していくと、ははあ、なるほど、これは関係の物語として書いてあるのだな、ということがまずわかる。

消えたければ消えなさい、好きにすればいい、という態度でいまはすべてをあきらめているという、両親の後藤幸吉と百合子の夫妻。取材者の日比谷が作る彼らとの関係のなかに、日比谷がアシスタントとして雇った高村恵子という女性が、重なっていく。恵子には日比谷との関係がすでにあり、彼を経由して、美代子の両親との関係を持ち始める。恵子は消えた美代子とおなじ年齢で、姿かたちが美代子とそっくりだ。美人で才媛であるところも、どこか美代子を思わせる。美代子の自宅にいまもそのままある美代子の部屋、そしてその部屋に残されているもの、たとえば衣服などを、恵子は取材する。その過程で彼女は後藤幸吉・百合子夫妻とすっかりなじんでしまい、その家に居候するまでになり、ついには消えた美代子の代役のような位置におさまる。

週刊誌の記事を書いた記者をとおして、美代子とはおなじ高校にかよっていた頃からの親友だった、中野玲子という女性を日比谷は知ることになる。美代子をめぐるいくつかの過去の出来事を、日比谷は彼女から教えてもらう。たとえば、美術の講師としてその高校で教えていた、矢沢千秋という画家の求めに応じて、彼の描く絵のモデルを美代子がつとめたこと。その絵はいまでも高校の校長室の壁に掛けてあるのだが、美代子の両親はなにも知らない。

その後の矢沢千秋を日比谷が取材すると、画家として名をなした矢沢はすでに他界していて、郷里の美術館では彼の画業の展覧会が開かれようとしていることを知る。中野玲子がその展覧会へいくと、美代子をモデルにした絵をさらに何点か、見ることになる。取材に来た高村恵子のうしろ姿を会場で見た玲子は、美代子とあまりにも似ている様子に驚愕し、まっ青になってその場に立ちすくむ、という経験もする。恵子と玲子はこのようにして知り合い、そこからふたりの関係が始まっていく。

読者の目の前に次々にあらわれてくる関係を、説明的に列挙していくとかなりの数になる。そしてそれらはすべて、重なり合う。いまはここにいない美代子という女性について、日比谷や恵子が取材を続けていくと、美代子の過去の断片が、ひとつまたひとつと、読者に提供される。と同時に、美代子をめぐる取材を中心にして、何人かの人たちをあらたに結びつけるいくつもの関係が、発生していく。無理した工夫や突飛な展開などは、絶対に避けなくてはいけない。かつての僕はどんなふうに書いただろうかと思いながら読んでみると、抑制はきちんときいていることを発見して、僕は安心したりする。

かつて美代子を中心に形成されていたいくつかの関係、そしていまはどこにいるかすらわからない美代子をおなじく中心にして、あらたに生まれてくる、いくつもの関係。いまはいない美代子を中心的な重力のようにして、それらの関係すべてが重なり合う。そのなかで少しずつわかってくるのは、中野玲子と美代子との関係が、少なくともこのストーリーにとっては、核心的な柱として機能している様子だ。

読んでいけばおそらく誰にでもわかることだから、ここでその核心について書いてしまうと、中野玲子は美代子に対する強烈な恋愛の感情を、いまでもそのままに持続させている。そしてその感情に支えられて、美代子が消えてからの五年間、美代子がなぜ消えたかについて、玲子は考え続けた。そして失踪の発端は高校時代のなかにあり、そこからどのような経路をたどって失踪にまでいたったのか、ほぼこうに違いないと確信することの出来る輪郭を、玲子は自分の胸のなかに描ききることに成功している。

玲子が日比谷に対して最後に語らなくてはいけないのは、その輪郭についてだ。しかしその輪郭は、立証されないかぎり、推測にしかすぎない。玲子ひとりでも立証することは可能だが、そのための行為は、美代子の存在をつきとめることに、そのままつながってしまう。玲子に対する強い恋愛の感情を、その強い純度のままに保ちたければ、美代子が発揮した失踪の意志を、玲子は尊重し続けなければいけない。考えれば考えるほど、輪郭は明らかになっていく。そして、明らかになればなるほど、それについて他者に語ることを、玲子は抑制しなくてはならない。

こういうダブル・バインドのさなかで、美代子の生まれ変わりのような高村恵子に対して、玲子としてはきわめて当然のこととして、恋愛の感情を抱く。新しく発生したその恋愛は、美代子の失踪の底に横たわる、そしていまも続いているはずの、ひとりの女性との恋愛と均衡して、ちょうど釣り合ってしまう。『道順は彼女に訊く』という小説は、じつはこういう関係の物語だ。

謎の午後を歩く

フリースタイル　二〇〇二

被写体に関して、評価はなんら下していない。肯定や否定とは無関係だ。意味づけはしていない。してもしようがないし、出来ないだろう。解釈もほどこしてはいない。そんなことをして、なにになるのか。感傷や抒情でもない。被写体になったその物体が、そこにあるその様子を、そのままに撮るだけだ。ないものは撮りようがない。ある、という現実を撮る。ある、という現実の最たるものは、光、つまり僕の場合は太陽光だ。太陽からの光は絶対と言っていい現実であり、それは確実に存在する。そして被写体はその光を反射させている。

一眼レフという方式ないしは考えかたの写真機は、ファインダーやレンズごしに対象を見る行為に、思いがけない角度の発見という増幅をしかける。そのものがそのものとしてそこにある様子を、きわめてそのものらしく見ることを可能にしてくれる角度だ。角度だけではない。どの範囲まで、どのような深度で、というような増幅もともなう。見る、という行為の典型がそこにあるのではないか。見るとは、見ている人であるその自分が存在している、ということだ。そして存在すれば見るし、見れば考える。だから僕が写真を撮るとは、僕が考える、ということだ。

撮るものは日常のあれやこれや、そして外に出ればいくらでもある平凡な風景など、誰の目にも触れるものばかりだ。それらが陽ざしのなかにあるだけで充分に不思議であり、これはいったいなになのか、と僕は思う。そのものの具体的な用途や発生の経路などは、簡単に説明することが出来る。しかし、そのものに僕が感じる不思議さを、僕はどうすればいいのか。写真に撮るほかないか。

ある、ということの不思議さ。そのものが陽ざしを受けとめている様子は、神秘的だとすら言っていい。それを見ている自分、そして写真に撮る自分も、おなじように存在している。そのことの不思議さを僕が受けとめると、被写体と僕はともに不思議な存在として、静かに均衡していく。かくも不思議な様子というものを、おそらく僕は撮ろうとしている。写真のなかには、撮った僕が、見えないかたちで存在している。その自分を言いあらわす言葉として、心象しか僕は思いつかない。僕の考えでは、写真はこんなふうにして始まっていく。

私はいつも私

角川文庫　二〇〇二

この文庫に収録されているいくつかの短編小説は、これはいったいなになのか、とさきほどから僕は考えている。短編小説であることは確かだ。そしてそれらはすべて僕が書いた。では、僕が書いた短編小説とは、なになのか。

どれもみな僕が書いた。だから材料は僕自身だ。どんなに直接であったにせよ、あるいはいかに間接的なものであったにせよ、いまの僕はすでにとっくに忘れている数多くの他者との関係をとおして、いつかどこかで僕のなかに入ってそこにとどまったものが、ひとつひとつのストーリーを作るにあたっての必要性に促され、ストーリーを紡ぐ言葉のつらなりとして出てきたのだ。ではそのストーリーとは、なになのか。

書いたのは僕だが、勝手に書いたものではない。書いてほしいという依頼を受けて、いくつかの雑誌に書いた。書いてほしい、と僕に依頼した他者の存在は、ここにあるいくつかの短編がなにであるかを解く鍵になるのではないか、と僕は考える。その人が僕に依頼したのは、なぜか。読むに耐えるだけではなく、読んで充分に面白い短編が欲しかったからだ。読んで充分に面白いとは、どういうことなのか。

完成した短編を読むのは、依頼してくれたその人を含めて、いつどこで読者となってくれるのか誰にもわからない、不特定なしかもかなり多数の人たちだ。その人たちすべてに対して、面白さを保証することが、書き手の僕に出来るだろうか。出来るわけがない。

ストーリーのぜんたいや細部など、すべてを考えるのは僕ひとりだし、書いていくときにも僕がひとりで書く。その僕ひとりに出来ることといえば、僕らしいものを僕らしく書く、ということがせいぜいではないか。僕らしさがいきわたっているなら、依頼した人もひとまずは満足するのではないか。

あらたに書く短編小説というかたちのなかで、僕は言葉を使って僕らしさを作り出しては、確認している。書いているときの僕がどのような僕であるかを、この言いかたがもっともよくあらわしている。なぜなら、この僕らしさというものは、個々の短編を等しく貫いて読者に到達する、おそらくは唯一のものだからだ。

ストーリーや登場人物たちのありかた、そしてそれらを描いていくにあたっての、言葉づかいとしてまずあらわれる僕らしさは、登場人物たちそれぞれの彼らしさや彼女らしさへと、転換されて直接につながっている。どの短編でも僕好みの彼や彼女を描く、というような意味ではない。書いている僕が僕らしさを作り出しては確認しているのとおなじく、ストーリーのなかの彼女や彼も、すでに持っている自分らしさに沿ってストーリーのなかを動いていくことによって、自分らしさの前線へとさらに入っていく、というような意味だ。

書き手である僕が発揮する僕らしさを検証するのは、ストーリーのなかの登場人物たちという他者であり、ストーリーのなかの彼と彼女においては、おたがい他者どうしである自分たちが、たとえば相手の言動によって、自分の自分らしさを刺激されることをとおして、さらに自分らしさの領域を手に入れる。

　この文庫に収録されている短編小説はいったいなになのか、という問いに対する答えは、ごくおおまかに基本だけを書くと、以上のようになる。他者によって作り出されていく自分らしさの物語だ。書き手の僕にとっても、登場人物たちにとっても。

七月の水玉

文藝春秋　二〇〇二

　かつて自分が書いた六篇の短篇小説の校正刷りを、ひとまとめに読んだ。その僕は、いまはもうとっくに、第三者のひとりだ。第三者として気づいたことひとつをめぐって、あとがきを試みることにしよう。書いた当人ではあるけれど、いまは第三者のひとりだと言い張る人による、短いあとがきだ。六篇ともにわたって、家が重要な位置と役を演じている。ここでの家とは、人が住む場所である住居、という意味だ。

『彼女が謎だった夏』では、直子がひとりで経営している喫茶店の裏に、彼女の住む家がある。日本に滞在していた特派員のフランス人が建てた家だ、と直子は説明している。ぜんたいの間取りが簡単に説明してある。その僕の言葉を頼りに、略図を起こすことは充分に可能だ。その図面を見るなら、あるいは見るまでもなく、この時代の建て売り住宅によくあった間取りとは、世界がまるで異なっている。直子のような人がひとりで住む家は、こうでなくてはならなかったからだろう。そのことを小説らしく可能にするために、フランス人の特派員が建てた、というきさつになっている。原田という青年は、この短篇が終わるところから始まる直子との親密な関係を、主としてこの家のなかで、これから持っていくことになる。

『写真家がすべてを楽しむ』という短篇では、恵子は自分で建てた家にひとりで住んでいる。間取りが説明してある。部屋の基本的な配置は、この説明をもとに図面にすることが、ここでも可能だ。この間取りもかなり変わっている。恵子がひとりで生活する場所として、彼女の家はこうでなくてはならない、ということなのだろう。写真家の田島がこの家をときたま訪れる。恵子の母親がかつて住んでいた一軒家について、母親自身の台詞による説明があるし、映画女優として役を演じる自分が撮影された、セットではない現実のアパートをめぐる記述にも、興味深いものがある。

『七月の水玉だった』になると、家の問題はもっと複雑に設定してある。ヨシオが両親と住んでいる家と、扶美子が父親と住むことになる家とは、崩れ落ちた生け垣をあいだにはさんで、おたがいに庭を接し合っている。両家の主人の提案により、役に立たない生け垣は、ヨシオの手によって取り払われる。二軒の家の庭はひとつになる。そこへ扶美子が登場する。

ヨシオと扶美子は隣どうしに住み、垣根の消えた庭を共有する。その庭は扶美子にとっては洗濯物を干す場所であり、干していく作業をする彼女の姿は、ヨシオの目にとまらざるを得ない。さらにこの庭は、雨の夜、素肌に浴衣一枚で傘をさした扶美子が、ヨシオの部屋に遊びにいくために横切るスペースであったりもする。

事情があって扶美子は父とともに東京を去ることになる。家と敷地はヨシオの父親が買い取る。空家になる扶美子の家は、いちばん居心地が良いと扶美子が言う彼女の部屋を、勉強部屋としてヨシオが使うことにする。扶美子を親しく包んだはずの空間に、扶美子がそこを去ったあとで、ヨシオが身を置く。そこで彼は扶美子をなんらかのかたちで材料にして小説を書こうとするのだから、隣り合う二軒の家とそのあいだの庭は、ヨシオと扶美子との、かなりなところまで複雑な関係を支える場となっていることは確かだ。

『寝室には天窓を』では、物語が始まったとき、川島という青年は二十三歳だ。自宅のすぐ近くにある一軒家で彼はひとり暮らしをしている。この家に関しても、僕の説明だけで、間取りは正確に描けると思う。変わった家だが、変わっているぶんだけ確実に住みやすいはずだ、と僕は思う。

二十歳年上の恵子がここに住むことになる。川島は自宅に戻る。その自宅の離れが、彼の場所だという。川島から提供を受けたその一軒家に恵子が住むことによって、彼と恵子との関係のぜんたいが、なんの無理もなく支えられ包み込まれる。川島はこの家に暗室を持つから、彼はいつここに立ち寄ってもいいし、何日続けてそこにとどまっても、異議をとなえる人はいない。

川島青年が二十三歳で始まったこの物語のなかでは、十二年という時間が経過する。恵子はそれまで続けてきた仕事の仕上げとして、神戸へ場所を移す。建物は充分に古くなった。自分ひとりの場所となったその家を、彼は建て替えることを考える。いまあるその家をそっくりに新しく復元する、というかたちの建て替えだ。恵子という存在を彼が身辺に保ちつつ、どこかでそれを更新していくような機能が、建て替えられた新しい家によって、発揮されるのではないか。

ひとりの女性が姿を消したあとの家に、男性がひとりで住むはめになるという構造は、『これは自分の理想だった』においても採用されている。彼がまだ両親と住んでいる自宅のすぐ近くにあり、子供の頃から顔見知りだった女性がひとりで住んでいる、という設定の家だ。ふたりが結婚したとたん、彼女は自分がそれまで考えてきたことを完遂させるため、ヨーロッパへいってしまう。あとに残された彼は、彼女の家でひとりだけの時間を紡いでいくほかない。

『秋風と彼女の足もと』では、主人公である四十六歳の裕美子がひとりで営む喫茶店が、ストーリーにとっての現在における舞台になっている。すでに過ぎ去った、いまはもうどこにもない時間としては、彼女が十五歳のときから記述されている。相手役の男性とはいまでも親しい関係が続いている。その彼と知り合ったのは裕美子が三十六歳のときで、彼は二十七歳だった。

彼らふたりのあいだに親しい関係を確定させた場所は、当時の彼女が住んでいた、小さな平屋の一軒家だった。私鉄の線路のすぐそばにその家はあり、急行が通過していくときの振動を受けて、寝室に使っている部屋の襖がはずれ、布団の上のふたりに向けて倒れてくる、というような体験をすることの出来た家だ。物語の終わりの部分で、いまの彼がひとりで住む集合住宅の部屋へ、裕美子は彼とともに向かう。広いとは言いがたいヴェランダのある、六階の部屋だということだが、いまの彼女がひとりで暮らしている一軒家へ向かったほうが、よかったのではないか。その家の造りと彼女らしさとが、好ましく重なり合う様子に、ほんの少しでいいから文字数を費やしておけば。

六篇の物語それぞれが進行していく時間の背景となっている時代は、探していくとどの作品でも、時代をあらわす具体的な数字に言及がなされている。掲載されている順に年号だけを列挙すると、次のようになる。一九六六年。一九八八年。一九六〇年。一九六七年。一九七七年。一九七六年。ただしこの最後の作品では、裕美子が彼と知り合った十年前に視点を置くなら、その時代は一九六六年だった。

一九六〇年代が三篇。その時代の延長と言っていい一九七〇年代後半が二篇。そして八〇年代の終わり近くが一篇。どれも物語それぞれにとって必然性があってそうなっている、といまは第三者の僕は思う。六〇年代や七〇年代のほうが、人が自分らしく住まう環境は、いまよりもはるかに個人の自由がきいたという意味で、いまとはくらべものにならないほどに豊かだった、というような必然性だ。

文房具を買いに

東京書籍　二〇〇三

自然環境のなかに平らな部分を探すと、土あるいは岩しかない。川に隣接した泥の広がりがほどよく水で湿っているなら、そこにはたとえば細い棒の先端を使って、図形や文字らしきものを刻みつけることができる。しかし川の水に浸されると、刻みつけたものはすべて消えてしまう。だから泥を自然環境から独立させて泥板とすれば、そこに刻んだ図形や文字はそのまま保存しておくことができる。湿らせた泥を適当な厚みで平らにならし、楔形をした道具で文字を刻みつけ乾燥させる。文字は消えることなくそこに残る。

洞窟の岩壁にかなり平らなところがあれば、そこには絵の具で絵を描くことができる。割れると平らな面の出来る岩を見つけたなら、その平らな面をさらに加工し、そこにも図形や文字を刻んでいくことは充分に可能だ。泥板と岩板、そしてそこに刻まれた文字。これだけですべての用が足りた時代は、しかし、急速に去ったようだ。もっとなんとかならないものかと周囲の環境を見渡しても、かろうじて平らな面を持っているのは、草や樹の葉だけであることをあらためて確認する。これしかないのであれば、これでなんとかできないものか、と試行錯誤を重ねた結果、一枚の紙というものが自然環境のなかから浮き上がり、そこを離れて自由を獲得し、人の手に持たれることとなった。

一枚の紙の白い平面という、ありとあらゆることを可能にせずにはおかない、自由世界。これを手に入れてしまえば、あとは鉛筆のような筆記具と、さらになにかつけ加えるなら、自然界からの独立の象徴であるような直線を描くための、一本の定規だろうか。これだけで充分だ。あとはその紙の上に、徹底して思考を展開し、修正に修正を重ねていけばそれでいい。泥や岩から始まった文房具は机の上に居場所を獲得し、現在にいたるまでの人間の文明のすべてが、そこから生まれていくこととなった。

なんということもないごく平凡な一枚の白い紙。きわめて普通の出来ばえをした一本の鉛筆。そして三十センチほどの長さの、これまた平凡な一本の定規。この三点を机の上にならべると、そこには人間の文明のすべてがある。鉛筆を削るための、小さな刃のついたナイフ。鉛筆で紙に仮に書きつけたことを、消し去るための小さな消しゴムひとつ。鉛筆に加えて、インクを用いる一本のペン。紙は一枚だけではなく何枚も、そしていろんな大きさを。さらには何枚も綴じ合わせてノートブックを。何枚かの紙を仮に綴じておくためのペーパー・クリップ。机の上に増え続ける文房具によって、どこまでも維持される仮説の途上に、ほんの仮のものとしていまかたちを保っているのが、人間の文明であるようだ。

ホームタウン東京

ちくま文庫　二〇〇三

　きみの故郷はどこかと訊かれたら、それは東京です、と答えるほかない。しいてあげるなら東京である、というような意味ではなく、東京しかないという意味において、故郷はと問われればそれは東京だと答える。しかし東京だと答えただけでは、それは単なる地名にすぎないし、ひとつの固有名詞そしてイメージ用語でしかない。いつの、どのあたりのどのような東京なのかと自問していくと、そんな東京はもうないことにやがて気づく。

　もっとも一般的な足がかりは、一定の期間にわたって住んだ場所だろう。住んだ時間の長い順に、東京のなかのその場所を思い起こすと、おおまかに大別して二箇所しかない。住み始めて二十七年ほどになり、いまも住んでいるあたり、そして子供の頃から青年期の終わりまで、ほぼおなじ期間にわたって住んだ場所の、わずかふたとおりだ。

　いま住んでいるあたりは、二十七年前とくらべてさほど変化していないか、それともずいぶんと変わったか。おそらく激変しているはずだ。日常の場における少しずつの変化の積み重ねは、見えにくいだけだ。戦後の日本は五年刻みで激変を繰り返した、というのが僕の考えだ。ここで言う激変とは、ほとんど別のものになる、というほどの意味だ。そしてそのような激変はいまも続いている。

かつて住んだあたりはどうなのか。そこにはもっと多くの激変が重なっているから、場所だけはある、というのが現状だ。変わり果てた、と言うよりは、跡かたもなくなるという性質の変化が何度も繰り返されたことの、ひとまずの結果だと言ったほうがいい。

東京のそれ以外の場所は、故郷とは言えないのか。北の果てまで、西の端まで、東京は地続きではないか。子供の頃から、少なくとも二十年以上は住んでなじんだ場所を故郷と呼ぶなら、それ以外の場所は故郷ではないだろう。そしてその故郷はもはや単なる場所や地名でしかなく、故郷と呼べる場所ですらがそうであるなら、それ以外の東京のぜんたいも、故郷ではない。

故郷と呼び得る場所がかつて東京のなかにあった、という意味において東京はいまも僕の故郷なのだ。どう探してもすでにどこにもない場所、それが故郷だ。ない場所、それが故郷だ。ない場所が東京のなかにあり、それが僕の故郷です、ということになる。故郷はありません、消えてしまいました、というような言いかたを僕はしない。なぜならそれはたいそう不正確であるばかりか、耐えがたく鈍感なとらえかたでもあるからだ。

故郷はなぜ消えたか。時間が経過し、そのなかで激変が幾重にも繰り返されたからにほかならない。では経過して去ったそれだけの量の時間と、そのなかで実現された激変に次ぐ激変こそ、じつは故郷なのではないか。いまの僕がなぜ東京を写真に撮るのか、その答えがこのあたりにある。どんな写真を僕は撮るのか。この本に収録した百点のような写真だ。これを僕は絶景と呼んでいる。

写真機を持ってあちこち歩くひとりの人にとって、東京は存分に広い。被写体に不自由はしない。撮る光景は豊富にある。そして撮らない光景はそれよりもはるかに多い事実についで思いめぐらせると、撮るとはどういうことか、なぜ撮るのか、といったことがわかってくる。一点ごとの解明は本文のなかにある。この本のなかの百点の写真ぜんたいをひとまとめにして、それはいったいどういうことなのか。撮ってすべては完了したのか。あるいは、撮ることによってなにかを見つけ、その前方になにごとかが実現されたのか。

故郷はじつはけっして消えてはいない。東京の基本方針はいまも昔もなにひとつ変わってはいない。中央集権と一極集中によって支え維持される政治都市、それが東京だ。これさえ守られるなら、あとは野となれ山となれ。これが東京の基本方針だ。積み重なった激変のなかに消え果てた、とうかつにも思っていた故郷は、現在までの時間のなかで、激変のそのつど、本質が強烈に増幅されて、現在の光景のなかにいまもあるのではないか。東京の基本方針が不変であるおかげで、故郷の基本や本質もまた、なんら変わることなく、しかし増幅だけは存分にされて、かすかに残る面影などとはまったく対極の様相で、東京のいたるところにあらわなのではないか。

ではないか、という言葉をこんなふうに重ねていくと、じつはそうなのだ、きっとそうだ、そうに違いない、というふうに論理は横滑りしていく。そしてその横滑りによって到達する地点が、じつは最初から正解だったのではないか。いまの東京を写真に撮ることをとおして、僕は故郷としての東京を現在の東京のなかに、発見しなおしている。なぜこうも撮るのか、その理由や動機をめぐって自問自答していくと、答えはこれしかあり得ないことに、すぐに気づく。

影の外に出る

NHK出版　二〇〇四

書くにいたったきっかけは、まえがきに書いたとおりだ。書いて、どうなったか。一冊の本が出来ることになるのだが、その本は日本人論や戦後日本論ではないし、もちろんアメリカ論でもなく、こうしてはどうかという提言、さらには、こうすべきだという警世の書でもない。自分ひとりで考えた経路を、多少とも整理したかたちで言葉によって固定したものだ。だからそれを読む人にとっての効果は、僕がなにをどんなふうに考えたか、なんとなくわかるという程度のものだ、それ以上でもそれ以下でもない。

書いていくという個人的な営みの過程のなかで、僕になにが起きるのか。それがいちばんの問題だろう。なにが起きるかとは、なにがどうわかってくるか、ということだ。現状が事実としてだけではなく、質としてもわかってくる、という期待を僕は持った。自分の間違いがあとになってわかる、という期待もある。現状はすでに充分すぎるほどに惨憺たるものであり、これからさらにひどくなっていくはずだ。しかしそのことに悲観はしても、不安を持ってはいけないようだ。現状に不安を覚え、前方に対しておびえると、なにか確かなものを求める気持ちが強くなるのではないか。確かなものを過去のなかに求めると、過去から学ぶのではなく、そこへただ戻るだけとなる。そしてそこにあるのは、けっして確かなものではなく、確かだったはずのものでしかない。過去から学ぶのは簡単だ。難しい内容ではないからだ。とっくに教訓へと結晶化されているものも多い。

これまで経験したことのない状況が、世界のいたるところで始まっている。新たに考えないと、それに対応することが出来ない。現在に関して正確に知らなくてはいけないことが、膨大にある。しかもそれらすべてが、想像を大きく越えて複雑に重なり合い、おたがいに影響し合っている。当然のこととしてあらゆる局面に変化がもたらされる。急激で大きな変化だ。そしてその変化はさまざまに内容やかたちを変えつつ、思いもかけない方向へと波及していく。

知るだけでも大変なのに、考えなかったらどうなるのか。慎重に、巧みに、足したり引いたり加減したり、裏を読んだり駆け引きをしたり、見通す真理に現実を加味し、長期を見据え短期を見落とさず、まさに適者のみが生存していくのだろう。国家から私企業の末端にいたるまで、運営に参加する人たちは、考える能力や考えることの質において、厳しく淘汰される。生き残ってもただ激務が続くだけで、名誉などなにひとつない。やりがいというものを、自分の内側で確認するだけが生きがいとなるすべての要職には、それにふさわしい能力の持ち主だけがつくといいのだが、いまの日本はその正反対である、というようなところに舞い戻るだけだから、書くという営みは悲観ないしは諦観の上にのみ成立する。

この本に収録した文章のうち、いくつかは『先見日記』というウェブサイトで掲載したものだ。毎週、このサイトに時評を書くペースが、本書のための文章を書いていくペースを作ってくれたと思うから、そのことに感謝している。

タイトルの意味するところにも、ひと言だけ触れておこう。比喩でしかないのだが、アメリカから放たれてくる光を日本が受けて影が出来る。その影が自分なのだと思って日本はここまで来た。その影の外に出るとは、日本が自分をとらえなおすことが出来るのかどうか、というほどの意味だ。

自分と自分以外

NHKブックス　二〇〇四

二〇〇二年の一月から六月まで、日本経済新聞の夕刊に短いエッセイを連載した。『プロムナード』と題した、もう何年も続いているコラムだ。僕は月曜日が掲載日だった。その年の月曜日は祝日が多く、半年分の回数は、二十二、三回となった。一回の文字数は千三百字だった。文章による芸を見せる、という考えかたが僕にはないから、毎回とにかくストレートに書くほかなかった。自分についての文章と、自分以外のことをめぐる文章が、半々くらいの比率になればいいだろう、と僕は思った。結果はそのとおりになった。

自分にまつわるいろんなことを話題にする文章と、その自分による社会的な関心について書く文章とを、厳密に区別することは出来ないし、そうすることに意味はない。どちらの文章もこの僕ひとりが書くのだから。しかし、なんとなく両者を分けて考えながら、どちらをもさらにいくつも書き加え、『自分と自分以外』という題名のもとに一冊の本にしたら面白いのではないか、と僕は思った。そしてそこに『先見日記』というウェブサイトの仕事が重なっていった。

毎週一回、千二百字ほどの文章を書いて、掲載していく。内容に限定はない。ということは、自分の個人的なことがら、あるいは、その自分から社会に向けられた視点による文章が、無理のないかたちで交互する、ということだ。二〇〇四年の七月現在、このサイトに僕が書く作業は続いている。日経の夕刊に書いたエッセイ、そして『先見日記』に掲載した文章、さらにはそれ以外のところに書いた文章も加えて、ここにある一冊の本となった。

自分と自分以外のふたつに分けて構成するつもりで作業を始めたのだが、この分けかたは有効ではないことがすぐにわかった。だからぜんたいを三つに分けた。子供の頃のこと、仕事をするようになってからのこと、そしていまの日本についてのこと、という三つだ。内容はともかく、このような構成による一冊のエッセイ集は、作業をほぼ終えたいま、第三者的な立場から見て、興味深いものがある。広島に原爆が投下されたときのあの光から、いまの日本で盛んに言われている憲法の改正についての意見まで、ひとつながりとなっているではないか。

ほとんどの文章は、仕事として依頼されて書いたものだ。書いた当人であるこの僕は、あなたはいったいなにですかと訊かれたなら、僕は僕ですと答えるほかないほどに、僕以外のなにものでもない。だから僕はどんな文章もこの僕として書くことになり、その結果のほんの少しの集積が、このような構成のエッセイ集を作ってしまうことになるのだろう、と僕は思う。

幼い頃の自分に関しては、このくらい書けばもう充分ではないか、という思いがある。仕事をするようになってからのことは、もっと細かく、具体的に多岐にわたって、時間順に書いていくと面白くなりそうな気がする。僕以外のなにものでもない人が、まったくひとりで、仕事をし続けていくとはどんなことなのか、僕ではない人にとっても興味深いものになるのではないか。僕、という仕事についての本だ。いまの日本をめぐっては、二〇〇三年の十月から二〇〇四年の四月までの期間のなかで、時評のスタイルで書いた『影の外に出る』が本になったばかりだ。話題は次々に生まれているのだから、なにものでもない人として文章へと組み立てなおす作業にも、気持ちは充分にひかれている。

空梅雨のような快晴の日曜日の午後、この本のなかの文章を書くためにかかわり合った多くの人たちとの会話の断片などを思い出しながら、あとがきを僕は書いている。

吉永小百合の映画

東京書籍　二〇〇四

一九五九年三月のデビュー作『朝を呼ぶ口笛』から、一九六二年四月の『キューポラのある街』まで、吉永小百合の全出演作二十八本のうち三本だけは、フィルムをスクリーンに映写するかたちで見ることができた。二〇〇四年五月二十八日、午後一時から、東京・五反田のイマジカの試写室で、『大出世物語』（一九六一年一月）、『花と娘と白い道』（一九六一年三月）、『青い芽の素顔』（一九六一年五月）の、三本を僕は見た。一九六〇年代が始まったばかりの頃の、吉永小百合出演作三本立ての午後だった。三本ともネガ・プリントは日活に保管されていた。しかしポジ・フィルムはなく、したがってTVで放映されたこともなければ、ヴィデオとして市販されたこともないままに、時を過ごしてきた三本だった。多少の有償とはいえ、この三作品のニュー・プリントを作成し、映写会とも言うべき機会を実現させてくれた日活株式会社の版権事業部には、深く感謝している。

この三本以外の二十五作品のすべてを、ヴィデオ・テープあるいはDVDで提供してくださった、東京の進士順一さん、そして兵庫県在住の東野春雄さんの協力がなかったなら、この本のような試みはおそらく成立しなかっただろう。両氏とは、担当の編集者である東京書籍の小島岳彦さんを加えて、『キューポラのある街』が撮影された川口市の、ロケ地へいってみることもできた。

荒川の北側、河川敷一帯と呼ばれている広がりの、いちばん北の縁をおさえて東西にのびる土手の上へ、僕たちは上がってみた。京浜東北線や宇都宮線、高崎線などの線路が荒川を越えていく鉄橋から、西へ三百メートルほどの土手の上だ。「学校の帰りにヨシエを追ってジュンが走り、追いついて立ちどまり、ふたりが話をする場面がこのあたりです」と進士さんは教えてくれた。このとき僕は『キューポラのある街』をまだ見ていなかった。二日後に見た『キューポラのある街』のなかには、確かにこの土手の上の場面があった。二日前に見てきた二〇〇四年のあの場所は、撮影時の一九六一年にはこうだったのかという思いは、すんなりと納得のいくものだった。

荒川の土手のあと、川口駅から北へ五百メートルほどのところにある、川口陸橋へも僕たちはいってみた。JRの線路を市役所前通りという道路が越えていく陸橋だ。陸橋じたい、そしてその位置などは、一九六一年当時となんら変化していない。北朝鮮へ帰るヨシエとその家族が乗った、上野発新潟行きの列車を、春先の早朝、この陸橋の上から、ジュンと弟のタカユキは見送った。その場面がこの陸橋の上で撮影された。「走っていく東北本線の列車を、ほぼ真下に見下ろしていましたから、ジュンとタカユキが立ったのは、だいたいこのあたりでしょう」と進士さんが示したその位置に、ジュンとタカユキが立っているのを、『キューポラのある街』で僕は見た。

陸橋の上から手を振って見送ることを、タカユキとサンキチは示し合わせていたのだろう。前から九輛目の客車の窓から、サンキチが顔を出し手を振っている。そのサンキチにジュンとタカユキが手を振る。「姉ちゃん、今度はこっち」とタカユキは言い、ふたりは陸橋の反対側へ走っていく。走り去る列車からサンキチの顔だけが小さく見えている。新潟へと向かう列車をこうして弟とふたりで見送ったあと、ジュンはトランジスタ組み立て工場の就職試験へと向かう。弟とふたりで、陸橋の歩道を、幸町のほうへ走っていく。

そしてその方向からは、陸橋に向けての浅い左カーヴのゆるやかな登り坂を、自転車に乗った三人がゆっくりと走ってくる。列車を見送りにきたジュンたちが陸橋の上に立ったときから、見送りを終えて幸町へ向けて走り出すまでのあいだ、陸橋の上を自動車が一台も通らない。そのときたまたまそうだったのではなく、おそらくほとんどいつも、自動車の気配はまだきわめて希薄だったのだろう。現在では陸橋の東西にある信号で自動車が止められているときにのみ、よく注意した上で、陸橋をこちらから向こう側へと渡ることがなんとか可能であるという、大変な変わりようだ。

一九六一年から四十三年という量の時間が経過しているのだから、日本のどこがどのように変わろうとも、そのことじたいにはさほど驚かない。陸橋の歩道を走っていくジュンのうしろ姿に、二日前に見たばかりの二〇〇四年のおなじ陸橋の光景が僕の頭のなかで重なると同時に、『キューポラのある街』まで時間順に見てきた二十八本の映画はすべて、四十数年前の出来事という本来の位置に収まりなおした。『キューポラのある街』にいたるまでの二十七本の作品のなかで、吉永小百合が演じた二十七とおりの役も時間順に重なり合い、『キューポラのある街』のジュンという二十八番目の役のなかに溶けこんでひとつになり、それが川口陸橋の上でふと消えるのをモニターの画面に見ると、十五歳から十七歳にかけての彼女がここまで演じてきた役のすべてが、映画という虚構のなかの架空の出来事なのだという、ごく当然のことを僕は受けとめなおすこととともなった。

物のかたちのバラッド　アメーバブックス　二〇〇五

目次のいちばん最初にある『バスを待つうしろ姿』を書いたのは、いまから三年ほど前だろうか。そのあとほぼ一定の間隔を置いて、『紙の上に鉛筆の線』と『後悔を同封します』そして『坂の下の焼き肉の店』を書いた。いずれもこの順番に雑誌に発表した。『もう痛くない彼女』『いまはそれどころではない』『孤独をさらに深める』の三編は、二〇〇四年の夏に書き下ろした。『都電からいつも見ていた』を雑誌に書いたのはそのすぐあとだったが、内容から見て目次のこの位置に置くのがふさわしいという理由で、この位置にある。

八編を書いた順番とその配列は、はっきりさせておきたいと思う。なぜならどの短編も、絵を描く才能のある青年が、その能力にまかせて、なんの無理もなくさまざまな絵を描くことをとおして、自らの物語とその方向をほんの少しだけ作っていく、という主題がどの短編にも共通していて、ひとつまたひとつと書いていくにしたがって、その主題は、少なくとも一段階くらいは上の次元へと、拡張ないしは進化されていったように、書いた当人としては思っているからだ。

『バスを待つうしろ姿』『紙の上に鉛筆の線』『坂の下の焼き肉の店』『都電からいつも見ていた』『もう痛くない彼女』そして『いまはそれどころではない』の六編は、二十代の青年を主人公としている。どの彼もそれぞれに絵を描くのだが、注文に応じて商業的に絵を描く日々はまだ始まったばかりであり、彼の人生はもちろんのこと、いま現在の彼そのものが、海のものとも山のものともわからない状態だ。ただしその彼は絵を描くことが出来る。そしてその絵は、それを見た人の気持ちを強くひきつけてやまないほどの、奥行きのある素晴らしい出来ばえだ。『孤独をさらに深める』の主人公は、いま少し年齢を重ねて三十代に達している。『後悔を同封します』の人は四十五歳になっている。絵を描くことの出来る青年として人生をスタートさせた彼らは、絵を描く日々がうまくいき、その延長線上にいまもいる。ただし三十代そして四十代ともなると、自分がこれまでやってきたことを、肩ごしに振り返ることが、ときたまはある。振り返ってそこになにが見えるか、前方に視線を向けなおして、そこになにがあるのか。『孤独をさらに深める』と『後悔を同封します』では、そのようなことが書かれている。

なにかはっきりしたことが出来ない人は小説の主人公にはなれない、という考えをおそらく僕は小説を書き始めた最初から、持っていたのだろう。いっさいなにも出来ない人を主人公にした小説はもちろん成立するけれど、ひとりの書き手によって書き得る数は少ないのではないか。たくさん書いてそのどれをも物語としてきちんと成立させようとするなら、それらの物語の主人公たちは、なにかが確かに出来ないといけない。一編の小説を書こうとするとき、なにがどの程度の質においてどのくらい出来る人を主人公に選ぶかという地点で、書き手はまずたいそう厳しく試されているような気がする。

『バスを待つうしろ姿』を書くときすでに、絵を描くことの出来る青年を主人公にすることは、きまっていた。絵を描く人を主人公にしてひき続きいくつか書き、最終的には一冊の本を編むことが出来るほどの分量にしてみたい、とも僕は思った。その思いは現実になりつつある。本を一冊作りたいのではなく、合計してそのくらいの分量になるいくつかの物語を、書くことが出来るかどうか試してみたい、ということだった。

八編の物語を書くために自分が使った言葉は、いったいどういう性質の言葉なのだろうか、と書いた当人の僕はいま思う。主人公たちそれぞれが絵を描く行為は、いまの彼らのありかたをそのままあらわしている。と同時に、彼らが生まれてから現在まで過ごして来た時間と、そしてそのなかで体験したことすべてが、いま絵を描くという彼らの行為を支えている。そしてさらには、彼らひとりひとりのこれからの日々のおそらくはぜんたいが、いま描く絵のなかにすでにあるはずだ。

ひとりひとりの主人公をめぐって、おおざっぱにはこういうことを書くために、僕は言葉を使った。絵を描く才能は遺伝によっている、という説を僕は信じている。本人の思いはどうあろうとも、絵を描こうと思えばなにであれたちまち描くことが出来、その絵は誰もが驚くほどにうまい、というような才能だ。絵を描く行為は明らかに体の行為だが、その行為のなかには、たったいま触れたとおり、それぞれの主人公の来し方と行く末という、心の営みのすべてが溶け込んでいる。

彼がなにを考え、そのことの延長としてどのような絵を描き、それによって自分をさらにどのようにしていくのか、といったことすべてが、僕の使う言葉によって記述され描写されていく。この本にある八編の短編小説は、内容を充分にともなった上で、起動しようと思えばいつでも起動させることが出来、そのまま持続させるなら好きなだけ持続させることが出来る、といった主人公たちそれぞれの、体の機能を描き出している。自分が描く絵をめぐって、それぞれの彼がいかに滑らかに、そして望むらくは充分な奥行きを持って、好ましく機能するか。このことのために僕は本一冊分の言葉を使った。

八編のどれにも、男性の主人公とともに、女性がひとりずつ登場している。彼女たちもまた主人公だ。しかし彼女たちには絵を描く必要はなく、いまの彼女たちそれぞれのありかたが、そのまま彼女たちのぜんたいであり世界であるという強さのなかにいるから、この強さにおいて、彼とまったく対等の関係のなかで、彼の発揮する機能と呼応し、共振や共鳴をすることが出来る。彼と彼女とのこのような関係は、向き合ったふたりのあいだだけで常に完結し、それゆえにいずれ先細りとなって消滅にいたる、といった性質のものではない。ふたりの機能がおたがいに作用し合い、何倍にもふくらんでいくなかで、ふたりのどちらに対しても、新たな地平を見つけさせる作用をし、ふたりともをそこへ押し出していく力であるといい。

どの彼も機能を発揮するのは絵を描くという行為をとおしてだが、彼女たちの場合はそれぞれの存在がそのまま機能だから、どの彼女たちも肉体的な存在としての機能を、自分自身のために楽しみ、彼との関係のなかでも楽しんでいる。彼女たちは純粋に肉体的な機能だと言ってもいい。だからこそ僕にとっては、彼女たちなしではどの彼の物語も成立しないのであり、彼の物語を作るなら彼女をも書かざるを得ないのだ。

『孤独をさらに深める』に登場する服部三津子という女性は、肉体的な機能におけるわかりやすさでは、象徴的な存在だととらえていい。ひと夏のあいだに、湾の海をかならずひとりで泳いで渡る、という肉体的な機能を発揮する彼女は、その全身が肉体的な存在のひとつのきわみであるはずの、踊り子だったりする。『いまはそれどころではない』の津田美枝子は、息子とは高校で同級生だった若い彼に対して、性的な能力を発揮する。それをなんとか対等に受けとめることのなかに、いまはそれどころではない、という彼の状態があり、その状態を美枝子の能力は、彼にとっては思いがけない方向と質において、充実させ拡大してもいるはずだ。

『バスを待つうしろ姿』『紙の上に鉛筆の線』『都電からいつも見ていた』『もう痛くない彼女』の四編に登場する女性たちは、三津子や美枝子の次元にはいたっていないものの、ゆとりある機能の蓄えをうしろだてのようにして、三津子や美枝子への可能性を充分にはらんでいる。『後悔を同封します』と『坂の下の焼き肉の店』では、女性がふたりの別々の女性へと造形されている。

どんな絵を描くことが出来るのか。なにを思って描くのか。それによって彼はどうなるのか。絵を描く営みが蓄積されると、それは彼の人生へとなっていくのか。こうしたことをめぐって発揮される彼の機能に対して、共振や共感の関係で対等に呼応するという、肉体的な機能を発揮する女性を彼とともに置いて、それぞれの物語が始まったばかりの部分を、あるいはかなりのところまで進行したあたりを、僕は八編の短編で描いた。そしてそのために使った言葉は、まことに僕らしく、きわめてすんなりと機能した、とは思っている。

白いプラスティックのフォーク

NHK出版　二〇〇五

僕が写真を撮るときと、おなじく僕が文章を書くときの、発端から途中のプロセスのぜんたい、そして仕上がりまでを支える構造の、基本的な性質のようなものが、じつはまったくおなじなのだということを発見して、僕は驚いている。なにをいまさら、という意見はあり得るだろうけれど、それは第三者の意見であり、当人にとっては、いまようやくなされた、充分な驚きをともなった発見だ。

自分で被写体を用意することの出来る静物写真の場合は、文章の試みとことのほかよく似ている。本文のいちばん最後の項目に書いた、この本の表紙に使った写真の場合など、典型的な例だと言っていい。そこで書いたとおり、物としての面白さ、あるいはそのたたずまいの面白さにひかれ、いずれは写真の被写体になるだろうなどとは思ってもみないままに、その物を手に入れておく。そして通例ならそのまま何年もの時間が経過していく。

あるとき、なんらかのきっかけを得て、ずっと以前に手に入れたあれが被写体として使えそうだ、というような考えが閃き、その物品をようやく被写体として使って、写真を撮ってみる。するとこの本の表紙の写真のように、本の内容ぜんたいをイメージ的にひとまとめにする役を担う映像として、なんとか使いものになったりする。

この本に収録してある文章も、これとまったくおなじようにして生まれている。かつて僕がなんらかのかたちで体験した食べものが、記憶の底にたたみ込まれる。そこでいつのまにか消えてしまうものもあれば、消えずにずっと残るものもある。淡くなったり不正確になったりすることはよくあるものの、美化されたり誇張されたりすることは、僕の場合ほとんどないようだ。そしてなんらかのきっかけを得て、それらの体験が記憶のなかから探し出され、物であれば被写体として整えられるのとおなじく、記憶の内容が点検され整理された上で、文章へとかたちを得ていく。

写真も文章もまったくおなじではないかという発見は、なにを試みていようとも僕はどこまでいっても僕でしかない、ということの発見だと言っていい。食は自分を作ったか、というセンテンスがこの本の副題として表紙に印刷してあるが、僕は最初からずっと一貫して僕であり、そのような僕にふさわしく食を体験し、僕らしく記憶しているだけなのではないか。

だからこの本は、僕が体験したさまざまな食の記憶をたどる本ではなく、さまざまな食の体験という視点からなされた、「僕」という人をめぐるいくつもの文章の試みなのではないか。夏のあいだずっとその文章を僕は書いてきた。今日で夏が終わり、明日からは秋であると、TVの気象ニュースが伝えていた。

青年の完璧な幸福

スイッチ・パブリッシング　二〇〇七

「野性時代」という雑誌の創刊号に「白い波の荒野へ」という短編を僕は書いた。これが僕にとっての小説によるデビューとなった。書いたのは一九七三年の秋であり、創刊号は次の年の五月号として刊行された。このデビュー作に関して、それから三十年以上が経過したいまでも不思議に思うのは、書いた当人である当時の僕の日常生活と、描かれたハワイの波乗りの物語とが、大きく乖離していることだ。大きくどころではなく、そのときの僕に可能な限り、限度いっぱいに、乖離している。そうしなければ書けなかったからそうなっているだけのことであり、したがって書いた当初はなんとも思わなかったのだが、それから二十年ほどの時間が経過した頃から、デビュー作を書いた当時の自分が身を置いていた日常の現実と、その自分が小説として書いた物語とのあいだに、なぜあれほどまでの乖離があったのか、不思議に思うようになった。そしてそれ以来、その思いはいまでも続いている。

思いは続いているけれど、なぜあれほどまでに乖離していたのか、その不思議に関しては、ほぼ回答を得ている。デビュー作以前に小説のようなものを書かなかったわけではないとして、自分の現実から思いっきり遠いところに自分の書く物語を設定しなければならなかった、という種類の緊張を体験したのは、デビュー作が初めてのことだった。その意味で、「白い波の荒野へ」という短編は、デビュー作にふさわしい。物語、ということのなかにすべての答えがある。物語を初めて本気で書くにあたり、締切りの最終段階まで追いつめられてついに、身のまわりの現実から可能な限り遠いところに物語の場を求めるという本能的な反応をすることによって、初心者の僕は物語というものの本質に忠実であろうとした。

少なくともそのくらいのことは僕にも出来たということになるが、三十年遅れで自分を正当化することに意味はなにひとつないし、僕は自分自身はどうでもいいと思っている。大事なのは物語なのだ。自分の現実から存分に遠かったとは言っても、遠ければそれでいいというものではない。これがなければ自分はたいそう困るという、切実さをきわめた近さが遠さに重なると、そこに物語の可能性が生まれてくる。

「白い波の荒野へ」を書いてから数年後、おなじ主人公たち、そしておなじ設定を使って、連作のように書き続けてみてはどうか、という提案をおなじ編集者から得た。僕は賛同し、何編かを連作のように書き、いずれも「野性時代」に掲載され、やがて一冊の本、『波乗りの島』となった。これを書いたことをめぐって、いまでも僕に体感のように残っている記憶は、一編ごとの物語が持つべきそのときどきの自分からの遠さを、意識的に作り出さなくてはいけなかった、という事実だ。デビュー作で思いっきり遠くへと物語を設定した僕は、それから数年ののちには、遠いところ、という助けを借りなくとも、物語を作ることが出来るようになっていたのだろうか、といまの僕は思う。近いところにも遠い物語があり得ることを、なんとなくではあれ、知るにいたっていたのだろうか。思いっきり遠いところとは、その物語を書く僕にとっての、切実な立ち位置だったのか。近くても遠くても、立ち位置の切実さにはなんら変わりはない。

デビュー作、そしてそれ以後の物語を書いたのは、当時という現在を生きていた僕だが、その僕によって書かれた物語とは、いったいなになのか。僕がひとりで考えて書いたのだから、僕の頭のなかにすでに存在していたものが、短編小説というかたちへと整えられて外面化したものであることは、間違いない。ではそれは、そのときの僕にとっての、過去や記憶だったのか。過去や記憶を整えなおして一編の物語を生み出す営みのぜんたいが、そのときの僕の現実に貼りついていた、想像上の、あるいは観念上の、もうひとつの現実だったと言っていいのか。

「白い波の荒野へ」という第一作は、自ら書こうと思って書いたのではなかった。「野性時代」を創刊した人が、きみはこの雑誌に小説を書けと、きわめて真摯に、しかも強力に勧めてくれたからだ。なかなか書かない僕に対して、その人の勧めは肯定的な意味で命令となり、肯定の度合いをさらに強めて、脅しのようになった。そうなったら僕としても書かないわけにはいかない。書くためには、すでに説明してきたとおり、出来るだけ遠いところに物語を設定する必要があった。そしてその遠さは、そのときの自分にとって適切な遠さだったのだろう。そしてそれゆえに、僕は夢中になってその短編を書いた。夢中になりながら小説へと整えなおす自らの過去や記憶とは、いったいなになのか。

小説を書くとは、どういうことなのだろうか。登場する人たちの関係とその推移や変化を、言葉による模型のように作っていくことか。物語のなかにあらわれる人たちを、小説の作者はコントロールしたいのだろうか。ストーリーのすべてを作者は自分で作っていく。そこに登場する人たち全員の性格や言葉、アクションなど、なにからなにまで自分ひとりで作ることが出来る。良く書けた小説とは、作者による人物たちのコントロールが、うまくいった場合のことか。書こうとしたものがうまく書けた場合とは、書くことにかかわるすべてのコントロールが、うまくいった場合だ。だから作者はすべてをコントロールしようとしているし、それはあたりまえのことだろう。

小説を書くとき、コントロール願望をどのくらい発揮してますか、と自分が問われたら、さあ、どうかなあ、としか僕には答えられない。仮にコントロール願望があるとして、そしてその願望がうまく発揮された結果、良く書けた小説が生まれたとして、ではその良く書けた小説とは、いったいなになのか。あれは自分でも良く出来たと思う、と言える小説は僕にもあるけれど、ぜんたいの半分は出来そこないだと僕は判断している。出来そこないとは、物語を支える論理はあるものの、それのための筋道が充分には出来ていない、というようなことだろうか。筋道がないことには、いくら論理が用意されていても、その発揮のしようがないではないか。筋道とはなにか。小説は筋、音楽はメロディ、と僕にお説教した人がいたが、その人が言った「筋」とは、いま僕が言っているような、論理のための筋道と、おなじようなものなのだろうか、それとも、いわゆる起承転結や単なる盛り上がりなどを意味するのだろうか。

小説を書く、ということのなかには、切実な感じが確実にある、と僕は思う。誰にとっての切実さかと言えば、書く当人である作者にとっての切実さであることは、言うまでもないだろう。切実だからこそ書く。おそらくそうだろう。なにが、どのように、切実なのか。一般的に言って切実さとは、ないものがぜひ欲しい、ない部分をなんとか埋めたい、そうなってはいないものをそうしたい、というようなことではないか。ない、という状態と、ないものであるそれを望む気持ちが重なり合ってある程度まで高まると、そこには切実さが生まれるはずだ。ないからそれを望む。ではいったい、なにがないのか。望んではいるけれどそれはどこにもないから、そのことに対して不足や不満、さらには欠落感などを、当人は感じているのか。

これを書きたい、と切実に思うからこそ、書く。そう思うからには、それは少なくとも当人には、ないのではないか。その切実さと均衡がとれるほどにうまく書けた小説によって、書いた当人はなにを手にするのか。発表されて活字になった短編、あるいはいきなり本になった長編などを手にして、それでおしまいだろうか。こういう物語を自分は書くことが出来るかどうかやってみよう、という考えのもとに、自分で自分にしかけるゲームのような感覚で、僕は小説を書き始めることが多い。ほんの小さな短編ひとつにしろ、それを書くにあたっては、言葉に託し得る感覚のすべてが動員される態勢にある。なんらかのかたちですでに僕のなかにあるものすべてが、書き始めていく小説のために使われる。ほんの少ししか使われなくとも、僕の過去のぜんたいが、その小説のうしろだてとなった事実は、なんら変化しない。書きおおせた小説とは、小説へと整理され直された自分の過去なのだ。書いた物語は、自分の物語だ。それを読む人は、なにを読むのか。読む人の物語を読む。幸せな読者の場合は、そのようにして作者と水平に対等につながれる。

僕が自分で書く小説の主たる材料は、僕のなかにある記憶だ。自分自身はまったくその小説のなかに登場しなくとも、材料は自分の記憶だ。自分が持っている記憶、つまりそのときそこまでの自分のすべてを、僕は小説のために使っている。記憶を呼び起こしてはそのとおりに言葉で紡いでいくと小説になる、というような意味ではなく、自分が書く小説のための根源的な力のようなものとして、自分の記憶の総体が機能している、という意味だ。小説を書くことをとおして、自分の記憶をある種の力として、僕は更新する。なんとか書きおおせた小説によって、組み直され新たに充電され直された記憶を、僕は手に入れている。

小説を書こうとしている自分、という主題でかつて僕はいくつかの小説を書いた。小説を書く人である自分が、次の作品を書こうとしているその当人を主題にして、小説を書く。自分がやがて書く小説について考え始めている自分。その小説をいよいよ書こうとしている自分。その小説を途中まで書き進めている自分。いろんな自分があり得るし、自分ではなくて別な人でもいい。

ここにあるこの短編集では、ほどなく自分は小説を書かなくてはいけないのだろうな、と思い始めている二十代の青年が、四つあるどの短編においても、主題を担う人となっている。大学を出て勤めた会社はとっくに辞め、フリーランスの書き手としていろんな雑誌にいろんな文章を書いている。いろんな文章とは言っても、これはあいつなら書けるだろう、と思った編集者が依頼してくれる種類のものだから、四人の青年たちの誰もが、さほど無理することなく注文に応じることが出来ている。したがって、フリーランスの書き手としての日常を維持することが、可能となる。時代の背景は一九六〇年代のなかばから後半にかけてだ。かつてその時代におなじような状況にあった僕自身と、彼ら四人はかなりのところまで重なり合う。重なり合うとは言え、彼ら四人の誰もが、僕自身ではない。かつての自分を言葉で再現して、それが物語になり得るとは、僕にはとうてい思えない。四つの短編のなかの四人の青年たちは、ずっと昔どこかで会ったことがあるような気がする、という程度には自分だが、それ以外においてはまるで自分ではない。

小説を書く人、あるいは、これから書こうとしている人などは、その人じたいが小説なのではないか、という仮説のようなところからこの短編集のなかの短編は出発している。四人の主人公の誰もが僕ではない事実は、小説を書かなくてはいけないのかな、などと思い始めていた頃の僕が思ってもみなかったこと、まるで気づきもしなかったことなどを、彼ら四人がそれぞれに手に入れる様子を物語にしていく可能性とつながることによって、おそらくは唯一の肯定的な意味を持つ。小説を書く自分というものを、ぼんやりとではあるけれど頭のなかに思い描き始めた頃の自分は、じつはこうだったのだ、こうありたかったのだ、きっとこうだったはずだ、などとするために四人の物語を作ったのではなく、まったくその反対に、彼らが考えたようなことを僕自身は一度たりとも考えたことがなかった、という事実の記憶をより鮮明にさせるために、僕はこの四人の物語を書いた。かつての自分自身をめぐる記憶を、改変したり作り変えたりするためではなく、記憶の輪郭をより明確にするため、曇り始めているところをいまいちど新たにくっきりと晴れさせるために、記憶というものの自分に対する力を更新するために、かつての僕自身とは対極にあると言っていい四人の青年たちそれぞれの、小説へと向かう物語を僕は書いた。

いろんな雑誌にいろんな文章を書いている四人の青年たちは、さまざまな編集者たちとつきあっている。雑誌の編集長だと、彼らよりも十歳から十五歳くらいは年上になるだろうか。年長の人たちが彼ら青年たちのこれからについて思うとき、その思いは、きみもこれから大変だねえ、というようなひと言になるのではないか。いまの僕なら、きみは幸せだ、と言いたい。これから小説を書くかもしれないと言っても、ほんとに書くかどうか定かではないし、書こうと思っても書けない可能性は充分にある。たとえ書いたとしてもそれがどうなるのか、確かなことはなにひとつなく、なにを書くのかそれすらはっきりしていないままに、小説を書くという営みのなかへと、最初の一歩を踏み入れようとする状態にある彼らは、ほどなく物語を書くことに夢中になるかもしれないという可能性なら、存分に持ち合わせている。これを超える幸せはないだろうという思いのなかから、『青年の完璧な幸福』という題名は生まれた。

映画の中の昭和30年代

草思社　二〇〇七

この本のなかで取り上げた十六本の映画のどれをも、僕は何度となく繰り返し観た。それぞれの作品をめぐってある程度の文字数の文章を書くには、繰り返し観なければどうにもならないからだ。おかげで、十六本の作品に関して、僕の評価は定まっている。一九五一年の『銀座化粧』と一九五二年の『おかあさん』の二本を、僕はもっとも高く評価する。この時代のこのような内容の映画は、「貧乏もの」と呼ばれてきた。「母もの」「青春もの」「やくざもの」「戦争もの」「怪獣もの」など、パターンごとにいろんな「もの」がある。無数に近く存在する娯楽映画を手早く仕分けするときに便利な基準だが、きわめて皮相的な基準であることは言うまでもない。

『銀座化粧』と『おかあさん』というふたつの作品の内容に即して考えると、貧乏とは、自分の体を直接に細々と動かして労働することをいとわない日々における、月末ごとの収支のつじつまが今月もなんとか合うか合わないか、という問題だ。貧困や困窮、あるいは無収入、無職、住むところがない、働くのは嫌だ、といったこととは次元が異なる。庶民生活を支えるもっとも中心的な柱としての、貧乏というありかただ。一九五一年、五二年あたりでこのような貧乏を娯楽映画にすると、描かれる生活はそのまま時代であり、もし時代が描かれたなら、それはそのまま生活だった。時代と生活は乖離していず、緊密に重なり合って一体だった。『銀座化粧』と『おかあさん』を観れば、このことはすぐにわかる。この二作を僕がもっとも高く評価する根拠は、このあたりにある。

次点は一九五二年の『稲妻』、そして五六年の『流れる』だろうか。その次に五五年の『浮雲』を置いてもいい。十六本のうち、サラリーマンとは関係のない世界に題材をとった作品が十本ある。サラリーマンを扱ったものは、『めし』『夫婦』『妻』『山の音』『驟雨』『娘・妻・母』の六本だ。一日じゅう会社にいるようだがいったいなにをしているのか、と観客が不思議に思うような奇妙なサラリーマンしか描けないことを、『山の音』を境に反省したのだろうか、そこから「サラリーマンもの」は少なくなる。サラリーマンの時代の始まりから確定までの十年間なのだが、月給取り、会社勤め、という方針の人たちを、映画の主人公としてきちんと描くことは出来なかったようだ。

五〇年代初めの「貧乏もの」でなら、安定した月給とは無縁の生活を描けば、そこにはなんの無理もなく時代も描き出されたのだが、一九五八年の『鰯雲』から六〇年の『女が階段を上る時』と『娘・妻・母』の三本になると、生活を描くかわりに時代を描こうとする失敗を犯し、しかも描かれた時代は戯画にもならないような奥行きのない書き割りである、という状況が無防備に露呈されている。激変に激変を重ねていく時代性というものを真実と取り違え、生活を放り出して時代性のほうに寄り添おうとした二重、三重の失敗が、日本映画にとっての一九五〇年代の終わりとなったようだ。『銀座化粧』では雪子のバーで飲み逃げをしようとする男、そして『おかあさん』では福原クリーニング店に頼んだ帽子の染め替えを、あわよくば無料にしようと図る男は、偶然にもおなじ俳優によって演じられている。どちらの男もスーツ姿にネクタイを締め、鞄を小脇に抱えている。このふたとおりの男はいずれもサラリーマンだ。かなりのところまで戯画的なサラリーマンだが、一日じゅう会社にいて月末には月給をもらう勤め人が、このようなかたちでしか描かれなかった時代に、僕はその時代の健全さのようなものを感じる。

「貧乏もの」のなかにあった健全さは、『稲妻』を最後に消えてしまう。替わってあらわれたのは、これからどうなるのだろう、どうすればいいのだろう、という主題だった。この主題を「サラリーマンもの」で試みてすぐに行き詰まったあと、サラリーマンとはほとんど無縁の世界へ舞台を移し、数年にわたって似たような作品を作っているうちに、一九五〇年代は終わってしまった。一九五一年の作品から成瀬監督の技術を楽しんできた僕は、そこから時代が進むにつれて、企画や製作にたずさわったプロデューサー、そして脚本家の責任の果たしかたの、年ごとに大きくなっていく不足を、成瀬監督の責任の外において、確認し続けることとなった。

一九六〇年、青年と拳銃

毎日新聞社　二〇〇八

「忘却の昭和三〇年代」と副題のついた『東京』という写真集をいま僕は見ている。著者・金子桂三、発行所・河出書房新社、二〇〇七年五月初版。副題が示すとおり、佃の渡し、大八車、カマボコ兵舎、水上生活者、牛煮込み三十円、すしや横丁、鼻緒屋、千住のお化け煙突、花街の人力車、電話交換手など、跡かたなく消え去って久しい昭和三十年代の東京を、さまざまに被写体として撮影した、たいへんにすぐれた写真集だ。「一枚の写真からはじまる、記憶への旅」と、表紙に巻いた帯にうたってある。

第一章に相当する「午後、浅草」と題された部分に収録してある写真の、最初の一点は、昭和三十五年五月五日に浅草六区の映画街を撮影した、横画面の写真だ。確かにこれは一枚の写真だし、たとえようもなく貴重なものだ。昭和三十五年は一九六〇年だから、『拳銃無頼帖』シリーズが製作・公開された年だ。五月五日はゴールデン・ウィークのなかで、日本は祭日だった。

浅草六区の映画街はたいへんな人出で、盛大に賑わっている。数多くの人たちが道を埋めつくすかのように歩いている。その人たちが写真に写し撮られている。ひとりひとり観察してやがてわかるのは、老若男女のすべてがここに出揃っている、という事実だ。仕事が休みの日に、映画という安くて手軽な娯楽を求めて街に出た、当時の日本の大衆の、縮図のような標本をこの写真に見ることが出来る。

雷門の前の通りを隅田川を背にして西へ向かい、国際通りに出るひとつ手前の道を右に入ると、その道はすしや通りと呼ばれている。そのまま直進していくと、その道はやがて六区ブロードウェイとなる。浅草六区という呼び名は、こういうかたちでいまも現役だ。ROX、電気館ビル、浅草演芸ホール、ロック座、ウインズ浅草などがこの道にならんでいる。試みに現在のここを、休日の午後に歩いたあとで、あるいは歩きながら、いま僕が見ているこの写真をあらためて観察するなら、日本の昭和三十年代とはなにだったか、その一端を驚愕とともに知ることが出来る。

昭和三十五年五月五日の六区には、映画館が軒をつらねている。建物の正面に取りつけられている大きな看板、建物から道のほうへとはみ出している垂れ幕や幟などが、レンズの望遠効果で、画面の手前から奥まで、びっしりと重なって見える。画面のいちばん奥に浅草東映が見える。建物の屋上に立つ奇怪な形状の広告塔に、浅草東映の文字が読める。

画面の右側、いちばん手前の映画館では、「御家族週間三本立」が上映されている。ゴードン・スコット主演の『ターザンの決斗』『腰抜け列車強盗』そしてバスター・クラブの『ナポンガ』の三本だ。その向こうの大映では、「黄金週間に贈る最新大作二本立」が、総天然色、大映スコープで上映中だ。二本立てのうちの一本は、『大江山酒天童子』だ。『照る日くもる日』の垂れ幕もある。向かい側の浅草日活で上映されているのは、石原裕次郎の『青年の樹』と、和田浩治の小僧シリーズ『素っ飛び小僧』だ。その手前にあるのは松竹だろうか。上映されているのはトニー・ザイラーと鰐淵晴子の『銀嶺の王者』と、「最高においしい傑作喜劇」だという『バナナ』の二本だ。料金に関しては「五十五円均一」という看板が見える。均一とは、誰でもひとりにつき、という意味だろう。「奉仕料金七十円」とうたう看板もある。このふたとおりはかなり安い料金で、いま少し高いと、百円、百二十円と小きざみに上がっていき、浅草での上限は二百円までいかなかっただろう。

写真集『東京』の二ページ目を開くと、おなじ浅草六区をおなじ昭和三十五年の、五月二十四日に撮影した写真を見ることが出来る。撮影者が立ったのは、五月五日の写真とほぼおなじ位置だろう。そしておなじ方向を撮っているけれど、今度は縦画面だ。だから一ページ目の横画面の写真の左半分、つまり六区映画街の西側の一角が、ややアップぎみにとらえられている。

　画面の右側の縁に沿って、そのまんなかあたりに、浅草東映の屋上広告塔がある。そしてそこから画面の左手前に向けて、数多くの映画館や劇場が、おたがいに壁を接するかのように、何軒も建っている。「東京名物」とうたうロック座の看板、さらにはフランス座の看板が見える。松竹では『いろはにほへと』と『番頭はんと丁稚どん』の二本立てだ。ヒットソングに便乗した『東京ナイトクラブ』という作品も公開中だ。

　そして浅草日活で封切り上映中の二本立ては、建物の外で道ゆく大勢の人たちの頭上に張り出されている大きな垂れ幕によれば、総天然色日活スコープの、赤木圭一郎『拳銃無頼帖　電光石火の男』だ。同時上映のもう一本のタイトルは、『静かな脱獄者』と読める。レンズの望遠効果で距離の遠近がつかみにくいのだが、「只今わりびき百二十円」と料金を明示している看板は、浅草日活のものではないか。

『拳銃無頼帖』シリーズ第二作の『電光石火の男』が公開された一九六〇年五月の休日に浅草六区へいくと、いま僕が見ている写真のとおりの光景ないしは状況が、そこにはあったのだ。そのことをいま知って僕は驚く。一九六〇年の日本がこのようだったとは。そしてこのような日本のなかで、『拳銃無頼帖』シリーズがほぼ三か月おきに、次々に公開されていたとは。

　写真集『東京』の帯にある、「一枚の写真からはじまる、記憶への旅」というひと言は、薄れかけ消えそうになっている記憶を一枚の写真を拠り所にしていま一度くっきりと鮮明に呼び戻そう、というような意味だろう。僕にはリアルタイムにおける体験がそもそもないから、消えそうになっている記憶を呼び戻すことは出来ないかわりに、あの頃はこんなだったのかという、新鮮な発見をすることが出来る。『拳銃無頼帖』シリーズの四十数年遅れの観客となった僕は、それらの作品が公開された当時の日本の街角を、おなじく四十数年遅れで歩く。歩くとは言っても、写真集に収録されている写真のなかへ、視線で入っていくだけなのだが。

一九六〇年の日本で僕は大学の確か二年生だった。東京のとある私大に籍を置き、モラトリアムの日々を送っていた。モラトリアムという言葉を最近は聞かなくなった。これといった目的や考えなどないままに大学へ進学し、卒業までの四年間をなにをするでもなく過ごすことを、モラトリアムと言っていた。僕はそのようなモラトリアムを体験した、はしりの世代のひとりではないだろうか。モラトリアムはモラトリアムで当人にとっては大変なことであり、それに集中していると他のことをやっている余裕はない。

祭日の浅草六区の信じがたい賑わいをまったく知らないのは、ひとつにはそのせいでもあるだろう。昭和の東京の子供には行動範囲が限定されている傾向が明らかにあり、その延長線上にあったモラトリアムの大学生は、行動範囲がよりいっそう狭かっただろう。日常の行動範囲が狭いだけではなく、どこでなにを見てもそれらとかかわってはいないのだから、したがって体験してはいず、浅草六区の祭日の光景が好例であるように、当時の写真を見るとそこに記録されている日常は、半世紀遅れの大発見となってしまう。

写真集『東京』に収録されている写真を、僕は最後のページまで細心に観察していった。体験として身に覚えのあるものは、ここにはなにひとつない、という発見をした。昭和三十年代は僕にとっては十五歳から二十五歳までという、少年から青年への期間であり、虚空に浮いたかのように現実から抜け落ちて存在するのに、うってつけの年齢だ。

現実から抜け落ちた状態にあり続けること以外に、この時代をじつはなにひとつ体験していない、という発見をしたばかりの自分が思うのは、その時代のそのときその場所にいて、リアルタイムに体験するとは、それがなにであれ、なけなしの消費をしてすぐに忘れてしまうことなのだ、という究極のようなせつなさについてだ。

半世紀前に東京のどこかで『拳銃無頼帖』シリーズを僕が観ていたなら、それはとっくに忘却の彼方だろう。そうはしなかったおかげで、と言っていいと思うが、半世紀遅れで新鮮な驚きとともに愛しい発見の対象とすることが出来た。

白い指先の小説

毎日新聞社　二〇〇八

この本にある四編の短編小説は、書いた時間順にならんでいる。「本を買いにいった」を書いたのは二〇〇七年の秋だった。そして「投手の姉、捕手の妻」は、二〇〇八年のたしか春先に書いた。四編の校正刷りを読んだのは、二〇〇八年のゴールデン・ウィークが終わってからのこととなった。書いてから経過した時間は、長くて半年、短くて三か月だ。これだけの時間が経過したあとだと、校正刷りのなかに再会するどの物語も、ほぼ完全に第三者の視点で読むことが出来る。そしてその視点の先に浮かび上がってきたのは、四つの短編のどの主人公も孤独である、という事実だった。やはりそうだったか、と僕は思ったし、そうあって当然だろう、とも思った。

孤独という言葉は、いまではつまらない誤解をたくさん招く。誤解だけで成立している言葉だと言ってもいい。すっきりと自分ひとりきりで、誰にもなににも邪魔されることなく、自前で、自分の力だけで、自分ひとりで集中する、というような意味で孤独という言葉をいま僕は使っている。なにをするにせよ、孤独というありかたは素晴らしい出発点だ。そして視点としては、これを越えるもののない最高の視点だろう。自分らしさの核心の内部に向けて、好きなだけ時間をかけて存分に思考をめぐらせ、どの主人公も自分なりに降りていこうとしている。降りれば降りるほど、自分をもっとも深いところで突き動かしているなにかが、どことも知れず遥か遠くに向けて、きれいに滑空していくのを彼女たちは知る。このような孤独の底に最大限の解放がある。

彼女たちはなぜそんなことをするのか。自分が生きてここにある日々に、意味を見つけようとしている。自分の人生に自前で意味を作り出そうとしている。意味とは価値だと書くと、価値という言葉がふたたびつまらない誤解のもとになる。自分の値打ちを上げようとしていく、自分をより有利なところに立たせようと画策する、最終的には自分が勝つことをめざす、というような誤解だ。自分の深内部から自分を呼ぶ声に、自分は応えなくてはいけない。自分ひとりで正面からそれに応える営みをとおして、彼女たちはより良く生きることが出来るようになる。より良く生きる、という言いかたも誤解を生むだろう。自分の外のどこか離れたところに設定した目標に向けて、少しでも近づいていくための努力をする、というような誤解だ。

自分がより自分になれるように生きるのだから、すべては自分の内部の問題であり、外界は関係なく、それだからこその孤独というありかたなのだ。だから孤独さは、四つの短編のなかに描かれている女性の誰にとっても、おそらく最高に価値のある大切な状態だ。なぜなら、そのような彼女たちは、それぞれの現在の状況のなかで考え得る、およそ限度いっぱいの解放と自由を体験しているはずだから。

書いていくためにはいろんなことを考える。だから彼女たちは、自分で考える、という自由さを、日常のあらゆる時間のなかで、駆使している。これ以上の自由がどこにあるだろうか。自分で考える、というひとりの時間と営み、つまりひとりでいることに、彼女たちはごく当然のこととして対等に向き合うことが出来る。自分が自分を全面的に認めていないと、ただこれだけのことが、じつはなかなか出来ない。自分が自分を全面的に認めているとは、自分を相手にした対話が存分に出来ている、ということだ。だから彼女たちには最初から自信がある。自信とは、体験の時間量に則して少しずつ付加されていくものではなく、最初からあるものなのだ。そしてそこに、自由の地平が広がる。

その自由のなかで、どの女性も、書かざるを得ないから書いている。書かざるを得ないとは、書いていく営みがそのまま自分自身であり、書いてこその自分である、というような意味だ。

彼女たちは言葉だ。書いていく言葉のひとつひとつ、そのつながり、そしてそれが生み出す小説は、彼女たちそのものだ。言うまでもなく、言葉はきわめて大切なものだ。言葉を大切にする日々、などと書くとここでも、またつまらない誤解が発生しそうだ。

言葉とは、なにか。それは物質ではない、精神だ。目に見えるもの、かたちあるもの、手で触れることが出来るものなど、どこまでいっても具体物でしかないものにとらわれ、それが世界のすべてだと思い込むことの際限ない不自由さから、自分が言葉になることによって、彼女たちはとっくに脱出している。小説を書こうとしている彼女たち、あるいは書いているときの彼女たちは、精神的な存在だ。自分ではなにも考えない人の、現象のみにとらわれ続ける不自由さとのあいだにあるはずの、途方もない落差について僕は思う。

彼女たちはなぜ書くのか。書くとは、彼女たちにとって、どういうことなのか。言葉によって、つまり理論をとおして、抽象化して理解したものを、どのように書いていくかという、普遍的な問題と向き合う時間。それが、書くということだ。では彼女たちが書くものは、なぜ小説なのか。自分による書きかたをどのようにするか、という問題に対するひとつの答えとしての、小説だろう。どんな物語をどのように書くか。主人公の性格、つまり思考とそれにもとづく行動のしかた、それが作り出す物語の構造は、可能性として無限にある。無限という自由が開けているからこそ、彼女たちは小説という表現のしかたを選ぶ。

書いていくにあたって彼女たちが使う言葉は、ずっと以前からあり続けた、どこにでもあるごくありきたりのものだ。そのような言葉を小説のために使うのは彼女たちそれぞれだが、言葉そのものは使いまわしの最たるものだ。このことを自分にとっておそらくもっとも切実なものとして受けとめきると、言葉そのものは個人のものではなく、普遍的に遍在してただそこにあるものなのだ、ということがよくわかるはずだ。その人が書くなり言うなりすれば、その言葉はその人のものになるというよくある誤解は、言葉についてあまりにもなにも考えない態度から生まれてくる。

彼女たちへの期待の核心とも言うべき部分は、自分の言葉など絶対に語らないだろう、というあたりにある。言葉は自分という個人を越えている。言葉が持つ意味が作り出す物語のどこかに普遍性が宿れば、という彼女たちの願いは、物語の言葉だけが残って自分はどこかへ消えてしまうという、孤独の深まりを歓迎してやまない。考えるのも書いていくのも、彼女たちひとりひとりだから、どの人の文章にも文体の違いは生まれる。そして文体とは、彼女たちそれぞれが持つ魅力が文章にふとあらわれたもので、彼女たちひとりひとりの心の影に寄り添う華のようなものだと思えばそれで充分だ。

ナポリへの道　東京書籍　二〇〇八

スパゲッティ・ナポリタンという日本の料理に対して、自分がきわめて強力に日本を感じるのはなぜだろうか、とずっと以前から僕は不思議に思ってきた。日本古来のものとされている和食の最たるものはいまの日本にいくらでもあるかと思うが、そうした日本そのものと言っていい和食とはかなり位相の異なったかたちと内容とで、僕はスパゲッティ・ナポリタンに日本を感じてきた。店のウィンドーに料理サンプルとして出ているスパゲッティ・ナポリタンを見ると、ここに日本がある、と僕は心の底から思うし、目の前にスパゲッティ・ナポリタンの皿が出てくると、これこそ日本だ、これほどの日本は他にない、とまで僕は確信する。自分にとってこれほどまでに日本であるスパゲッティ・ナポリタンとは、いったいなになのか。

スリムではあるけれど一冊の本を書くにあたっては、さまざまな視点からの遠近法を持たなくてはいけない。いくつもの遠近法を重ね合わせたなかに浮かび上がってきたのは、スパゲッティ・ナポリタンが戦後の日本をそのまま体現している、という事実だった。

敗戦、終戦、焼け跡、占領、民主主義、米軍基地、復興への道、といった敗戦直後の日本をその一身に引き受けたような側面を、スパゲッティ・ナポリタンは持っている。占領アメリカ軍が間に合わせに作った食事にケチャップによるスパゲッティ料理があり、それが日本の民間へと出ていき、一九四〇年代の後半から終わりにかけて、戦後の巷に広まって人気を得た、というかたちで戦後の日本をスパゲッティ・ナポリタンは映し出している。占領米軍から日本の巷へと出たその瞬間には早くも、日本らしい工夫がその料理に対してほどこされていた事実は、僕のとらえかたでは驚嘆に値する。

一九五〇年代が始まった頃には、スパゲッティ・ナポリタンは、日本の庶民食として独特な位置を獲得していたと思っていいようだ。経済の復興に重なって、スパゲッティ・ナポリタンのひと皿は、とくにその時代の子供たちにとって、輝かしくも楽しい御馳走となった。「もはや戦後ではない」こととなった一九五〇年代なかばから六〇年代いっぱい、さらにその次の時代へと続いた高度経済成長のなかを、若い働き手として生きた人たちにとって、そのように生きた証のひとつがスパゲッティ・ナポリタンであるようだ。

バブルによるほとんど根拠のない架空の嵩上げを、その時代の日本は体験した。嵩上げによって底のほうへと沈んだかに見えたもののひとつが、スパゲッティ・ナポリタンだった。バブルが終わっても嵩上げ状態は続いたから、スパゲッティ・ナポリタンは消えていくのだろうか、もはや絶滅だろうかなどと、僕がそうだったように早とちりした人がいたとしても、それは当然だろう。

バブルが終わったあとの、失われた十年は二十年になり、さらに継続されつつある現在、架空の嵩上げが霧散したあとそこからさらに沈んでいく日本に反比例するかのように、スパゲッティ・ナポリタンは浮かび上がって来ている。スーパー・マーケットや百貨店の地下食料品売り場には、ほぼおなじ材料による、まったくおなじと言っていい出来ばえの、おなじ値段のスパゲッティ・ナポリタンがたくさんある。江戸から続くおやつの伝統すら、それらのナポリタンは継承している。

以上のようなかたちと内容とで、戦後の日本をその始まりから現在まで体現し続けている料理が、スパゲッティ・ナポリタンの他にあるだろうか。

なにを買ったの？ 文房具。

東京書籍　二〇〇九

この本のための写真を撮り始めたのは、二〇〇八年十月のなかばあたりからだ。これでおしまいという最後のショットを撮ったのは、二〇〇九年の一月がそのなかばを過ぎる頃だった。撮り始めてから撮り終えるまでに、三か月が必要だったことになる。太陽の直射光のある、晴れた日の午後一時から二時三十分くらいまでの時間、僕は数々の文房具を被写体にして、マクロ・レンズをつけた一眼レフのファインダーをのぞいては、シャッター・ボタンを右手の人差し指で押していた。その一眼レフはオリンパスのOM4だ。基本的には絞り優先のAEで、当然のこととしてそこに露出補正を重ねた。レンズはズイコーのオート・マクロ50ミリ1：1・35を使い、フィルムはフジクロームのSensia III 100デイライトというカラー・リヴァーサル・フィルムでとおした。写真機、レンズ、フィルムのどれも、少なくともいまの僕にとっては、これ以上を望む必要のない、素晴らしいものだった。

どの文房具もそれぞれに所定の機能を持っている。そしてその機能は、可能なかぎり多くの人にとって、可能なかぎりたやすく発揮させることができるよう、もっとも単純でありつつ同時にもっとも確実な作動の構造へと、転換されている。生産や創造からどんなに遠くとも、どれほど間接的であろうとも、文房具を使うあらゆる人に対して、生産や創造への関与が期待されている。人間の文明を人間が担いつつ前進させていく過程への期待が託された様子を、すべての文房具の造形に見てとることができる。文房具は人間の文明を肯定している。肯定するだけではなく、肯定に支えられた前進や展開、拡大、開拓などを、全面的に期待してもいる。

すべての文房具の造形のぜんたいに、そしてそのあらゆるディテールに、このような事実が宿っていることを確認する行為として、50ミリのマクロ・レンズをつけた一眼レフで撮影する作業は最適なのではないかと、撮影のあいだずっと僕は思い続けた。太陽光は光源である太陽までの距離や、光源そのものの途方もない大きさや強さなど、人知のとうてい及ばない、したがって人間の作為などまったく関係しない純粋さを、幸いにしていまでも保っている。そのような光が、人間の文明の象徴のような文房具の、ぜんたいをそして細部を、くまなく照らし出す。その様子を至近距離からレンズごしに、ファインダー・スクリーンの上に次々に僕は見た。

文房具には、それに託された期待の大きさや深さなどによって、わかりやすくなぞらえるならピラミッド状の、ハイエラルキーがあるようだ。頂点にあるのは鉛筆だと僕は思う。一本の鉛筆がどれほどの可能性を秘めているかは、本文のなかで書いたとおりだ。色鉛筆、各種の筆記具がそれに続き、それらによって書かれるはずの文字や図形を受けとめる簡便きわまりない平面として、紙つまりノートブックが、ピラミッドの高いところに位置を取る。裾野に向けてピラミッドの斜面は広がる。その四つの斜面に囲まれた内部の平面を、ありとあらゆる機能の文房具が、何層にも重なり合いつつ埋めつくす。このようなとらえかたが、意識のすぐ下あたりにあるからだろう、数ある文房具のなかで僕の気持ちをもっとも強くとらえるのは、常に一本の鉛筆だ。だから僕は鉛筆を写真に撮るところから、そしてそれについて文章を書くところから、この本を作る作業を始めた。

二〇〇三年の『文房具を買いに』のジャケットでは、直角を六つ使ったデザインを僕はおこなった。二〇〇八年の『ナポリへの道』のジャケットでは、直角の数を三つにした。さらにひとつ減らし、直角ふたつでこの本のジャケットをデザインしようと、写真を撮り始めた頃には思っていたのだが、写真をほぼ撮り終えたときには、いまあるこのジャケットのデザインへと、アイディアは到達していた。赤と微妙なブルー・グレーのような色の、ふたとおりのカラー・ブロックとタイトル文字だけによる、意味から可能なかぎり遠ざかったデザインへと、撮影した数々の文房具の造形が僕を導いてくれた。

名残りの東京

東京キララ社　二〇〇九

一九九〇年の春先だったろうか、その頃にはまだ存在していた「太陽」という月刊雑誌から、一年間にわたる連載を僕は提案された。毎月一回、どこでもいいから日本国内の好みの場所へ出向いていき、そこについての文章を書く、という内容の連載だ。手はずや段取りを整える役としてその編集者が同行し、写真を撮る役の人として写真家も同行するという。どこであろうと、僕はただいけばいいだけなのだ。文章は後日にどうとでもなるでしょう、とその編集者は言った。この連載は一九九〇年の四月号から始まったはずだ。だから一九九一年の春までの一年間、月に一度、一泊ないしは二泊の小旅行に出た。範囲は八ヶ岳から下関までとなった。確たる理由があったからではなく、結果としてなんとなくそうなった。同行した写真家は、そのときすでに十数年の親交のあった、佐藤秀明さんだった。そして担当の編集者は内田勝さんといい、彼そして佐藤さんの気質の絶妙な融合のなかに、僕は完全に取り込まれた。十二回の取材旅行は、いまも忘れがたい、楽しく愉快なものとなった。

知り合ってからこの連載にいたる十数年のあいだに、僕は佐藤さんと何度か国外へ取材旅行に出ていた。プロの写真家が写真をどのように撮るのかに関する、素人同然の僕が外側から見たかぎりでの理解を、僕はすでに得ていた。せっかく十二回も同行するのだから、外側から見て手にした理解を、内側の問題として自分で試してみてはどうか、と僕は思った。だから僕は、十二回のいずれのときにも、愛用の一眼レフをたずさえることとなった。愛用とは言ってもカラー・ネガで身のまわりを撮っていただけだが、連載のための小旅行には、カラー・リヴァーサル・フィルムを使うことにした。

一回の旅行で三十六枚撮りのフィルムを二十本ほど使っただろうか。連載は十二回をまっとうし、文章はそのぜんたいを書き直し、『緑の瞳とズーム・レンズ』という本にまとまった。佐藤さんが撮った写真に僕が撮ったものを加えて、合計で三十点ほどのカラー写真を添えたと思う。いま手もとにこの本がないので、確かなことは言えない。どんな写真を撮ったのですか、という問いには、地方都市で蓄積されていく日常生活がその周辺にはからずも生み出す、どこか諧謔味のある風景を撮った、と答えておこう。

このように続いた撮影の延長として、一九九一年のなかばから、僕は東京でも撮り始めた。「太陽」の連載のために各地で撮った写真に東京の写真を加えて、一九九二年の九月に、僕にとって最初の写真集となった『日本訪問記』という本を作った。それから六年後、一九九八年の七月に、『東京のクリームソーダ』と題した写真集を作った。撮る作業はこれ以後も続いた。面白さを感じる好きな景色をただ撮っていただけなのだが、さらに撮りためていく作業でもあったのだろう、二〇〇〇年の七月には『東京を撮る』を、そして十二月には『東京22章』の二冊を僕は作った。二〇〇一年五月には『東京を記憶する』を作り、二〇〇三年の一月には『ホームタウン東京』という写真集が出来た。僕は撮り続けたのだ。写真に撮りたくなるほどに面白い景色が、東京にはそれほどたくさんあった、ということだ。そしていまここに、二〇〇九年五月のものとして、『名残りの東京』という一冊が生まれようとしている。一九九一年から数えると十八年が経過している。

『名残りの東京』は、東京キララ社の中村保夫さんと、ぜひ一冊なにか作りましょう、という約束を数年前に交わしたところから始まっている。レイアウトを考えたり写真を選んだり、という作業を始めて二〇〇九年の春先、まったく偶然に、写真展が重なることとなった。日本写真協会による「東京写真月間２００９」として、都内五箇所のギャラリーで開催される写真展のひとつが、僕の上に舞い降りた。

本と写真展のために並行して写真を選んでいく作業を開始してすぐに、自分の写真展の題名として、『撮る人の東京』を僕は考えた。これまでに僕が作った東京の景色の写真集五冊の題名に、『撮る人の東京』という題名は、同心円としてすんなりと重なる。本そして写真展の両方の写真を選び終える頃、僕の頭にふと浮かんだのは、写真展の題名は『撮る人の東京』でいいが、本の題名はいま少し言い換えて別なものにしたらどうか、というアイディアだった。『撮る人の東京』のなかにある、撮る人とは、この僕のことだが、ではその僕にとって、撮るに値するほどに面白い東京の景色とはなになのか、という自問が始まってすぐに、その問いに僕は自分で答えることが出来た。この本そして写真展のために、一万数千カットのポジを僕はライト・テーブルで見ていった。僕が撮影した景色のおよそ半分はすでに消え去って跡かたなく、したがってそれらの景色は写真のなかにしかなく、かろうじて現存する景色も、じつは消えていく東京の名残りなのだ。

撮る人にとっての東京とは、名残りの東京だった。好きだから、面白いから、という理由だけで撮り続けてきたのだが、二十年近い時間が経過すると、撮った景色もこれから撮るであろう景色も、すべては名残りの東京となる。消えたならそこにはいっさいなにもない。したがって消える以前は、すべてがそこにあった。単なるリアリティではなく、具象も抽象もすべてひっくるめた全体が、現実のさなかで人々の生活として機能していた。そのような景色のいたるところに、はからずもあらわれる全体性が、僕の興味をとらえてやまない。名残りという現在のなかで、僕はさらに撮るだろう。

写真月間の五つの写真展のうちのひとつを僕と結びつけたのは、飯沢耕太郎さんだ。その飯沢さんが僕の写真を評論する文章を巻末に掲載する、というアイディアが選択されると、僕が書くのはこのあとがきだけとなった。これまでのどの写真集でも、僕によるなんらかの文章が添えられたのだが、『名残りの東京』では幸せなことにそれはなく、写真は本のページの上のスライド・ショーとなる。名残りの東京のなかを、視線で好きなように歩けばいい。

ピーナツ・バターで始める朝

東京書籍　二〇〇九

この本のジャケットデザインの部分品として使った写真は、紙ナプキンを被写体にして僕が撮ったものだ。僕の記憶では十数年前のたしかオランダのどこだったか、軽食堂のような店で金属製の容器にたくさん入れて、どのテーブルにも出してあったナプキンだ。写真に撮ると面白いはずだ、と思った僕はそのとおりにした。遠い国の紙ナプキンは、ごくおおまかに言うとこんなふうにして、僕と結びついた。そして僕が撮ったその写真は、ジャケットの一部分として、いまこの本と結びついている。ジャケットのスペースという発表の場を得ることによって、撮るだけのためになんのあてもなしに撮った一点の写真は、思いがけなくもこんなかたちでこの本と結びつくこととなった。

紙ナプキン。それを撮った写真。一冊の本のジャケットというスペース。この三つのものが、僕を媒介にして結びついた結果、ひとまずの完成品としての、この本の表紙つまりジャケットがここにある。なんという不思議なことだろう、といささかの感慨を受けとめていたら、まったくおなじ構造がこの本の内容に関しても、そっくりそのまま当てはまることに、僕は気づいた。

この本には四十三編の短い文章が収録されている。どの文章も、僕となにかとの結びつきによって生まれた話が、そのつど掲載されたさまざまな雑誌や新聞のページという発表の場で、文章として完成されたものだ。雑誌などを経由することなしにこの本が発表の場となった文章もあるが、発表の場を得て最終的に完成するという構造は、まったくおなじだ。四十三編のどれもが、という話、という種類の物語だ。なにかが僕と結びつくと、そこには一編の話が生まれる。

連絡船のうどん。アイスクリーム。江戸の天麩羅蕎麦。夏目漱石の『草枕』に登場する那美さんという女性。階段にいる猫。ある人が語った巨大な猫。ピーナツ・バター。三冊の本。シャーロック・ホームズ。後悔というもの。手帳。青年の虚ろな内面。この世の果て。『路上にて』のペイパーバック。民主主義の始まり。母親。縫いぐるみの兎。吉永小百合。青空。カレーライス。本の冒頭からその内容を追っていくだけでも、僕がじつにさまざまなものと結びついている様子は、たやすく理解できる。いいかげんにしたらどうだ、と自分で自分に言いたくなるほどだが、結びつかないことには話は生まれない。結びつく対象は可能なかぎり雑多に豊富であったほうがいいだろう。話としていずれ文章へと綴られることを、まるで予期していない結びつきかたが好ましい。

どの話のなかにも僕が登場している。だからこの本は端から端まで僕だらけだが、その僕はけっして主人公ではなく、さまざまなものが結びついた相手であり、結びついてそこに生まれた話を、なり代わって語っている人にすぎない。もっとも大事なのは、「という話」がどのような話なのか、であるはずだ。ジャケットの写真を撮ったのは僕だが、ジャケットのスペースのなかにデザインされたなら、どのような写真であるかだけが問題で、その他のこと、たとえば誰が撮ったかなど、まったく問題ではないのとおなじように。

2010年代

階段を駆け上がる

左右社　二〇一〇

これさえ手に入れば、それを核のようにして短編小説を作ることが出来る、と書き手である僕を確信させ、うれしい気持ちにさせる「これさえ」の「これ」とはなにかについて、書いてみよう。

『階段を駆け上がっていった』の物語を発想するための、いちばん最初のきっかけのようなものは、いまから二十五年くらい前、アメリカの雑誌から切り抜いておいた一ページだ。その一ページにはファッション写真が印刷してあった。隠れ家のようなレストランへの、雰囲気のある木製の階段を駆け上がっていく若い女性の、うしろ姿を撮った写真だ。良く出来た写真だった。そこになにごとかを感じて、二十五年前の僕はそのページを切り抜き、保管しておいた。

保管するのはいいとして、そのときから『階段を駆け上がっていった』を書いた二〇〇八年の夏まで、僕はその切り抜きを一度も見なかった。こんなふうに切り抜きはしたけれど、それ以後はただ保管してあるだけのさまざまなページ類が、いくつもの書類箱に入れられ、積み上げられた本のうしろで壁に沿って眠っている。なにかの理由があって、その箱のうちのひとつを取り出し、なかにある切り抜きを見ていったら、たったいま書いた階段を駆け上がる女性の写真を印刷したページを見つけた。一度だけだがすでに遭遇していて、それっきり忘れていたうえでの再会だから、僕がその写真から受けた感銘は、少なくとも二重にはなっていた。おそらくそのせいだろう、そのときいますぐにも書かなくてはいけなかった短編を、この写真をきっかけにして書くことが出来る、と僕は確信した。なぜそんな確信ができるのか。答えは簡単だ。ひとりの姿のいい若い女性が、隠れ家レストランへの階段を駆け上がっている姿は、アクションそのものだからだ。彼女のこのアクションに対して、アクションの反応、つまりリアクションをする男性を作れば、そこに短編小説の主人公としての、ひと組の男女が立ち現れるではないか。

作中の彼女の夫である写真家の彼が、ふたりの自宅でコンピューターのモニター・スクリーンに呼び出す、三点の写真。どの写真も彼が撮影したものだ。ひとつはその日の午後、そしてもうひとつは、ふたりが結婚することになった三年前、彼女には気づかれることなく彼が撮影した彼女のうしろ姿、そしてさらにもうひとつは、十年前、ふたりがまだ知り合ってもいなかった頃、夏の海岸で彼が偶然に撮ったビキニ姿の彼女のうしろ姿。この三点の写真がモニター・スクリーンに、等価のものとして同列にならんだ様子を、彼と彼女がふたりで眺める、という場面を発想することが出来さえすれば、この短編小説は書けたも同然だ。「これさえ」の「これ」は、この短編では、これなのだ。

『夏の終りとハイボール』は、作中にも登場する「さしより、ハイボールば」という熊本言葉によるひと言から、出発している。なにはさしおいてもいいからとにかくハイボールをください、というような意味のごく普通の言いかただという。いつどこでだったか忘れたが、いつかどこかで、このひと言を聞き知った僕は、このひと言から短編小説のひとつくらい絶対に作れる、と確信した。だからこのひと言は、「これさえ」の「これ」の典型だと言っていい。僕なりの口調で、「さしより、ハイボールば」と、何度となく声に出してあるいは頭のなかで、このひと言を反復させているうちに、物語は少しずつ出来ていって、『夏の終りとハイボール』になった。

『美少女のそれから』という物語は、野球の硬球を投手として見事に投げてみせる女性、という僕の好きなイメージから出発している。このような女性を主人公にして、かつてひとつあるいはふたつ、僕は短編を書いている。もうひとつ書いてみたいと思い始めた僕は、「これさえあれば」の「これ」を、自分の内部から引き出した。

この作品の場合の「これ」とは、高校生の頃に同級で、野球部で二塁手を務めた少年に球の投げかたを教えてもらい、いい球を投げられるようになった美少女が、それ以後もずっと投げる練習を続け、三十代なかばになってようやく、おなじく三十代なかばとなっている彼と再会し、捕手役を務めてくれる彼のミットに向けて、積年の思いのたけを込めて投げ込む、最初の一球だ。

ふたりの現在からさかのぼること十八年という時間の奥行きのなかに、物語のすべてがある。したがって、「これさえあれば」の「これ」は、それだけの時間の奥行きを象徴する、現在の最突端としての役割をも、引き受けている。作中に書いてあるとおりの一球を書きたいがために、その前後の物語を、ここにあるこのとおりに、僕は三日くらいで作った。

『いまそこにいる彼女』の「これ」は、現実に存在している景色だ。僕がいつも使っている私鉄に、ひと月に一度あるいは二度は乗降する駅がある。各駅停車の電車だけが停まる、静かで人の少ない、小ぶりな駅だ。この駅の対向式プラットフォームは、上下とも、ほとんど直線状にまっすぐのびている。ある夏の日の夕方、上り電車をこの駅で降りた。僕が降りたのは最後尾の車両で、そこから歩いていく僕には、前方に向けてまっすぐにのびているプラットフォームのぜんたいを、見渡すことが出来た。

電車は発車していき前方へと姿を消した。その駅で降りたのは僕ひとりだった。駅は高架になっている。プラットフォームから地上へ降りるための階段は一か所だけで、それはプラットフォームのかなり前寄りにあった。その階段に向けてひとりで歩いていく僕は、なんの前触れもなく、そしておそらくなにひとつきっかけなどないままに、ひとつの場面を想像のなかに見た。

僕から二十メートルほど前を、ふたりの男女が歩いていく。女性は四十代、歩きかたもうしろ姿も、たいへんいい。男性は彼女より十歳ほど年上だということにしよう。ふたりは親しい。彼女は彼に体を寄せ、ごく軽く彼と腕をからめている。階段に向けてふたりは歩いていく。そしてふと、彼女だけが、肩ごしに振り返る。

僕が現実の景色のなかで想像のなかに見たこのような場面から、『いまそこにいる彼女』という短編を作る作業はスタートした。この場面を書きたいがために、この場面を最後に置いてひとつの短編小説の終わりとしたいがために、僕は彼女を作り、彼を作り、ふたりの関係を作り、その関係の現在における突端である、短編の背景となっているある日あるときの、プラットフォームでのこの場面を作った。現在の突端が出来れば、そこからさかのぼる過去のなかに、ふたりの物語はいくらでもある。

主人公として登場する彼や彼女の過去をさかのぼって点検していくと、短編小説として書くことの出来るような物語は、ほんとにいくらでもある。過去は物語を作る。過去、つまり経過した時間は、物語そのものにごく近い。『雨降りのミロンガ』という短編を観察すると、このことはよくわかるはずだ。四百字詰めの原稿用紙に換算して何枚、という文字数の指定のしかたが、業界ではいまもおこなわれている。『雨降りのミロンガ』は、四百字詰め原稿用紙で三十枚いくかいかないかという、ごく短いストーリーだ。そのストーリーのなかで経過する時間はせいぜい四時間であり、ある日そこでこんなことがありました、というだけのごく単純な物語だ。しかし、主人公の彼および彼女の関係の始まりは、二十年ほど前までさかのぼる。

「これさえあれば」の「これ」は、この短編では、彼が最後の場面で片手に持っている、ヴィニールの袋に密封された、ブレンド・コーヒー豆の深煎り二百グラムだ。いつだったか忘れたが、かつてあるときある日、ある場所で、ブレンドされたコーヒー豆の深煎りを二百グラム、僕は買った。それはヴィニールの袋に密封して閉じてあったのだが、コーヒー豆に特有の芳ばしい香りが、それを持っている僕の手から立ち昇り続け、歩いていく僕とつかず離れずの関係を保った。その香りを受けとめながら歩いていた僕は、手に持っているブレンドされたコーヒー豆の深煎り二百グラムを密封したヴィニールの袋に、「これさえあれば」の「これ」を感じた。「これ」は絶対に小説になる、どう間違ってもひとつやふたつの短編にはなる、いずれ書こう、などと僕は思った。

それからどのくらいの時間が経過したのかは、どうでもいい。とにかく僕は、深煎りブレンド・コーヒー豆の二百グラムのヴィニール袋入りを「これ」にして、最初の短編をひとつ、『雨降りのミロンガ』というかたちで書いた。彼女との再会は小説にならないと彼は言い、彼女と別れてから神保町の交差点を渡りながら、深煎りブレンド・コーヒー豆の二百グラムは小説になる、などと考える。この場面のこの彼から、二十年ぶりの再会という小さな物語を、僕は逆向きに発想した。

『積乱雲の直径』の場合の「これ」は、あらわれたと思ったら次の瞬間にはもう消えている、ほんの一瞬の出来事だ。高等学校の野球部の少年たちが、野球の試合をしている。季節は夏、そしてその空は青く、少年たちは汗と土にまみれている。打席に打者がいる。投手は投球の動作に入り、一連の動きを美しくこなして、チェンジアップを投げる。彼の腕が大きく振り切られていく。球を持った右手が空中で弧を描く。チェンジアップを投げるための握りかたをしている彼の右手の指に、夏の陽ざしが当たる。投手の斜めうしろ、二塁寄りに守備位置を取っている遊撃手が、その瞬間の投手の指を見る。美しい、と遊撃手は思う。美しいとは、この遊撃手の場合、その投手に深く深く惚れた、ということに他ならない。振り下ろされていく投手の腕のずっと向こうの夏空に、積乱雲が立ち上がっている。遊撃手はそれをも同時に見る。投手に深く深く惚れた瞬間は、積乱雲の姿によって確定される。

「これさえあれば」の「これ」とは別に、これを書かないままにその短編を終えたなら、書き手としてかなり重大な失敗をしたと認めなければならないようなことが、どの短編にもかならずひとつはある。書かなければ重大な失敗なのだから、書けてよかったね、あるいは、これを書かなくてはときちんと意識し、忘れずにそのとおり書いてよかったね、とあとになって自分で自分に言えるようでなくてはいけない。かならずしもその物語の核心ではないのだから、書かずにいても欠陥にはならないのだが、書き手としては、書きそこなったことが自分の気持ちのなかに引き起こす欠落感は、充分に大きい。

『階段を駆け上がっていった』の場合は、自宅に戻った彼が、謎を解決しようとして妻の寝室の入口に立ち、水玉模様のシーツに気づく場面だ。妻の寝室にある彼女のベッドの、水玉模様のシーツを介して、彼の頭のなかで謎は突然に解決されるという経路は、思いついておかなければ書きたくても書けないわけだから、書けてよかったねとは、思いつくことが出来てよかったね、ということにほかならない。

『夏の終りとハイボール』では、映画会社の宣伝部に勤めていた頃の彼女が、同行したロケーション撮影の現場で、ストリップ劇場の踊り子の代役をこなすことを監督に求められ、ごく当然のことのようにそれを引き受け、見事にこなす一連の場面だ。『美少女のそれから』では、いちばん最後の場面で、自分が体験したこの再会はひょっとして小説だろうか、と彼がひとりホテルの部屋で思うところだ。小説のなかに描かれた彼が、これは小説だろうか、などと思う。そしてここを描くことによって、ふたりの再会の質が決定されるように、僕は思う。

『いまそこにいる彼女』という短編では、書いておかなければ重大な欠陥になる部分は、すでに説明した「これさえあれば」の「これ」と一致している。『雨降りのミロンガ』では、二十年前に彼女がウェイトレスをしていた喫茶店のあった場所へ彼がいき、その喫茶店が跡かたなく消えて久しい様子を、雨のなかでひとり観察する場面だ。『積乱雲の直径』では、これが書けてよかったと、書いた当人がひそかに思うのは、チェンジになってベンチへ引き上げるとき、遊撃手が自分の守備位置を中心にしてあたり一帯の土を、手を使って丁寧に平らにならす、ということについて、かつてのチーム・メイトの投手が、知り合った人たちに説明する場面だ。『割れて砕けて裂けて散る』に関しては、「これさえあれば」の「これ」は、鯛焼きではないか。彼女が三匹もらってきたうちの、最後まで残る一匹の鯛焼きだ。そして、これを書くことが出来てよかったと、安堵感とともに思う場面は、物語のいちばん最後で、身につけていた一枚のシャツを彼女が脱いで丸め、前方のフロアに投げるところだ。投げたあと、彼女がふと横を見ると、そこには壁に取りつけた縦長の姿見があり、裸で椅子にすわっている自分の全身を、微笑とともに彼女は見る。ここを書きそこなったなら、この短い物語は、僕の論理では、終わりを迎えない。

ここは東京

左右社　二〇一〇

写真機を持って街を歩けば、写真に撮りたくなる景色はいくらでも見つけることが出来る。今日はそのような景色を写真に撮るのだ、ときめた日には写真機を持って歩く。写真機を持っていなくても、好きな景色はいたるところにある。後日かならず撮る、ときめておき、ある日ある時、さまざまな場所で、いろんな景色を僕は写真に撮る。

街のなかにあるそれらの景色は、時間のなかに開放されている、と僕は感じる。あけっぴろげだ。いつ誰が見てもいい。すべての人に開放されている。写真は一瞬をフィルムのなかに止めるが、僕は閉じるために撮っているのではない。したがって、撮った人は確かにこの僕だが、誰が撮った、この僕が撮った、というようなことはまったく重要ではない。重要なのは写真の出来ばえだけだ。

このような場合の写真の出来ばえとは、まずとにかく、被写体の出来ばえだろう。そして被写体の出来ばえとは、時間の経過にほかならない。そこで営まれて来た生活の蓄積は、ほどなくかならずや、かたちとなって外に出始める。多くの場合、相当に長い時間をかけて、景色つまり被写体は、僕の目にとまって写真に撮りたいという気持ちを起こさせるほどに、景色として完成の度合いを高めていく。その途中のどこかで、その景色を僕は、百二十五分の一秒というような、日常的にはあるかないか判然としないほどの短い時間で、写真のなかに停止させる。停止するのはその写真のなかにおいてだけであり、景色そのものの時間は、なんら変わることなく経過し続けていく。

ひとつの場所で長く営まれた生活。それは人生だ。長い時間のなかでいつのまにかそのように創出された、しかもそうしようとはまったく意図していなかった、芸術作品のような景色。これが街の道ばたにいくらでもあるのだから、写真機を持たないわけにはいかない。そして写真機を持つとは、一回性の実現だ。そのときその場での百二十五分の一秒、という一回性だ。連写したとしても、連写ごとに一回性が自動的に成立している。その時その場での百二十五分の一秒は、取り返しがつかないし、繰り返しもまったくきかない、文字どおりその時の一回かぎりだ。

しかし、被写体となった景色には、途絶えることなく時間が経過し続けている。僕が撮るどの写真の前後にも、時間が流れている。僕によって写真に撮られるまでにそこで経過した時間。そして、僕によって写真に撮られたあとも、ひとまずはなんら変わることのないその景色の内部を、時間が流れていく。僕が撮った写真がたとえばこの本のように、何枚もの白いページにカラー印刷されたのを見る人は、僕が写真機で写真として止めた時間の前後に流れる時間を感じ取り、これは人生そのものではないか、という感慨にひたることはあり得るだろう。しかしそのようなことはなくても、いっこうに構わない。撮る当人としての僕は、人生を撮っているという自覚はまったくない。そのときそこにある、その景色だけを、僕は写真に撮っている。

僕が撮った写真には、どの写真にも僕がいる。一眼レフのファインダーごしにその景色を見ながら、僕は撮影のためのシャッター・ボタンを右手の人さし指で押し下げている。シャッター幕が開閉する前後に、レンズとプリズムを介してファインダーごしに僕が見ていたのとまったくおなじ景色を、例えばこの本に印刷してある写真を見る人は、目のあたりにすることになる。その人の視線には撮影者である僕の視線が、常に重なっている。

これ以上に明らかな僕はあり得ない。これだけで充分だ。したがってそれ以上の僕は必要ない。僕が撮ったという事実はまったく重要ではなく、真に重要なのは撮られた写真の出来ばえだ、とついさきほど僕は書いた。撮るとは、一眼レフを使う僕の場合、という注釈をつけるべきかと思うが、景色を広がりのなかから部分的に切り取ることだ。三十五ミリ・フィルムの、あの縦横のプロポーションのワン・フレームによって、広がりのなかから好みの一部分を切り取ることだ。

ここにも、およそ信じがたいかたちと内容において、僕が存在しているではないか。この景色のなかからこの部分を、ワン・フレームのプロポーションのなかに、この範囲で撮りたい、という意志は僕のものだから、その意志にもとづいて撮られた写真は、僕そのものではないか。これほどあちこちに僕がいるのだから、撮ったのは僕だ、と主張し続ける必要など、どこにもない。

僕によってこのように切り取られ、写真に撮影された景色とは、いったいなになのか。歩いた、見つけた、切り取った、撮った、という一連の行為は、なになのか。撮るためにはまず見なければならないが、見るとは、見られることでもある、と僕は思う。僕が見るその景色から、僕は見られている。僕と景色との奇妙なつながりが、その景色を写真に撮ることによって、ひとつまたひとつと、生まれていく。僕と景色とは、一蓮托生のように、つながっている。

僕は景色ぜんたいのなかの小さな一部分だ。僕は景色ないしは風景の断片のひとつだ。僕がそのような断片であるからこそ、その断片を呑み込む大きな全体性というものを想定することが出来る。単なる想定を越えて、そのような全体性は現実に存在している。写真機を持っていようがいまいが、僕は景色のなかをごく普通に歩いている。歩いていて見つけた写真に撮りたくなる景色とは、まず誰よりも先に、自分にとっての構図なのだ。これをこの構図で撮りたいと思い、実際にそのとおりに撮るとき、僕は自分にとっての構図の願望を満たしている。写真機の内部にある撮影素子がとらえる景色と、その写真機のファインダーをとおして僕が見る景色とが、一〇〇パーセントで一致するペンタックスのK7というデジタル一眼レフの、心理的なそして生理的な快感が、そのような構図願望の充足にぴったりと寄り添う。

この景色のこの部分を、この構図で撮りたいと判断し、そのとおりに撮るとき、さきほど書いた被写体の出来ばえというものが、そこにくっきりと浮かび上がる。この構図で、という僕の判断は、少なくとも僕ひとりにとっては、もっとも良い、もっとも正しい、もっとも強い、見かたなのだ。そのような見かたを可能にしてくれるのは、被写体となる景色の、僕によって切り取られる、その部分の出来ばえだ。

出来ばえとは、僕が見つけるずっと以前から、そこにそのように完成して存在しているものだ、とひとまずは言っていいと思う。ひとまずの次に言いたいのは、僕だけではなく誰にとっても、これはまさにこうですね、これ以外ではあり得ませんねというような、異論のありようもない正しさの次元に、フレームで切り取られて写真に撮られることを決定的なきっかけにして、景色のその部分が自ら到達するのではないか、ということだ。

切り取られてひとつの画面となっているその内部で、そこにあるあらゆる要素がおたがいにまったく対等な関係を作り、その関係のなかでどの部分もすべて等しく重要であるとき、構図のぜんたいは、それを見る人に安定を感じさせるはずだ。安定しているとは、のんびりとなごんでゆったりしている、というようなことではなく、おそらくその反対に、あらゆる部分がそれぞれにきわめて鋭く正確に緊張して呼応し合った結果の、唯一無二の状態へと鎮静された、平和きわまりない秩序のことだ。

あらわにしてしまう、という意味において、写真はしばしば残酷だ。その残酷さ、そして明晰さで、写真を越えるものはない。残酷に明晰にあらわにされた地平に、たったいま僕が書いた、平和きわまりない秩序、という景色が提示される。芸術性などまったく意図されてはいず、したがって平凡きわまりない景色は、写真へと切り取られて、なにかとんでもなく非凡な、どこにでもありそうでじつは唯一無二の、そこにこそあるべき景色へと、自らを自らの力で居つかせる。

この本は百三十二点の写真で成り立っている。一ページにつき一点のカラー写真が、写真のページだけを数えるなら、百三十二ページにわたって、一連のつながりを作っている。もしこの本がうまく出来ているなら、どのページから見ることを始めても、見る人はこのつながりのなかへと入っていくことが出来る。どこにでもありそうでいて、じつは非凡で唯一無二の景色のなかを、自在に歩くことが出来る。

撮られた写真は、撮ったのがついさっき、たったいま、先週、先々月、一年前のいま頃など、すべての過去をひっくるめて、「かつて」というものだ。写真は「かつて」をそのままにそこに残す。この本を例にとれば、白いページにカラー印刷され、一冊へと製本された、「かつて」の集積だ。その「かつて」をいま見るなら、見ている時は現在であっても、「かつて」が撮られた時からすれば、「かつて」というすべての過去は、「やがて」あるいは「いつか」といった未来ではないか。いつかそのうち、やがていずれは、人の指先によってページを繰られ、「かつて」の景色が一点また一点と観察される時が来るだろう、という期待がかなえられるのは、じつは未来においてだ。

だから写真という過去は、それが見られる時というさまざまな現在を中継地点として、未来とつながっている。いかなる現在であろうとも、そこにあらわれるとただちに、それらはかたっぱしから過去になっていく。現在はすべて過去になる運命であると同時に、次々に未来へと延びていく運命にもある。「かつて」は「やがて」のなかで「いま」となり、それはやがてあらわれるはずの「いつか」の、予兆となる。

撮った当人であるこの僕の身の上においても、おなじ質のことが起きていく。撮るとき、シャッター・ボタンを押し下げながら、このような景色をいまのようにこんなふうに切り取ってこう見ている自分は、五歳くらいの年齢だった頃の自分とまったくおなじだ、という感覚が全身にいきわたることが、ときたまある。五歳をひとまずの基準にして、もっとも遠くまでなら三歳くらいまで、そして五歳よりこちらなら、十歳から十二、三歳くらいまで、現在の自分が瞬間的にさかのぼる。現在の自分のなかにかつての自分が、ほぼそのままに存在しているこのことについて、かつて僕はどこかにおなじような書きかたで書いた。

同一人物なのだから、遠い記憶が現在のなかに瞬間的によみがえることはあるだろう、と言ってしまうとすべてはそこで終わりになる。過去の自分とは、かつての幼い自分が景色を見たときの、その見かたの記憶だ。写真機で写真を撮っているときには、そのような過去の自分が、極限までくっきりと増幅されて、よみがえる。過去の自分は現在の自分であり、未来においてもおなじようなことを繰り返し体験するなら、過去は現在を通り越して、未来そのものだ。過去が現在を中継して未来のなかに映し出されることの繰り返しを、まず誰よりも先に自分自身で体験するのが、僕にとっての写真を撮る行為の、ほとんどすべてだ。

こうしたことの繰り返しと、そのことの何度も反復される確認。それが撮影という行為とその意味だ。核心となって機能しているのは記憶だろう。記憶とは想像力であり、それには必ず言葉が伴う。あらゆる細部に言葉が浸透し、言葉がぜんたいをまとめあげる。言葉が伴うことによって、記憶は記憶となる。

小説とは記憶の語り直しだ。予想もしなかったものが、思いもしなかったかたちや内容で、ほんの少しだけにせよ僕と結びついた様子、という記憶を語り直すと小説になる。過去を材料にして現在のなかで作ったものを、おそらく未来の方向に向けて、送り出す。写真はこれとまったくおなじではないか。撮る行為は記憶の確認だ。すでにそこにあるもの、つまり過去を現在のなかで撮り、そこからのすべてを、未来という時間ないしは状況に託する。僕が書く小説と、僕が撮る東京の写真との関係について、しばしば問われる。いったいどこでどのようにつながっているということなのですか、と。その問いに対する回答は、以上のとおりだ。

木曜日を左に曲がる

左右社　二〇一一

『木曜日を左に曲がる』という題名のこの短編小説集には七編の短編小説が収録してある。七編のうち五編のどれにおいても、主人公の女性はそれぞれひとりだけだ。残る二編のうち一編では、主人公の女性は三人いる。その三人のうちふたりまでは実際に登場するが、ひとりはプリントされた写真として登場するだけだ。そしてもう一編では、女性が相手の男性と交わす会話のなかに、本来なら主人公であるはずの女性がひとり、登場している。七編の短編小説が、こうして女性たちばかり十人の主人公によって、支えられている。

主人公とは、少なくともこの短編集にあるような小説の場合には、物語そのものだと言っていい。物語を体現する人であることをはるかに越えて、彼女たちの誰もが、描かれている物語そのものだ。ひとつひとつの物語として、それぞれに主人公の女性たちがいる。彼女たちが言葉のなかにあらわれると、その瞬間にそこから、物語が始まっていく。だから彼女たちは、その物語のどれをもひとりで書いていく僕にとっては、物語を描いていくにあたっての、唯一無二の視点、という重要な機能を担っている。

女たちの誰にも、七編のうち一編を除いて、すぐかたわらに男性がいる。一見したところ彼らが物語を進展させていく主人公のように見えなくもないが、彼らの誰もが主人公ではない。思考にぴったりと重なった行動により、論理の筋道をくっきりと描きつつ進んでいく彼女たちから、半歩、一歩、あるいは三歩ほどは引いた位置にいることによって、彼女の論理の筋道の周辺をよく見るという機能ゆえに、彼女の同行者たり得ている、支持者、賛同者、仲間、といった種類の男たちだ。主人公の女性たちを視点にする書き手である僕にとっては、そのような視点を、必要とあらばさまざまな方向から補完してくれているのが、彼らという男性たちだ。

主人公である彼女たちは物語そのものだ。だからそこに彼女がひとり登場すれば、その彼女は物語のぜんたいをたずさえている。と彼女は言った、と書きさえすればそこに物語のすべてがある、というのは半分以上は冗談だが、残る半分は本当にそのとおりの、少なくとも僕には、それ以上にはどうすることも出来ない事実だ。

物語とはフィクションのことだ。この短編小説集のなかにあるような短編を、僕は自分の記憶だけを材料にして創作する。その僕の考えによれば、フィクションにとってまず絶対に欠かすことの出来ないものは、間接性と他者性のふたつだ。フィクションとは間接性そして他者性のことだ。自分の考えによればもっとも重要なこのふたつのものを、女性を主人公にすることによって、僕はいっきに確保することが出来る。少なくとも自分ではそう確信している。

なぜなら女性は、他者のきわみと言っていい存在だから。僕から見てもっとも遠い真反対のところにいる他者のきわみのような存在は、それじたいがすでに一編の物語ではないか。その物語を成立させるための工夫に奉仕するのが、その物語の書き手である僕だ。大小さまざまに工夫に工夫をこらす作業における、工夫のひとつひとつが間接性なのだと言っておこうか。間接性が必要なところに必要なだけ打ち込まれ貼りつけられることで、一編のフィクションというひとまとまりの間接性が手に入る。そしてその物語は、他者性のきわみという位置にいる、ひとりの女性の物語だ。

他者性と間接性とをこのようにあらかじめ確保して初めて、書き手である僕は、フィクションを成立させるためのさまざまな工夫に奉仕する人になることが出来る。フィクションを成立させるためのさまざまな工夫に奉仕する人とは、比喩的な言いかたになるのを僕は好まないが、ずっと、僕はフィクションの人、ということではないか。一編の小説を書き始める前から書いているあいだに、つまりその僕のなかにもうひとり、フィクションの人としての僕がいる。書きつつあるその物語の、視点になりきってしまっている僕だ。その僕の居場所は、こらす工夫のひとつひとつという、間接性の内部だ。

彼女たちのすぐかたわらにいる男性たちは、書き手である僕と同性であるよしみで、僕に多少の加担をしてくれている。視点という架空のものとはいえ、それが空中のどこかに宙吊りになったままではつらいだろうからと、肩にかついだり両手にかかえたりしてくれる、という加担だ。しかし彼らは主人公である彼女たちの一部分という分身であり、僕から見れば彼らもまた、間接性の向こうにいる他者たちだ。

言葉を生きる　岩波書店　二〇一二

コーヒーを粉ではなく豆で持って来てしまったことに気づいたときは、何度目とも知れない確認のときだった。お前はそんな奴さ、という確認だ。そうさ、そんな奴だよ、それはよくわかってる。コーヒー豆の深煎りの色だけは正解だと思いながら、ジーンズの尻ポケットからバンダナを取り出して広げ、コーヒー豆をひとつかみ、そのまんなかに置き、照る照る坊主を作る要領で丸い球へとバンダナを絞った。

車載工具からドライヴァーを出し、ついさっきまですわっていた幅の狭い石づくりの階段に向き直ってしゃがみ、バンダナにくるまれたコーヒー豆の丸い頭を、階段の石の上でドライヴァーの尻で叩いていった。ほどなく豆は荒挽きの粉となった。

白いキャラメルのような固形燃料を使う小さなポケット・ストーヴで、シェラ・カップにコーヒー一杯分の湯を沸かした。固形燃料は見た目には頼りないが、思いのほか火力は強い。湯はすぐに沸いた。絞ったバンダナのなかほどを持ち、コーヒー豆のくるまれた頭を沸き続ける湯につけてかきまわしていると、湯はたちまちコーヒーの色となった。あわててはいけない。充分に時間をかけろ。深煎り豆の正しい転生であるフレンチ・コーヒーが、シェラ・カップのなかに完成した。

峠の県道から石段を少しだけ上がったところに、そのときの僕はいた。僕は完成したばかりのコーヒーを飲んだ。峠の下の盆地やその向こうの山なみが午後へと傾きつつあり、コーヒーを飲むうちに白い半月さえ昇って来たではないか。吹いていく風には早くも夜の感触があった。コーヒーのために使った水筒の水は、午後に山裾の農家の井戸でもらったものだ。

このときのこのコーヒーをいま僕は思い出している。このコーヒーは、一編の短編小説ではないか。この一杯のコーヒーを成立させるために必要とした、すべての材料、あらゆる状況と背景、そのときそこでそうなった成りゆきの、いっさいがっさいが、無理してなぞらえるまでもなく、一編の短編小説を成立させるための材料や背景と、まったくおなじではないか。コーヒー豆、バンダナ、固形燃料、ポケット・ストーヴなどが、主人公たちやその周辺の登場人物に、すんなりと該当する。

自分にとってさほど無理のない、なんらかの状況のなかで一杯のコーヒーを淹れて飲めば、そのための一連の行為のなかで僕は一編の短編小説を作ろうとしているようだ、と言っていいようだ。コーヒーを淹れて飲めば、そのつど短編小説が頭のなかに出来上がる、というわけにはいかないけれど、一杯のコーヒーと一編の短編小説とは、どこかで緊密につながっている。

恋愛は小説か

文藝春秋　二〇一二

二〇一二年の夏がもうすぐという現在からさかのぼること二年、その年の夏が終わろうとしていた頃の、まだ充分に暑かった日の午後、神保町の古瀬戸という喫茶店のふたり用のテーブルで、僕は『文學界』の鳥嶋七実さんと初めて向き合った。こういう文体で書いていくと、我ながら日本語は愉快だと思う。この文章はいったいどこへいき着くのか、書いている当人でさえほのかに不安に思うのだから。

二年前のそのときからさらに半年ほど前だったろうか、鳥嶋さんに僕はエッセイを依頼された。僕はそれに応え、エッセイは『文學界』に掲載された。近いうちに会っておきましょう、ということになり、ほどよい時間が経過したのちの夏の終わりに彼女は僕に会ってくれ、僕のとりとめのない話の相手を務めた。大学生だった頃の彼女はジャズ・ピアノを弾いていた、という話は僕にとってたいそう好ましいものだった。間違いなくハード・バップの末裔だよな、と自分が言ったのを僕は記憶している。彼女は涼しく笑っていた。

僕の友人編集者にソニー・ロリンズによく似た男性がいて、彼はジャズのテナー・サックスを吹く。女性の編集者にも、中学そして高校のブラス・バンドで鍛えたのちの、ジャズのテナー吹きがいる。友人の音楽家のひとりはじつに優れたベース奏者だ。バンドが組めるではないか。テナーふたりとピアノとベース。ドラムスは僕が引き受けてもいいけれど、淡々とブラシ・ワークに徹する、というわけにもいかないんだろうなあ、と鳥嶋さんの手を見ながら思った。

僕の小説に主人公たちとして登場する男女は常に対等であり、「そこがいちばんいいのです」と彼女は言った。このひと言によって、僕にとってのその年の夏は、美しく仕上がった。ここにあるこの短編集は、彼女のそのひと言が僕の内部で時間の経過とともに化学変化を起こした結果として、ここにある。自分で書く小説に主人公として登場する男女が、あらゆる意味でまったく対等でないと、僕は書く気がしない、したがって書くことは出来ない。そしてそこがたいへんいいのです、と編集者に言われれば、あとは書くしかない。

だから僕は、その年の秋深くから次の年の春先にかけて、ここにある七編の短編小説を、その順番に書き始めた。『卵がふたつある』は『イン・ザ・シティ』という雑誌に掲載され、『恋愛は小説か』から『割り勘で夏至の日』までの六編は、二〇一一年の夏の初めから秋にかけて、『文學界』に連載として掲載された。この連載は僕にとっては二〇一一年の夏の記念すべき出来事であり、それは前の年の夏、編集部の鳥嶋さんから僕が受け取ったひと言と、完璧に対をなしている。

日本語と英語

NHK出版新書　二〇一二

Million Dollar Quartetという題名のミュージカルがブロードウェイで公演を始めた、ということを伝える短い記事をニューヨークの新聞で読んだのは、すでに何年か前のことだ。あの出来事がついにミュージカルになったか、と僕は感銘を受けた。

直訳して「百万ドル四重奏」とは、あの出来事をおいて他にない。そして、あの出来事とは、一九五六年十二月四日、テネシー州メンフィスのサン・レコーズというレーベルの録音スタジオで、カール・パーキンスとジェリー・リー・ルイス、それにエルヴィス・プレスリー、そしてジョニー・キャッシュの四人が、偶然に近いかたちで一堂に会し、ジャム・セッションをおこなった、という事実だ。このセッションを録音したテープは、ずっとあとになってLPで、そしてCDでも市販された。

火曜日だったというその日に、サン・レコーズのスタジオでカール・パーキンスは『マッチボックス』の録音をおこなっていた。サン・レコーズの社主だったサム・フィリップスは、その録音のためにジェリー・リー・ルイスというピアノ奏者を呼んでいた。録音が終わろうとする頃、エルヴィス・プレスリーが立ち寄った。『マッチボックス』のプレイバックを聴いて、これはいける、と彼は言ったという。

三人はやがてジャム・セッションを始めた。ギターやピアノを弾いて歌い始めたのだ。歌いたがったのはエルヴィスだったことが、音源を聴くとよくわかる。サム・フィリップスはちょうどメンフィスにいたジョニー・キャッシュに電話をかけ、スタジオに呼んだ。キャッシュはすぐにあらわれ、三人のセッションに加わった。ミリオン・ダラー・カルテットの、一回だけの結成だ。

この四人の様子を新聞社に写真に撮らせておくことを、フィリップスは思いついた。写真さえ撮っておけば、あとで適当に記事を作り、新聞に掲載することが出来る。そうなればサン・レコーズのいい宣伝になる、とフィリップスは考えた。彼は地元の新聞社に電話をかけ、そこから記者がひとり、UPIのフォトグラファーをともなって、ほどなくスタジオに到着した。写真は撮影された。その記念すべき写真が、Million Dollar Quartet の終わりに近いところで、きわめて感動的にステージに映写される。その写真のすぐ下では、その四人を演じる俳優たちが、見事に写真を再現してみせる。

じつに良く出来たミュージカルだった。カルテットの四人のキャストは、ブロードウェイでのオリジナル・キャストのふたりを含む素晴らしいティームで、アメリカ各地でロードに出ているときの配役よりもはるかに良く、主役の四人そしてサム・フィリップスは、僕が見たのが最高だったと断言していい。僕がこのミュージカルを見たのは、本書の再校刷りを受け取った日の夜だった。

このミュージカルが、どのような理由でいかに素晴らしかったかについて書き始めると、きりがない。だからそれは後日にあるかもしれない機会にゆずるとして、『シー・ユー・レイター、アリゲイター』について書いておくことにしよう。選曲と編曲がぜんたいにわたって見事としか言いようのない出来ばえで、その選曲のなかにこの歌がある。忘れもしないビル・ヘイリーと彼のコメッツというロカビリー・バンドの歌と演奏で、十六歳ないしは十七歳の頃、僕はこの歌を初めて聴いた。

それからじつに何十年後、Million Dollar Quartet をミュージカルにした舞台を東京で見て、最高のカルテットの歌と演奏で、この歌を聴くことになろうとは。少年だった僕がロカビリー・バンドを作って最初にコピーしたのが、この歌だった。東京の舞台では、アリゲイターがアリガトーと韻を踏んでいた。あのアリゲイターがアリガトーと韻を踏むとは、知らなかった、気がつかなかった、思いもしなかった、したがってうれしい発見となった。

真夜中のセロリの茎

左右社　二〇一三

かき氷が、なんらかの好ましいかたちで登場する短編小説をひとつ書きたい、と僕は思った。なぜ、かき氷なのか。かき氷、という言葉の面白さを、僕は長い期間にわたって感じていた。子供の頃に体験した、英語のシェイヴド・アイスまでさかのぼる。シェイヴド・アイスが日本語では、かき氷になるのか、という驚きは僕からまだ消えていない。
シェイヴドは単なる過去形だが、「かき」という言いかたは「かく」の変形であり、これからかかれる、かかれていく途中、そして、かかれ終わった状態、などをいっしょくたに意味している、と子供の僕は理解した。それ以来の、かき氷だ。

短編小説のなかに、かき氷はさまざまに登場し得る。しかしひとつしかないのは決定されたタイトルだから、ではまずタイトルを作ろう、と僕は思った。かき氷、という名詞に動詞的な動きをあたえたいと願って、いろいろと思案した僕は、「かき氷で酔ってみろ」というフレーズにいきついた。書かれている物語はこのフレーズのなかから引っぱり出した。

「――で捨てた男」というフレーズを短編小説の題名としてなんとかしよう、と僕が最初に思ったのは、もう何年も前のことだ。「――で」なのだから、捨てるそこはなんらかの場所だろう。どんな場所がいいか。漢字三つが字面としてはもっとも好ましい、と僕は考え、その考えはほどなく、駐車場、という言葉を導き出した。短編に書かれた物語は、すべてこのフレーズのなかにある。書き手の僕としては、それを必要にして充分なところまで、引き出せばそれでよかった。

レス・ブラウン楽団の専属歌手だったドリス・デイが一九四一年に録音した歌に、『セロリが真夜中に闊歩する』という題名のものがある。英語の原題では、擬人化されたセロリにストークスという動詞があたえてあるが、これをセロリの茎として名詞でとらえて日本語に置き換えると、『真夜中のセロリの茎』となった。十数年のあいだに僕はこのタイトルで短編を三度にわたって書いた。書くたびにそれは前回の書き直しだった、といまは自覚している。この短編集に収録してあるのは、僕にとっては四度目の、『真夜中のセロリの茎』となった。

確か二〇一二年の夏、友人たちとイタリー料理の店で夕食を楽しんだとき、デザートのメニューに「三種類の桃のデザート」というフレーズを僕は見た。これはそのまま短編小説のタイトルに使える、と僕は思い、さほど時間を置くことなく、その思いは実現した。

桃を使った三種類のデザートそのものが、物語のなかに直接にあらわれる、という最悪の事態を避けるための工夫は、三種類の桃のデザート、というものの登場のしかたの、美しい間接性へと、つながっていった。いかに、どのように、間接的にそれを登場させるか、それだけのために、この物語は考え出された。

『あまりにも可哀相』という短い物語の核心的な部分に、女性の主人公の台詞の一部分として、このフレーズが登場している。核心的であるだけに、この短い物語は、このフレーズだけで成立している。しかしいくら短い物語とは言え、書く前のゼロの状態のときには、物語を作り出すために頼りになるのはこのフレーズだけなのだから、このフレーズの内部に僕は入り込んでさまよわなければならなかった。あまりにも可哀相、というフレーズは一見したところきわめて単純なものに思えるが、その内部に入るといくつもの未知の物語が重なり合う、複雑な迷路だ。僕はそこにごく小さな物語をひとつ見つけ、それを迷路の外へと持って出た。

『雨のブルース』という歌謡曲の歌い出しのAマイナー二小節が、「雨よ、降れ降れ」というフレーズだ。しかし、ある歌の冒頭、というような特定の場所にある特定の言葉ではなく、たいそう一般的な広がりのなかに眠っているフレーズだ、と僕はとらえる。

ふたりの男性たちが集中豪雨のなかを、自動車でかなりの距離を移動する話を書きたい、と思っていた僕にとって、その物語を作るための最適なきっかけとして機能したのが、このフレーズだった。

『塩らっきょうの右隣』というタイトルは、物語のなかに描かれているとおり、居酒屋の壁にびっしりと貼られた品書きの短冊から作ったものだ。塩らっきょう、と書かれた短冊の右隣に貼ってあったのは、えんどう豆、という品書きだった。えんどう豆とは、塩らっきょうの右隣にあるものなのか、という思いを整理すると、塩らっきょうの右隣、というフレーズとなる。これは短編小説のタイトルに使える、と僕は思った。

ほんとの話だ。その二枚の短冊は、おたがい隣どうしに、その居酒屋の壁にいまでも貼ってあるはずだ。

私は写真機

岩波書店　二〇一四

ＯＭ－１という一眼レフを新品で手に入れてから四十年になる。そんなになるか、という思いはない。まだそのくらいか、と思う。この写真機を僕は使って来た。たいしたことのない機械部分の故障は何度かあった。しかし、内蔵されている露出計の針は、買ったときとまったくおなじように、いまも動いている。広くきれいな視野のファインダー画面の、左やや下に、上がプラスで下がマイナスの四角い枠があり、針は露出計が計測する光の量に合わせて、その枠のなかで下に振れたり上を向いたりする。使いやすい針だ。この針の動きを見ながら、レンズの絞りリングをまわして、僕は露出をきめていた。

この写真集に収録した写真の、およそ半分は、OM－1で撮影したものだ。残りの半分はOM－4で撮った。露出計は内蔵されているけれど針はとっくに姿を消し、ファインダー画面の下にあらわれるバーが、計測された光を表示している。露出の調節は三分の一刻みの露出補正ダイアルでおこなう。OM－1にくらべると格段に使いづらい。

レンズはズイコーのオート・マクロ50ミリだ。これは素晴らしいレンズだと僕は思う。物体を撮影するには、少なくとも僕にとっては、このレンズひとつで充分だ。レンズはもうひとつ、二倍のズーム・レンズを持っている。OMシステムSのズイコー・オート・ズームだそうで、35ミリから70ミリだ。日本のあちこちの、主として繁華街を撮った数年間は、このレンズをOM－4につけて持っていった。二倍のズーム・レンズは、日本の地方都市の繁華街の道や建物などとの距離関係のなかで、たいそう使いやすかった、という記憶がいまもある。フォーカシング・スクリーンは、OMの1と4ともに、まんなかに丸があってその丸のなかにスプリットが横に一本、という簡潔なものに交換してある。

カラー・リヴァーサル・フィルムは、市販されていて誰でも購入することの出来るものなら、僕はそのすべてを、何度も、使ってみた。フィルムはすでに書いたとおり、光が幽閉される場所だから、幽閉能力という、おそらくは多様な可能性は、使って試してみなければわからないからだ。フィルムごとの発色の違いなど、確かにあったはずなのだが、撮ってしまえばそれ以上どうにもならないのだから、撮る瞬間にはどのフィルムも僕にとってはおなじひとつのフィルムだった。

フィルムの集合記念写真を撮っておけばよかった、と僕は思う。小さな箱に入っていたから、その箱だけを保管しておき、種類が揃ったなら、いくつもの箱を黒いホリゾントの上でひとつの魅力的な造形へと配置し、光の当たりかたを工夫し、ファインダー画面のなかにどのようにおさめるか、撮る前に画面をデザインし、そのとおりに撮ればそれでよかったのに。箱から取り出した、パトローネと呼ばれている小さな金属の筒のような容器の状態でも、これは直射光ではなく六月の薄曇りの日の午後に撮れば、じつに美しく撮れたのではなかったか。

ミッキーは谷中で六時三十分

講談社　二〇一四

「初めてお会いしたとき片岡さんはギンガムのシャツを着ていました」

と、須田美音さんは言う。そうか、あの頃か、と僕は思う。あの頃とは言っても、つい一昨年だが。来るべき夏のために、前の年の夏、Ｌ・Ｌ・ビーンで買っておいた、色違いそして微妙な格子違いの、七枚のギンガム長袖シャツの、どれか一枚だ。色の落ちたジーンズにこのシャツの裾を出し、東京の真夏の底を歩いていれば、ただの暇な人に見えたはずだ。

須田さんは当時は「群像」の編集部にいた。小説のための女性たちの名前には僕は苦労している。いろんな名前を考えるけれど、美音は思いつかなかった。さっそく使いたいが、そうもいかないか。現実の須田さんを、そのままふたつの美しい漢字にしたような名だ。

「タリーズで座っていよう」という短編はこのときすでに出来ていたと思う。小田急線経堂駅の隣にある現実のタリーズへ何度かかようちに、タリーズという片仮名は短編小説の題名のなかに使えるのではないか、とギンガム・シャツの僕は思い始めた。タリーズへいくたびにこのことを思っていたら、タリーズで座っていよう、というフレーズがやがて僕の頭のなかにあらわれた。短編小説がまたひとつ、こうして誕生した。一日のうちにおなじタリーズでおなじコーヒーを、三度も飲む男性の話だから、基本的な構造はコメディだ。「タリーズで座っていよう」は僕にとって「群像」へのデビュー作となり、そこから続いて六編はすべてコメディの試みとなった。

「三人ゆかり高円寺」の題名を考えたときには、須田さんはすでに楽しい夕食のメンバーの中心だった。女性のライターやフリーランスの編集者にもらった名刺をあとでよく見ると、ゆかりという名で高円寺に住んでいる人が多いような気がする、と誰かが言い、その意見を僕が支持し、短編になりますよ、と須田さんが言い、その瞬間、題名を僕は思いついたのだった。

夕食のテーブルを囲んでいた人たち全員がこの題名を好いてくれたことから、東京の地名を織り込んだ題名という課題が生まれ、「酔いざめの三軒茶屋」の題名はそこで生まれた。なぜか井の頭線で吉祥寺へいったとき、電車を降りてまずコーヒーです、どこかにいい店は、と僕が言ったら、常に同行する妙齢の知的美女が、

「吉祥寺ではコーヒーを飲まないからなあ」

と、男のように言った。この台詞を「吉祥寺ではコーヒーを飲まない」とするなら、それはそのまま短編小説の題名ではないか。しかし、コーヒーという言葉も、うかつには使えない。ミルクと砂糖を加えた、主として缶入りの甘い飲料、という認識が広まりつつある、ということだから。コーヒーという言葉の意味が、そんなふうに転じていくのは、日本だけだろう。

「例外のほうが好き」という題名はヴィスワヴァ・シンボルスカの詩集のなかから僕が拾った。楽しくもおいしい夕食の席で、詩が話題になると誰かがシンボルスカを語り、別の誰かが翻訳本を取り出し、それは手から手へと渡り、片岡さんどれかひとつ朗読してくださいよ、という要望すら出たほどだ。日本語に翻訳されたものを見ながら、即興でポーランド語に翻訳してそれを朗読のように語る、という程度の芸が僕にあるなら、いつでも要望には応えるけれど。

「お隣のかたからです」という題名は、夕食のメンバーの誰だったか愉快な美人が、一年ほど前に語ったことのなかに、このとおりに出て来た言葉だ。夕暮れの浅草のバーで彼女が電気ブランを飲んでいたら、お代わりが手もとに届き、お隣のかたからです、とバーテンダーが右隣の席の男性を示したという。艶やかに礼を言ってそれを飲み終える頃、今度は左隣の男性から

お代わりが届き、このときもバーテンダーは、お隣のかたからです、とおなじ台詞を言ったという。

須田さんはミニーマウスの腕時計をしている。僕はときたま、ミッキーだ。十歳のときに誰かにもらったミッキーマウス・ウォッチ以来のもので、たいそう気に入っている。ミッキーの両腕が長針と短針だから、三時四十五分のとき、ミッキーの両腕は水平にのびる。三時十五分だと、両腕は3の字に向けてほぼ重なる。もっとも楽しいのは六時三十分だと、文字盤を見ながら何度目とも知れない確認をおこなっていたら、ある瞬間、突然、いきなり、「ミッキーは谷中で六時三十分」という題名とその内容のすべてを、僕は手に入れた。

パッシング・スルー

ビームス　二〇一四

もはや完全に忘れたことだ、と思っていたのだが、あらためてこうしてあとがきを書こうとすると、思い出すことはいくつかある。時間の経過のなかでいつのまにか捏造された記憶ではなく、いくつかの確かな事実の記憶として。

もっとも確かなのは、書きたい、と僕が思った、という事実だ。書きたいからこそ、『ワンダーランド』に『ロンサム・カウボーイ』の連載を始めることになった。『宝島』へと継承されて、連載は十二回は続いたと思う。連載された回数のようなことになると、記憶はまるで不正確だ。

書きたいとは、どう書くのか、という問題と同義であり、第一義的に重要なのは、これだった。したがってそれ以外のこと、たとえば、なにを書くのですか、というようなことは、重要さにおいて第二義的な位置しか持たなかった。連載は『ロンサム・カウボーイ』と名づけたのだから、書きたいのはそれなのだ。総タイトルを『ロンサム・カウボーイ』という文章を、どう書くかは、そのときの自分に書けるようにしか書けない、ということなのだから、書きたいとは、こうしか書かない、ということであり、こうしか書けなかったことを、その頃の僕は書いた。

「パッシング・スルー」がその連載の何回目だったか、記憶していない。締め切りが来るとは、書く、ということであり、書くとは書きかたそのものだから、書きかたそのものになり得るはずの passing through というフレーズを僕は思いついた。アメリカのあの広さのなかで、小さな町をいくつか、ひとりの青年が一台の自動車で、パッシング・スルーを試みる。文章のなかでは、それは書きかたによってのみ成立する、とそのときの僕は思った。

子供の頃にたくさん観た西部劇のなかのひとつで、passing through という言いかたに、僕は初めて遭遇した。命を賭けるほどの用事があるからこそ、その町へある日のことふらりとあらわれた主人公に、その町を支配する悪漢の手下のひとりが酒場で、この町になんの用だい、と訊ねる。用事はありません、ただ通り過ぎていくだけです、と主人公は答える。このときの言いかたが、passing throughだった。

スリー・ドッグ・ナイトというロックのグループのLPに、『Passing Through』というタイトルのものが、「パッシング・スルー」を書いた当時、身辺にあったような気がする。『ロンサム・カウボーイ』の連載のために、「パッシング・スルー」というフレーズを僕が考えるための直接のきっかけとなったのは、スリー・ドッグ・ナイトのこのLPだったような気がする。スリー・ドッグ・ナイトのLPが連載よりもあとの出来事なら、だったような気がするもなにもなく、それこそが捏造された記憶だ。

人称を消すといいな、と思った記憶もかすかにある。人称は消すことが出来ても、彼は通過していく途中でいろんな人に会い、さまざまな話をするはずだ。だったらそこで彼は彼として具体的にあらわれるのだから、人称を完全に消すことは不可能かな、などと原稿用紙の枡目のなかで僕は思った、という記憶もある。

当時は原稿用紙に手書きしていた。自分で選んだ紙に、枡目の大きさを自分できめた二百字詰めの原稿用紙を一万枚、作った。一万枚の原稿用紙はかなりの量だった。環七の宮前橋の交差点から、一本だけ淡島へ寄った道の坂を上がっていく途中、右側にあった四階建ての小ぶりな集合住宅の、三階の部屋で『ロンサム・カウボーイ』を僕は書いた。万年筆は確かモンブランで、インクはパーカーのウォッシャブル・ブルーという、見た目に軽さのある青い色だった。「ジョージア州では桃が熟れるころ」は、「Peach Picking Time In Georgia」という歌の題名を、僕が仮に日本語へと翻訳したものだ。マーティ・ロビンス。ハンク・スノー。アーネスト・タブ。キャル・スミス。というような歌手たちのLPのなかにあるいくつもの歌が、『ロンサム・カウボーイ』のどこかうしろのほうにある、という言いかたが出来るかどうか、僕には判断がつかないが、LPを再生して歌を次々に聴きながら、桃の熟れる頃のジョージア州のどこに彼の居場所はあるのか、というようなことを僕は思った。居場所なんかありはしない、という答えを一回分の連載にするという試みが、不完全であるにせよ成立したのは、何枚ものLPの音溝のおかげだ。使っていたアンプは真空管式だった。

『ロンサム・カウボーイ』の連載から一年ないしは二年あとの僕は、小説雑誌の編集部で、KKと呼ばれていた。こうしか書けない片岡、というフレーズから、頭三つの音をKで表記すると、めでたくKKKとなる。いいじゃないか、書きかたがひとつある、という歴然たる事実だよ、と言った人がいた。書きかたは、おそらく内容を規定するから、こうしか書けない片岡は、これしか書けない片岡、でもあったはずだし、それはいまでもほぼそのままだろう。

給料日　ビームス　二〇一四

『二十三貫五百八十匁の死』という短編は『ミステリマガジン』の一九六八年十月号に掲載された。ブラック・ユーモア特集として、四人ないしは五人の作家の短編が集められたなかの、ひとつだった。肥った女性の話を、四百字詰めの原稿用紙に換算して三十枚ほどの短編に書いた、という記憶だけはあったのだが、どんな内容だったかは完全に忘れていたし、掲載された年や号なども、覚えてはいなかった。そうか、あれを書いたのは一九六八年だったかと、四十六年後のいま、感銘とともに僕は思う。

なぜ感銘とともにかと言うと、一九六八年には、それまでの一九六〇年代が、少なくとも僕にとっては、終わったからだ。フリーランスのライターとして、面白おかしく過ごした一九六〇年代が、一九六八年にはほぼ完全に終わったのだ。

その二年前、一九六六年あたりから、終わりはなんとなく体感してはいた。しかしその体感ははっきりと意識化されることはなく、日々のなかに取り込まれては、どこかへと消えていた。消えなくなったのが一九六八年だった、という言いかたをしてみようか。

当時の僕の仕事として、『平凡パンチ』という週刊誌の記事を書く仕事は、書く文字の量として、あるいは書く当人の気持ちとして、三分の一ほどの大きさを占めていた。当時のこのような雑誌は、活版とグラビアとに分かれていた。おおまかに言うまでもなく、グラビアのページは写真、そして活版は活字によるページだった。活版のページの中心は、巻頭の七ページの記事、その次の五ページ、そしてそのあとにさらに、四ページの記事がふたつか三つあった。この記事のどれかを、創刊からほとんど毎号、僕は書いた。取材記者が取材しておおざっぱにまとめたデータ原稿というものを受け取り、編集者が希望している趣旨に沿って、記事へとまとめるのだ。夏の盆休みの時期には、活版担当の誰もが僕に記事を書くことを求めた結果、ある号では四つないしは五つの記事を、まだ平凡出版だった木造二階建ての建物の編集部で、二日がかりで書いた。「片岡さん、パンチはもう終わったよ」と、活版のデスクだった甘糟章さんが僕に言ったのは、一九六八年の秋の初めだった。『平凡パンチ』そのものは、それまでとなんの変化もなく、広告は増えて活況すら呈していたのだが、甘糟さんの判断によれば、「日本がパンチという雑誌を必要とした時代は終わったよ」ということだった。一九六〇年代が終わりつつある、という僕のぼんやりした体感に、ひとつの明確な視点からの切断面を入れたのが、甘糟さんのこのひと言だった。「だから片岡さんも、ちゃんとした本をとにかく一冊、書くことだね」と甘糟さんは言った。

一九六八年に一九六〇年代が終わっていたとするなら、そして確実にそれは終わっていたのだが、次の時代がとっくに始まっていたことになる。甘糟さんが言った、ちゃんとした一冊の本とは、終わった時代に取り残されることなく、無事に次の時代へ移ることを可能にしてくれる、新たな地平に立つことのぜんたいを意味していた。これは大変なことになった、という実感には存分すぎるほどの手応えがあった。

終わった時代の象徴として僕がいまも覚えているのは、須田町から渋谷までの十番系統という路線の都電の、一九六八年の確か十月の夜、その最終運行を神保町で見送ったことだ。そのときの車輛はごく簡素に花電車のように飾られ、長いあいだ有り難うございました、というような言葉の横断幕が車体に取りつけてあった。

神保町は、僕が大学生の頃からフリーランスのライターというありかたにとっての、根拠地だった。神保町に住んでいる、と言ってもいい時期すらあった。さきほど書いた、面白おかしく過ごした一九六〇年代という日々の舞台が、じつに多彩な意味合いにおいて、神保町だった。十番系統の都電をしばしば利用し、僕は神保町から夜の渋谷へと帰っていた。

『ミステリマガジン』の一九六八年十月号は、九月の後半に刊行されただろう、と僕は思う。「なにか書いてみないか」という依頼を僕が編集部の太田博さんから受けたのは、逆算すると八月のなかばあたりだったことになる。「本名で書きづらければペンネームでもいい」という配慮に、おそらくそのときの僕は助けられたのだろう、三条美穂というペンネームで、三十枚前後の短編を書いた。

僕が二十歳くらいの頃から仕事をした『マンハント』という雑誌の書き手は、全員が男性だった、と言って間違いにはならないはずだ。テディ片岡の名でその雑誌に書いていた僕は、短編の翻訳あるいはなんらかの記事を書く必要にせまられ、書くのはいいけれど目次におなじ名前がふたつならぶのは避けたほうがいいと編集部に提案し、ある日の昼下がり、神保町の喫茶店で、ペンネームを考えた。

見るからに美しそうな女性の名前にすれば、男性の名前ばかりならんでいる、したがって視点によっては充分にうっとうしい目次の、少なくともひとつの片隅には、救いが現出するのではないかという僕の意見に編集者は熱心に賛同し、ふたりで原稿用紙の裏にいろんな名前を書いては検討した。

いいアイディアはなかなか出現しなかった。なかばあきらめかけた頃、三条美紀という女優さんの名前が頭に浮かんだ僕は、紀を穂に取り替えて、三条美穂を提案した。「字面は悪くない。語呂もいい。これでいこうか」と編集者は言い、三条美穂さんが誕生した。

「この名前で書いたものを集めると一冊の本になりますよ」と、いつだったか、誰にだったか、言われたことを僕は記憶している。

『ミステリマガジン』の一九六八年十月号が刊行されたあと、十月になってから、早川書房のすぐ近くの建物の地下にあったいつもの喫茶店で、僕は太田さんに会った。これといった用事はないまま、神保町から太田さんに電話をかけて時間をきめ、その喫茶店へいき、おなじようにそこへ来ている翻訳者たちの煙草の煙をかき分けて壁ぎわの席にいると、やがて太田さんはあらわれ、談話の相手の四人目あたりで、僕と話をしてくれるのだった。

いっしょに喫茶店を出て、階段を前にして僕は立ちどまり、あのブラック・ユーモア特集のなかでいちばん面白かった短編はどれでしたか、と太田さんに訊いた。「そりゃあ、あんたのだよ」と、太田さんは即答した。この瞬間、『ミステリマガジン』に関して、僕は最初のピークを迎えた。

早川書房の編集者と面識が出来たのは僕が二十一歳くらいの頃だと思う。先輩の小鷹信光さんが編集長や編集者に引き合わせてくれたからだ。翻訳をしたいという気持ちはさほどではなく、したがって、『ミステリマガジン』での仕事は少なかった。その少ないなかで、翻訳ではなく創作で、一九六八年の十月に、まず最初のピークを僕は迎えることとなった。

まず最初の、と書く理由は、その後があるからだ。一九八〇年代のなかば、菅野圀彦さんが

『ミステリマガジン』の編集長だった頃、小説を書かないか、と誘ってくれた。いろんな話を重ねた結果、アメリカを背景にしたごく若い私立探偵が主人公を務める短編のシリーズ、という方針がきまった。アーロン・マッケルウェイという若い私立探偵のシリーズを僕は書いた。これが『ミステリマガジン』における、僕にとっての二度目のピークとなった。

ピークはさらにもう一度あった。三度目のピークだ。編集長は小塚麻衣子さんで、僕が書いたのは『さらば、俺たちの拳銃』という題名の、青春小説の長編だった。三つのピークをこうして記憶のなかに眺めると、どれもみな僕自身が書いた小説によるものだった、という事実が誰の目にもはっきりしていることを、僕は確認する。

スローなブギにしてくれ　ビームス　二〇一四

『スローなブギにしてくれ』という題名の短編小説を僕が書いたのは、一九七五年のことだったと思う。と思う、と書くのは、このようなことに関する僕の記憶が、ほとんどいつも、まったく正確ではないからだ。

一九七五年はどんな時代でしたか、と問われても返答は出来にくい。当時の自分の年齢はすぐにわかる。その年齢から、そうか、あの頃かと、さかのぼる記憶の足がかりを得ようとするのだが、自分が住んでいた場所がなんとなく思い浮かぶだけだ。世田谷区の代田二丁目だった。梅丘通りを西に向かって環七と交差する寸前、右へまがって坂道を上がっていく途中の右側にあった、小ぶりな集合住宅の二階の部屋に、当時の僕は住んでいた。この部屋の仕事デスクに向かって、四百字詰めの原稿用紙に万年筆で手書きした。

季節はいつ頃だったか。確かな記憶はないが、ひとつだけ書いておけるのは、暑くもなければ寒くもなかった季節のどこか、ということだ。このことをなぜいまこうして書けるのかというと、『スローなブギにしてくれ』という短編小説を僕が発想しなければいけなくなった事情と、重なっているからだ。

当時は単に駅ビルと呼ばれていた新宿駅の商業ビルディングの、確か最上階にプチモンドという喫茶店があり、暑くもなければ寒くもなかった季節のある日の午後早く、この喫茶店で僕は雑誌『野性時代』の編集者と会った。会った、と言うよりも、呼び出された、と言うべきか。前年の創刊号から『野性時代』に小説を書き始めた僕は、それらの小説に関して、失敗を重ねていた。掲載されないほどの失敗ではなかったが、評価するなら失敗であり、そのことを僕は自覚していたし、編集者はもっとよく知っていた。自ら重ねる失敗の向こうにきっとあるはずのなにかに対する、いまだ手に入らないなにごとかへのもどかしさを、僕は感じていた。

「ごく普通の読者が読む端からすんなりと理解して楽しめる小説を目ざしてみないか」

と、プチモンドのコーヒーを前にして編集者は言った。このような意見は僕にとっては、なに言ってやんでえ、でしかないのだが、このときはそうではなかった。そのとおりだ、と僕は思った。だから『スローなブギにしてくれ』という短編を発想する作業は、ここから始まったと言っていい。

編集者は丁寧に言葉を重ねた。その重なりのなかで僕を追い込むためだ。これから小説を書いていくきみの前途とも深く関係してくることだからな、とも彼は言った。彼の手もとで一杯のコーヒーは充分に冷えた。そして彼はそのコーヒーに手をつけなかった。それもまた、僕に対する言葉のうちだった。

プチモンドのあと僕はどこかへ寄ったかもしれないが、平日の午後の早い時間に、小田急線の下りの、おそらく急行に僕は乗った。そして下北沢で降りた。いまはもうない地上駅二階の改札を出て、南口商店街への階段を降りた。南口商店街を僕は歩いていった。途中までその道はごくゆるやかな下りであり、その下りが終わるあたりでゆるやかに左へと曲がっていた。その左へと曲がったすぐ先に、書店があった。この書店もいまはない。

書店の外には平台と呼ばれた木製の台がいくつか出してあり、そこには漫画雑誌の新刊が積み上げてあった。学校を終わって自宅へ帰る途中の、十代の前半からなかばにかけての、主として少女たちが、台を囲んで立ち読みをしていた。そのうしろ姿を見ながら、僕は書店の前を歩いていった。少女たちは制服の白いシャツを着ていた。暑くもなければ寒くもなかった季節のどこか、という記憶は彼女たちの白いシャツと重なっている。

書店の前をとおり過ぎたとき、なんだ、これだ、と僕は思った。読む端から理解して楽しめるものとは、漫画あるいはコミックスではないか、と僕は思った。思いは一瞬にして確信となった。小説でコミックスを書けばいいのだ、と僕は自分で自分に言い聞かせた。反対意見を唱える自分はいなかった。

歩いて十二、三分のところにあった、冒頭に書いた当時の自宅へ、僕は帰った。帰ったときにはすでに、主人公たちは少年と少女以外にあり得ない、と考えていた。ファナティックなストーリーにきまってる、とも考えた。少年と少女を主人公にしたファナティックなストーリー。簡単ではないか、と僕は自分に言った。きっとな、ともうひとりの自分が答えた。

ストーリーはまだなにもなかったけれど、小さな話になるだろう、という予感はあった。小さな話はおおむね狭い場所で展開する。話の小ささはそれでいいとして、そしてその話が展開していく場所が狭い範囲であるのもいいとして、狭さにも広さにも頓着しない性格の少年のために、黒磯から三島まで、という振り幅を僕は考えた。黒磯まではオートバイ、そして三島までは自動車がいいか、などとも僕は考えた。

四百字詰めの原稿用紙の裏に僕はダイアグラムを書いた。上から下までの幅がストーリーの展開で、横幅が場所の広さだ。左端が三島、そして右端が黒磯だった。少年と少女とはただ平行線をたどるだけというストーリーなら自分にも書くことは出来るだろう、などと当時のぼくは思った。少年のオートバイや自動車に対して、あまりにもわかりやすすぎるかとも思ったが、少女は子猫にかまけ続ける、という設定を考えた。と言うよりも、自動的にそうなった。

ダイアグラムを描いた原稿用紙とは別に、おなじ紙の裏を使って、エピソードごとに一枚ずつ、その展開を僕は簡単に書きとめていった。どこでどのように使えば効果を上げるエピソードなのか、ということはまだなにも考えず、ただエピソードだけを考えては、書きとめた。そのようにしてエピソードの数がある程度まで揃うと、それぞれのエピソードがダイアグラムのなかのどこに位置すればいいか、これもほぼ自動的にきまっていった。ぜんたいのストーリーはこんなふうにして出来ていった。

この作業に必要だったのは二日ないしは三日だったと思う。ストーリーは出来た。だから僕は書き始めたと思うが、このあたりから記憶はまったくない。三日か四日で出来た原稿はすぐに編集部に渡したはずだ。編集部の反応や、この短編がいつ掲載されたのかといったことも含めて、記憶はなぜか消えている。次のこと、さらには次の次のことなどで、多忙だったからではないか。

少年少女の話はその後いくつか書いたが、『ボビーに首ったけ』という短編をもって、少年少女を主人公にした短編小説は、終わりとなった。もうない、という理由からだったと言っておこう。

下北沢南口商店街のなかほどにあった書店の前を、僕は十三歳の子供の頃から歩いていた。コミックス雑誌がいくつも刊行されるようになってからは、その書店の前の平台で新刊を立ち読みしている少女たちを、何度見たかわからない。この何度もの体験が重なり合い、ひとつの意味を持ったイメージとして出来上がった頃、まったく別なものと重なった可能性について、いま僕は考えてみる。まったく別なものとは、たとえば、普通の読者が読む端から理解して楽しめるような小説、というものだ。

書き手としてまだ体験していなかったようなひとつの短編小説を書いた状況について、いまの僕はこうして書いている。その状況じたいが、小説のようだ。頭のなかで思いめぐらせているイメージに、それまではまるで無関係だったひとつのものが結びついて重なり合い、思いもしなかった小説が生まれていくという構造はそのまま小説だ。

書店の平台の前にずらっとならんで新刊のコミックスを立ち読みしていた少女たちを何度も見た結果、ひとつのイメージとして画像のようなものが、いつのまにか僕の記憶のなかに出来たのだ。少女たちが着ていた制服の白いシャツは、何重にも重なった記憶がひとつのイメージへと整理された結果の、架空のものかもしれない。

そのイメージに、読む端から無理なく誰にでもわかって楽しめる小説、という提案が重なった。その瞬間、『スローなブギにしてくれ』は、僕の頭のなかに出来上がっていた。それを頭の外へ引き出し、原稿用紙に手書きの文字で固定させた作業もまた、小説のうちだった。

「スローなブギにしてくれ」という言葉は、この短編が終わるところで、主人公の少年によって発話される。スローなブギ、という言葉を、僕は楽譜で見て記憶していたのではなかったか。楽譜の右上にはテンポを指定する言葉が記載されている。なんの楽譜だったかは、いまとなってはまったくわからないが、Slow Boogie と印刷してあったのを見て、記憶の片隅にそれは残ったのだ。

どこで買った楽譜だったかは、あそこだ、と断言していい。道玄坂の左側を上がっていくと、もう少しで坂の上というあたりに、当時はヤマハの店舗があった。レコード、楽器、楽譜などの店だ。音楽教室があったかもしれない。この店で僕はしばしば楽譜を買った。ほかでは見かけないものに遭遇することが多かったからだ。店に入って正面を奥へいくと、やや狭い空間に棚がいくつかならんでいて、クラシカル音楽からカントリー・アンド・ウェスタンまで、見ていくと時間は急速に経過した。

この店で楽譜を買っていた頃は、『スローなブギにしてくれ』を書いた頃と、重なっている。ある日の午後、僕は道玄坂の左側を上がっていき、ヤマハの前をとおり過ぎようとした。店のガラス・ドアが開いて、アメリカ人の中年男性が三人、出て来た。歩道への階段を彼らが降りるよりも先に、僕は彼らの前をとおり過ぎた。

どこかで見た人たちだ、と僕は思った。坂を上がりきるよりも先に、彼らが誰であるか僕は正しく理解した。ザ・レターメンというコーラスグループだ。そのときも、そしていまも、何枚か持っている彼らのLPの、ジャケット写真のなかの三人がそのまま、少し老けて、道玄坂にいた。サイン会でも開催されたのだったか。

謎は残る。ヤマハの前をとおり過ぎて道玄坂の上まで、そのときの僕はいったいなんの用事があったのか。坂は上がりきったのだろう。そのあと僕は、どこへ、なにをしにいったのか。ヤマハには帰りに寄ったかもしれないが、往きには前を歩いただけで、そのまま坂を上がった。そのときの僕は、ほんとに、なんの目的ないしは用事があって、どこへいったのだったか。

歌謡曲が聴こえる

新潮新書　二〇一四

大学の四年生だった年の夏の終わりから、歌謡曲の譜面と歌詞を集めて全集と称した本が、僕の愛読書となった。本文のなかで書いたとおり、全集にはふたとおりあった。新譜の譜面と歌詞が一冊分になったら、番号順に刊行されてきたシリーズの一冊として本になっていくものと、それまでの日本でヒットした歌謡曲の譜面と歌詞を年代順に集めては、何冊ものシリーズにしたものとの、ふたとおりだ。どちらも僕は購入し、いつでも持ち歩いては譜面や歌詞を読み、一冊が終わったらさっそく次のを購入する、ということをそれから七年は続けた。

巷で断片的に受けとめる、そのときどきのヒット歌謡を中心にして、およそ半年遅れで譜面と歌詞で追いかける新譜と、一冊ごとに過去に向けてはさかのぼって知るヒット歌謡曲とが、年を追うごとに、僕の記憶のなかに何重にも重なっていった。

譜面と歌詞を全集で読んで気になった歌、そして街を歩いていて、ふと断片を受けとめ、おなじく気になった歌謡曲とは、当時の東京の街のいたるところにあったレコード店で、七インチ盤を手に入れるのが、僕の維持した方針のようなものとなった。そのようにして購入した七インチ盤を、自宅で聴いては感銘を新たにしていた。譜面と歌詞だけから受けた感銘に、七インチ盤を再生してスピーカーから受けとめたときの感銘を重ね合わせていたから、そのつど感銘は新たになっていた、という言いかたを僕はする。

こうして七インチ盤をいつも購入していると、「その歌手のはいま店にないけれど、違う歌手のならあるよ」と、店主が見つけてくれたのが、おなじ歌を異なった編曲と演奏で別の歌手が歌った、カヴァーだった。カヴァーという言葉は、狭い世界では通じたけれど、一般的ではなかった。別盤、などと言っていた店主もいた。歌によっては一軒の店でカヴァーの七インチ盤を七枚、八枚と買うことも出来た。カヴァーというものの存在を知らなかったわけではなかったが、それを新たに発見した、と言っていい契機は、気になった歌の七インチ盤をレコード店で手に入れたときに、以上のようにして僕の身の上に発生した。

僕はカヴァーを意識的に買うことも始めた。多数の七インチ盤がぎっしりと詰まっている箱のなかを、端から一枚ずつ見ていくと、一枚また一枚と、カヴァーは見つかった。見つかれば買った。見つけるのも買うのも、そしてそれらを自宅で再生して聴く作業も、すべて楽しいこととなった。

歌謡曲全集を買っては持ち歩くのは、一九六〇年代いっぱいで終わったような記憶がある。新譜にも過去のヒットにも、僕はひとまず追いついたからだ。気になる歌が少なくなっていったことも、おそらく関係していたのだろう。七インチ盤でカヴァーを見つける作業は、しかし、続けた。楽しいからだ。レコード店があればそこに入り、七インチ盤をすべて点検するなら、一時間はゆうにかかった、というような時間の使いかたが、なぜか当時の僕には出来たのだ。街を歩けばそこにレコード店があったからだろう。

七インチ盤からLPへと、範囲が拡大されていくのも、楽しい出来事として僕は存分に体験した。歌謡曲のLPの売り場で、LPをかたっぱしから見ていくのだ。収録してある曲目を一瞥するとき、その一瞥の視線がカヴァー曲の曲名をとらえる一瞬は、発見の瞬間だったと言っていい。

カヴァー曲が一曲でもあるかないかだけを基準にして歌謡曲のLPを買っていると、やがて自宅の棚を埋める歌謡曲のLPに、一見したところなんの脈絡もない様子には、そのことにふと気づくたびに、これもまた感銘としか言いようのないものがあった。

七インチ盤とLPで、歌謡曲のカヴァーを探す作業は、いまでも続いている。ただひとつ残念なのは、その作業をする店の数がいまはごく少なく、街をほかの用事で歩いているとき、その途中にあったレコード店に入って思いがけない収穫を手にする、というようなことが、出来なくなった事実だ。店は一軒か二軒であり、それらはもちろんあらかじめきまっていて、そこへいくために電車に乗っては駅からその店だけをめざして足早に歩く、ということを繰り返している。

この本は新潮社の雑誌『新潮45』に連載したものを整理しなおすことで出来た。連載が続いている期間、担当してくださった大畑峰幸さんの、許容の幅の広い方針に、書き手の僕は何度も助けられた。そして連載を無事に終えると、新潮新書編集部の丸山秀樹さんが引き継ぎ、一冊の本にする作業を担当してくださった。丁寧に段取りを踏むうちに、いつの間にかもっとも良いかたちに到達するという丸山さんの方針の完遂によって、本書は出来上がった。二人の編集者へのお礼の言葉もここに書いておく。

去年の夏、僕が学んだこと

東京書籍　二〇一五

この小説の題名がどこから来たのかについて書いておきたい。二〇一四年の夏、岸本佐知子さんは『夏のルール』という絵本を訳出した（原題 Rules of Summer　著者 Shaun Tan、河出書房新社）。この絵本のなかに「去年の夏、ぼくが学んだこと」という日本語の文章があり、これを小説の題名に使うことに関して岸本さんから快諾を得て、この小説の題名となった。二〇一四年の夏の良き出来事だ。

この冬の私はあの蜜柑だ

講談社　二〇一五

「愛は真夏の砂浜」は二〇一二年八月に発売された「イン・ザ・シティ」の第六号に掲載され

た。そこから「あんな薄情なやつ」まで合計で七編が、「イン・ザ・シティ」の第十二号まで、掲載された順に、そして書き手の僕にとっては書いた順に、収録してある。

いまこのあとがきを書いている二〇一五年十月では「イン・ザ・シティ」は第十三号まで発売されていて、その号には「きみはミステリーだよ」という短編が掲載されているのだが、ここにあるこの短編集にその短編を収録すると、第十三号が発売されてから三か月ほどで、おなじ短編が短編集にもあることになるから、それを避けるため、「きみはミステリーだよ」は収録していない。そのかわりに「蛇の目でお迎え」と「この冬の私はあの蜜柑だ」の二編を、書き下ろしで加えた。

「イン・ザ・シティ」編集部の川崎大助さんからは、毎回、テーマが提示された。それぞれの短編ぜんたいを覆う主題としてのテーマではなく、いくつもあるはずのディテールのうちの一角が、川崎さんによって指定される、というような趣だった。書き手の僕は、それぞれの短編のどこかに、なんらかのかたちでそのディテールを書き、そのことによってある程度以上の効果をぜんたいにおよぼす、という試みだ。

面白い試みだと僕は思った。たとえば「愛は真夏の砂浜」では、Sea Of Love という指定だった。僕がこの指定を受け取ったとき、Summer や Beach そして Love という言葉も、同時に受け取ったと記憶している。なぜなら、「愛は真夏の砂浜」という題名は、Summer、Beach、Love を、ふとした出来心のように、翻訳したものだから。

どこから、なにをきっかけに、どう考え、なにとなにを結びつけ、どこをどのように展開させたのか、いま僕は自分で自分に訊きたい。あの時の、あの場が、真夏の砂浜だったなら、そこから何年かの時間をへだてた、いま、ここでの話につなげると、少なくとも時間は二重になり、そこに短編としての面白さが生まれるのではないか、というようなところから、僕はまず考えたのではなかったか。何年くらいの時間をへだてればいいものか。あの時に十八歳だった人たちが、いまは三十三、三十四歳といった年齢であるなら、へだてる時間としては充分だろう、ときめるとすでに、その短編は出来上がったもおなじだった。

こんなふうに一編ずつ種明かしをしていくと楽しいが、短編ごとのテーマを列挙するだけにとどめなくてはいけない。「いい女さまよう」では、なんらかのかたちで音楽を、というディテールの指定だった。「銭湯ビール冷奴」では、どこかに食べ物を。「春菊とミニ・スカートで完璧」のディテール指定は、ビート・インタナショナル、というものだった。「フォカッチャは夕暮れに焼ける」では、スニーカーをどこかに、という指定を受けた。

「ティラミスを分け合う」が掲載された号はイラストレーション特集号で、短編を書いたのは僕ひとりだった。このときはテーマはなく、そのかわりに、作品となんらかのかたちで関連する写真を二点、という指定があった。作中に登場するフランス製の化粧石鹼とポルトガル製の鰯の缶詰を、それぞれ僕はカラー・リヴァーサル・フィルムで写真に撮り、それは短編と同時に掲載された。「あんな薄情なやつ」では、ラジオが登場するように、と指定された。ラジオとは、僕の解釈ではラジオ番組であり、どんな番組を登場させるかがきまれば、どんな短編になるかがきまる、というような遊びを僕は楽しんだ。

この短編集には収録していない「きみはミステリーだよ」では、テーマはミステリーだった。「蛇の目でお迎え」は書き下ろしたが、ついでのことに「イン・ザ・シティ」からテーマをもらってみたら、手つかずの自然、という意味での、ウィルダネスだった。これにはやや困ったが、主人公の女性は漫画家であり、そのペン・ネームが荒地三枝子であり、荒地こそウィルダネスではないか、という洒落になっている。「この冬の私はあの蜜柑だ」の場合は、短編集の冒頭が夏の話なので、おしまいは冬の話が好ましい、という講談社編集部、須田美音さんのリクエストにより、炬燵蜜柑、という四つの漢字から物語を引き出してみた。これは立派な四文字熟語だ、と僕が思う炬燵蜜柑から、短編小説をひとつ引き出すと、一例としてこうなる。

コーヒーにドーナツ盤、黒いニットのタイ。

光文社　二〇一六

共同作業で一冊の本を作ろう、という地平に僕と篠原恒木さんが立ったのは、2014年の夏の初めだった。それはどのような内容の本なのか。「小説を含めて、考えましょう」という篠原さんの第一声は、僕にとっては明らかに救いだった。なぜなら、小説でもいいなら、と僕は考え始めることが出来たからだ。短いストーリーをいくつも重ねていき、どのストーリーの主人公もおなじ「僕」であるなら、それは「僕」という人の物語になるのではないか。

暑い夏の頂点、カフェのコーヒーの向こうから、「手がかりとなるなにか具体的な材料はありますか」と篠原さんは僕に質問した。返答に窮していた僕に、篠原さんの言葉が届いた。「たとえば今回のように、広辞苑の初版とか、１９５０年のアメリカ映画『拳銃魔』のＤＶＤのように」

今回とは、無人島に持っていく本、映画、レコード、という本を篠原さんはアンソロジーとして作ったばかりで、そのなかに僕も参加していたことを意味する。いろんな人たちが、持っていく本はこれ、映画ならこれ、などと楽しい意見を発表した。僕は本と映画は選ぶことが出来たが、音楽は『無人島に持っていくＬＰ』という架空の作品で切り抜けた。

「レコードはどうですか」と篠原さんは言った。どうですかとは、具体的な手がかりとして使えそうですか、というような意味だ。ＬＰも７インチも手もとにたくさんあった。それらを証拠物件のように使って、短いストーリーのそれぞれになんらかの音楽がともなうなら、ある一定の期間を設定して、その期間のなかでの「僕」の物語を、まともに能力のある書き手なら、作り得るのではないか。このあたりまで意見の一致を見たのは、夏も終わりへと向かう日々のなかの、ある日の夕方のことだった。カフェから歩いて五分のイタリー料理の店で、桃とゴルゴンゾーラのサラダを、僕と篠原さんはフォークで食べていた。

「音楽は使えますよ。再生される音楽ですね。ＬＰや７インチから。どの曲や歌にも、その時、という背景があります。発売されたそのとき、あるいは、街のあちこちの喫茶店で盛んに再生されていた時期、という背景がはりついています」

「時代をきめればいいのか」と僕は言った。これに対して篠原さんは次のように言った。「背景となっている時代をきめれば、それぞれの音楽にともなうそれぞれのストーリーが、浮かび上がって来ませんか」この篠原さんの言葉には閃くものがあった。しかし僕はどちらかと言えば奥手だから、そのときのその閃きは、漠然とした閃きにとどまった。

次に僕たちが会ったのは、長く続いた暑い残暑のなかの一日だった。ヒット曲の分厚いリストを篠原さんは僕に手渡した。「1958年から1978年までの二十年間です。どの年にも百曲ほどあります。手がかりだけを資料としてまとめると、こうなるのです。このなかから曲や歌を選んでは、ストーリーをつけてください。ご自分のストーリーを」という最後のひと言によって、前回の僕が漠然と手にした閃きは、はっきりとしたかたちを得た。1974年から僕は小説を書き始めた。それ以前はフリーランスのライターで、それは1960年から始まった。1960年から1973年まで、「僕」がフリーランスのライターとして勤労した日々には、いちいち思い出すまでもなく、その時代の音楽がかならず聞こえていた。

ここにあるこの本の基本的な方向は、このようにして見つかった。短いストーリーをいくつか、僕は書いてみた。背後に聞こえていた音楽をLPや七インチのなかから探し出した。たいていのものは自分のところにあったが、一例としてアーサー・フィードラーが指揮していた頃のボストン・ポップスによる『ペルシャの市場』はなかった。レコード店へいくと、驚いたことに、7インチ盤があるではないか。

半世紀の時を越えて、7インチ盤は健在だ。単なる在庫として過ごした時間がいかに長くとも、在庫という状態はいつの日かの流通を前提にしている。そのような前提が成り立つほどに、レコードは安定したメディアである、ということだ。

２０１５年の春から、短いストーリーをひとつ、またひとつと書いていき、夏を過ぎた頃には予定の半分以上を、すでに書き終えていた。11月なかばが最終的な締切りとして設定された。篠原さんの巧みな牽引によって、締切りの一週間前には、書くべき予定だったすべての原稿を、僕は書き終えていた。

どのストーリーにも、そのなかに登場する音楽を、当時のレコードのスリーヴを再現させて添える、というアイディアは篠原さんのものだ。僕としては、原稿の仕上がりをふた月ほども遅らせればよかったか、といまふと思う。ふた月遅れていれば、優秀な編集者とその書き手の、楽しいやりとりは、いま頃はかならずや佳境を迎えていたはずだから。

と、彼女は言った　講談社　二〇一六

小説のなかで彼女がなにか喋ったとき、鉤括弧とそのなかに入るべき言葉を省略して、残った部分だけを表記すると、この短編集の題名のように、「と、彼女は言った」となる。「と」のあとに読点の「、」がある。句点のない「と彼女は言った」という書きかたもあり、

僕は両方を使っている。どちらかに統一しませんか、と編集者から提案されたことは一度もない。どちらでもいい、と編集者は判断しているのだろう。どちらでもいいとは、書き手の僕にまかされている、ということであり、まかされた僕は、おそらく使い分けているはずだ。「言った」というアクションが、言った内容、つまり鉤括弧のなかの言葉と、均衡を保っているのが、読点をともなった、「と、彼女は言った」という書きかただ。どちらを使うかまかされている僕としては、そうなる。わざわざ均衡させようとするからには、言った言葉のほうを、ごく軽度であるにせよ、浮き立たせたい、という理由があるからだ。読点のない「と彼女は言った」の場合は、言った、というアクションのなかに言葉が取り込まれて、ひとつになっている。

この部分だけを英語に置き換えて表記するなら、she said. となる。引用符のあとのコンマは常に必要で、なければその書きかたはプア（正しい規則を守っていない）パンクチュエーションであり、それ以外ではあり得ない。日本語に翻訳する場合には、「と彼女は言った」とするほかない。彼女は言った、という言葉が、she said, とセンテンスの冒頭に来て、そのあとに引用符に囲まれた彼女の言葉が続く、という書きかたもある。この書きかたのしてある英語を翻訳するときには、彼女は「　」と言った。となるだろうか。彼女は言った。とまず書き、そのあとに、彼女の言葉を引用符に入れておく、という翻訳のしかたは、けっしてなくはない。翻訳だけではなく、僕の小説でもあり得る。「と彼女は言った」とはせずに、鉤括弧の前あるいはあとに、彼女は言った。あるいは、彼女が言った。とだけ書くと、「と」のひと文字がじつにあっけなく、消えてしまうことになる。僕の冗談のひとつである、との消える日、を実現させることを、いま考えているところだ。

ジャックはここで飲んでいる

文藝春秋　二〇一六

下北沢のB&Bでトークショーをおこなったとき、参加した人たちのひとりから、僕は質問を受けた。僕の小説のなかに登場する、ひときわ美しくて魅力的な女性たちが、自分のことを俺と呼ぶだけではなく、かなり乱暴な男言葉で喜々として喋っているのは、どういう理由によるものなのか、という質問だった。この質問に答えるためには、ごく手短にではあっても、自分の問題にまでさかのぼる必要がある。

僕は東京の目白で生まれて五歳までそこで育った。いいとこのお坊ちゃんなのね、と早とちりする人がいまでもいるが、まったくとんでもない、ほとんど架空の人と言っていい、故郷を持たない根なし草だ。母親は近江八幡、そして父親はハワイという、ともに確かな故郷を持った人たちだったが、東京における生活は基本的には給与生活者であり、そのときそこで生活していた根拠としては、母親の東京好みに父親が合わせただけという、それだけのことでしかなかった。そこに僕が生まれた。

僕が最初から東京の坊やであったことは確かで、そのなによりの証拠は、自分のことをなんの疑いもなく、僕と呼んだことだ。幼い僕の世話をしてくれた乳母は、東京言葉のなかの女言葉を完璧に操る、まだ二十代の女性だった。彼女が自分として持つ女性に対して、僕は幼いなりに最善の努力をして僕となり、その僕を維持した。

僕と同時に最初から僕にあったのは英語のIであり、英語のときは自分がIになるけれど、そのことになんの問題もなかったのが、呑気な幼年時代だった。五歳から九年近くを過ごした瀬戸内では、地元の子供に、おまやあ、と呼ばれたなら、わしゃあ、と応じるのが子供の世界のルールだったから、そのルールを僕は守りとおした。

この期間は急速な成長の期間でもあり、必要なときには喋る標準語についてまわる僕という一人称が、Iにくらべるとじつに弱いものへと変化していった。この変化は当然のことだった、と僕は考える。Iのほうがはるかに多くの多様な要素によってそのときどきの自分へと組み上げられていき続けるのに対して、僕はなんとも言いがたく頼りない人にとどまったままだった。

中学一年の夏に瀬戸内から東京の世田谷へ戻って来た。目白、瀬戸内、そして世田谷と、根なし草は三つの段階をへて、完成されたと僕は理解している。そして高校生になって、俺、という一人称を使い始めた。と同時に、坊やの標準語は、あんちゃんの街言葉へと変化していった。俺がある程度までの俺になったとき、Iにいちばん近いのは俺だ、という発見もあった。

Iは俺なのですか、という質問があるかもしれないが、ふたつは別々のものであり、重なるものではない。自分のことを俺と呼ぶとき、その俺は僕よりもずっとIに近い、というだけのことだ。そして現実のこの僕は、少しだけよそいきの標準語である僕よりも、俺のほうがはるかに自分だ。ただし僕は僕のままでもあり続け、たとえばいまのように、僕は僕という一人称でこの文章を書いている。

というような俺は、標準語的な女言葉のなかでの私にくらべると、比較するのも馬鹿らしいほどに多くの異なった要素で組み上げられた自分である、という可能性はないだろうか、という思いに動かされて、僕は自分の小説のなかで、女性たちが自分を俺と呼び、乱暴な男言葉で喋る状況を、書いている。そのように書いていると、痛快であり、気分はたいそう良い。そのように書くときに書かれる内容とまったくおなじことを、ごく一般的な女言葉でも書くことが出来るかどうか。出来ないのではないか。自分を構成している、本来は複雑で多岐にわたるはずの要素が、男の僕も女性の私も、じつはきわめて少ないのではないか。

万年筆インク紙

晶文社　二〇一六

『ピーばかり食うな』は二〇一六年の九月に書いた。京都で喫茶店をはしごしながら、ノートブックに万年筆でメモを書く作業は快適だった。京都にいるあいだにぜんたいのメモを完成させ、ついでに『ラプソディック担担面』のストーリーも考えた。こちらはメモではなく、見取り図のようなものを、ノートブックに何ページにもわたって書き、それをひとつの展開にまとめた。うまくいったと思っている。次の段階の作業としては、いつものようなメモを書いていきながら、論理の整合を確かめていく、という作業だ。メモの枚数は百枚くらいにはなるだろうか。A5のサイズのノートブックで、左から三センチほどのところに、そこはかとない赤い色でマージン・ラインを引き、万年筆による大きくて自由な字で、一行おきに書いていく。律儀な一行おきではなく、目安としての一行おきだ。『ピーばかり食うな』は『文藝』という雑誌の二〇一六年の冬号に掲載されている。

ノートブックに関しては、さらなる新たな発見があった。発見があった、と言うよりも、いまようやく気づいた、と言ったほうが正確か。ノートブックは左右に開く。開いて見開き二ページにしたものを喫茶店のテーブルに置き、右ページだけに、一行おきに書いていく。一ページが文字で埋まったなら、そのページを左へ開く。新たなページが右側にあらわれる。ごく当然のことだ。こうなるほかないからこうなる、という性質のものだ。そしてこれが、僕にとっては、あまり良くない、というものであるらしいことを、『ピーばかり食うな』のメモ書きをしていく途中で、なんとなく気づいた。

文字で埋まった右ページを、左へ開いて閉じるよりも、文字で埋まった右ページは、そのまま上へと開き、表紙を含めてすでにそこにある数ページに加えるといい、と僕は思い始めた。いい、とは、そうしたほうがこの僕にとってはストレスがより少なく、したがってメモを書いていく作業に支障はもたらされずにすむ、というような意味だ。そうか、そうだったか、と僕は自分を振り返って思う。ノートブックの、僕にとっては常に左側で綴じられた様子、そして綴じられたままに、書くにしたがって一ページ、また一ページと、左へと開いていってはそこで閉じる手順のぜんたいに関して、子供の頃から、体の感覚のどこかで、抵抗のようなものを僕はずっと感じ続けて来た。メモを万年筆で書いていく、という具体的な作業をする場所として、左側で綴じてあるノートブックを自分は好いていない、という事実をついに確認することが出来た。これからそのページが文字で埋められていくという予測、そしてその予測にともなって発生する、その文字の群れのなかから新たな価値が生まれて来る可能性などを、僕は新品のノートブックに対して、いつも感じて来た。それはそれでたいそう結構なことなのだが、実際に自分で使うとなると、ノートブックは左側で綴じられているという事実が、最初の一ページの第一行を書きはじめたとたん、その行のどこかに、これは自分にとっては好ましくはない状況だ、という思いがごく小さく、ふと顔を出す。書くにつれて、その顔は大きくなっていく。その顔には目がある。目は僕をまっすぐに見ている。なにをそんなに見てるんだ、と僕が言うと、その目は答える。きみはノートブックに書いていくのが好きではないんだよ、と。

そのとおりだ。新品のノートブックがたたえている可能性には大いに共感するけれど、自分で文字を書いていくスペースとして、僕はノートブックを好いていない。その理由を僕は考えた。書き終えて左へと開いたページが、いつまでもそこにあるのが、いけない。ということは、書いたページは上に向けて開くと同時に、本体から切り離すのが僕の好みだ、ということがわかった。

天糊と呼ばれている製本方式だと、ごく当然のこととして、これがじつにたやすく可能になる。これまで試してきたさまざまな紙のなかでは、ロディアのブロックがこれに当たる。製本は天糊ではなく、二本のステイプラー針で表紙ごと綴じたのち、そのすぐ下に、切り取り用のミシン目がある。快適に切り取ることが出来る。こうして僕は、いまようやく、ロディアのブロックの人になるのだろうか。

クレールフォンテーヌに天を二重になった針金で綴じたワイア・バウンドのノートがあり、これの買い置きが三十冊ほどあった。本体の大きさは100ミリに170ミリだから、不足はまったくない。これも使うことにしよう。天糊という製本は便箋に使われるのではないか、と閃きを得た僕は、文具店の売り場へいってみた。便箋や封筒の売り場は、レター用品売り場、と呼ばれていた。レターという言葉を日常的に使う人がいるだろうか。たまにはレターを頂戴ね、などと友達に言う人がいるかどうか。しかしレター用品売り場では、手紙はすべてレターなのだ。

A5にごく薄く二十行で百枚の便箋が天糊となっているものを、僕は見つけた。紙は僕の万年筆のペンポイントとインクに相性が良さそうだ。これも使ってみよう。ひょっとしたらこれが最適かもしれない、という予感だってあることだし。

珈琲が呼ぶ

光文社　二〇一八

『コーヒーにドーナツ盤、黒いニットのタイ。』という本が出来てから、担当した編集者の篠原恒木さんに友人たちを加えて、打ち上げと称して何度も集まっては夕食を楽しんだ。そのような打ち上げも数回目となる頃には、前著にかかわる幾多の反省から抜け出し、次はなににするかという方向へと、僕たちの話は向かっていった。

打ち上げの待ち合わせに自分が指定した喫茶店にあらわれた篠原さんは、

「コーヒーですよ」

と言った。次の本はコーヒーにしよう、という意味であることは、僕にもすぐにわかった。僕は黙ってコーヒーを飲んだ。

「いまそうして飲んでるじゃないですか。ですからコーヒーなのです」

という彼の言葉を受けとめながら、僕は思った。コーヒーをめぐって僕にも書くことの出来る領域は、ほとんどないのではないか。

「書いてないんですよ。少ないですね」

と篠原さんは言った。

「調べてみたのです。短いエッセイがふたつに、やや長い散文がひとつ。それだけです。なぜですか」

書く必要がなかったから、と答えるほかない。しかしそのとおりに言ってもそれは返事にはならないだろうから、

「小説のなかにはしばしばコーヒーが出て来るよ」

と言ってみた。

「読んでるとコーヒーが飲みたくなる、という意見はしばしば聞きます」

と篠原さんは言った。

「小説のなかのコーヒーは」

と、僕は言った。

「たとえばひと組の男女が会うとすれば、その場所が喫茶店になることはあるだろう。そして喫茶店で会えば、男女どちらともコーヒーを注文する」

「なぜですか」

と篠原さんは訊いた。

そのとき僕に閃いたのは、コーヒーそのものについてではなく、それ以外のコーヒーについてなら、僕にも書けることはあるのではないか、ということだった。

「ひと組の男女が喫茶店でコーヒーを前にして、なにをするのか。もっとも端的には、彼らふたりは話をする。ふたりの話は交互につながり、展開していく。展開していくとは、ある程度のところまで、ふたりの話が到達しなくてはいけない、という意味だ。ふたりいるとは、その

ふたりのあいだになんらかの関係があるということであり、その関係の論理に沿って、関係そのものが進展していく。そしてその場にコーヒーがある」

篠原さんは無言で僕の理屈をうけとめていた。僕の理屈はさらに少しだけ深まった。

「コーヒーはカップに入っていて、受け皿からカップを持ち上げては唇へと運び、コーヒーを飲む。このおなじ動作を何度か繰り返す。しかもふたりがそれぞれに。それぞれ、ということが、コーヒーによって際立つ。それぞれが際立つとは、ふたりの話が展開していく、ということに他ならない」

「男にせよ女にせよ、ひとりの人がしみじみコーヒーを飲む場面は、そう言われれば、ないですね」

「しみじみは展開ではないから」

と、真面目な顔をして僕は言った。

「その代わりに、コーヒー豆は物語だよ。さまざまな可能性、というかたちでは、物語の原点だと言ってもいい。だから僕は、二百グラムの深煎りの豆を入れた袋から、短編小説という物語を作ったことが、少なくとも三度はある。ちょうどいい大きさなんだよ。バッグのなかに持っていたりすると、バッグを開けたとき、不意にコーヒーの香りに撃たれたりもする。コーヒー豆の香りは強いからね」

「話題はたくさんあるじゃないですか」

「なんの話題だい」

「次の本の主題です。コーヒーの本にしましょう」

「話はきっと多岐にわたるよ」

「その多岐ぶりの一端を披露してください」

「次の本で」

「そうです」

いまここにある『珈琲が呼ぶ』という本は、こんなふうにして始まった。その始まりのなかにあった良さは、書き終えたいまでも続いている。コーヒーがある限り、それはそのままに持続されるだろう。

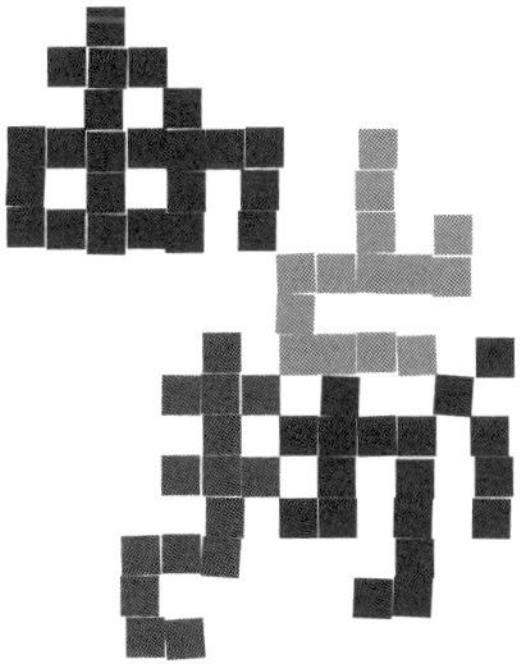
あとがき

僕がこれまでに書いた「あとがき」だけを集めて一冊の本にする、という企画が成立したのを祝って夕食の席を設けたとき、あとがきを書いてくださいね、と担当者が言ったのをいま僕は思い出している。「あとがき」を集めた本の、あとがき、つまりいま僕が書いているこの文章だ。「あとがき」のあとがきですね、と他の誰かが言い、その席にいた人たちはみなうれしそうに笑った。あとがきは、後書き、とも書く。あとがきの文章の最初に、題名の代わりのように、あとがき、とあるときには、あとがき、と平仮名で表記するのが僕の好みだ。後書きと表記すると、それは僕ではなく誰か他の人が書いたものだ、と僕は認識するようだ。

あとがきを書いてくださいね、と言われたそのとき、僕には小さな閃きがあった。あとがきを書いてください、という平凡なひと言は、短編小説の題名にそのまま使えるではないか、という閃きだ。連載、という言葉に関しては、題名として使える言葉を、すでに四とおり考えてある。連載を始める。連載の途中で。連載はいつ終わるのか。連載の最終回。この四つだ。連載という言葉は、業界ではきわめて平凡な言葉だ。平凡であることは確かだけれど、その平凡さが短編の場合なら題名の重要な一部分になり得る、という考えかたは充分に成立する。あとがきに関してもおなじだ。あとがきを書いてください、という題名は悪くない。

それから半年ほどあと、あとがきを書いてください、という題名で僕は短編小説を書いた。ボイジャー(Voyager)の「片岡義男.com」のなかの「短編小説の航路」という連載のなかに掲載されている。掲載された直後にはサポーターだけが読めたが、いまでは誰でも読めるはずだ。この短編の内容をいつどこでどのように考えたのか、ほとんど記憶していないが、考え始めたときの最初の段階には、あとがきを書いてください、というひと言が、もっとも強力なきっかけとして存在していたことは確かだ。

あとがきを書いてください、というひと言は編集者が言うことだが、そう言われるほうの人は作家なのだから作家として設定しようというようなところから、僕の思考は始まったような気がする。書いてください、と言われているからには、まだあとがきどころか本文も出来ては いない段階だ。三十代なかばの女性の作家にしたのは、物語の展開ぜんたいにとって、主人公になれるのはそのような人しかいない、と僕が判断したからだ。彼女に女性の担当編集者が、あとがきを書いてください、とその短編が始まってすぐに言っている。

その女性の作家は、ある日、いつもの喫茶店で、担当の編集者と会う。作家よりいくつか年下の女性だ。短編集を作る、という企画が成立している。成立したからには進めなくてはいけない。進めるための、第一回の打ち合わせのようだ。先に来ていた編集者はバッグのなかを整理していた。輪ゴムが七本もありました、と驚くところから、ふたりの会話は始まっていく。中学生だった頃、ふたりとも輪ゴム飛ばしを、ことのほか好んだ。三十センチのアルミの定規を使い、標的は煙草の空き箱だ。狙って飛ばした輪ゴムで標的の空き箱を倒す、という他愛ない遊びだ。

この輪ゴムとばしの話は、せっかくですから短編のなかに生かしてください、と編集者が言う。今日のこの打ち合わせでの、ふたりの会話から書けばいいのよ、これをあとがきにしましょう、と作家は賛成する。一冊の短編集を、そのあとがきから書くわけだ。この提案に今度は編集者が、熱心な賛意を示す。あとがきを書いてください、というひと言は、あとがきから書く、という次元へとその質を変えている。早くもこんなことが起きている、といまの僕は驚く。

あとがきを書いてください、と編集者に言われた作家がそのとおりにするのでは、その作家はあまりにも能がなさすぎる、と僕は思ったのだろう。いま編集者と自分がおこなっている会話をあとがきとして書く、というところからその短編集は始まることにしよう、と作家はその能力を発揮して思う。作家の彼女は、あとがきから書き始めなくてはいけない。そしてそのことを、編集者は面白がる。

ただし、こうしたことすべてを書いているのはこの僕だから、そして書いているのはひとつの短編小説なのだから、すべてはそのひとつの短編のなかになければいけない。編集者との打ち合わせである会話を、定規を使った輪ゴム飛ばしを中心に書いていくと、それはそのまま、その短編の導入になっている、という工夫を僕はしなくてはいけないから、そのとおりにした。出身地のお話もかつて面白くうかがいましたので、出身地もなんらかのかたちで、どれかの短編に出てくるといいですね、と編集者は言う。書き手の僕がそう言わせているのだ。

と言うことは、とまた書くけれど、導入部が終わったならすぐに、主人公の作家は出身地である千葉県の佐原へいってみる。いくための理由はこれといってなにもない。三年ぶりだ、というような希薄な理由しかない。そしてその出身地には、彼女の親族は住んでいず、実家と呼び得るような家もない。佐原へいくと、彼女はもはや外来者だ。そしてその佐原で、思いがけない展開に、なかば巻き込まれる。そしてそのことが、一編の短編小説にならなくてはいけない、と書き手の僕は思う。

あとがきを書いてください、という言葉が題名として手に入るのはいいけれど、その題名で短編小説をひとつ書こうとすると、瞬間的なアドリブを次々にこなさなくてはいけないはめになる。しかもどのアドリブも、その物語をつらぬいている論理と、整合していなくてはならない。あとがきを書いてください、という言葉は、あとがきから読む、そしてさらには、あとがきから書く、という言葉と対になっている。こうした言葉もついでに取り込んでおこう、と僕は思った。いまのこの会話をあとがきに書けばいい、と編集者は言い、あとがきから書くことになるのね、と作家も面白がる。そしてすべてをひとりで書いていく僕は、編集者の提案とそれに応じた作家の言葉を、短編の導入部として使った。出身地のこともどれかの短編に出てくるといい、とも編集者は言う。どれかの短編ではなく、この短編に出てくるほかない、と書き手の僕は判断する。だから僕は彼女を、佐原へいかせることにした。そしてその佐原で思いがけない展開があり、それが、あとがきを書いてください、という短編小説そのものとなっている。

二〇一八年八月　片岡義男

〈あとがき〉で取り上げられている短編小説「あとがきを書いてください」は、片岡義男.comで公開中です。
https://kataokayoshio.com/original#tanpen-06

著者について

片岡義男（かたおか・よしお）

一九三九年東京生まれ。文筆家。大学在学中よりライターとして「マンハント」「ミステリマガジン」などの雑誌で活躍。七四年「白い波の荒野へ」で小説家としてデビュー。翌年には「スローなブギにしてくれ」で第2回野性時代新人文学賞受賞。小説、評論、エッセイ、翻訳などの執筆活動のほかに写真家としても活躍している。著書に『10セントの意識革命』『彼のオートバイ、彼女の島』『メイン・テーマ』『日本語の外へ』ほか多数。近著に『珈琲が呼ぶ』（光文社）、『くわえ煙草とカレーライス』（河出書房新社）などがある。

あとがき

二〇一八年一〇月一〇日初版

著者　片岡義男
発行者　株式会社晶文社
東京都千代田区神田神保町一―一一　〒一〇一―〇〇五一
電話（〇三）三五一八―四九四〇（代表）・四九四二（編集）
URL http://www.shobunsha.co.jp
印刷・製本　中央精版印刷株式会社
ＤＴＰ　株式会社キャップス

ISBN978-4-7949-7060-2　Printed in Japan